中国近代農村経済の地域研究—

中国革命の起源

中国近代農村経済の地域研究―

中国革命の起源

◆金勝一 著

耕智出版社

中国革命の起源
－ 中国近代農村社会経済の地域研究 －

序 章
20世紀前半中国農村社会経済に関する問題視角

第1篇
農村社会経済の環境

第1章: 四省(湖南, 湖北, 江西, 安徽)の地域的位置

第2章: 政治と農村社会経済 － 軍閥統治下の湖南農村 －

第3章: 人口状況及び土地利用 － 湖南農村の経済的困局 －

終　章：結　論

20世紀前半中国農村社会
経済に関する問題視角

1. 序論

　本書は1912年中華民国の成立から、1937年日中戦争が勃発するまでの中国農村社会経済の構造的性格の分析を通じて、中国現代化の限界的状況それに伴って行われた非伝統性の中国革命の根本的背景を明らかにしようとするものである。

　この時期は中国の全歴史過程の中で、それまでに見られなかった独特な各種の要素が現われ、互いに自らの路線を構築しようとした最も激動の時代であった。即ち、各種イデオロギーの台頭（封建王朝主義民主共和主義社会共産主義等）各社会階層の間葛藤(軍閥地主・紳士・商人・農民)帝国主義と民族主義の対立等過去には部分的にしか現われなかった諸要素が一気に出現したことである。

　このような状況に対しては、それを単に封建国家体制から未知の民主共和体制への移行という過度状況で惹起される現象であるということもできるが、実は数世紀以前からの技術発展の停滞、人口増加の迅速性、耕地

拡大の限界、帝国主義の侵略及びその他制度運用の失敗等が累積する中で、この時期にその最後の限界状況が一気に爆発したのではないかと思われる。

辛亥革命と共に成立した中華民国は、その国体と政体が民主共和政であっても、実際上の社会支配形態は封建的要素が強く残されていた。これは支配階層たる軍政階層と地主、商人等には新社会秩序の混沌とした価値体制を利用することができる機会を与えており、伝統秩序に慣れていた被支配階層たる農民には、支配階層に対抗することができない知的、物的状況下で、いつも犠牲が強要される位置に置かれてしまった。

これはその後このような農民の弱点をよく補足して、かれらとの連帯感を強めることに成功した中国共産党が、結局は革命にまで引っ張っていく契機を作るという結果をもたらしたといえよう。

このような問題は1960年代末から中国研究者における重要な争点であった。しかし、同様の理論でも当時の理論と現在の理論には背景面で相当な差がある。即ち、1960年1970年代の理論は中共の革命成功以後現われた土地改革経済発展等が全世界の注目を集める国際環境的要素が大きく作用したので、各種の理論が台頭したが、どこまでも中共革命の勝利の原因究明に過ぎなく、また中共の未来に対して疑心を抱がず、その未来を誉めたたえるばかりであった。しかし、今日に至って全世界的にソ連を初めとして東欧の共産社会主義国家が崩壊し、アジアの中の社会主義国家も資本主義国家へ転向しようとする状況と、中国の現実的政治、経済、社会等諸方面を中国革命以前と比べる時、その差があまり代わらないという状況は、当然その理論の実体を分析批判すべきであり、今日と将来の中国の発展のためにも、必ず新たな理論の設定が必要であると思う。

このような考え方は、今まで高く評価されて来た1949年の中国革命に対す再評価を意味しており可能になったその一般的な背景を再分析すべきであるということでもある。

今までの中国共産党の革命勝利に対する具体的分析は、大体において三つの要点に結論づけられている。一つは、中共の社会経済政策の成功にあったとみる見解である。このような見解は西欧の大部分の研究者が考えていた論調である。即ち、政治的革命を経済的事件の従属係数に見る見方

である。換言すれば、革命の社会経済的な根源を捜そうとするものである。その代表的な学者はDonald Gillinである。かれは山西省を例に挙げて日本侵略以後に中共が農民の社会経済的利益を図る政策を実施し、農民大衆の高い支持を受けていたと主張した[1]。これによって1936年2月以後の国民政府軍との対峙状況で兵力、装備面での劣勢を克服し、危機を乗り越えることができたと説明した。即ち、農民の大々的な支援によってその危機管理が可能となったという主張であり、その支援に背景は中共の社会経済的政策が農民にアピールしたからであるという説明であろ[2]。この理論に同調した学者が状況的理論（Contextul theories）を主張した Roy Hotheinz と経済的決定論を主張した機械的革命理論（Mechanical theries of Revolutionary Causation）の Barrington Moore である。Hotheinzは中共が1927年から1934年まで江西中央ソビエト時期の間に900万名の人口を統治した中で、約30万以上の赤軍を動員し3%の動員率を見せたと主張した[3]。しかし、彼の理論がGillinと異なった所は、革命と社会経済的係数との相関関係を無視し[4]、中共指導者と党員の行動を分析して、共産主義運動の活力、蘇生力、組織力、党員の熱意などを強調する状況的説明をしていたという事実である[5]。この理論は中国社会を一つの全体的な有機体と見做して、上部指導階層だけの役割を強調し、下部体系の独立した構造と機能の役割を無視した点で理論の限界性を持っているが、理論の出発点はあくまでも中共の社会経済的政策の分析から出来たといえよう。Mooreの理論は最もこの理論に接近している。かれはすべての不満要素は社会構造の結合と社会機能の役割で矛盾が現われる状況から発生すると見て、革命の社会経済的背景を重要視する経済的決定論を主張した。[6] これらに対して、社会経済的条件を重要視しながらも、革命に必要な事は社会経済的条件ではなく、農民がこれらの条件が悪化していくという状況を感じたことであると主張したPerez Zagorinがいる[7]。一方、張達重は中共の正確な現実分析、適切な高度指針、組織力の堅固性、時宜適当な社会経済政策、社会・政治参与の新方向提示等の要素が中共勝利の要因であったと分析している[8]。

　二つ目は、日本の中国侵略に対する大衆民族主義（Mass Nationalism）、或は農民民族主義（Peaxant Nationalism）発露ヲからであったという理論で

ある。その代表的な学者は Chalmers Johnsonである。彼は1921年から1937年まで共産主義は中国で失敗したと見た。その理由は中共が提唱したことについて中国農民が無感心であったからであると説明している。しかし、1937年以降は戦争が農村で起した無秩序を修復する戦術を取り農民の支持を受け入れながら、農民が侵略者に対して組織的に対抗するための指導力が必要であるという現実的要求に、その指導力を提供する中でかれら政策がアーピルしたという主張である(9)。即ち、急進主義的な改革政策よりも、農民の民族主義を利用して、かれらの大衆的背景を確保する中で、革命の勝利基盤を用意したという理論でる。この理論はFranz Schurmann(10)と共に中国政治の研究を純粋な歴史的研究の次元から社会理論家の理論と概念を使用して社会科学的研究の次元に引き上げたという評価を受けていた。　J. J. Johnson も農民民族主義が共産党勝利の重要原因であったと主張して、この理論を支持した(11)。しかし、かれらは前者の主張である中共の社会経済的政策を無視したので、両者の間の論争が始まった。

　三つ目は、国民党政策の失敗から現われたという理論である。特に、指導層の社会構成問題に対する評価が強かった。まず、国民党の中心人物であった孫文と蒋介石の支配思想については、折衷主義と新儒教主義として固定化され、かれらの統治思想の限界性を攻撃しながら、その構造的矛盾の中から現われた国民党の政策と統治方法を批判する理論であった。即ち孫文は新旧思想体系の長所を取って新たな思想体系を作ろうと試みたが、多くの問題点があったということである。例えば、西欧思想と儒教思想の接点は誤った西欧思想に傾いたので、かれの哲学と政治理論は知識階層を中心に形成されていたということである(12)。故に、孫文は軍閥体系と対抗するため、異質的な政治勢力と知識人を単一の政治勢力に融合させたので、国民党の統治力の偏向性をもたらしたという主張である。孫文の後継者である蒋介石は孫文の思想と理念を新儒教主義の中に再組織する結果を招来し、党内の先駆的知識階層との軋轢をもたらし、また、この新儒教主義は当時の現実状況ともあわなかったので、一般国民にとっては偽善としか見られなかったから、統治力に限りがあったという主張であった(13)。これはBarrington Moore が述へた「地主の理解が国民党のすべての政策を支配した」という地主の国民党支配説とも相応する一面がある(14)。即

ち、Mooreは国民党の社会構成は地主階層であり、国民党を支配する知識階層は単純な政治的道具として、社会的勢力を結合させる役割しかできなかったと評価した。このように国民党の構成体であった地主階層は西欧の衝撃と商業の発達と共にその性格も軍国主義化乃至商業階層化され、都市指向的な性向が台頭し、さらに留学生の増加はこのような傾向を最も強化させ、農村、農民問題は軽視され、農村指向的な中共に農民の支持度を譲り渡してしまったという主張であった(15)。

　以上の三つの見方はそれぞれの妥当性ある論理上の構造的特長を持っているが、一方には、また客観性と現実性が度外視された点もないわけではないと思われる。即ち、かれらの主張は中共の革命勝利がただ国民党政権を打倒した歴史的事件の意義だけを見たことではないか、今日の中国の社会経済的状況と将来の発展可能性に対してどのぐらいまで判断し、予見したか、社会主義の終末に対する歴史的変化を想像できたのか、イデオロギーの対立による東北亜乃至東アジアの政治的・経済的協力がある程度まで可能であろうか、これが与える影響がある程度であろうか等の面までは考えが及ばず、かれらの理論が展開されたと思われる。これはかれらの論理展開の背景が、特に、1930年代以降が中心とされていた点からも分かる。

　今日の世界政勢の中で、中国の役割と中国に対する世界各国の期待感は大きくなりつつある。それは人口、面積等の大きさとも関係があるが、中国人自身が持っている自立心と文化の悠久性、創造性と最も深い関係があると考える。即ち、中国がうまくいけばアジアがうまくいくし、世界もうまくいくというように影響を与えるからである(16)。

　このような期待感に対して、今日の中国は社会経済的に非常にその発展程度が遅れており、未来の発展可能性を支える伝統的な文化要素を次第に弱めつつあるという現状況は、今までの中国研究動向のように中共革命の当然性乃至必然性だけを強調することではなく、最近の世界情勢変化、即ち、東欧ヨーロッパ等社会主義国家のイデオロギーの転換、イスラム国家の団結、ヨーロッパ共同体の強化等国家発展と国家利益のための変化する状況を直視して、中国もその間の歴史過程を分析、把握して、自国の発展と東北亜乃至アジアの発展に貢献すべきであるという認識を持つべきであると思われる。

このためには中華人民共和国の成立に対する再評価が行われなければならないし、いままでの研究動向乃至研究方法も替えなければならないと考えられる。

　1980年代以降は、中共の革命勝利に対する再評価が始まっているが、まだその成果は不十分である。ただ、1989年天安門事件以後、中国の民主化運動の展開に伴って、中国革命を再評価する作業が高まっているが、直接的な評価作業おりは、以前の資本主義萌芽論の追従乃至現代化新興論等に止まっている(17)。

　従って、本書は以上で述べたように、中国の現状況の打開と未来指向的な国家前途のため、どのような形態の国家秩序が必要であり、歴史過程の順調な発展形態は何であろうか、中国国民の選択は正しかったのかどうか等を考察しようとする。

　このために、研究の時間範囲と地域の設定が重要であるから、ここでこれらの背景を説明しよう。

　あず、時間の範囲は辛亥革命から日中戦争の初めまでど決めた。(1912～1937)　その理由は中国近現代史上で一番大きな変化が行われた時期だからである。清末まで累積されて来た封建王朝体制下での社会経済的困窮は極限点に達して、結局封建王朝体制が崩壊し、民主共和体制に転換したことは、歴史の出発点としても重要な意味を持っているからである。即ち、封建王朝体制の問題点をどのくらいまで解決できるかに対しての中国人の希望が辛亥革命の成功として表現されたと考えられるからである。

　しかし、二千年以上の封建王朝体制に慣らされていた中国の秩序が、国家統治構造の変化という歴史的事件だけですべての問題が解決されるには余りにも大きな限界があったろう。要するに、新統治秩序が安定するためには時間的な余裕が必要であったが、各種勢力の登場と既得権のための紛糾は、むしろ最も多くの問題点を露出させた。そのために、国内の統治者は自分の統治権を保護し、或は掌握するために帝国列強との連結を企図し、国内支配階層間の離合集散を助長し、各派閥間の戦争が打ち続くという時期を迎えることになった。一方、被支配階層は個人のレベルでは土地契約等封建的な束縛を引き続き受入れながら、全体としては軍閥、帝国主義、盗匪等に兵差、掠奪、帝国経済による生活基盤の崩壊等、

両面的な生活の脅威を甘受しなければならなかった。

このおうな状況下で、一連の知識階層におる啓蒙愛国主義の提唱、倫理革命の胎動、反帝国主義運動、反軍閥運動等が継続して展開されたが、依然全般的な社会改革的次元では限界があった。しかし、一般大衆の念願はこれらの運動を通じて、意志を十分に現した。それは国民政府の北伐時、農民の積極的な参与としでも十分に表現された。しかし、北伐成功以後、国民政府の建設事業と経済政策の努力にもかかわらず、農民の心理的方向が共産党の方に傾いていったことは、以後国共闘争の方向を事前に提示する結果をもたらしたといえよう。

国共闘争の究極的な分岐点は1949年といえるが、その実質的な分かれ目は日中戦争以前の中国国内政勢に求められると思う。上述したように、今までの研究者の焦点は、1949年の中国革命という大事件の直接的な連結点だけをさがして、その原因及び背景を説明するため、中共の拠点確保と勢力拡大による国民政府との競争力に対する研究が盛んであった。1930年代初半から、その論理的根拠をみつけようとしていたが、本書ではこのような微視的な論理体係の有限性と偏向性を克服するため、辛亥革命以降現われた支配層、被支配層の社会経済的構造体制と葛藤の構造的な側面を把握し、政府と社会各機構の経済活動とその機能面の役割を分析し、国民政府時代以後の中国の歴史発展の方向がたどるべき道をいったという内外部的な環境変化とそれによって決められた歴史の必然性を証明しようとする。

ただ、1937年以降に日中戦争の勃発のため、国共合作が再推進され、また、すべての政府の努力が、対外部的な原因によって中断されたので、戦争の間に中共の努力が中国国民の大衆民族主義を引き出しうるほど大きかったかも知れないが、それはあくまでも戦争という時期を適切に利用したことに過ぎなく、実際的な国民大衆の心理的決断は戦争以前に現われたと思われるから、本稿の研究期限を1937年までと決めた。

地域の設定は、中国現代史研究の研究方法である地域研究という方法をとっている。東西洋史学界では地方史研究という研究方法論をおく採用している。地方史というのは、歴史現象の理解を中心点ではない各部分の現象を個別的に考察して、それを集積、総合して歴史現象の全体相を構造

的に把握するものであるといえる(18)。このような地方史研究の一つの方法として、本書は長江中流の四省を中心に中国現代化の過程を分析し、中国現代史の矛盾した進行状況を明らかにしようとする。

　しかし、このような研究は、台湾の中央研究院近代史研究所の「中国現代化の区域研究」どいう一連の研究態度とは内容上、形式上で異なる地域研究の一つの特性を持っているといえる。なにゆえ、その地域的位置は中国近代以前とは別に、鴉片戦争以降からは政治、軍事、経済面で一番活発な動きが現われたし、その影響は全中国の政局を主導したともいえるほど大きかったので、地方史的な研究というより、中央史的な側面もあるからである。明清期でのこれらの地域は経済中心地域、政治中心地域ではなかったが、清末以後からは社会史、経済史、政治史、軍事史的な面で中国現代史の中心地域になったので、これら四省地域の研究は当時中国の現実を正確に把握することができる地域であるからである。勿論、当時でも依然北京が政治の中心地といて、江南地域と沿海地域が経済中心地としでの性格を持っていたが、清末以後の一連の事件、要するに、太平天国運動、洋務運動、変法運動、辛亥革命、聯省自治運動、新文化運動、反軍閥運動、北伐、農民運動、ソビエト区の設立国民政府の経済建設運動、国共闘争等中国現代史での主な事件はこれらの地域が中心地になったし、経済的な側面でも帝国列強の経済侵略の対象地域になったし、清中期以降からは中国の食糧及び原料供給地として一番重要な位置を占めていたので、これら四省地域の研究は中央史的な性格も含んでいるともいえよう。

　ただ、本書ではより正確な分析とその性格を究明するため、各主題別に資料が豊富で、行われた政策及び現象が比較的明確に現われた地域を選んで研究した。これは各地域別にこれらの現象が特殊に現われたことを意味するものではなく、普遍的な状況であった当時の主題別状況を最も明確に証明するために利用した方法である。

　特に、中国現代史の研究は厖大な資料のため、全地域乃至いくつかの地域を同時に研究するのは、資料の選択と消化面で問題があり、また、現代化過程で現われた地域別の独特な環境と背景を無視し、全体史的に一括して見ることは矛盾があると思う。このような面からも地域研究は重要性を

持っているし、本書が追求する地域研究内での主題別にあう地域の再選定による研究方法はある程度妥当性があると思う。

　本書で使つた資料は、中国現代史研究で第一次史料として注目されている新聞や雑誌の記事を中心として使い、次は、当時、直接調査された中国、日本側の調査資料と、ほかには各種資料を分野別に集積させだ資料集を重点使用した。一方、専書や論文等は当時の研究動向を理解するとか、本書が追求する論点と違つた場合の比較用として参考にした。

　中国史研究の一番困難な所である度量衡の問題については、できるだけ各地域の一定な基準値を参考にして、誤差の余地がないようにしたが、その基準の不正確性の問題は全般的な用例によって計算して使用した。

　以上は、要するに、本書が解決しようとする主題に対する前提と、その前提の合理的な究明のための時代区分、地域設定、資料選択と度量衡等の問題について述べてきたのである。

2. 戦後における20世紀前半中国農村社会経済に関する
　東西洋の視角

　戦後の中国研究は、中国が中国革命以後、欧米、日本等の資本主義国家よりも、土地改革や土地整理等を非常にスムーズに進行させ、社会経済的側面で理想的な国家発展形態として注目される現代的国家発展のモデルで見方によってなされてきた。そして、これは封建王朝時代から民主共和政時代へ、最後に共産社会主義時代へという歴史転移過程が、順理的に行われてきたという考え方から現われた研究態度であった。このような傾向は前節で見たように中国革命の根本原因を捜そうという態度へと発展し、おのずからその背景を明らかにしようとする方向へ進んでいった。そのため、欧米、日本の学者はその背景の基礎になる社会経済的な実情を唐宋以来民国時代まで歴史的展開の関連性を考えながら分析してきた。このような状況は、更に発展して「中国での資本主義萌芽論」を芽生えさせるまでに至つたのである。このような資本主義萌芽論を中心とする論争は、戦後中国研究の大きな流れを堅持しながら今日まで続いている。そして、このよう

な流れは欧米と日本の場合には1980年代まで、中国の場合には今日まで続いている。なお、台湾の学界では問題の持つ性質のため、研究の方向は異なっているが、現代化が伝統の中に進められていく流れを研究している点では、同じ脈絡をたどつているということができよう。

しかし、これらの研究の焦点はあくまでも中国革命以降、中共の革命路線に対する欽慕乃至讃辞の見方から出て来たものであったから（勿論、台湾学界の観点はこれとは異なるが）、1980年代半ばから世界各地で現われ始めた政治体制乃至経済の構造的変化の状況から見て、こうした観点は修正すべきであると考えられる。なぜなら、中共による一連の社会経済的改革は評価を受けるほどの結果をもたらさなかったからである。

このような変化は、最近における中国社会経済史研究の逃避現象とも見られるが、より現実的で、未来指向的な側面を持つ中国社会経済史研究が要請される状況でもある。このような面から論ずると、本書が指向する目標も、現実的要求の一助になればという期待感もあって、一つの新たな観点を提示しようとする所にあるともいえる。

このような本書の趣旨を最も明確に究明するためにも、今までの20世紀前半、中国農村社会経済に対する各方面の観点を比較分析することが重要だと思われる。

今までの中国農村社会経済に対する各国の学者の見解は、農村の経済状況自体が中国の現実を集約的に反映しているという見方に関しては、共通の認識を表明しているが、中国地域の広濶さ、自然地理条件の複雑さ、農村社会の伝統と構造の多様性のため、歴史的展開状況に対する観点と分析方法が異なっている。例えば、中国経済が世界経済秩序に編入された時期についての論戦とか、中国経済の問題に関連してくる中国農村の性格に関する論戦とか、民国政府の経済建設に対する評価論等が、その代表的な例である。しかし、このような研究観点の多様性にも関わらず、中国経済史研究に対する方法論はまだ正確に理論化されておらず、またその研究成果も決して満足とはいえない。

しかしながら、中国近代史の中での農村社会経済史的観点の流れは、大きく二つに分けられる。即ち、農村社会経済の危機論と中国農村の歴史的変化過程の従って展開されてきたという進行論である。農村社会経済の

危機論は、中国農業の技術的発展の停滞性、帝国経済の侵略による中国農村社会経済の半植民地化、制度運用の安逸性、分配の偏向性等がその中心理論であり、その目的は中共革命→合理とか、化帝国主義の中国市場支配の正当化に対する反論、或は最近台頭している中国経済の非現代化的背景を究明しようとする所にあった。これに対して外部的衝撃とは関係なく、中国経済自体の発展段階を進めて来たという進行論の主唱者の意図は、帝国経済の中国市場侵入に対する合理化乃至帝国経済の中国経済に対する役割論、農業商品化論、国際貿易論がその中心内容である。

それにしても、これら二つの理論の核心は、中国経済を鼓舞し、世界経済に寄与させるという中国経済役割論にあったのではなく、原料供給市場、或は資本主義帝国経済商品の消費地としての植民乃至半植民的経済観、或はマルクス学説に即したイデオロギー的な理論的根拠の確保、或は中国自体の資本主義的歴史発展の進行に対する主張と中国現代化の進め等を証明するための民族主義的な史観等にあったので、現中国の立直しと向後中国発展のためにも、より未来指向的で現実関に即した研究視角が必要であると思われる。

従って、この新たな視角の確立のため、従来の理論を20世紀前半の中国農村社会経済に焦点を合わせて分析して見ると次のようなことにある。

1) 中国農村社会経済の危機論

① 農業技術停滞論

技術停滞によって20世紀中国の農業危機が到来したと主張する代表的な学者はMark Elvin(1973)である。彼は18世紀後半に至るまで中国の農業は伝統的農業技術の改良、投資の増加、新資源の利用が限界に達する「報酬逓減」の現象が現われ、人口が継続増加し、耕地面積の拡大が限界点に至った状況で、中国の農業は「高度均衡的陥穽」に陥ったと診断した[19]。即ち、伝統農業後期における資金の余裕と農業生産額の剰余もあったが、自生的な技術革命がなかったので、この「陥穽」を乗り越えられない「不連続点」（A Point of Discontionity）の状況に置かれていたと見たのである。かれはこの「陥穽」を突破するためには、工業と

科学革命(Industrial-Scientific Revolution)による方法しかないと主張し
たが、伝統技術がすでに高度に発達した状況で、剰余は生産力を上げる
だけに使われ、労働力の豊富さは機械の力量の代わりを十分にしたので、
新技術の創出のための投資等資本集約的な経済観念が、その価値体系
を失って、むしろ既存の技術まで後退させる経営上の間違にを招来して、
技術革命の機会を失ったと警告しながら、今からでも技術革命のための社
会経済雰囲気を造成すべきであると促求した(20)。

　このおうな Elvin の理論を継承発展させた F.Bray (1980) の場合
は、技術発展の限界的状況を「規模経済」 (The Economies of Scale)
論で説明している。即ち、水稲農業の生産単位は小に農家の庭農場であっ
たので、水稲生産の高率性は提高されたが、大規模な農業経営ができな
かったので、ヨーロッパ式農業経営とか、工業革命等技術革命の出現が不
可能であったと説明している。即ち、水稲農業地域で小農家の生産手段は
資本が要らない家族労働力がその主体であったので、彼らの小規模的な農
業経営のためには機器 (Machine) は必要でなく、代わりに小機具
(Gadgets) が必要であったから、このような状況は、技術革命をもたらせる機
械式生産の創出を不可能にしたと主張した(21)。

　D.Perkins(1969)も同じ脈絡で中国農業経済の報酬逓減現象を主張
している。即ち、数世紀にわたって行なった人口の移動は耕地の開発を限
界状況まで拡大し、共に伝統農技術も全国に普及させ、農業生産の最大
化をもたらしたが、技術発展がない耕地拡大だけによる生産力提高は、結
局20世紀に至って人口成長率が伝統農業成長より早くなった状況で限界点
に達して農村社会経済の危機状況を加重させたと強調した(22)。

　Perkinsと似ている考え方を主張したAnderson(1988)は、清代以前中
国の人口は増加速度が遅かったし、耕作物の栽培も創新性があったが、
清代以降からはこの現象が逆転され農業危機が招来されたと主張した。特
に、彼は西方に送られた主要食糧、繊維、装飾等はすべてが中国で生産
させたものであり、その間、西方から中国へ伝来した作物は、中国人によっ
て拡大栽培され、再度西方へ輸出されたという中国での農業生産拡大の歴
史的状況を説明しながら、技術的発展がなかった背景を分析している(23)。

　Feuerwerker(1968)は、生産関係体系の主要な要素である技術と組

織が停滞乃至非整備化され、工業発展を後押することあできず、民国時代に入っても農業中心の経済構造を持っていた前工業社会であったと説明した。しかしながら、耕作技術の後進性は土地分配及び租佃制度問題より農業生産及び経営に悪影響を与え、税制上の不公平な状況下で、農村社会経済を悪化させる最大要素になったので、民国時代にも伝統的部分が現代的部分より最も強く残され、以前の時代より経済的な発展にも変化がなかったと主張した(24)。

Geertz(1963)は、このような状況を「農業内捲化」（Agricultural Involution）　と表現した。即ち、水稲耕作の土地が制限されても農民の耕作に対する愛着心は、所得水準を向上させることが可能であったが、人口増加の急速化は労働力の提供だけに止まり、技術的発展がない状況で窮極的には生産量の絶対不足を説明している(25)。Ester　も人口と耕作地の一定の比率下で、「生物技術」（Biological　Technology)という耕作方法の発達のだめ、地力と人力を節約して、一人当りの生産量を増加させる経済数値上の成長を見せだが、これを発展のない成長と説明し、このような悪循環の中で、農民が生きる方法は農業労働力の増加に頼ることしかながったと主張した(26)。

このような労働力集約、土地集約的な農業形態は超効率的生産型(hyper-efficient　biological)の耕作方式であったと説明しながらも(27)、このような量的成長、質的後退は、結局、農民生活に危機状況をもたらすのみだと警告した(28)。このような状況で、その危機状況を克服するため提示された方法としては、新作物の栽培、高い生産性がある新品種の改良、効率性のある新肥料の開発、新耕作方法の普及等「生物の創新」による方法と農業建設のための農民教育等を提示した学者もあるが(29)、大体は報酬逓減点の到達時間帯を19世紀末から20世紀中葉の間であると把握している。各学者の立場から考えると、20世紀前半での「高度均衡的陥窄」の状況を克服するためには中国国民が持って伝統的な歴史創造の創意力が今からでも最も必要ではないかと思われる。

② 制度的矛盾論
これらの主張は技術論の立場を認めながらも、政治、社会、経済等

制度的矛盾が、農村の危　機状況をもたらしたと把握している(30)。要するに John Lossing Buck(1930)は、1920年代の農民の生活問題を人口過多による平均耕地の縮小のため、生産力が減少したと見た。即ち、農村人口が農民生活水準の高低を決定する要因であり、農村の平和と秩序に大きな影響を与えたと主張したのである。なぜなら、農村人口が農村で必要な農業労働力を越えると土匪になると見たからである(31)。

　　Ramon H. Myers(1970)は、原則上技術論的な立場を堅持しながらも、Buck　の理論を追従 l ている。即ち、彼らは経済学の観点から華北農村を中心に農村状況を分析し、当時、進められていた各種の主張を「分配論」(Distribution theory)と「折衷論」(Eclectic theory)とに分けて、第二次大戦後の中国農村社会経済の落後と農民の貧窮問題に対する各種主張を全て信憑性がないと反駁した。その代わりに彼は内戦問題と自然災害問題を重視した。特に、自然災害による農村破壊は暫時的な現象であるが、内戦は社会動向に不安を農村破壊の直接的要因であると主張した。故に、農村問題に対する政府の立場が重要であり、また農村問題の解決のためには都市経済の発展を政府が誘導し、農村社会経済に影響を与えるべきであると分析した(32)。

　　その外にも費孝通は一般的に農民が負担する税、租、利息が高いという税政面での矛盾を挙げており、Richard Henry Tawney (1966)は、農産品価格が非常に安く、運送費が高いという流通制度上の問題点を指摘している(33)。周策縦は都市発展によって新知識份者、新商工業者、資本家、都市工人等が徐々に興起し、その反面、かつての社会領導階層であった地主、士紳階層が没落して農村社会の伝統制度的基盤が崩壊したので、農民の生存基盤も根本的に動揺し、軍閥はこの状況を利用し、彼ら自身の権力基盤を拡充したと主張した(34)。これに対して1930年代までも多い地主、士紳が依然社会的地位の保護を受けながら存在したので、周氏の観点に問題があることを指摘している学者はChou Yung-teh (1966) である(35)。

　　以上のような制度的矛盾論による各主張はその理論的妥当性が認められるが、各種因素が相互関連的な関係下で現われた問題点であるから、より統合的な検討が必要であろう。

③ 分配論

　この理論は近代中国の租佃比率が悪化していった趨越に基づいて、法律的に小作権に対する保障がない状況を利用し、地主は農民を搾取し、農民の土地所有は経済生活の維持ができないほど少なかったので、農民生活が危機に処したという土地所有の多少によって現われる租佃問題と所得不均衡問題を中心として農村の困窮問題を捉えた主張である(36)。

　Lucien　Bianco(1967)は、1930年代中国農村での社会的衝突が、地主と農民大衆が対立する　中で起ったと見て、その衝突の原因は地主階層が農民に対する専横と搾取行為から始まったと把握した。即ち、地主階層の非人道的な残酷性は経済的に非常に貧困な状態に置かれていた農民に耐えられない苦痛を与えたので、両階層の間に対立が始まったという農民革命的観点で説明している(37)。

　Roll(1980)は、農民生活の水準が一人当りの生産力と工資の外に、一般的な社会階層全体の所得分配の不均衡にもあったと考えた。とりわけ、1930年代の所得分配状況は極めて不均衡であったと分析した。即ち、当時最高の所得水準を保っていた20%の農家は全体農家総収入の50%を占め、最低の所得水準であった20%農家が占めていた全体農家総収入に対する比率は、5%にすぎながったことを具体的に数字を挙げて、これら一部高所得層農民は長期的な生活の安定の維持が可能であり、さらに生活の改善も図る余裕もあったが、低所得農家の大部分は生活水準が継続して下降したり、甚だしい場合は飢餓線上までに至った。そのため、1920年代末からは農民の離村現象が現われ、盗匪の横行、軍閥の士兵化に伴って農村秩序が不安定になったと強調した(38)。

　このような所得分配の不均衡の最大の原因が、農民の階層による所有面積の差にあったのでなく、実質的な耕作権を持つ耕作地面積の差にあったと主張したのは、久保田文次（1967）と天野元之助（1967）等日本人研究者であった。彼らは四川、江浙等における富農の農業経営方法、即ち、これら地域の富農は耕地に対する投資方法が、土地を購買することではなく、多い土地を租借して自身が直接経営したり、再度他の農民に転租する方法によって多くの収入を得たと主張した。これによって地主が小作農に土地を貸すことは、小作農を搾取することを意味しない点を強調した

(39)。故に、地主階層は自身の営利のために、小作農が欠租してもほとんど制裁しなかったことを村松祐次（1966）は付言した(40)。彼は長江下流地域の地主家庭の収租記録を1895年から1921年の間に90％以上の小作農が欠租しており、その中で2・3年以上続いて欠租していた小作農は30％もあり、10年以上の欠租者もあったことを指摘し、これに対して地主側では、江蘇省の場合、地主の受納のために地租額を20％乃至40％まで軽減させる場合もあったことを強調した(41)。Shepherd（1988）は租佃比率は土地所有の集中だけを意味しており、経済の衰落を意味しているわけではないと主張し、租佃比率が増加することによって荒地の開墾、労働力の移動、地主の農場経営方式の改善等の効果をもたらされたのであり、むしろ経済的繁栄の 地表を現していると主張した(42)。

　以上のような分配論者の主張は、その分配の矛盾が農村社会の支配階層と非支配階層との間で現われたか、それとも社会構造とは関係なく田地耕作権による所有耕地面積の差にあるかという二つの見解に分けられるが、前者の場合は中共の土地革命を高く評価する上で、その革命以前の社会階層間の葛藤に焦点を置いた階級闘争史観からの論理であり、後者は実質経済所得に基準を置いた実物経済的観点である。

　しかし、これらの主張は、農民階層分布に対するその基準性と統計の不確実性等資料上の問題と永租権に基づいて小作農を慣習法的な次元で自作農的な経済的自立性を認めて、永佃制が普遍的に存在（例えば、1930年代江浙での永佃制は41％、31％、44％、河北と山東では4％を占めていた(43)。）いたという状況だけを強調した理論ではないか。即ち、小作農の実際的な経済生活構造の没理解から現われた主張ではないかと思われる。つまり、筆者はこの分配論が持っている理論的な妥当性の是否を論ずる以前に方法論的な信憑性に疑問を持つのである。故に、農村社会構造と農民階層別の間の有機的作用に対する全般的な理解の上で、農民生活経済の質実的な計量研究が必要であると思われる。

④　帝国経済侵略説
これは帝国列強の発達した商品侵略が中国経済にマイナス的な影響

をもたらしたという理論で、中国を彼らの原料供給地に転落させたとか、既存の中国手工業を没落させたといった、列強による中国経済の半植民地化に焦点を合わせた理論である。故に、大部分の主張者は中国学者である。

　孫暁村(1934)と薛暮橋(1936)は、経済作物の拡大が帝国主義の経済侵略によって行われたといいながら、その基本的な本質は帝国主義勢力が流通権を掌握し、正常な価格による交易ができない一方的な経済収奪方式で、中国農村の生産物と工業原料を吸収していく過程であると強調した(44)。一方、鄭慶平、岳琛と Moulder Frances (1977) は、帝国主義商品侵略は郷村手工業に打撃を与えながら、同時に農家に経済作物を耕作させる等農民の経済行為を変化させ、農業原料の輸出を奨励し、外国市場に依存させようとする状況に誘導していったと主張した。結局、このような状況は中国農民が国際間の景気変動の影響を受けるような状況に展開されていったと分析した(45)。

　樊百川(1962)は欧洲での資本主義発展段階である家内的商品生産から手工業工場生産へ、最後に現代的工場の商品生産への過程が、中国では帝国主義経済の侵入のため、手工業及び包買制(Putting-out System)が衝撃を受け、欧州での状況とは異なる家内的商品生産と工場的商品生産が並存する、即ち、新式工場が出現以後、初めに手工業工場が大量に出現するという矛盾的過渡期現象が現われ、中国での正常的な工業化を阻害したと強調した(46)。

　このような中国研究者の見方に対して、日本の研究者である天野元之助は、より包括的な立場にたって、帝国主義経済侵略が20世紀中国農村に及ぼした影響を述べている。即ち、「地方軍閥はそれぞれ列強の勢力と借款によって民国以来兵変、戦争をやめず、戦争範囲は年とともに拡大し、直接的に生産手段を破壊し、故に、中央、地方政府の赤字財政のため、公債、不換紙幣等を濫発し、勝手に重課税を附加して農村社会経済を破壊したのに、これの源泉は軍閥と帝国列強との密着関係から出てきたことである。」と分析しながら、「このような中国勢力葛藤を利用した帝国主義列強は、中国の対外貿易、銀行、保険をその支配下におき、武装した資本を鉄道、鉱山、工場設備等の形態で投入し、鉄道の場合は、11,500キ

ロに達し、それは港湾、河川の航行、鉱産、租界、市場等とつないで、資本主義帝国の製造品を送りこみ、中国の原料品、半製品を引き出す通路といて、広大な中国農村に未曾有の大影響を与え、かくして中国農村の半封建、半植民地的性格を一段と刻印づけてきた(47)。」と主張した。

　以上は20世紀前半の農村社会経済状況を数世紀に渡って蓄積されてきた社会経済的矛盾が一斉に台頭した時点として把握し、その原因の最大要素をそれぞれ提出しながら、そのような農村社会経済の危機を克服すべきだという中国農民の自覚を鼓舞し、またその対策を提示するという側面から現われた理論である。

2）中国農村社会経済の進行論
① 農業商品化論

　農業商品化が20世紀前半に、市場経済の活性化による剰余農産物の交易によって推進し、生産技術、生産組織が高度化して農業生産力を向上させ、その結果資本主義的発達をもたらすという過程を中国農民の生活水準を低下させずに、人口増加を支えてきたという中国農村社会経済の新たな傾向を主張した理論として、前述した中国農村社会経済の危機説を反駁した論理である。この理論を主張した代表的学者はRamon Myers(1970)である。彼は中国農村社会経済に関する各種理論を「分配論」と「折衷論」といて分類し、その中でも商人、不在地主、高利貸業者等による農村発展の阻害説を主張する分配論を否定した。具体的に言うと、満鉄調査資料等日本側の調査資料を利用し、華北地方を中心とする中国農民の経済作物栽培とこれらの大量生産と市場交易の推移の変化関係に基づいて、現代的な農業経営たる方式農業商品化傾向の存在を提示し、土地生産力、耕地拡大等が限界状況に至った中国農村社会経済の危機的状況がこの農業商品化によって免れたど指摘した(48)。

　Phillip C. Huang (1985) は、Myers の主張に同調しながらも、彼の資本主義的限界状況論には批判的で、20世紀前半を、農業商品化が発展していく様相を三つの面から分析して資本主義的発展への過渡的な時期であったと主張した。即ち、彼は華北の農業商品化傾向について、地主と富農は半資本主義的商品化経営を行たが、生計維持のための貧農の

商品作物の耕作拡大と帝国主義経済の刺激は農業商品化を進めたと分析した。特に、河南では主食作物である小麦が、河北、山東では商品作物である煙草がその商品化傾向に乗った代表的作物であるとし、20世紀前半30余年間のこれら作物の商品化程度は、過去3世紀のそれに当たると指摘した(49)。このような主張は、商品作物の大量生産による輸出が、輸出商、中間商に巨額の利益獲得の機会を与えたにもかからわず、輸出品の直接生産者である農民にも、ある程度の生活改善ができるほどの収入があったと分析した林満紅(1986)の主張とも相い通ずるといえる(50)。

これに対して、許滌新、呉承明(1985)等中国人研究者と日本人研究者吉田浤一は、経済作物の大量栽培によって、農業基礎が拡大し、農民経済収益が増加するとともに、同時に国家収益も増大し、農業資本主義は発展していったとし(51)、また、経済作物の拡大栽培は農民の階層分化をもたらして雇傭労働力の大量創出を労働資本による資本主義農業経営方式の出現をもたらしたという、中国農村社会経済の資本主義的発達を認めた(52)。

これらのような中国農業の資本主義的な発展傾向まではいわなかったが、農業商品化が20世紀前半の中国農村社会経済を安定させ、各種の社会的不安要素の中でも農民生活が基本的に維持乃至向上されたという進行論を主張する学者もある。

Thomas Rawski(1989)は、各種調査資料を引用しながら、この理論を実証しようといた。即ち、1928年のBuckの調査資料を利用して全国農民の80%以上が生活水準面で無変化乃至向上したとし、本人の統計のよって一人当りの棉布消費数量が1870年代は5.7㎡、1900年初には5.8㎡、1920年代中半は9.0㎡、1930年代中半は8.9㎡に増加したと分析し、中国農民生活水準の向上性を主張した。また、農業工資と農民の副業に対する参与率の増加を例として農民の収入増加状況を究明した(53)。

Brandt(1987)は、農業商品化地域の農家は、婦女子等も農業に参加し、また、農閑期にも副業に参与し、彼らの農家が選択する品物、労働力の投資方向、市場との交易方向等は異なったが、資源の分配と収入状況はほぼ同じであったと考えた。特に、彼らと市場との間には過去のような商人、地主等による彼支配的状況から自由競争的状況へ発展し、また、過去の大農場(大農業経営) と市場だけの関係救助が、小規模農場でも経

済作物の集約的な生産方式による生産量拡大により、大農場主導の流通方式に対抗することが可能になって平均利益分配面でも貢献することになったと分配の平準化論を主張した(54)。

　以上の農業商品化論はElvinが主張した中国農村の剰余力欠乏論とは反対の立場にある中国近代の剰余論を根拠として(55)、20世紀前半の中国農村状況からこれを証明しようとする主張であるが、かれらの根拠になる資料は全てが華北及び満洲地域での統計を中心といた特定地域での現象であり、これを全中国における商品化現象の代表としたという矛盾がある。更に華北及び満洲地域は当時人口密度が稀薄になり、新耕地の開拓による耕作地の拡大が始まった地域であり、土壌、気候等のため主食作物よりはいわゆる商品作物の栽培しかできなかったので、一時的にはこのような現象が十分ありえた。つまり、農業商品化が進行されたという判断が非常に懐疑的にならざるを得ない(56)。

② 国際貿易論

　この理論は中国農村社会経済危機論に対する反論的な性格もあるが、より本質的には、帝国主義商品経済の侵入が中国農村での農業商品化の進行及び中国農村社会経済の資本主義化に対する刺激を与えたという観点に立っており、帝国主義経済による中国農村社会経済の植民地化論に反駁し、むしろ、国際貿易を通じて中国農村社会経済の活性化に寄与したという主張である。しかし、これらの理論は中国農村社会経済の継続的発達を否定的なものとみている。その原因として帝国主義経済の侵入ではなく、天災、戦争等による別の要素によって農民が苦痛を受けたという見方である。故に、この理論は進行論として限りがあるといえる。

　Hou Chi-ming(1965)は、農村紡織工業を例に挙げながら、帝国経済浸透による中国農村経済の発展状況を説明した。彼は河北省高陽と定県での紡錘数の増加に基づいてこの理論を主張したが、まずこの両県によって中国での状況が代弁できるかという点に問題があり、また、分析方法についても紡織工場の構造的変化に対しては分析せず、単純に織布生産量の増加だけを見て、19世紀末から始まる外国商品（農村家内手工業製品と関連された品物）の流入による中国農民の苦痛を度外視した点に問題

がある。この二点はこの理論の限界性を示していると思われる(57)。R. H. Myers（1986）は外国との貿易が中国農業の商品化と専門化を刺激して、食糧及び経済作物が増加したと分析したが、この理論も数量の増加現象のみを見て説明したので、Hou Chi-ming と同様の限界を持つ分析ともいえる(58)。これに対して、農業生産物みよる20世紀前半の輸出は総生産額の10%に過ぎず(59)、また、輸出された中国の農鉱山品等原料が必要だった所は外国の工業であり、中国工業ではなかったので、中国農村社会経済には直接的影響がなかったと分析したRawskiとDernberger（1985）の観点も(60)、数量的な面での影響の多少だけを見ている。仮に、あまり影響がなかったといっても、全般的な帝国経済侵入によって現われた中国農村社会経済の構造的矛盾に対する分析は不足しているのではないかと思う。

　　一方、手工業方面での変化状況を通じて帝国主義経済侵入の肯定論を主張する一連の研究者 がある。Jack M. Petter(1968)は1900年から1930年の間に香港で商工業が発達し、高収入の労働機会が多くなって農民収入が上がったと把握し(61)、劉大中と葉孔嘉は1933年まで手工業部門の人数が非農業人口の29%を占めたといて、手工業が続いて発達したという状況を説明し(62)、Eastman（1988）は手工業業種別の発達状況を三つに分け、市場経済発達によって搾油、碾米等が発達し、外国市場の需要によって猪鬃、鶏鴨蛋、草帽辮、桐油、動物毛皮、豆油、豆餅等業が、新興洋貨を模倣して火柴、肥皂、香煙等業が発達したと説明した(63)。しかし、Feuerwerker、Albert（1980）は中国の手工業がヨーロッパでの発達状況と異なって、新式工場が出現した後に初めに出現して、現代化生産のための補助工場としての役割しか果たせなかったので、産業発達と直結されることができなかったと分析した。そして、手工業も新式工場で生産された原料に依存しなければならなかったので、新式資本に隷属してしまい、自律的な販路の開拓と自律的な商品作物の生産ができなかったので、むしろ、失業による収入減少と新式資本の経営方式に隷属していったとし、農民経済生活の否定的な側面で反駁した(64)。このことは、国際貿易論の論理性に多くの問題点があることを示す。

　　以上、見たように20世紀前半の中国農村社会経済状況に対する見解は、それぞれの観点から、近代以来現われ始めた中国農村社会経済の矛

盾的状況と連結させながら、各者の理論体系を構築している。しかし、各々の主張が追及する中国歴史発展の実態と方向の差異は、これら主張の論理的な面を認めながらも、それの客観性と立証性で合理的な面が欠乏しているのではないかと思われる。勿論これらの主張はそれぞれの時代的背景と研究方法の変化、そして自身が処している国家環境からくる問題であると思われる。本書では、最近の国際的動向、東北亜の位置、新研究方法の必要性等という中国歴史発展に対する時代的要求を感じながら、今までの研究結果に基づいて中国の将来の発展方向の提示と中国国民の歴史創造に対する期待を展望してみたい。

3. 本書の構成と問題視角

　本書は1949年の中国革命が中国の現代化にどのような影響を与えたか、それは中国国民の正しい選択であったか、中国の発展のためには国民政府が採択すべき政策はなんであったか等の問題点を明らかにするための研究である。そのため、各地域別に特徴的な主題を設定して、社会経済の構造的側面を分析して当時の時代的流れを考察したものである。そして、中国歴史上で一番活発に動いた時代的変化が行われた20世紀初頭の民国時代を関心の対象としてきた。

　本書は、今までの研究成果に基づいて新稿を補充して総9章で構成したものである。

　①「軍閥統治時代（1914〜1924）的湖南農村社会経済」（『台湾国立政治大学歴史研究所碩士論文』1988年1月）

　②「軍閥統治時代（1914〜1926）の湖南農村社会経済の地域史的研究-農村農民の問題を中心に-」（『東洋史論集』第17号、1989年1月）

　③「20世紀初頭、江西省の米穀流通と農村社会経済」（『東洋史論集』第18号、1990年1月）

　④「中国農村社会経済生活の地域史的研究（1912〜1937）　-安徽省の農業経営を中心に-」（『東洋史論集』第19号、1991年1月）

　⑤「中国荒政の地域史的一考察（1912〜1937）　-安徽省中心-」

（『史学研究』43号1992年4月）

⑥「中国の税政と農村社会経済(1912～1937)-江西省の田賦附加税を中心に-」（『何石金昌洙博士華甲記念論文集』1992年5月）

本書は以上の論文と新稿を加えて、篇別構成したものである。本書の篇別構成と前記諸論文との関係は次の通りである。諸論文は番号で示す。

第1篇: 農村社会経済の環境

　　第1章　四省の地域的位置（新稿）

　　第2章　政治と農村社会経済

　　　　第1節　　　（新稿）

　　　　第2節　　　①の一部

　　　　第3節　　　①の一部

　　　　第4節　　　②の一部

　　　　第5節　　　（新稿）

　　第3章　人口状況及び土地利用

　　　　第1節　　　（新稿）

　　　　第2節　　　①②の一部

　　　　第3節　　　①②の一部

　　　　第4節　　　（新稿）

第2篇: 農村社会経済の実態

　　第4章　税政農村社会経済　⑥

　　第5章　農村金融（新稿）

　　第6章　米穀流通　③

第3篇: 農村社会経済建設事業の検討

　　第7章　農業経営　④

　　第8章　農政（新稿）

　　第9章　荒政　⑤

ただし、旧稿を本書にまとめるについては、いずれも見直すべき所があって、内容を改めた個所がある。

旧稿、新稿を含めて、本書の篇別構成に即して、各章の問題設定を提示しておこう。まず、第1篇は3章よりなっているが、四省地域が20世紀初頭に置かれていた経済的位置とその役割を考察し、当時最も農村社会経済に

被害を与えた軍閥統治下の時代的背景と社会経済的構成関係を湖南農村を中心に考えて見た。また、農村社会経済の基本的な相関関係である農村人口と土地問題を湖南農村を例といて四省地域の背景設定として説明した。

　第2篇では、このような環境下で実質的に現われた経済的な実態を分析した。第4章では江西省で実施された税金行政の一側面として田賦附加税の問題を取り上げ、農民が直接受けた被害状況を説明しており、第5章では、農村社会経済の活性化のための農業資金及び生活経済の基本金の運用状況を商業と農産物の集散地であり、流通貿易の中心地であった湖北省を例として分析した。第6章では比較的水運の体制ぎ整備されていた江西省の米穀流通構造を分析して、政府機関の行政不在と在来式伝統システムによる流通構造の限界性を説明した。これは農村内部で行われた実質的な経済運用状態及び農民経済の不均衡的な分配状況を把握し、外面的な現代化の姿よりは内面的な農村社会経済と農民心理の矛盾と葛藤を細かく分析した。

　第3篇では、このような農村社会経済の衰退と共に農民の対政府的な不満の噴出と、これに相応してその勢力を拡大していく共産党の抵抗に対処しようとする政府側の経済建設事業政策を清末以降続いて変遷しながら採択されてきた一連の伝統的な政策の性格研究とともに連結しがら、政策の究極的な実施目的、このような政策に対する農民の反応、或はこれら政策の実施結果と影響を説明している。第7章では安徽省を中心に農業生産性を高めたという評価を受けている農業商品化が当時の中国の状況で、どのくらいまで行われたかを農民の実際生活状況と比較しながら考えて見た。第8章では江西省を中心に政府の農業改良事業の意志と実践状況を把握した。これによって伝統的な中国経済発達の最大難点であった農業技術の問題を検討して、中国現代化のために最も解決が必要な技術の停滞性を考察した。第9章では、明代以後人口増加に伴って行われたこれら地域の無分別な開墾による耕地面積の拡大が20世紀初頭に至ってどのような影響を及ぼしたかについて検討した。即ち、無分別な開墾による長江の調節能力喪失がもたらした結果がいかに現われたかを、安徽省を中心に究明したのみならず、省当局と中央政府が取った救済事業の一側面も検討して、行政当局の農村、農民に対する政策意志と行政能力等を分析して、当時の

農民と政府側との相反する関係構造を考察した。

　ところが、このような論述はあくまでも20世紀初頭の一大変革期で現われた社会経済的な細部状況を分析検討して、中国現代化の停滞性、農民心理の転換的契機、中国が歩むべき道等の背景探索のための一つの方法としての研究であり、この結果によって農民運動とか、中国の社会主義国家化とか等の歴史的性格を究明しようとしたものではない。

　最近の国際的変化とアジア的な共同利益との相関関係の中で、重要な位置に置かれている中国の現状況が、このような流れに容易に適応することができないという現実的背景の根本原因が、封建王朝体制から民主共和制への転換の中で現われた一時的な混乱を乗り越えられなかった当時の行政当局と支配階層の統治限界にあったという見方から、本書が追求する主題別分析と検討を通じて、今後の中国が歩むべき道を提示するのが本書の主要視角であるといえる。

【註釈】

(1) Donald Gillin, 「"Peasan Nationalism" in the History of Chinese Communism」(『Journal of Asian Studies』Fedruary, 1964. 2) P.270.

(2) 同前 P.270.

(3) Ray Hofheinz, Jr., "The Ecology of Chinese Communist Success" (Doak Barnett, 『Chinese Communist Politics in Action』Seattle 1969) P.50.

(4) 同前 PP.60〜61.

(5) 同前 P.77

(6) Barrington Moore, "Mechanical Theories of Revolutionary Causation" (『Political Science Quarterly』March, 1973) PP.55〜51.

(7) Perez Zagorin「Theories of Revolution in Contemporary Histrigrapty」(『Political Science Quarterly』March, 1973) PP.50〜51.

(8) 張達重「中国共産革命의 政治経済学」(『東亜研究』2輯, 1982) PP.116〜117.

(9) Chalmers Johnson「JPeasant Nationalism Revisited: The Biography of a Book」(『The China Quarterly』December, 1977)

(10) Tang Tson "Western Concepts and China's Historical Experience"(『World Politics』Jury, 1969)

(11) J. J. Johnson『The Role of Military in Undererliped Countries』(Princeton, 1962)

(12) Marias Jansen, 『The Japanese and Sun Yat-sen』(Stanford, 1954)
　　L. Sharman, 『San Yat-Sen』(Stanford, 1968) PP.267〜300.

(13) S. N. Eisenstadt, 「Tradition, Change, and Modernity; Reflections on the Chinese Exterience」(P. T. Ho and Tang Tsou, 『China in Crisis』Book Two, Chicago, 1968) PP.758～759.

(14) Barrington Moore, Jr., 『Social Origins of Dictatorship and Democracy』(Boston, 1966)

(15) Y. C. Wang 『Chinese Intellectuals and the West: 1872～1949』(Chaper Hill, 1966)

(16) 今永清二, 『中国の農民社会』(弘文堂, 昭和43年6月) PP.5～6
O. Lattimore 『China; a Short History』1947年

(17) 1950年代以後の中華人民共和国の歴史学界と欧米の歴史学界は中国の資本主義萌芽論と連携して多くの研究結果を発表してきたが、それは中華人民共和国の土地改革、或は経済発展に近視眼的な意味を与える過程から始まったことであり、今日中国の各方面で現われる問題点を改善するための研究とはいえない。日本学界の傾向も大体70年代末まではこれらの研究動向と似ていたといえよう。しかし、80年代以降からは中国の現象に限界性を感じた若い学者によって徐々にこのような研究方法が改善されている。欧米の場合は中国の停滞性に対して技術論等が台頭し、新たな研究性向が現われている。台湾学界の場合は1970年以後中華人民共和国乃至欧米学界の研究性向に反発したあとに、国家次元の現代史研究作業が活発に進行してきたが、現存している人物や政治的限界状況のため、国民党中心の史観を克服することができなかったが、最近の政治状況変化は研究の範囲幅を広げ、地域研究等新たな研究方法の利用と現代化の過程を証明する等進歩した感じもするが、依然として国共関係と国民党政府の政策に対する評価は限りがあると見られる。

(18) 閔斗基「中国史研究에 있어서의 地方史研究」(『大丘史学』第20輯, 1986年11月) P.24

(19) Mark, Elvin 『The Pattern of the Chinese Past』(Stanford, Stanford University Press, 1973)

(20) Mark Elvin 「The High-Lever Equilibrium Trap: The Causes of the Decline of Invention in the Traditional Chinese Textile Industries」(W. E. Willmott, ed. 『Economic Organization in Chinese Society』Stanfold, Stanfold University Press, 1972)

(21) Francesca, Bray 「Science and Civilization in China」(『vol.6, pt. 2: Agriculture』 Cambridge, Cambridge University Press, 1980)

(22) Dwight, Perkins 『Agricultural Development in China, 1938～1966』(Chicago, Aldine Publishing Co., 1969)

(23) E. N. Anerson 『The Food of China, New Haven and London』(Yale University Press, 1988)

(24) Albert Feuerwerker 『The Chinese Economy, 1911～1949』(Michigan, Michigan University Press, 1968)

(25) Clifford Geerrtz 『Agricultural Involution: The Process of Ecological Change in Indonesia』(Berkeley and Los Angeles: University of California Press, 1963)

(26) Ester, Boserup 『The Condition of Agricultural Growh』(Chicago, Aldine, 1965)

(27) Hayami, Yujiro and Vernon Ruttan 『Agricultural Development』(Baltimore: Johns Hopkins University Press, 1971)

(28) Chao Kang 『Man and Land in Chinese History: An Economic Analysis』(Stanford: Stanford University Press, 1986)

(29) 同前,「洛夫, 沈宗瀚与中国作物育種改良計画」(沈君山, 黄俊傑 『鍥而不泗』台北, 時報文化出版事業, 民国70年)

(30) 任哲明「中国農村社会経済的根本問題」(『新中華』1:14, 1933年7月)

(31) John Lossing Buck 『Chinese Farm Economy, A Study of 2866 Farms in Seventeen

Localities and Seven Province in China」(The Univ. of Nankig and the Council of Institute of Pacific Relations, Pub. by the Univ. of Chicago Press, 1930)

(32) Ramon H. Myers「The Chines Peasant Economy: Agriculture Development in Hopei and Shantung, 1890～1949」(Cambridge: Harvard University Press, 1970)

(33) Richard Henry Tawney「Land and Labor in china」(Boston, 1966)

(34) Chou Tse-tsung「May Fourth Movement」(Stanford: Stanford University Press, 1960)

(35) Chou Yung-teh「Social Mobility in China」(N. Y.: Atherton Press, 1966)

(36) 同註 31) と同註 32)と参照
    鄭慶平, 岳琛『中国近代農業経済史』(北京, 中国人民大学出版社, 1987)

(37) Lucien Bianco「Origins of the Chinese Revolution, 1915～1949」(Stanford: Stanford Univ. Press, 1967)

(38) Roll, Charles R.「The Distribution of Rural Incomes in China: A Comparison of the 1930s and 1950s」(New York: Garland, 1980)

(39) 久保田文次,「清末四川の大佃戸-中国寄生地主制度展開の面」(『東洋史学論集』第8期, 1967)
    天野元之助,「解放前の中国農業とその生産関係-華中」(『アジア経済』第18巻第4・5期, 1967)

(40) Muramatsu Yuji「A Documentary Study of Chinese Landlordism in the Late Ch'ing and Early Republican Kiangnan」(「Bulletin of the School of Oriental and African Studies 」29:3, 1966)

(41) Frank A. Lojewski「The Sooshow Bursaries; Rent Mangement During the Late Ch'ing」 (『Ch'ing-shig went'i』4:3, June, 1980).
    Chao, Kang「New Data on Land Owtership Patterns in Ming-Ch'ing China-A Research Note」(『Journal of Asian Studies』40:4 August, 1981).
    Marks, Robert B.「Peasant Society and Peasant Uprisings in South China: Social Change in Haifeng County, 1630-1930」(University of Washington, Ph. D. dissertation, 1978).
    以上の論文参照

(42) John R. Shephers「Rethinking Tenancy: Spatial and Temporal Variation in Land Ownership Concentration in Late Imperial and Republican China」(「Comparative Studies in Society and History」30:3, 1988)

(43) Ramon. H.. Myers「Land Property Rights and Agricultural Development in Modern China 」(Randolph Barker and Radha Singh, ed, 『The Chinese Agricutural Economy』1982)
    土地委員会『全国土地調査報告綱要』(東京編者出版1937)

(44) 孫暁村「中国農産商品化的性質及其前途」(『中山文化教育館季刊』創刊号, 1934年8月)
    薛暮橋「農産商品化和農村市場」(『中国農村』2巻7期, 1936年7月)

(45) 鄭慶平, 岳琛, 同註35)
    Moulder, Frances『Japan, china and the Modern World Economy』(Cambridge: Cambridge University Press, 1977)

(46) 樊百川「中国手工業在外国資本主義侵入後的遭遇和命運」(『歴史研究』期3, 1962年)

(47) 天野元之助「解放前の中華民国の農村社会経済」(『立命館文学』253)

(48) Ramon, H. Myers, 「The Chinese Peasant Economy: Agricultural Development in Hopei and Shantung, 1890-1949」(Cambridge Mass., Harvard University Press, 1970)

(49) Philip C. Huang『The Peasant Economy and Social Change in North China』(Stanford, Stanford University Press, 1985)

(50) 林満紅「口岸貿易与近代中国-台湾最近有関研究之回顧」(中央研究院近代史研究所編、『近代中国区域史検討会論文集』1986)

(51) 許滌新、呉承明主編『中国資本主義発展史』第1巻(北京、人民出版社、1985)

(52) 吉田浤一「20世紀中国の一棉作農村における農民層分解について」(『東洋史研究』34巻3期、1975年12月)

(53) Thomas Rawski「Economic Growth in china Before World WarⅡ」(『Paper Presented to tue Second Conference on Modern Chinese Economic History』Taipei, January 5-7, 1989)

(54) Loren Brandt「Farm Household Behavior, Factor Markets, and the Distributive Consequences of Commercialization in Early Twentieth-Century China」(『Journal of Economic History 47』September, 1987)

(55) Carl Riskim「Weft: The Technical Sanceturary of Chinese Handspun Yarn」(『Ch'ing-chih Wen-t'i』3:2, December, 1974).
Robert F. Dernberger「The Role of the Foreinger in China's Economic Development, 840-1949」(Dwight H. Perkis,『China's Modern Economy in Historical Perspective, Stanford; Stanford University Press, 1975).」
Victor D. Lippit「The Development of Underdevelopment in China」(『Symposium on Chian's Economic History, Modern China』4:3, July, 1978).

(56) 石田浩「1930年代華北棉作地帯における農民層分解」(『中国農村社会経済構造の研究』京都、晃洋書店、1986)

(57) Hou Chi-ming『Foreign Investiment and Economic Development in China, 1840～1937』(Harvard University Press, 1965)

(58) Ramon H. Myers「The Agrarian System」(John K. Fairbank,『The Cambrige History of China』Vol.13, Pt.2, Cambridge: Cambridge University Press, 1986)

(59) Thomas Rawski,「China's Republican Economy: An Introduction」(Toront Centure of Modern East Asia, Univ. of Toront-York, Discussion Paper 1)

(60) Robert F. Dernberger, 同註49)

(61) Potter, Jack M.『Capitalism and the Chinese Peasant: Social and Economic Change in a Hong Kong Village』(Berkeley & Los Angeles: California University Press, 1968)

(62) Ta-Chung Liu and Yeh Kung-Chia,『The Economy of the Chinese Mainland; National Income and Economic Development, 1933～1959』(Princeton, Princeton University Press, 1965)

(63) Lloyd E. Eastman『Family, Fields, and Ancestors: Constancy and Change in China's Social and Economic History, 1550-1949』(New York and London: Oxford Univ. Press 1988)

(64) Feuerwerker, Albert「Economic Trends in the Late Ch'ing Empire, 1870～1911」(John K. Fairbank and Kwang-Ching Liu, eds.『The Cambridge History of China』(Vol.11, Late Ch'ing, 1900～1911, pt. 2, 1980)

第1篇

農村社会経済の環境

四省(湖南, 湖北, 江西, 安徽)の
地域的位置

1. 歴史地理環境

　ある一定の地域の発達はその地域の自然環境と密接な関係がある。その自然環境をどのように開拓、支配するかにより、地域的発展の程度の差が現われた。このような地域的発展は一国の全般的状況を代弁するこのもあり。この地域状況だけを示すこともあるが。この四省地域の場合は。それらが中国近代史の全過程の舞台として登場した事実を考えると、この地域が持っていた地理的背景と社会経済的機能は、近代以来中国各地の諸条件を代表しているといえる。しかし、このような代表性よりもその背景と機能を為政者達がどのように主導して近代発展に寄与したかが最も重要なことであろう。なぜなら、清末以降から現われた各種社会経済的問題は、この四省地域での歴史発展の諸過程が矛盾的進行の中で一貫してきたという事実を示しており、これによって中国現代化の限界性が現われたという結果論から見ると、この四省地域に対する正確な評価は以後中国の発展の評価の指標となると思われる。このように考えることによって、16世紀以降のこの四

39

省地域において、如何にして人口の密集地域となったか、彼らによってなされた農地拡大による食糧増産は、将来の中国経済にどのような影響を与えたか、人口増加に対する耕地拡大の限界が農村社会の生産構造を如何に変形させたか等、20世紀初頭に起った現代化にかわる矛盾点を究明することができると思う。

そこで、本節ではこのような点を考えながら、これら四省で行われてきた自然環境の利用状況と以上現われたその影響等を経済地理的観点で分析しようとする。

Elvin教授の論理によると、8世紀から12世紀にわたる中世経済革命による農業技術の発達によって、治水政策に伴う耕地拡大なき人口増加に対応すべき社会経済的条件が形成されていたと述べている(1)。これ以降、人口の急速な増加現象はこの理論を裏付けしているが、技術経済的後進性については説明していない。彼はただ、このような人口の増加は経済問題の解決の一環として未開拓地への人口移動を誘発させたと主張したのみである。これに対して農村技術の未発展問題はさておき、如何にしてこのような人口の移動が行われたかという問題がでてくると思う。この疑問に対しては、当時技術的発展が停滞していた状況から考えると、有利な自然的条件を備えていた地域において、耕地拡大による現実的問題解決が行われたと考えるべきである。

このような観点から見ると、14世紀以後、このような状況にあった地域は長江中流地域しかなかったといえよう(2)。長江下流の江・浙地域は、すでに開発され、当時最大の食糧供給地としての役割を果たしており、これによる人口の急増は市場経済を活性化させ、商業及び織物手工業地域に変貌していった。故に、明中期以後は食糧作物の生産性が全国最高でありながらも、相対的な人口増加と稲田の木棉地化、或いは桑地化によって本来の食糧供給地としての役割に限界性が現われるようになった(3)。このような人口の過剰と食糧不足の問題は、長江中流地域への人口移動と新耕地の開拓を促進させる主なきっかけとなった。

特に、長江中流の鄂、湘、贛、皖等四省は、浙江両省での問題点を解決できる充分な条件を持っていた。勿論、これは多くの資本と人力による開墾以後のことであったが、このような開墾事業と伴って現われた社会経済

的変化は清末民初まで継続され、この地域の経済的、政治的、社会的、軍事的重要性を高揚させ、近世以来、中国の命運を決定する代表的地域になった。

　これらの地域への人口移動と耕地拡大は、この地域の地形と気候とも関係が深い。まず、この地域内の水系を図式化して表現すると、図1のようである。

図1　四省内の揚子江の水系

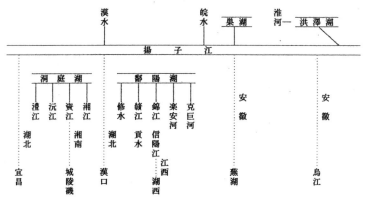

資料来源：『中国分省地図　1918～1944』（東京，東亜同文会）

　図1に見えるように、この四省は、長江と淮河の本流とその支流、そしてその周辺に散在している湖沼等水路の連繋によって同一経済圏内にあったことがわかる。特に、これらの水系はこの地域を水田耕作地に造成するのに十分であった。その中で、も両湖、皖南、贛北の低湿地は16世紀以後、湖田が発達し、中国最大の米作地帯になった(4)。

　これらの地域の年平均気温は、それぞれ15℃から18℃であり、植物の成長期間である3月から11月までの平均気温は20℃から22℃であり、生活面でも、作物成長面でも非常に適当な温度の地域であった(5)。さらに、この地域の植物成長期間は270日程度で、江浙、北部地域の240日から260日よりも長かった(6)。また、夏季の風向が北東乃至南東風であり、これは多くの湿気をもたらした。降雨量も多かった。長江の水稲小麦区である皖北の

場合は、降雨量が平均約1,200mm乃至1,300mmであり、水稲茶区である湖南、江西、皖南地域は約1,400mmから1.500mmであり[7]、秋季の晴朗の天気が多かったので、各地域の作物の生産はそれぞれ中国の代表的産地になった[8]。

　そのような気候条件と水系条件は、人口の移動対象地域としての充分な条件を持っていた。勿論、人口の移動の原因はこのような条件に魅了された農民の自発的行動ではなく、政府の徙民政策、或いは人口急増による食糧不足等経済問題の解決のためであった。とにかく一旦移動し始めた農民にとっては、これらの地域は第一の対象になった。

　このような動きによって開墾が始まったこれら地域での開墾耕地率は、15世紀初期まででも長江下流の江浙両省の10%乃至40%に過ぎなかったが[9]、これら地域の経済的位置は中国で相当な影響を発揮し始めていた。さらに、17世紀に至るとその影響力は最も大きくなった。田地増加率だけでも湖南、湖北の場合は、15世紀より153%、310%が増加し[10]、「湖広熟、天下足」という評判が聞かれた。江西省も明初には鄱陽湖周邊地域の開墾が活発になり、地域率が非常に高く、明末に至っては贛州府周邊の山坡地区まで開墾しれ、長江地域の有数な米移出地になった[11]。安徽省も16世紀初期の耕地面積が、湖広地域より多かった状況から見ると、その経済的重要性がわかる[12]。

　このような傾向は清代に入っても継続した。特に、明代の正統年間から積極的に推進された水利政策は、嘉靖、万暦年間の中興期にわたり、清朝には大部分の可耕地に水利施設が完成された。その水利工程事業の発展状況は、表1のようである。

　この表を見ると、水利事業の件数は16世紀に一番多かったが、実質的な事業内容面では17世紀以後が最も大きな規模であった。また、工事件数面でも修理件数を合わせると17世紀から18世紀の間に、湖南、湖北、江西での件数はそれぞれ183、528、222件にもなった[13]。このような数字からも清代での水利事業が最も多かったことがわかる。

　このような水利事業の拡大は、耕地面積の拡大を示しており、農業生産力の増加、水旱災の減少による農業生産の安定等ももたらした。これは18世紀以後湖南米が、毎年約1,000万石が省外に移出された状況からもわか

る(14)。湖南、湖北の15世紀以後の耕地面積拡大状況は表2のうである。

表1 四省の世紀別水利建設事業状況

水利工事内容	性別	13C	14C	15C	16C	17C	18C	19C
水利工程數 （件數）	安徽	2	9	14	37	28	64	*9*
	湖北	10	8	21	56	21	80	30
	湖南	0	26	16	187	8	10	1
	江西	11	18	54	118	56	26	100
毎項工程平均 灌 漑 面 積	安徽	300畝	16,000 畝	600畝	2,000畝	287,000 畝	-	148,000 畝
堤垸の全長 （里）	安徽	-	-	2	0.2	6	19	13
	湖北	100	57	18	48	21	13	40
	江西	2	-	9	7	3	6	5

資料来源: Dwight H.. Perkins, Agricultural Development in China 1368-1868,
Edinburgh University Press. 附表8-1、 8-2 、8-5から作成。

表2 歴年別湖南、湖北の耕地拡大状況

(畝)

湖	南 ①	湖	北 ②
年 別	耕 地 面 積	年 別	耕 地 面 積
1400	10,000,000	1685	54,241,800
1766	50,000,000	1724	55,404,100
1873	66,000,000	1766	58,891,700
1913	58,000,000	1812	60,518,600
		1851	61,503,127

資料来源: ① Dwight H. Perkins, Agricultural Development in China 1368～1968.
P.229, P.236.
② 李文治『中国近代農業史資料』第1輯 P.32, P.39, P.60.

しかし、このような人口の移動と耕地の肥沃度、農耕に適当な気候条件等による農業生産は、技術的農耕の後押しがなかったので、ある程度までは耕地の拡大により、人口増加に対応できたが、清末民初に至るとその限界性が現われた。また、低湿地の湖田化による開墾耕地の拡大は、ほとんど極限に達し、またこのような湖田の拡大は水災の根本要因になり、むしろ農村社会に大きなマイナス影響を与えた。

　歴代四省の官吏と民間が水利政策として重要視したのは、坡、塘、提、垸の築造と修理であっだ(15)。清初から本格的に始まっだ官民による築囲活動は年々増加し、18世紀中葉に至ると徐々に水患が発生し始めた。当時、官によって築囲された堤垸は官囲、民間の出資による堤垸は民囲といわれた。彼らが山坡或いは一般耕地よりこの堤垸により関心をもったのは、築提が容易であったため小資本で開墾が可能であり、それによって造成された湖田は税金がなく、また、その耕地の肥沃度が高かったので生産力が優れたからであっだ(16)。1644年、湘陰県の場合、堤垸によって得た耕地は21,000畝であったが、1746年、乾隆初に至るとその耕地は167,000畝になり、100年間で8倍の耕地を得ていた(17)。低湿地一県の状況がこのようになると、四省低湿地周邊の諸県が造成した湖田の規模がわかろう。結局このような湖田の増加は湖面を縮小させ、水路の進行を妨害し、湖沼の水量調節能力を喪失させ、水患の根本原因になった(18)。故に、清政府は18世紀半ば以降、官囲の築造を禁止させたが、民間による民囲の築造は19世紀末まで継続され、数百数千倍に拡大された(19)。

　このような状況について王業鍵は、これらの地域が華中地方で穀倉の地位を維持したのは、これらの湖田の開墾によって可能となったと評価したが(20)、このような時代的限界内で評価よりは、全時代的状況での損益に対する評価がより重要ではないかと思う。即ち、このような湖田の増加による耕地拡大と生産増加は、根本的な問題解決よりは当時代的な問題解決だけに止まった微視的解決策であった。なぜなら、明半ば以降の里甲制の混乱の中で、社会的機能が痲痺し、紳士階層は、自分の勢力基盤維持のため各種水利工事に参与し、また私囲築提の出資者になって徐々に社会的地位を確保し、新たな社会秩序体制を成立させた。このような紳士階層の役割については二つの解釈があるが(21)、当時の地方誌等の資料を分析する

と、当時の紳士階層はあくまでも自分の利益追求が公意識より大きかったのではないかと思われる(22)。しかしながら、中央政府の公権力が衰退する過程で、中央政府は彼らの力が必要であったので、国家支配の補佐役として認めたのではないであろうか。このような紳士階層の私利のための私囲の増加は、当時彼らが参与した水利工程すべてが堤垸の築造のためであり、水旱災のための治災事業とは関係がなかったろう。勿論、初期の堤垸築造は災荒の防止に貢献したり、生産力の向上及び農業の安定性等にも貢献したと思うが(23)、清末に至るとこれらの築囲の弊害は実に大きく現われた。

　本来長江流域の沿岸湖泊は流水量を調節する機能を持っていた(24)。このような河湖関係の破壊現象は18世紀以来現われ始めた。その原因には二つがあった。一つは泥沙の淤積による水流の妨害現象と、もう一つは囲湖による湖田の開墾であった。即ち、前者は自然による災害現象であり、後者は人為的原因による災害現象であった。前者の場合は自然的現象によって現われる状況であるから当時の国家的状況では、解決できない問題であっだが(25)、この原因によって現われた状況を開墾という名目で、さらにその状況を悪化させたのが後者の人為的行為であった。清末民初に至って開墾された洲渚はもはや洞庭湖面を3分の2に縮小され(26)、都陽湖沿岸の淤洲に造成された湖田は百万畝以上に達した(27)。これ以外の地域、即ち、漢水、淮水地域等すべての淤洲地域での湖田化は測量さえ難しいほど多かった(28)。これは結局河湖関係を破壊させ、毎年の水害を引き起こした。歴年の水災状況はこのような状況をよく見せている。（表3参照）

表3 歴年四省の水災発生頻度

世紀 省份	12	13	14	15	16	17	18	19	計
安　徽　省	6	3	4	－	0	15	31	42	115
江　　　西	8	2	4	－	1	19	8	28	75
湖　　　北	5	2	4	－	2	13	14	36	84
湖　　　南	0	0	4	－	2	10	7	33	63

資料来源: 竺可槇「中国歴史上気候之変遷」（『東方雑誌』巻22号3、民国14年3月）

この表の信頼性に問題があるが、全般的状況を把握するには、ある程度の参考になると思われる。即ち、長江と漢水の水力循環の転換点になったと言われる1788年の洪水以降(29)、水災の回数が急激に増加したことがわかる。この水災について Rawski 教授は次のようにその原因を述べた。

「農民がよく肥えた泥地で穀物を栽培するために湖岸の一部に堤垸を築くことにより、洞庭湖の侵食を導いた。堤垸事業は規模の上では拡大したが、政府の努力は継続した侵食に機先を制することに失敗し、そしてこの有益な余剰水の受け皿が減少するにつれて、微妙な水力の均衡はダメージを受けた(30)。」

これは結局生産のための開墾と言っても、自然現象の秩序に附合する計画的な政策と投資が必要であることを示しているのであろう。このような水利政策の重要性を遅く感じた清朝が一世紀にわたって多数の防災堤垸と水利事業の建設に投資しても(31)、結局解決できず、国家滅亡の一つの要素である災荒による社会経済的秩序混乱状態をもたらしたことは、この四省地域での経済地理的状況が、如何に重要であったかを示している。

一方、この四省地域の開墾は一部山野地域以外は （例えば江西南部地域: 贛州府地域中心） すべてが溝渠地帯で行ったので、耕地面積の増加は人口増加に追いつかず、土地不足現象を起こした。この現象は19世紀末から現われ。1930年代には顕在化した。 （表4参照）

表4　歴年人口と耕地面積の指数比較表

省　　　別	1893		1913		1933	
	人　口	耕　地	人　口	耕　地	人　口	耕　地
江　　　西	100	99	100	93	93	91
湖　　　北	105	104	116	109	145	128
湖　　　南	118	88	129	89	144	88

資料来源:『農政報告』2巻5期 P.40、2巻12期 P.117。

このような状況は太平天国の乱、清末民初の社会動揺、軍閥統治の横行等政治的要因による荒地化現象にも関係があるが(32)、何よりも人口の急

激な増加に起因があった。表5は18世紀の半ばから19世紀半ばまで100年間の人口の異常な増加状況を示している。

　このような人口の増加に対して、開墾面積の増加速度が限界点に達したことをこの表は証明している。このような問題から現われる民食不足現象は、双季間作、双季連作、稲豆、稲薯、稲麻、麦棉等兩熟制、稲稲麦三熟制、間作套種制等新耕作方法の利用(33)、或いは玉米、落花生等新作物の栽培(34)、或いは品種改良、肥料、農器具の改善等により(35)、ある程度は解決できたかもしれないが、根本的な技術農法が併行されなかったこれらの改善策は、結局限界性を現して清末の搶米騒動、民初以後の離農現象、土地兼併、農村社会経済の破壊等伝統的農村の社会経済的秩序は完全に破壊され、新たな農村秩序体系の出現が待たれるようになった。

表5　四省の人口増加状況表

（単位:1,000人）

年　　　代	湖　　南	湖　　　北	安　　徽	江　　　西	註
1749	3,672	7,527	21,568	8,428	①
1771	9,082	8,532	23,684	11,745	①
1776	14,990	14,815	27,567	16,849	①
1787	16,165	19,019	28,918	19,156	②
1819	18,892	28,807	34,925	23,575	①
1850	20,614	33,738	37,611	24,515	②

資料来源: ① Dwight H. Perkins: Agricultural Development in China 1368-1968.
　　　　　附表1-4。
　　　　② Ping-ti, Ho. Studies on the Poulation of China 1368-1953　P.283.

　以上のような四省地域の経済地理的環境は、他の地域よりも優れた条件を持っていて、時代的要求による人口の分散地域としての役割を十分に果たしたが、より合理的な開発政策はなく、当面の利益に戀々としていた紳士、農民階層の無差別開墾により、結局は自然秩序関係を破壊し、清末民初の社会経済的混乱を重要な原因となった。このような　混乱は軍閥統治時期の到来と共にさらに深刻になり、最後にこの四省地域を中心とす

る反動的行動様式が表面化し、時代転換を主導する中心地域となった。

2. 交通システム

16世紀以来鄂、湘、贛、皖四省の飛躍的な農業発展が可能になったのは、水路による人口の集中ぎが可能であり、生産物の移出入が他の地域より最も便利であったからである。当時、交通が全然発達しなかった状況で、飽和状態にあった浙、江両省の人口を他の地域への移するは、水路に頼るしかなかった。また、全中国の流通システムの中で、食糧と綿織物の大多数を全中国へ供給すべきであった浙、江両省の役割を代理することができる地域がなかった状況で、江、浙両省がその役割を継続遂行するための不足物品の供給地としての面でも、これら四省地域の水路システム非常に重要であった(36)。四省の水路システム天然的な自然地形の恵もれた交通システムであった。四省の一部産地地域外には水路でほとんど連結された。勿論、小さな民船による伝統的な不定期的な運送システムであったが、それでもこのようなシステムは、1937年、日中戦争前までも継続維持され、農民経済生活の流通を担当し、民船業に従事する大勢の人々の生活手段にもなった。

しかし、このような伝統的システム及び民船の在来式機能は、伝統的農民生活の一般経済に対してはある程度の合理性を持っていたかも知れないが、19世紀末以来、中国に入ってきた帝国列強の輪船、小蒸気船に対抗できなかったのみならず、四省地域の経済的発展にも大きなマイナスになった。

19世紀末、日本人中山龍次の指摘は、このような交通の限界性を見せている。即ち、

「談云統一中国与増進其富力之根本問題、只在完備中国
之交通耳耳」

とある(37)。

勿論、清末以来中国政府も交通の重要性を認識し、公路の改修、鉄

道建設、汽船の導入等交通問題の改善に傾注してきたが、技術、資本、人才の蓄積が全然ながった状況下で、その改善は限りがあったので(38)、限界的状況の発展を目指す政策は、むしろ、帝国列強及び買弁資本に経済的侵略の口実を与え、中国読者の発展に大きな障壁となった。

四省の水運は、図1のような水系の構造によって発達した。四省の地形状況は水系と湖泊により、湖南、鄂西、贛西等一部山岳地帯以外には全地域が水運で連結された。故に、水運は四省民の交通手段であり、生産とも直接連結される民衆の生活手段であった。彼らの船は1872年輪船招商局が成立する前までは戎克と民船であった(39)。これら船の種類と技能は地域と地形によって区別され。各地域の地形的特性に従って造られた(40)。故に、川幅、水深に関係なく全地域を航行できる特徴を持っていたが、人力、風力にたよった航法であったので、輸送期日、安定性等の面で輸送能力に問題が多く、また、増水期に運航がほとんど中止されたので、経済面での機能は非常に弱かった(41)。これに対して1862年。米国系の上海汽船会社（旗昌洋行）が設立した以来中国航運業に進出し始めた帝国列強の水運業は、従来の民船、戎克による中国の水運状況を大きく変形させた。即ち、輪船、小蒸気船による帝国列強の水運事業は、長江沿岸での既得権を掌握して長江中流地域の経済権も独占した。これらの大型汽船の就航は中国の旧水運従事者を失業させ、太平天国以後湘軍の失業軍人と共に秘密結社化して、反帝国勢力の集団から清末の革命勢力の一部に編入され、社会的変化を起こす主力階層になり(42)、民国以後にも農村社会の矛盾を代表する流浪階層として残されていた。

1846年上海開港当時、中国の南北と長江沿岸各港の貿易は、四省内の商品が戎克と民船によって上海に集まり移出され、汽船、帆船によって輸入された外国商品は、上海より民船で各地に輸送されたシステムであったが、1856年天津条約以後、天津、漢口、九江の開港と共に、四省沿岸内での外国貿易は急激に発達し(43)、国際貿易圏に入りながら輪船、小蒸気船等大型船舶が貿易の大部分を掌握し、民船は大型汽船の補助手段として、郷村での商品収去及び輸入商品の地方への運送、或いは大型船舶の運行不能時の役割代理等、伝統的運送の主軸機能を喪失した。

しかし、中国の水運業も帝国列強の進出に対抗して、1872年、輪船招

商局の設立に始まって帆船中心の水運交通の変貌を企図した。このような動きは甲午戦争以後民営水運業を発展させたが(44)、資本面で遅れた民営水運業は内河航線だけに止まり、外商に対抗するには限界があった(45)。

帝国水運業の活動は英国が主導勧を掌握しながら中国水運の版図を左右した。19世紀末には独、米の勢力も強かったが、世界大戦以後は日本が、独、米に代わってその勢力を広げていた。民国以後の長江水運業界の勢力版図は表6のようである。

表6 民国以後長江航運業界の各国勢力の比率（％）

年別	中國	招商、三北寧紹、民生	日本(日清)	英國	怡和太古	米國(捷江)	法國(聚福)	伊太利(義華)	其の他	合計
1917	26	31	40			–	–	–	3	100
1932	32	10	48			4	1	1	1	100
1933	35	10	42			4	2	2	4	100
1934	32	15	45			2	1	1	2	100
1935	31	18	40			1	1	1	3	100
1936	33	21	39			–	1	0	3	100

資料来源：　1917年：　大谷是空『経済観的長江　一帯』（東京、東方時論社、大正6年）
PP.77～78　1932～1936:下田有文「支那航運業の現勢」（『上海満鉄季刊』
第1年第1号昭和12年7月）P.203

当時、長江沿岸での航路開設には、開設会社別に碼頭を建設し、自分の発着港、寄港地、倉庫繋船所を保有すべきであった。そのためには総資本金の40%乃至50%を投資すべきであったので、小資本の中国民営会社は外国資本に対抗できなった(46)。これによって帝国航運業者の主導下に行われた民国初期の四省の航路システムは表7と表8のようである。

表7によると、四省の輪船の運行システム漢口が中心としで経営されたことがわかる。また表8ような各省の小蒸気船の運行システムは、湖北は漢口、湖南は長沙、江西は九江、南昌、安徽は蕪湖が中心になって経営せれたことがわかる。これらの汽船の運行は鉄道と共に四省の交通システム現代化させるにあたって重要な影響を与え、四省の経済力活性化の一助ともなった。

しかし、このような発展的傾向は外形的な発展であり、構造面で問題が多かった。1910年代の蕪湖での貿易状況を見ると外国からの収入は継続的に増加し、輸出は収入の1％にも足りなかった(47)。また、その貿易品の内容を見ると、江西省の場合、輸入品は大部分完製品として46％から64％、飲食品が14％から39％等奢侈消費品が主な品目であり、輸出品は穀物と原材料ぎ約55％から68％を占めた(48)。このような状況は湖南、湖北、安徽でも同様であった(49)。このような現象は帝国船舶の進出と共に現われ始め、民国に入ってから最も明確に現われた。即ち、汽船の出現は大規模的な商品流通と共に、発達した帝国商品の流入によって四省農村社会経済の植民地化をもたらしたといえる(50)。

　陸路交通は清末までその重要性が政府政策上に、受け入れられなかったまま、すべての公式通路は水運であった。しかし、民国時代に入ってからその重要性が痛感され交通政策の重要事項になった。陸路交通の重要対象は公路と鉄道建設であった。これらの建設は、初めは軍事目的で注目された。勿論、全般的な経済的効果も考えたと思われるが、建設計画と施行、建設以後の状態等を見ると、経済的面での効率性はもとの計画から少なかったのではないかと思われる。特に、公路建設の成果はほとんどなかったといえる程度であった。これに対して、鉄道は帝国列強の経済的利害と中国政府の軍事的目的と一致したので(51)、1897年、鉄路総　公司設立以後清朝漢人官僚の積極的な政策推進と共にある程度の成果をもたらしたが、公路建設の状況は国民党政府のソビエト区囲剿政策ぎ始まる1930年までも現代化的な意義はほとんどなかった。民国以後各省では公路局を設置し、公路建設に関心を見せるが、行政の不統一、経費不足、政局の不安定等のためその成果は非常に微々たるものであった(52)。勿論、新道路の開通、旧道路の拡張、汽車の出現等が民国初期から現われるが、建設以後の管理不良、建設の形式性、汽車性能の低品質等のため、現代的概念の建設とはいえない水準であった(53)。故に、民国時代でも陸路の交通手段は前近代的な一輪小車、轎子、驢馬車、牛車がその全てであり、桃夫等人力への依存も多かった(54)。しかし、それでも水路で連結できない地域での交通手段としてはある程度の役割は認めるべきであるが、全省交通システムでの機能性は非常に低かったといえる。当時の重要

公路の位置は図2の交通状況図からわかると思う。

表7 四省汽船航路状況 (1916年基準)

區間	距離	停船地	寄港地	會社	出航船數	出航船舶の屯數	運行日數 上行	運行日數 下行	定期出船數	運行月
漢口 ↕ 上海	582 ～ 600 浬	黄州、黄石港、蕲州、武穴、湖口、安慶、大通、江陰、儀徵、張黄、通州	鎮江 南京 蕪湖 九江	日新汽船會社	8	2,077～3,977	4日	3日	毎週4～5回	年中航行
				太 古 洋 行	7	2,511～3,200			〃 4回	
				怡 和 洋 行	5	2,665～3,223			〃 3～4回	
				輪船招商局	6	2,118～4,200			〃 4回	
				鴻 安 公 司	2	1,393～1,642			10日に 2回	
				美最時洋行	2	1,682			〃 2回	
				寧紹輪公司	1	1,920			〃 1回	
漢口 ↕ 宜昌	370 浬	新提、岳州（城陵磯）李家埠、襄家埠、沙市	沙 市 新 提 城陵磯	日清汽船會社	2	1,695～1,735	5日	3日	毎月 6回	年中航行
				太 古 洋 行	1	2,036			〃 3回	
				怡 和 洋 行	1	2,175			〃 3回	
				輪船招商局	2	498～1,679			〃 6回	
漢口 ↕ 湘潭	930 支里	金口、嘉魚、新提、城陵磯、蘆林潭、湘陰、陵吉港、靖港	長 沙	日清汽船會社	2	955～148	3日	3日	毎週 1回	6月～10月吃水6尺以内、11月～3月吃水3尺以内、12月～2月 休航
				怡 和 洋 行	2	1,065～1,350			〃 1回	
				太 古 洋 行	2	1,195～1,217			4日に 6回	
漢口 ↕ 常德	252	宝塔州、新提、城陵磯、岳州	城陵磯	日清汽船會社	1	953	3日	3日	毎週 1回	10月中旬～4月下旬 休航

説明: 浬: 6082呎=16町9931 支里: 5町28～5町909。

資料来源: ① 『支那省別全誌』湖北、湖南、安徽、江西、交通参照。

② 社会経済調査所編『支那経済資料』第1, 6, 7, 8, 14巻(東京、生活社、1936年)

表8 四省の小蒸気船の航路（1916年基準）

區間	距離(支里)	重要経過地	船行隻數	運行船舶噸數	運行時間 上行	運行時間 下行	運行期間
漢口-仙桃鎭		新溝、脉旺			時間 14	時間 9	
漢口-武穴		黄州、郭店、団風					
漢口-成寧		漢水の河口、金口、魯湖、黄塘湖、成寧					
長沙-衡州	150	湘潭、株州、大口、衡山	10	8~12	36	20	長沙税關の水標が10尺以上:年中7~8か月
長沙-湘潭	90		10	24~65	4	3	全年運航可能 1日3回運航
湘潭-株洲	40	下攝司	7	80~160	4	3	
長沙-湘陰	120	靖港	2	13~18	7	6	
長沙-常德	90	湾河口、臨沇口、資江江口、沅江	10	21~32	26	22	
長沙-益陽	245	臨沇口、靖港	5	17~28	12	12	
長沙-津市	530	靖、臨沇口、白馬寺、津市	5	9~16	36	30	5月~10月末
津市-澧州	30		1	9	1.5	1.5	
沅江-三星湖	280		2	30~32	9	9	
常德-桃源	90	陬市	1	20	4	3	
蕪湖-盧州	360		5	45~66	36	36	1月までの終点:巣縣 2月~3月運行中止
蕪湖-南京	210	五浬、太平府	2	93	8	6	
蕪湖-南陵	130		1		8	6	1月下旬~4月中止
蕪湖-安慶	408	銅陵、貴池	4		20	18	
蕪湖-寧國		長河、清水河、黄池、水陽、油搾溝	2				11月~4月中止
蕪湖-無爲州	130	裕溪	2		7	5	
安慶-九江	288	彭澤、馬當、華陽、黄石磯	3		10	9	
正陽關-馬頭		臨淮關、盱眙	2		72		冬季3か月中止
九江-南昌		星子、吳城	3				同系中止
九江-饒州			6				
九江-武穴	浬 27		3				1日1回往復
南昌-饒州		鄱陽湖通過、巨澤、瀧口	不定期		8~9	5~6	
南昌-吉安	480	豊城、青江、俠江	5~6				年中7箇月航行
南昌-蕪州	200 100	大河の場合 李家埠 小河の場合	不定期				不定期
南昌-瑞洪							

説明: 1浬: 6082呎=16町9931

1支里: 1800尺=6町内外

資料来源:『支那省別全誌、湖北省』湖南省、江西省、安徽省、交通参照

社会経済調査所編『支那経済資料』第1、6、7、8、14巻(東京、生活社 1935年)

陸路で経済的力量を見せたものは鉄道であった。鉄道も輪船のように外資導入により敷設され始め、紳商士民の民族主義と漢人官僚の政治、経済的現実観との対立が尖鋭化するきっかけになった。これが導火線になって辛亥革命まで起こったが、これは鉄道建設の遅れ、先進国の資本、技術の導入の限界等近代中国鉄道発展に大きなマイナス要因にもなった。また、内部的にはこのような社会的状況のため、主導者の間に鉄道に対する認識が相違し、行政上、非協力的態度と頻繁な人事交替があり、鉄道の重要性に対してその建設は非常に遅れた(55)。1937年まで建設された四省区間の鉄道状況は表9のようである。この七つの線路は一番短かった萍株線以外には、すべてが外国借款によって建設され、結局外国資本に隷属されていったことがわかる。それにしても1915年まで完成された路線は三つであり、残り三線は1936年、1937年度にやっと完成された。そのため日・中戦争以前までの鉄道の役割は鉄道沿邊地域だけに影響を与えた。勿論、鉄道が建設された地域はもとが経済中心地であったので、全般的な四省地域の経済発展にも影響を及ぼしたといえるし、また鉄道敷設以前には、経済的には発達がなかった地域を重要経済中心地に変化させることもした。

　例えば、安徽省の固鎮、臨淮関等がそのような代表的な都市であった(56)。しかし、鉄道建設により、安価な製品が容易に流入され、本地の生産価より安かったために商業が衰退した地域もあった。その代表的な都市は江西の安源であった(57)。このように鉄道の敷設は当該地域に新たな衝撃を与えたが、全般的に建設完成初期に運賃関係上、中国人の伝統的な商業観念（鉄道の利点である運送時間の速さ、正確な商品の調達等商品流通の重要性を度外視したこと等）のため、水運の利用が多く、また鉄道経営も借款の償還、線路の補修、運営上の未熟等のため、負債に喘いであた(58)。しかし、次第に鉄道の重要性を感じ始めながら、また冬季の結氷による水運の運航不能等のため、鉄道の利用は増加する趨勢であったが、このような時代的必要性に相応すべき鉄道の建設は、費用問題のために外の線路の敷設は計画上で止まった。1937年まで計画線上で止まった四省の新路線は川漢線の広宜線と夔宜線、浦信線、安正線、安潁線、粤湘線、寧湘線、贛粤線、長辰線、潭宝線、衡永線等四省の流通構造上の重要な幹線になる所であった(59)。これはつまり、鉄道交通システムが

完備されていなかった当時の状況を説明していることである。

図2 四省の交通状況図（1937年までの状況）

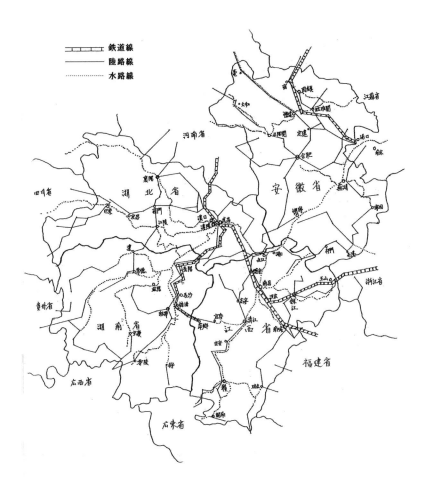

表9 四省鉄道状況表（1937年までの状況）

線名	區間	重要経過省份	四省内重要経過地点	總年長距離 哩	建設完成年代	借款者及び修築者
京漢線	北京←→漢口	直隷、河南、湖北	孝感、廣永、武勝關	753	1906	比國公司
粤漢線	廣州←→武昌	廣東、湖南、湖北	武昌、咸寧、岳陽、長沙	750	1936	英、米、佛、獨 四國銀行
津浦線	天津←→鎮江	直隷、山東、江蘇、安徽	浦口、蚌埠、固鎮、臨淮關	398	1912	獨華銀行 英國華中鐵路公司
南潯線	南昌←→九江	湖北、江西	德安、建昌、涂家埠、樂化	79	1915	日本東亞興業會社
萍株線	萍郷←→株州	江西、湖南	峽山口、醴陵、姚家壩、自關舖		1937	中國銀行
浙贛線	南昌←→杭州	江西、浙江	陳村、江家壩、大火壩、大平橋、玉山		1936	佛商 浙贛兩省合資

料来源:『支那省別全誌』湖北省、安徽省、江西省、湖南省　交通参照
　　　　張玉法『中国現代史』下冊（台北、東華書局、民国72）PP.534～537。

　総合してみると、当時四省の交通システムは依然水運を中心として形成されており、陸運は開発段階において止まっていたといえる。これは技術的補完による現代的概念の交通システムではなく、依然として天然地形による前近代的交通システム依存していたといえよう。

3. 流通システム

　鄂、湘、贛、皖の四省地域の流通システムは、交通システム従って機能していた。即ち、図2に見えるように水路と陸路により、移出は各地方の集散地に一時的に集まり、次は省外への移出港へ集まって商品の特徴と輸入処の行先地によって移出され、輸入は逆のルートによって行われた。勿論、省外移出時に場合、隣接地域との小ルートにも商品の移出入が行われたが、海関を経由しなかったのでその状況を明確に知れない。しかし、流通手段が人力、或いは小民船しかなかった面から考えると、省内経済にはあまり大きな影響を及ばさなかったぼどの小量であったと思う。

四省地域での流通システムは大略図3のようであった。図3によると、四省の各省内集散地は、湖北の巴東、宜昌、沙市、荊門、襄陽、武昌、漢口、湖南の岳陽、常徳、長沙、湘潭、衡陽、江西の九江、湖口、鄱陽、饒干、南城、永修、清江、吉安、安徽の正陽関、固鎮、臨淮関、合肥、懐寧、蕪湖、屯渓であった。省外移出港としては湖北の漢口、湖南の岳陽、長沙、江西の九江、湖口、安徽の蕪湖であった。これら地域からの移出は商品によって違った。湖南の場合は、湘江の支流によって広西、広東に移出される商品もあったが、大部分は、漢口へ移出され、江西の九江、湖口、安徽の蕪湖等でも直接上海、南京等地へ移出される場合も多かった。その中にも漢口の貿易比重は四省の諸移出港の中で、依然代表的貿易中継港といて位置を占めていたがそれにしてもこれは、伝統的な漢口中心の流通体制とは別に、動力運送システムの導入と共にその性格が多く代わり始めた。

　これら各省の主要集散地と省外移出地での交易品と交易状況は表10のようである。この表にある各地域は、それぞれの地域的特徴　（交通システム、生産物、商業機能）によって、四省の流通構造を支配したといえる。特に、鉄道の開通と輪船の就航は、伝統的な商業地域による流通構造を変化させ、新しい商業地域の台頭をもたらした。即ち、清末まで繁栄した湖北の沙市は宜昌に、湖南の湘潭と常徳は長沙と岳陽に、江西の湖口、永州は九江に、安徽の懐寧は蕪湖に、合肥、懐遠、宿、阜陽寿、五河等は正陽関、臨淮関、固鎮等にその商業的地位を奪われた。これらの地域は省外との輸移出入を独自的に遂行できる能力を持つことにあり、各省別の独自的経済体制を具体化させた。これは従来の漢口を中心とする従属的な交易体制から、各省が自ら自分の貿易システムを持つことになったという民国以来の流通システム変化状況を示す。

　しかし、問題は中国自体による流通システムの改善乃至変化ではなく、帝国主義列強による変化であったので、中国経済の発展よりはむしろ多くの矛盾をもたらした。勿論、外形面での発展は統計数字上からも見えるが、貿易収支の逆調、奢侈風潮の蔓延、安い列強商品の大量進入による消費性の高潮と自国工業の倒産等その被害は多かった。このような状況が最も深刻になったのは、勿論帝国列強の主要流通システムの掌握から現われ

たからであるといえる。では、どうして列強の経済的進出に対抗できなかったかという中国自体の流通の矛盾状況が、最も重要な問題であったと思う。そり、原因を見ると、まず商人の悪弊があげられる。当時の各地域の市場組織は煩雑であり、中間商人が多かった。かられは生産者と消費者の間で、取引を仲介するものであったが、当時市場組織において資本の乏っ;ん;中間商人は取引過程において寄生虫のように手数料をとって生計の道を図っていた。資産のある仲介人は取引を仲介することにより、農民と客商を牽制しながら金融機関、或いは軍人官僚と結託して市価を操作した。前者の場合の手数料は運輸過程の諸費用の中で首位を占めた。後者の場合は商品流通過程を掌握し、都市と農村、そして省外移出までの流通秩序を勝手に操作し、莫大な利益を取りそろえた(60)。彼らは特に災荒、戦争等社会が不安定な機会を利用し、価格を操作したり、軍閥と合作して密移出等を行った(61)。

　二番目には、当時の流通はまだほとんどが水運に頼っていたので、秋と冬には水が浅かったので航行が不便であり、夏の増水期には民船の運行が危なかったので延着誤着が非常に甚だしかった。減水期に航行に障害となった宜昌、海口の間の沙州分布　（第9章、表5参照）と航行障害日数（表11）はその深刻性を説明している。

　三番目の原因は運賃が高過ぎたことである。汽車による運送は運賃の高さから、鉄道は各鉄道によって運送条件、運賃が違ったので、地域によって商品運送が難しい所があり、各所碼頭の運搬人の組織が複雑化したため、貨主は常にその脅威を受けていた(62)。水路の運賃も同様であった。

　1934年の水路運賃状況を見ると、漢口から上海まで雑穀1担の汽船の運賃は3角8分であった。安徽米の場合、蕪湖から上海までの運賃は1担で3角5分であり、天津までは3角2分、広東までは5角8分であった。また漢口から広東までの穀物1担の運賃は9角6分であった。汽車の場合、蕪湖から天津までの米1担の運賃は6角7分であった。これに対して、米国からの上海、天津までの米、麦1担の運賃はわずか6角であり、また輸入税もなかったので、中国内の運賃とは比べものにならないほどの廉価であった(63)。

図3　四省の商品流通構造（1937年までの状況）

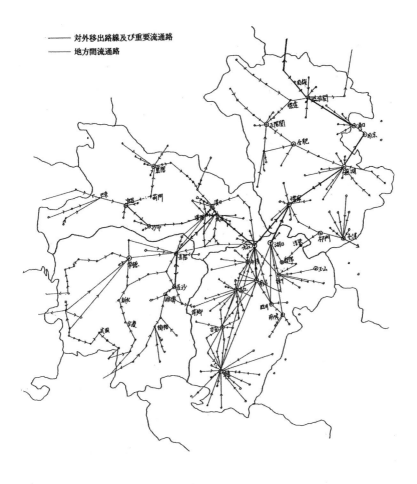

資料来源: ①『支那省別全誌』湖北省、湖南省、江西省、安徽省
　　　　　②『中国現代化区域研究』湖北省、湖南省
　　　　　③『江西公路史』第1冊、『湖南公路史』第1冊
　　　　　④『支那経済資料』第1、6、7、8、14巻等参照

表１０　四省地域の主要流通地点及びその機能　（１９８７年までの状況）

省別	都市	都市規模	流通的役割	輸移出品	輸移入品	地域的位置	主要貿易対相地域及び国家	備考（歴史的位置）
湖北	漢口	人口：120万以上	対外移出地 四省貿易の中心	蛋白及び蛋黄、麻、安賓母尼、豆類、麦、豚毛、豆粕、牛膃、生漆、茶、棉花、桐油、胡麻、生糸、棉実、落花生、菜子、牛骨、鴨毛、薬材、煙草、木油、煙草、鬃	棉布、綿糸、紙、型銅、煉瓦、セメント、マッチ、砂糖（赤、白、氷）、菜種粕、棉花、牛皮、桐油、米、麻、胡麻、棉実、生糸、茶、昆布、恋硝子、硝子器、石油、石炭、海産物、巻煙草、麻袋	水路の接運地であり、陸路貿易は衰退し、水路貿易は発達する。世界的貿易港、八省の物資集散地魚塩産物の取引経路を形成。	河南、湖南、湖北、四川、雲南、貴州、江西、陝西、安徽、江蘇、浙江、広西、ソ連、徳国、香港、印度、ジャワ、ベルギー、米国、英国、日本、フランス、上海	咸豊8年天津条約以後開港と共に発達。「湖北省漢口鎮、天下貨物集売第一大馬頭」〔註〕『商賈便覧』巻3。
湖北	沙市	人口：約3万	対四川貿易の中心地	棉花、胡麻、木油、露頭、菜種、桐油、菜種粕、黄糸、土布、羽毛、鬃	綿糸、綿布、昆布、塩、燐寸、砂糖、塩	四川（三峡）との貿易中心になり、宜昌開港以来、歴来の四川貿易の位置を奪われる。	四川、漢口、漢水流域諸地方、湖南、江西、安徽	太平軍が金陵占拠のため、四川船舶の東進が不能。これによって沙市が発達。
湖北	宜昌	人口：約3万5千	四川貿易の関門	桐油、牛皮、羊毛、羊皮、牛皮、豚毛、柏糸、棉栢毛、生糸、薬材、五倍子、豆類、麦、麻、生漆、油類	棉糸、綿布、染料、海産物、砂糖、薬材、雑貨	上流航行船と中流航行船との間に於ける中継港 川漢鉄道の起点	四川、漢口	1877年開港

湖南	長沙	人口：約20万	省内集散市場、湖南商業の中心	米、安資母尼、豆類、麦、麻、綿花、爆竹、鉛鉱、亜鉛、桐油、麻竹	綿糸、綿布、砂糖、海産物、銅	湘東の湘江の右岸に位置　北洞庭を通じて漢口と連結	湘水沿岸、沅江各地域、澄水沿岸地域、漢口、岳陽	1904年開港以後、貿易活発。漢口の商業圏の従属関係から協助関係に変化
湖南	岳陽（城陵磯）	人口：約3万	移出港　湖南貿易の中継地	米、桐油、豆類、亜鉛、安資母尼、石炭	綿布、綿糸、麻袋、帽子、砂糖	水陸の要衝地　大型汽船の寄港地　1917年、粤漢線の武岳線が建設　湖南唯一の不凍港	漢口、長沙、常徳	1900年開港（外圧より中国が自分の貿易のため自ら開放）
湖南	常徳	人口：5万	集散地	土布、綿花、牛皮、五倍子、桐油、漆、胡麻、木蝋、爆竹、蓮実、牛骨、茶、木材、米	石油、砂糖、綿糸、綿布、雑貨	湖南西部の大市場　沅江、洞庭湖西部、澄水流域が商業地域　減水期交通不便　故に長沙を迂回する貿易が多い	湖南各地、漢口、貴州	長沙開発前、湖南商業の中心地であった　長沙で輸入された外国商品を貴州等へ送る
湖南	湘潭	人口：約10万	集散地及び移出地	薬材、雑穀、油類、米、麻、夏布、麦、爆竹、唐紙、牛川、紅茶、茶、	綿布、綿糸、砂糖、雑貨、薬材、石油、紙、棉花、豆、綿穀	湖長沿岸枢要の地域　湖南南部の物産を集散し、輸移入品を同経路により供給する。	湖北、四川、広東、寧波、甘粛、河南、貴州、雲南、長沙、湖南南部地域	汽船航行以前には長江一帯と広東との中央市場として繁盛し、汽船航行後は、長沙にその位置を奪われた。

省	地名	人口	集散地機能	移出品	移入品	商業上の地位・特徴	取引先	備考
湖南	衡陽	約8万	省内集散地	米、小麦、麻苧、紙、豆類、竹木		湘潭に対する湘南南部物産の大中継地 対省内商業の実権掌握	祁陽、永州、郴州、桂陽、長沙、広東、広西	
江西	九江	約8万	省内最終集散地及び移出地	麻、煙草、陶器、玩茶、夏布、茶葉、水靛、木材、竹	綿寸、綿糸、昆布、砂糖、石油、雑貨、毛貨品、五金、煤油、原色布、鋁環	上海、漢口の間の重要港 南昌が全省加工の中心地であることに対して九江は穀食輸出入の門戸であった。全省穀食の6/10を移出	全省各地、漢口、上海、安徽、湖北、徽州（安徽）	江西唯一の開港場 江西出入の咽喉 1862年開港
江西	南昌	約30万	省内各地域の集散地	米、陶器、煙草、夏布、紙、油類、麻、木材	砂糖、石油、絹糸、綿寸、雑貨、五金、綿布	浙贛、南潯両鉄道の中心地 贛、鄱、袁、撫、信等5河の結集点	上海	江西省政府の所在地
江西	贛県	約3万5千	南部の集散地	梓油、杉材、紙類、煙草、豚油、爆竹、米、豆、落花生	白塩、硝子、燐寸、海菜、陶器、牛奶、鉄板、洋酒、毯毺、洋油	南部江西商業上の中心地 貢水、章水の合流点なし	南部各地、福建、広東、吉安、南昌、九江	古代からの江西省の冶所

省	地名	人口	集散地の性格	移出品	輸入品	貿易関係	主要取引先	備考
安徽	蕪湖	人口：約15万	省内集散地、省外移出地	米、麦、明礬、薬種、豌豆、胡麻、緑茶、牛茶	煤油、雑貨、絹製品、砂糖、石油	九江、鎮江の貿易圏にあった。杭州、寧波との貿易関係も重要	全省各地、浙江、江蘇、上海、漢口、河南	1877年開港 安徽省の唯一の開港場
安徽	安慶	人口：約8万	集散地	米、麦	雑貨、砂糖、石油	漢口と寧波の中継地	江西1部地域と安徽長江沿岸地域	安徽省の首都 文化の中心地
安徽	正陽関	人口：約2万	皖北の集散地	茶、米、豆類、麦、菜種、棉花、麻、牛皮、藍、絹織物、絹布	石油、洋貨、火柴、綿	安徽北部の商業要衝地 淮水の中流の集散地	北部各地華北地域	
安徽	臨淮関	人口：約2万	集散地	米、豆類、花生、胡麻	石油、綢緞、火柴、土布、洋貨	大運河と淮河地域を連結	淮河流域各省、鎮江、山東、蕪湖、河南	
安徽	屯溪	人口：約1万5千	南部茶の集散及び移出地	茶	雑貨等生活消費品	大民船の繁航地	南部各地、杭州、厳州	

資料来源：章有義編『中国近代農業史資料』第2輯
厳中平等編『中国近代経済統計資料選輯』(科学出版社 1955年)
『中華民国経済年鑑』
『支那省別全誌』湖北省、湖南省、江西省、安徽省
大谷是空『経済概観の長江一帯』(東方時論社 大正6年)
『中国現代化的区域研究』湖北省、湖南省(台北、中央研究院近代史研究所)
長場鮫太郎『中支の資原と貿易』(東京、実業之日本社、昭和13年)

表11　長江運行障害日数（1937年までの状況）

各種吃水程度についての運行障害日數							
淺灘地点	15呎	20呎	30呎	淺灘地点	15呎	20呎	30呎
漢口沙洲	無	33日	140日	張家洲下流	無	32日	145日
湖廣沙洲	無	33日	140日	馬當上流	74日	137日	188日
蘿蔔鴨胥洲	無	75日	146日	馬當南港	48日	113日	176日
得勝洲	無	無	8日	姚家洲新水道	無	無	139日
載家洲	無	無	130日	太子磯	無	68日	150日
江家洲	8日	90日	160日	崇文洲中港	10日	98日	105日
張家洲上流	無	21日	143日	崇文洲南港	無	98日	150日

資料来源: 北支那開発株式会社業務部調査課 訳『支那水利問題』
下巻（東京、生活社、昭和14年8月）PP.111～112。

それ故に外国の商品と穀物が中国全域に浸透するのは当然のことであった。まだ、このような交通の問題は産地の価格にも影響を与え、地域間の価格差を誘発させた。1930年から1934年の間に、湖南湘郷での百斤当たりの小麦価が6.04元であったのに対して、寧遠での価格は1.82元であった。また慈利では5.62元であったが、臨澧、常徳等ではわずか2元に過ぎなかった(64)。このような交通機関による流通金額の差異は当然、体系的流通体制を持っていた帝国列強にその経済権を奪われる原因になって、農村社会経済は帝国列強の経済的植民地に次第に侵食されていった。このような状況は次にあげた国民党首脳部の連絡状況からも見られる。

「………現在糧商運米赴津、因運費過高、按之目市価、毎包訳虧数数角至一元有奇、蕪湖逕運広州或天津者、運費之昻、亦復称是、致国米滞銷愈甚、洋米進口愈多、農村社会経済、勢力益窮蹙。」(65)

四番目には、厘金の繁重があった。各省の厘金の収入は民国以後継続的に増加した。特に、軍閥統治の実施以後はこれが軍閥政権の財政的来源になって、「厘卡数」も非常に増加した。1921年「厘課税」の改

善のため調査した「厘卡数」の状況は、江西47か所、安徽42か所、湖南34か所、湖北25か所であった[66]。当時の厘金状況に対する例として漢口から察哈爾までの茶葉1箱当たり納付した捐税は表12のようであった。

表12　漢口から察哈爾まで茶葉1箱当たりの捐税細目表

捐　税　名　目	額　　　数	捐　税　名　目	額　　　数
1. 湖北正税	大洋1角5分9厘	8. 河南馬頭鎮抽賑捐	2角6分
2. 正附加税　10%	1分8厘9毫	9. 張家口正税	2角3分3厘
3. 湖北産税	1角8厘8毫	10. 加税賑捐　10%	2分3厘3毫
4. 産附加税　10%	1分5毫8絲	11. 大境門捐	6角
5. 金口茶税	1分2厘6毫	12. 加税賑　10%	6分
6. 武昌羊楼銅貨捐	5分	13. 察區助警百貨捐	6分
7. 江漢關正税	1元5角7分1厘	合　　　計	大洋3元1角9分4厘1毫8絲

資料来源: 崎冰「裁厘与関税自主」（『上海総商会月報』第7巻代7号、1927年7月）PP.1～2。

　当時、湖北の茶葉1箱当たりの価格は大洋10元から12元であった。ここに捐税3元と対照させて見ると課税率は25%乃至30%であっだ。しかし流通過程にはチップ等需要経費が必要であったので、課税率は大体に40%から50%であった[67]。
　このような厘金の繁重は当時流通経済に大きな悪影響を及ぼしたので、北伐以後の国民政府は、1929年、厘金政策を改善した。しかし、地域によって厘金の形態が残されたり、各称のみを変えて実質的には復活させたりした。1932年、江西省における厘金の復活は、そういった状況を代表している。

　　「江西省当局借口於清匪与善後、挙弁特種物品産銷捐、
　　　被徴的、除進口的洋貨外、亦征及該省出産的竹木、紙
　　　張、夏布、陶器、薬材、油豆等等。於九江、湖口、南
　　　昌、樟樹、景徳鎮各地設局開征、………。這是統税以
　　　外的附捐、例如九江已完統税之棉紗、棉花均須補征銷
　　　費征後、方准駁貨。自此税実行後、出口成本増加、銷

路因而大受打撃、進口貨則均加抬価格、"………各物多
漲百分之十或百分之二十、平民生計、不堪設想"。」(68)

　このような厘金の新設及び　復活は商品の移出のみならず、輸移入品に
も影響を与え、農民生活に大きな負担をかけた。
　五番目の原因には、戦争、軍閥政権の横暴、土匪の横行等があげら
れる。軍閥間の戦争は農民を私兵化、或いは土匪化させる原因となって戦
争は継続され、私兵の拡大による財政の不足現象を起こした。これに対して
軍閥は勝手に米移出の禁止を断行し、自然的流通秩序を阻害し、その期
間に彼らは私運と通行税の収入で財政と私財を確保しようとした。
　例として、湖南の場合を見ると次のようである。

「湘省毎年産穀総数　除供本省人民食用外、………僅能
輸出五百万石、………。故歴来毎次弛禁、其放出之額
総只以三百万石為率、如省内発現荒象、………、亦随
時封関。自張敬堯督湘以後、毎次放出暗米輒逾定額
者、或両倍之、蓋惟知可以多得税収、遂不顧民食之充
足与否。………而湘西、湘南以連年兵災、農民多半入
伍為兵、或亮流而為匪、………。一九二四年秋収後、
輸出賑米、軍米、及商人買嘱米禁各局卡、或由軍隊包
庇私運出口之穀米、亦無慮数百万石、而数及十万之川
軍、又在湘西坐食七個月之久。食糧不継………、各属
郎紛分報米荒、亦紛紛各自阻禁、於是省城来源断絶、
荒象漸成。(69)」

　元来、米移出を禁止させたのは収穫状況と移出状況を比べながら省内
の食米需給を調節するためであった。ところが、軍閥統治以後には軍閥、
商人階層が、禁米期間中私運と「護照」の発給による収入の増加を四省
全域の海関では継続実施された。（表13参照）清末までの米移出禁止措
処は実施回数も少なく、実施期間も短かった。これは米穀等の円滑な流通
による市場経済の効率性を認めたといえる。これに対して、民国以後実施さ

れた米移出の禁止は、軍閥、商人の連繋下で行った私的利潤追求の行為であったので、商品の市場原理による流通はほとんとなかった。これは前述したように商品の供給構造を破壊し、移出入地域全体における需給問題を現わしたといえる。

　一方、四省地域では軍士地理上重要な地域であったので、南北軍閥が常に対峙した地域であった。これによって戦争は継続され、土匪の蛮行も到る所で行われた。商品の流通は安全性を失ったので、長距離貿易は運賃の高さと共に短距離貿易化への趨勢があった(70)。逆に帝国列強の商品は安い価格と中国商品の流通不況に乗じて四省地域に進入することになった。

　以上のように四省の流通システムは、清末以後汽船と鉄道の出現のため伝統的流通システム変わり、漢口等特定地域を中心とするシステムから、各省別の特性によるシステムが出現した。ここは各省別に商業的独立性を意味しており、それほど商業的活発性を現わしていたといえよう。しかし、このような活性化は四省各地域の自体的発展というよりは、帝国列強商品の進出による収入拡大と運送システムを掌握した帝国列強の大資本による現象であった。

　それにしても、四省地域を含む長江中下流地域での商品流通を妨害した上述の問題点がを結局は自国商品の国際競争力を失わせて、帝国列強の経済的進入を誘発させる根本原因になったといえる。

表13 歴年各地での米移出禁止期間表

年別	地域	禁 止 有 効 期 間	年別	地域	禁 止 有 効 期 間
1912	長沙		1922	長沙	去年から継続
1913	長沙	4月 6日-12月25日		岳州	
1914	岳州			九江	100万石の移出を許可
1915	長沙	3月 1日-11月16日		蕪湖	去年から継続- 7月
	岳州	-11月11日	1923	長沙	2月21日-
	九江	米移出禁止すでに何年が過ぎ		岳州	2月 -11月28日
1916	岳州	-9月27日		蕪湖	7月31日-
1917	長沙	7月 1日-	1924	長沙	7月31日-
	岳州	7月 1日-		岳州	8月 -
1918	長沙	去年から継続		蕪湖	9月27日-10月25日
	岳州	去年から継続	1925	長沙	軍糟米の移出だけ許可
1919	蕪湖	8月25日-10月 4日		九江	6月15日-
	長沙	去年から継続	1926	長沙	-12月31日
	岳州	去年から継続		九江	去年から継続
1920	長沙			蕪湖	10月
	岳州		1927	長沙	5月21日- 8月20日
1921	長沙	5月-		蕪湖	-10月
	岳州		1928	長沙	11月 4日-
	九江	5月-	1931	九江	
	蕪湖	9月-	1934	九江	下半期

資料来源: 章有儀『中国近代農業史資料』第2輯、 P.278。
　　　　　巫宝三「中国糧食対外貿易」(登雲特『中国救荒史』民国26年11月
　　　　　PP.34〜35。)
　　　　　天野元之助『支那農業経済論』PP.696〜698。
　　　　　『大公報』、1931年8月21日〜8月24日。
　　　　　『江西糧食調査』(支那経済資料7、生活社 1935) P.91。

4. 経済的位置

　明清以来、四省地域の経済的位置は、非常に高まってきた。その最大原因は耕地拡大による米穀生産の増加であった。米穀以外の農産物は清中葉までは、まだ商品化的な生産はなかった。例えば、四省地域の代表的産物である、茶葉、棉花（棉布）、苧麻、藍靛、桐油、畑葉、芝蔴、木材、豆類及び手工業の陶器、爆竹等は清中葉頃に拡大生産が始まった(71)。これらの増産と普及は他地域との交易を発展させ、清末に至ると四省の経済的位置が急に浮上する原因になったが、逆に帝国列強の原料供給地の対象になって、読者の産業発展の限界を迎える原因にもなった。

　それにしても、16世紀以来の米生産拡大と清中期以後拡大生産が始まった農産物及び手工業品は、中国近代経済史における重要な意義を持つ四省地域の代表的産物であっだ。故に、本節では、清末以後、これらの生産及び交易の興盛と衰退状況の分析を通じて、中国の経済発展史で四省地域が占めた経済的位置を考察しようとする。

　まず、各種主要農産物の生産及び交易の時代別状況とその変化を見ると次のようである。

　四省地域で最も重要な農産物は米穀であった。米糧の歴史的貢献は前節で見たように、中国の食米の主要なる供給地として明清期間において急激に発展した。米生産の拡大要因には栽培地域の拡大と早稲、晩稲の普及等二つの要素として考えているが、民国時機の早・晩稲の栽培による二毛作、三毛作の生産性が一毛作のそれとあまりかわらなかったという結果からみても(72)、二・三毛作による米生産の増加は正しい見方ではないと思う。しかし、民国初期まで拡大し続けてきた稲田も軍閥戦争と国共対立の間に荒地増加と共に逆に減少し始めた。四省の平均稲田面積について、1918年までの間と、1931年から1937年までの間を見ると、安徽省は64%、湖南省69%江西省50%が減少している(73)。そのために清代に江西の毎年米穀移出額500万石から750万石が1930年代には7万石から35万石に(74)、安徽省は500万石から1000万石まで至る数十万石まで減少したのは(76)、このような状況をよく証明している。湖北は過去には米移出省であったが、清代以後には米不足減少が徐々に現われた(76)。湖北を除外した三省の米輸出

は民国以後にも少なくとも輸出の主要経済作物であった。しかし、その輸出量は著しく減少していった状況がわかる。

　次の重要な品目として茶葉があった。四省地域は中国茶の衰退期であった1930年代にも相当な地位を占めていた。当時四省の茶産額が全国の61%を生産し、その貿易は省経済においても重要であった。安徽の茶は長江の北部産を北茶、南部産を南茶と称した。その中にも皖南の紅茶が有名であったが、皖北の緑茶も海外に知られていた茶であった。江西も贛江流域が生産地として茶が有名であった。湖南は全国第一の茶の産地として、中国茶の輸出を代表した。湖北に四省地域の茶集散地漢口があって対外移出の窓口を担当した。

　四省地域の茶はその特性によって輸出対象地域が違ったが、その興衰は大略同時期であった。19世紀初期　（康熙中葉）　には既に世界市場の60%以上を占めた中国茶は、五口　通商以後輸が出継続的に増加した。しかし、1889年以後、全盛期を迎えた茶輸出ひ急降下し始めた(78)。特に民国時代入ってからはその衰落現象が著しく現われた。江西は1932年の輸出額が18万担であったのが、1934年には9万担に減少した。その減少状況は極盛期であった1883年から1915年の間の27万担から32万担と比べると、その顕著な差が見られる(79)。安徽省は1870年から1912年までの茶葉の輸出は毎年平均32万担であったが、1917年以後衰退を始め、1918年以後は10万担未満であった(80)。即ち、四省地域の茶葉の経済的地位は、中国茶葉の衰落と共に世界大全以降、インド、日本、セイロン等新興生産国に奪われることになった。

　莇草も四省地域の主な商品作物であった。江西省の場合はその輸出量が全国最高であり、その価値は米輸出額ほど多かった。しかし、1910年代まで約10万担から21万余担を輸出したのが、1930年代には5万担前後に減少した(82)。他の省でも軍閥の圧力による鴉片栽培の拡大のため莇草栽培面積が縮小され、その生産量は減少し、帝国主義列強商人の産地での購買活動による売買の制約のため、農民の被害はさらに多くなった(83)。

　棉花の生産は北部地域より少なかったが、従来から主要富業であった土布業の原料として、四省地域の農民にとって重要収入源であった。四省地域の土布業は清中葉以後発展し、その原料である綿糸を輸入したが、民

国以後には輸入の減少追越が歴然と現われた(84)。その原因は帝国列強の発達した機械棉織工業に対抗することができない技術的後進性にあった。これによって綿糸輸入は減少し、代わりに棉布の直輸入が拡大され、手工棉織業は没落した。

　このような現象は中国全域で一番発達した夏布の生産においても同様であった。夏布は苧蔴で織るもので、その生産は1920年代から減少し始め、1930年代には約70％以上が減少した(84)。夏布の輸出地は日本と韓国であったが、両国での栽培は四省地域の夏布生産に打撃を与えた。しかし、当時この地域の夏布の品質向上が非常に遅れたのが、衰退の主原因であった(85)。

　その外にも四省地域の重要輸出品であった陶磁器も清乾隆期以後衰退を始め、民国以後には需要供給の体制を喪失し、販売路が縮少した。以外の主要輸移出品であった桐油、紙、木材、靛青、芝麻、爆竹等も外国資本に吸収され原料供給地化され、また、外国商品に押し流される状況であった(86)。

　以上のように明中期以後発展を謳歌した四省の経済的発展が民国時代に入ってから衰退することになった原因としては次の要因があげられよう。

　まずは、五口通商条約以後、四省地域の豊富な原料と水運の便利さは、帝国列強の経済的植民地への対象になった。実はこれが四省地域の伝統的経済秩序を破壊する根本原因になり、四省独自の経済活動による現代化への推進力が切断され、社会経済的矛盾だけをもたらした最大の障害であった。勿論、帝国列強の交通に対する投資と帝国商品の四省農村への浸透は、流通の活性化と迅速性を与えて新たな流通システムの整備による各種生産物の商品化を促進したが、これは外形的な発展の一面であった。問題はこのような状況が中国の全般的な経済発展過程の中で現われた現象ではなく、列強諸国が自国の原料供給地として確保しようとする立場から進入してきたからであった。これに対して、依然として前近代的経済体制に止まっていた四省地域の農村社会経済は、これら帝国列強の経済的進出に対抗できず、経済的植民地化された。即ち、税制上、流通上、品質上有利であった帝国商品は、四省地域の消費風潮を助長し、農村手工業を破壊し、その代わりに廉価の原料を購入し、これによって完製

品を生産して、これら地域に流入させるということを繰り返した。

　このような状況の背景には、19世紀中葉以来列強帝国との条約締結過程で現われた清政府の無能力とこの機会に乗じて、経済的基盤を確保しようとした郷紳、商人階層、そして、列強の大資本等三者相互間の利害が一致したことから生み出したことである。

　これら三者の利害の一致は、結局農村、農民の経済的犠牲下で可能であったので、徐々経済的基盤を彼らに奪われた農村社会経済が、民国に入ってから台頭した軍閥統治と共に急速に没落するのは当然のことであった。

　二番目の原因としては軍閥統治の台頭である。彼らは軍事地理上、経済上重要であった四省地域を特に重視し、各自の政治的基盤として確保しようとした。故に、戦争が頻発すると、それだけ財政の悪化は深刻になったので、帝国列強からの借款等経済的援助に依存するようになった。こうして彼らの侵入を誘導し、両者合一の農村社会経済支配は、農村社会経済の最後の余力され奪っていまった。

　三番目はこのような時代的状況を生み出した国共両党の対立と政策の虚構性であった。政治状況は北伐の完成と共に安定期に入ったかに見えたものの、まもなく国共対決という新たな局面を迎えた。北伐が終わっても各地の軍閥残存勢力は継続して国民政府に抵抗した。また、武漢での清党は国共両党の再衝突をもたらし、農村社会経済問題、帝国列強との不平等問題等を解決できる余裕はなくなってしまった。勿論、国民政府傘下の各機関での一連の建設、改良計画があったが、政局の混乱のために充分な実績を上げることができなかった。さらに1931年以後の満洲事変とソビエト区の設立に対処しなくてはならなくなった国民政府は、これらの各種計画を完成するための財政、人力等が消えてしまった。また、このような状況下での行政の無秩序は、わずかの実績も形式的なものになってしまった。その間に1937年の日中戦争が勃発し、清末以後、各種状況で常に犠牲になってきた農民階層の希望をいたわることができなかった政府への不満が高まり、農民の新革命への参与を引き起こした。

　以上のように、16世紀以来持続されてきた四省地域の経済的地位が清末以後急激に衰退した背景として、三つの時代的矛盾状況が存在した。即ち、清末以来の帝国列強の経済進出、民国に入ってからの軍閥による

武断政治、そして北伐以後の国共両党の対立であった。これらの要因に
よって四省地域の農村では、生産減少、農業技術及び経営の前近代
性、農村社会の構造変化、土地不足及び不均問題、荒政、税制、農
政等の政策不在、農村金融と農村投資の限界等、当時中国の現実状況
下で、解決することができない問題が多く現われた。

　勿論、このような問題は四省地域以外でも起こった現象であるが、民国
時代以前までの中国での境除籍役割の比重から見ると、16世紀以来その
比重が大きかった四省地域での問題は、当時中国の状況を代表すると思
う。実際にこのような状況は近代以来四省地域を舞台に行った数々歴史的
状況からもわかると思う(87)。

　以下本書は四省地域のこのような代表性によって、中国の現代化が、な
ぜ進められなかったかを各省ごとに分析して、中国近現代史の矛盾的展開
を証明しようと思う。

【註釈】

(1) Mark Elvin, The Pattern of the Chinese Past-A Social and Economic Interpretation, Stanford University Press, Stanford, California: 1973 第9章参照

(2) Ho Ping-ti, Studies of the Population of China, 1968-1953. Harvard University Press, Camtridge, Massachusetts. PP.169～195参照。

(3) 藤井宏「新安商人研究」(1)(2)(3) (『東洋学報』第36輯、第1～4号、1953～4年)参照。

(4) Dwight, H. Perkins, Agricultural Development in China 1368-1968, Edinburgh University Press 1969. 第2長参照。

(5) 馬場鋤太郎『中支資源貿易』(東京失業之日本社、昭和13年) PP.81～82の表から作成。

(6) 同上, P.83。

(7) 揚子江水稲定理委員会編印『揚子江水稲定理委員会』第10、11期年報、民国20～21年、PP.51～52。

(8) 同註(5) PP.85～86。

(9) 同註(4) P.207, P.225。

(10) 呉金成「明代揚子江中流三聖地域의 社会変化와 紳士」(『大丘史学』第30輯、1986年11月) P.76。

(11) 同註(3)。

(12) 同註(4)、附表2-4参照。

(13) 同前 附表8-2参照。

(14) 『雍正硃批論旨』：湖から広江浙へ運輸された米糧が約1,000万石に至ったと記述。

Han-Sheng Chuan and Richard Al Kraus, Mid-Ch'ing Rice Markets and Trade, Cambridge, Mass., East Asian Research Center, Harvard University, 1975, PP.69-71. (毎年約500万石前後が移出したと主張)。

(15) 王業鍵「近代中国農業的成長乃其危機」(『中央研究院近代史研究所集刊』第7期、台北) P.357。

(16) 同註(10) P.90。

(17) 全漢昇『明清経済史研究』(台北、聯経出版社、民国76年) PP.59〜61。

(18) 第10章参照。

(19) 『洞庭湖志』道光5年序、巻1 P.10。

『洞庭志』光緒11年刊本、巻末之1 P.22。

(20) 同註(15) P.358。

(21) 一つは政治、社会的動揺に乗って土地兼併、水利施設の独占、税役の濫免、高利貸等自分の利益だけを追求した"郷紳の横"或いは"武断郷曲"等と表現された郷紳像、もう一つは、儒教的思想に基づく公意識の発露から、国家と国民の間で秩序維持のための中間者、社会的機能の代弁者としての役割を担当して、新たな社会秩序体制を造成したという両論の解釈である。

(22) 本章ではこのような紳士階層の性格に対する分析は、本章の内容上省略する。

(23) 全体糧食作物の歴年単位当たり生産量の変化(市斤/市畝)

省 份	1400年	1776年	1851年
安 徽	105 - 125	209 - 251	285 - 342
湖 北	146 - 175	206 - 247	469 - 563
湖 南	146 - 175	188 - 225	195 - 234
江 西	183 - 220	255 - 306	371 - 446

資料来源: Dwight, H, Perkins, Agricultural Development in China 1368-1968. Edinbrugh University Press, 1969. 附表2-3作成。

同註(15)参照。

(24) 宋希尚「揚子江水利問題」(李書田等編『中国水利問題』上海、商務印書館、民国26年) PP.338〜340。

(25) 自然的現象については第10章「荒政」を参照。

(26) 彭文和『湖南湖田問題』民国20年代中国大陸土地問題資料(75)(台北、成文出版社(米国)、中文資料中心合作出版、民国66年) P.39427。

(27) 江西水利局報告書(第3次)『建設会議通過本局清理湖田案』、『計画及議案』P.24。

(28) 張慰西「近五十年来中国之水利」(上海申報社編、『近五十年中国 1872〜1921 一郎晩清五十年来之中国』香港、龍門書店影印、1986年) P.278。

(29) Susan Naquin and Evelyns, Rawski, Chinese Society in Eighteenth Century, Yale University Press, New Haven and London, 1987. P.167.

(30) 同上。

(31) 同上、P.161。

(32) 同註(7) P.62。

陳志譲『軍紳政権-近代中国之軍閥時機』(台北、谷風出版社、1986年11月)参照。

(33) 郭文韜、曹隆恭主編『中国近代農業科技史』(北京、中国農業科技出版社、1989) PP.76〜78。

(34) 同註(7)、PP.57〜58。

(35) 同註(33)『農学報』(光緒年間)

(36) 同註(3)参照。

(37) 『晨鐘報』1916年8月24日。

(38) 同前。

(39) 輪船招商局の創立の経過に対しては、呂実強『中国弔旗的輪船経営』（台北、中央研究院近代史研究所、民国65年）P.225～271 参照。

(40) 東亜同文会編纂委員会『支那省別全誌』湖北省、湖南省、安徽省、江西省（東京、東亜同文会、大正7年）交通参照。

(41) 満鉄調査部編『中支の民船業-蘇州民船実態調査報告-』（博文館、昭和16年）

(42) 里井彦七郎『近代中国における民衆運動とその思想』東京大学出版会、1972、P.176。

(43) 米里紋吉「長江航運史」P.2以下。下田有文「支那航運業の現勢」（『上海満鉄季刊』第1年第1号、昭和12年7月1日）P.191。

(44) 施志汶「抗戦前十年中国民営航運業」（台湾師範大学歴史研究所碩士論文、民国77年）PP.179～182。

(45) 施志汶「抗戦前中国民営航運業的個案研究-四川民生公司的発展」（『国立台湾師範大学歴史学報』第18期、民国79年6月）P.399。

(46) 大谷是空『経済観の長江一帯』（東京、東方施論社、大正6年）PP.77～78。

(47) 同前、PP.61～62。1911年から1915年までの収入に対する収支の比率
1.4%→0.001%→0.01%→0.13%→0.02%

(48) 江西省政府経済委員会彙刊第一集『江西経済問題』（台湾、学生書局、民国60年）PP.286～287。

(49) 同註(40)、湖南、湖北、貿易

(50) 四省農村社会経済の植民地的状況は、貿易面で数値だけではなく、一般的経済面でも大きな影響を受けた。例ば、商品経済の台頭に伴う貧富の格差、沿岸漁民の没落（鮮魚の輸入による）、水運従事者の実業、奢侈生活の蔓延、農村手工業の没落等すべての方面で現われた。
章有義『中国近代農業史資料』第3輯、『中国失業志』、『中国経済年鑑』等参照。

(51) 当時中国の政治、経済中心は、すべてが海岸線近くに位置されていたから、水系が封鎖される場合、その軍事的、経済的打撃は非常に大きくなる可能性があったので、中国政府は内陸中央に鉄道を建設して、万一場合を考えるべきであった。粤漢鉄道がその代表的なものである。また、鉄道は通信機関としても重要であった。当時北京と四川、雲南、西蔵等戸の連絡には、各々30日、40日、120日必要であった。
鷲野決、「中支鉄道の特殊性とその運営」（『満鉄調書月報』第18巻第9号、昭和13年9月）PP.82～87。同註(46) P.98。

(52) 江西省交通庁公路管理局編『江西公路史』第1冊（中国公路交通史叢刊、北京、人民交通出版社、1989年）と湖南省交通庁編『湖南公路史』第1冊（北京、人民交通出版社、1988年）参照。

(53) 同前。

(54) 蘇雲峯『中国現代化的区域研究(1860～1916)』
湖北省（台北、中央研究院近代史研究所出版、民国72年）P.431。

(55) 同前、PP.437～438。
「中国交通工程概況」（『東方概況』第14巻第5号）P.336580。

(56) 同註(40)、 江西省 P.218、 安徽省 PP.441～442。

(57) 同註(40)、 江西省 P.218。

(58) 同前 P.216、P.244。鷲野決、同註(51) P.83、P.86。

(59) 表9の資料来源参照。

(60) 江西主農業院農業経済科編『江西米穀運銷調査』支那経済資料8（東京、生活社、民国26年）PP.320～321。

(61) 申報、1931年8月29日、1931年9月14日。
時報、1931年9月16日。

大公報、1931年8月1日。

(62) 同註(60) P.322.。

(63) 「最近長江流域之経済状況」(『経済評論』第1巻第5号、1934年7月) P.47。

(64) 『中国失業誌』湖南省、第4編 第4章、1935年。P.(J)37。

(65) 「1933年10月 蒋介石致汪精衛、朱家驊、顧孟余電」(贛、湘、鄂、予、皖、翼、浙、蘇、滬、粤等10省糧食会議、『農村復興委員会会報』第6号、1933年10月) P.76。

(66) 『銀行週報』第5巻 第43号、1921年11月8日。PP.25～26。

(67) 峙冰「裁厘与関税自主」(『上海総商会月報』第7巻 第7号、1927年7月) PP.1～2。

(68) 申報、1932年8月2日。

(69) 『京津泰晤市報』1925年5月21日 (『農商公報』131期、1925年6月) P.6「近聞」

(70) 『江西米穀運銷調査』(支那経済資料8、東京、生活社、昭和15年) P.169。

(71) 王業健、黄国枢「十八世紀中国糧食供給的考察」(『近代中国農村社会経済史研究会論文集』台北、中央研究院近代史研究所、民国78年) PP.10～11。
　　章有義『中国近代農業史資料』第3輯、(北京、三聯書店、1957年) PP.217～218。

(72) 天野元之助『中国農業史研究』(東京、御茶の水書房、1979) PP.412～419参照。

(73) 四省稲田面積の減少趨勢表(千畝)

省　別	1914～1918平均数	1931～1937平均数
安　徽	41,540	26,540
湖　北	26,730	26,730
湖　南	50,390	34,580
江　西	43,820	22,060

　　資料来源: Dwight, H. Perkins, Agricultural Development in
　　　　　　　China 1368-1968. Edinvrugh University Press 1969。
　　　　　　　附表 3-5 参照。

(74) Han-Sheng Chuan and Richard A. Kraus, Mid-Ch'ing Rice Markets and Trade, Cambidgd, East Asian Research Cenater, Harvard University, 1975, PP.68～71。

(75) Han-Sheng Chuan and Richard A. Kraus 同註(74)。
　　『海関報告』(蕪湖歴年米移出統計) 参照

(76) 「湖南米移出規程」(『支那』第11巻 第1号、大正9年1月、彙報) P.83。

(77) 同註(71) P.9。

(78) 陳慈玉『近代中国茶葉的発展与世界市場』(中央研究院経済研究所、民国71年) PP.304～305。

(79) 『江西年鑑』民国25年、PP.1010～1020。
　　江西省政府経済委員会『江西経済問題』(台湾、学生書局、民国60年) P.153。

(80) 『農林部档案』(中央研究院近代史研究所小腸) 20-081103-(3)。

(81) 同註(71) P.631。

(82) 『江西経済問題』同註(79) P.1、P.6。

(83) 「湖北省之 烟草」(『中外経済月刊』第110号、1925年5月2日) P.9。

(84) 同註(82) P.189～191。

(85) 同前、PP.194～195。

(86) 陳慈玉「1930年代的中央農家副業-以蚕糸業和織布業為例」(『近代中国農村社会経済史研討会論文集』、台北、中央研究院近代史研究所、民国78年) P.2。

(87) 鴉片戦争以後列強の継続的な侵入状況下において、中国自体の力量による諸般の努力、及び中国内部の諸般の矛盾を打開しようとする動きはをすべてがとの四省地域が中心となっておこった。即ち、太

平天国勢力の拡大、洋務論、変法運動、辛亥革命、新文化運動、労働者運動、反軍閥運動、農民運動、ソビエト運動等中国近代史の重要運動の中心地になったことは、この地域の政治、経済、軍事的位置を証明している。

第2章

政治と農村社会経済
－軍閥統治下の湖南農村－

1. はじめに

　清末以降中国の経済発展に影響を与えた要因として二つかあげられる。
第1は外国人の侵略に対抗して起こる中国民族の覚醒及び抵抗意識の高
揚であり、第2は封建経済の矛盾を改革しようとする努力である。しかし、こ
のような経済発展には、列強の継続的侵略と国内政情の不安定のために
限界があった。第一次大戦勃発以後、中国の経済は加速的な発展の機
会を得たが、その発展にも依然として限界があった。当時の発展は部分的
な発展であり、整体的・調和的な発展ではなかった。従って、このような発
展はむしろ社会経済的矛盾だけをもたらした。特に、一次大戦の終息と同
時に起こった列強の再侵略と軍閥の内戦はさらに多くの問題を発生させ、中
国の社会経済的停滞をもたらした。そのような弊害は特に農村で顕著に現わ
れた。従って、本章では本書の全般的な背景叙述として、当時このような
状況に至らしめた社会各階層の意識構造、連合政権的支配階層の社会
経営と被支配階層の従属的関係状況を分析して、当時の政治的、社会

結構的矛盾状況を理解しようとする。

　民国時代の社会経済的統治秩序は、伝統的支配たる郷紳地主階層とその時代独自の産物である軍閥　等兩階層によって保たれたので、一見二元的統治秩序であったように見えるが、実はこれら階層は互いの利害関係により、緊密に連合し支配する一元的統治秩序であった。このような、新しい統治秩序は、近代以来中国の内憂外患の中で生まれた社会経済的秩序破壊から現われた。故に、これら連合政権による統治は、封建的秩序体制より更に深刻な社会経済的矛盾をもたらした。故に、当時の農村、農民に対する正確な認識は、1930年代初頭にイギスの経済学者　Eichard Henry Tawney　氏が「中国の農村問題は以後中国の進路を決定する重要要因になるであろう。」と指摘しているように(1)、中国の社会・経済・政治等すべての現代化過程での現象を理解するための必要条件になると考えられる。

　従って、そのためには近代以来社会経済的変化が、最も顕著に現われ、その中でも軍紳政権による秩序破壊が最も激しかった湖南農村を通して、当時の中国農村社会構造の変質過程、その構造の中での被支配階層の困境と支配階層の統治手段等を分析し、中国現代化の挫折、あるいは新たな統治体制への転換の状況を説明しようとする。

2. 軍閥政権の特性

　清末民初において、伝統的社会体制が動揺した時、その伝統体制を維持するため、軍隊の力は不可欠であった。しかし、それ以降軍隊の指揮者は自身の慾望のためにこれを軍閥に発展させた。これら軍閥は、北洋軍閥、南方軍閥に大別され、各々独立勢力を形成した。「北洋」は東三省、直隷、河南、山東、江蘇、浙江、安徽、陝西の北部と中部、湖北の東部と中部、江西の北部と中部、福建の東北と中部を掌握しており、「南方」は雲南、広西を掌握していた。その中、東北部の平原地帯と西南部の高原地帯の間は、広大な緩衝地区であった。即ち、陝南、四川、鄂西、贛南、閩西北と湖南等地域が包函された。故に、南・北軍

の勢力は基礎が安定し、軍閥内の人脈もしっかりしており、各自大軍閥としての勢力を形成していたが、緩衝地域は南北軍閥の相互牽制下で、彼らの支配下の将領である小軍閥による局部的攻防戦が継続された。

当時の軍隊は地方の治安維持のための軍隊ではなく、むしろ地方治安の不安の直接的要素になり、当時軍中には「鎗声一響、黄金万両(2)」という俗語が流行するほど各種各義の掠奪的軍事行動が現われた。その中、湖南省は地理的好条件のため、南北両軍にとって戦局の形勢を分ける重要な省となっていた。即ち、北軍が両広に出兵する際の捷径であり、南軍には北伐時の通過すべき要道であった。故に湖南はいつも南北軍閥が衝突する主要戦場どなった。

このような軍閥間の相争が一層激しかった時期は、共和制樹立以後の政治的空白状態が始まった1913年から北伐完了直前の1926年までであった。この時期、南北両政権からの支援が不足し、その渦中でも地方の小軍閥は自分の勢力を守るため、士兵数を増やし続け、すべての軍需品と士兵は農村・農民から充足した。即ち、湖南での戦争の勝敗は各派軍閥の興亡と関係ぎいり、その戦争の勝敗は占領地域での物資供給と直接関連したので、各軍閥の最大関心事は占領地域の確保であった。故に、各軍閥の占領地域は戦争物資の円滑な供給のため、湖南省内でも豊かな地域であった。従って、戦争の中心地もこれらの重要経済地域であった。即ち、主要戦場は岳州、長沙、湘潭等湖南の経済中心地域であり(3)、その戦争状況は、例えば、1920年の戦争状況を見ると、北軍が衝州に至って湖南本地軍と対峙している際、敗退すれば長沙に逃で、逆に本地軍が敗れれば衝山に回避した。また南軍が進撃する所も衝陽、宝慶等すべての地域は湖南の重要平野地帯、あるいは富裕地区であった(4)。

湖南軍閥は特にその勢力基礎と支配形態は他省の軍閥と異なった。即ち、湖南の小軍閥は南北大軍閥に全面的に頼ることよりは、自己の地盤内で自己の武力によって個人の財産増殖及び軍費を確保しようとよした。そのため省政府の各機機関を掌握し、税金を収奪し、人的物的資源を勝手に徴集する等、その影響は、他省より大きかった。

1927年11月、中共中央政治局拡大会議では、張作霖、孫伝芳等北方軍閥と白崇禧、唐生智等南方軍閥の勢力基盤について次のように

説明している。

　　北方軍閥大部分為大地主、放高利貸者、買辦資本家的代
　　表、南方軍閥為豪紳、地主与民族資本家階層的同盟関係(5)。

　このような軍閥特性による区分は当時湖南省で活動していた各軍閥の性
格とも一致することが知られる。例えば、湖南第一紡織工廠の10年間の運
営の中で、湖南本地軍閥譚延闓と省内の入憲派資本家は互いに結合して
工廠の経営に全力をあげたが、逆に北洋系軍閥は工廠設立から経営に至
るまで阻止妨害を行い、遂には省財政収入の増加のために、これを売って
しまった(6)。即ち、北洋系軍閥は戦略要衝地である湖南を武力で支配しよ
うとし、南方及び湖南本地軍閥は、自身の勢力の守りと北洋系に対抗する
ため、省民の支持を獲得して軍事的、政治的立場を強化する必要があっ
たので、省内地主、商業資本階層と結合して省内の経済発展等に傾注し
た。このような状況は南方系、湖南本地軍閥の勢力拡大努力と郷紳地
主、商業資本階層間の共同利益の理念が一致したことを示している(7)。し
かし、これら南北軍閥が追求する基本的立場、即ち自身の勢力基盤の確
保という目的は同様であったので、彼らが農村で行った加害行為はたいして
変わらなかった。
　まず、北洋軍閥の行為を見れば、当時の北京政府は中央政府としての
政治的・財政的機能を喪失していたので、地方の小軍閥は軍餉等中央
政府の支援を受けることができなった。それ故、彼らは自分の地盤に頼らな
ければならなかったので(8)、彼らの掠奪的地方統治はさらに激化した。その
中、代表的軍閥は湯薌銘と張敬堯の軍隊であった。湯薌銘の部下である
軍法課長華世義は「活閻王」といわれるほど悪名高かった。かれは「清
郷」という名目下に殺人、強姦、掠奪等を行って、農村の社会秩序を破
壊させた(9)。張敬堯の軍隊はさらに暴悪し、醴陵県での戦争中には全県
人口58万人中、21,542名を殺戮し、財産損失も1,941万元に至った(10)。
特に、1918年初頭の平江進攻時には南軍との来通を理由として、路上で
の大虐殺及び姦淫、掠奪等が行われた。当時張の北軍世七師がとった
「三天不封刀」の野蛮的な行動は、前代未聞の惨酷な行為であったとい

われている(11)。このような蛮行は社会的不安を惹起させ、湖南農村地域の全農民を流動させた。彼らは比較的安定地域であると考えた都市或いは省外へ向かって移動する等、その社会的混乱は極に至った(12)。その後湖南農民は張敬尭を「張毒」（毒は督と同音）、「毒菌」（これは督軍と同音）と呼ぶほど憎悪した(13)。

　一方、南軍の横暴も少なくなかった。例えば、1918年北軍退却の時、南軍の掠奪状況は北軍と同様であった。湖南農民の南軍、湘軍に対する親近感は、これによって失われ、戦争反対の情緒はさらに高くなったことである(14)。

　このような湖南軍閥軍隊の横暴が特に甚だしかったのは、他省の大軍閥と異なる小軍閥であったからである。小軍閥は自分の力量が弱かったため、その存亡は常に大軍閥の興衰にかかっていた。故に、自分の勢力拡張、存続のためには、大軍閥の支持を得なければならなかった。例えば、湯薌銘は革命期に同盟会に参加したが、同盟会員の名簿を清政府に密告するため、それを盗む過程でこれが発覚し、除籍された。そのため南部の革命勢力の中では自分の出世が不可能になったので、それ以後、袁世凱の歓心を買って自分の位置を強固なものにするため、なりふり構わず北洋政権に忠誠を誓おうとした(15)。譚延闓も本心は湯と同様であった。即ち、1913年春、袁の帝制復活の陰謀が暴露された時、孫中山は湖南の譚延闓に急電を送って軍事的行動による応援を要請したが、譚の態度は全く反対であった。以後譚は革命党人の圧力により、湖南の独立を宣布したが、袁世凱の怒りを恐れ、すぐ独立を取り消し、むしろ湖南の革命党員を湖南から追放させた。このような両面的態度は徐世昌に送った次の密電の内容からも見られる。

　　4湖南独立、水到渠成、延闓不任其咎、湖南取消独立、
　　瓜熟蒂落、延闓不居其功。(16)

　また、1920年上海で決定された北伐計画に冷淡な態度を堅持し、出発命令に反する対等孫中山の北伐計画を霧散させることさえした(17)。また、譚浩明、程潜等は湖南の督軍ポストを獲得するため、段祺瑞とも密約したが

失敗した。その後、彼らは逆に岳州県民の反北軍形勢を利用し、湖南督軍を掌握しようとして、岳陽の北軍を攻撃した[18]。これによって湖南は趙恒惕、程潜、譚延闓と湘西の各系軍閥等と共に共同統治の状況になった。彼らは自分の勢力の拡大のため、湖南の軍事地理的利点を利用し、他の地域の大軍閥勢力とそれぞれ連合し、自分自身が大軍閥勢力の指揮下に入った。その代表的人物が趙恒惕であり、彼は湖北の呉佩孚を湖南に引き入れ[19]、結局孫中山が広州で捲土重来を企図した第二次北伐作戦が挫折する重要原因になった[20]。

このような小軍閥の対立体制は、各系派間の対立のみならず、同系派内でも行政・管理・紀律等の不統一、将領間の差別的待遇、派閥間の対応等のため、内外間紛争は終息されなかった。故に、同一系軍閥内でも将領によって派系が形成され、小軍閥は再び小軍閥化し、同一系派間内での戦争も頻繁になった。その代表例が、1922年趙恒惕と沅陵鎮守使蔡鉅との戦争であった[21]。これは当時湖南軍閥が矛盾的集団であったことをよく見せていながら、この矛盾的集団の行為が農村に与えた影響がどのようであったかも量られことである。

このように各将領による派閥の形成は、多くの兵士と軍餉を必要としたが、これは生活基盤を失った貧農の当面する問題であった民食問題解決という現実状況と一致した。即ち、貧農が軍隊に入るとその報酬と身分的保障は一般農民生活よりはるかによかったので、貧農は軍閥の要求に応じて軍人になったのである[22]。結局軍人になるということは職業問題の解決を意味することであり、貧農の生活路線の確保を意味することであった。

それゆえ、軍閥間戦争の激しさには限界があった。即ち、貧農の兵士化による軍人の増加と無能力化、そして軍餉の不足は、実際の戦争における戦闘力を喪失させ、そのかわり戦争前後に行われた農民収奪状況は残酷になった。例えば、軍餉不足時の兵士の応急手段は掠奪であり、それは彼らの一時的盗匪化を意味した。特に湖南の聯省自治軍と各地の雑牌軍は各単位別に到処で掠奪を行った。当時の新聞「時報」に載せた「湘西周朝武の軍隊は土匪軍である」という記事は当時軍閥軍隊の真面目をよく見せている[23]。

このように小軍閥の兵力と火力は非常に弱かったが、各系派の将領等が

湖南各地で割拠し、兵士の数も増えたので、農村に対する影響は相当に大きかった。1918年の軍閥軍隊の配置状況を見れば、北軍張敬尭の部隊は湘東北部地区である長沙、岳州一帯に呉佩孚部隊は湘中地区である衡陽一帯に、馮玉祥軍隊は湘西地区である常徳一帯に、譚延闓と趙恒惕は湘南の欄永地帯に、湘西民政所長と自称した張学済、湘西軍政所長と自称した他応詔、湖南鎮守使胡英、湘西鎮守使兼第五司令周朔等はそれぞれ湘西各所で割拠した(24)。当時日本新聞社の軍事専門家の調査によれば、その時湖南にあった軍人数は、南軍が約13万、北軍が約12万、合わせて25万人もなったと説明している(25)。このような数は確実な数ではないが、当時軍閥軍隊の割拠状況がどのくらいであったかが知られる。

このような状況で考えるべきことは軍閥の財政問題であろう。周知のように当時の中央・地方政府の財政状況は非常に困難であったので、各地軍閥への支援は考えられなかった。それ故各軍閥は当地域で自分が解決しなければならなかった。その方法は当然武力行使によって行ったことである。その徴収形式、徴収率、徴収時期等は各軍閥によって違ったが、湖南軍閥の特性上その変遷過程をまとめると表1のようになる。

以上のように、民国以後20余年間の湖南政局は非常に複雑となり、軍閥統治の極限状態を見せたといえよう。これは勿論湖南社会の大部分を占めていた農村、農民に大変な影響を与えたことがわかる。

当時湖南農村社会で行われた破壊的行為の主体要素を詳しく分析すると、大略三つに分けることができる。それは軍人、下級官吏、洋商であり(28)、連合的な手段を取って、各自の利益に合わせ∝[最大限の自分の能力を発揮し、農村、農民を蹂躙したことである。この状況は次の章で説明しようと思う。

このような軍閥系派間の内戦形勢は、中央政府を掌握する大軍閥の変化と湖南地域内の戦争状況によって代わり、省政府の主導権もそれにつれて代即わった。即ち、当時湖南省の最高統治者である督軍及び省長の交替は、非常に頻繁であった。表2はこのような状況を明らかにしている。この表によると1913年から1927年まで14年間、中央政府によって承認された督軍及び省長の交替回数は17回もあった。これは湖南各系軍閥間の勢力争

表1 湖南軍閥の軍備来源の変遷

1914 ～ 1916年	1917 ～ 1921年	1922年以後
軍費が省政府予算の40%を占める。	軍費が省政府予算の40%を占める。	軍費が省政府予算の60%を占める。
省内財産を擔保として省公債を発行	省内財産と利權を擔保で外債、内債を借り省主權と省民利益、省内財産を盗賣り	予徴、附加税を擔保或いは無擔保で軍費徴收、省主權と省民利益を盗賣り
田賦税の徴收率が徐々増加始める。	予徴・附加税の創立、税率の大幅増加、雑捐の盛行	予徴、附加税、雑捐の種類の増加、税率及び予徴期間の擴　大
	鴉片栽培の擴大	鴉片の公賣、鴉片の特税徴收
	銀行の設立と共に貨幣の濫發、軍票の發行	軍票發行の増加、省銀行鈔券の發行
	特損の始め、厘金徴收の擴大	厘金種類の増加、特捐種類の増加
軍餉の掠奪	軍餉の掠奪強化、軍差の徴發	軍隊の盗匪化

資料来源: ① 『湖南歴史資料』
　　　　　② 『湖南近百年大事記述』
　　　　　③ 『漢口失業週報』
　　　　　④ 章有義『中国近代農業史料』第2巻
　　　　　⑤ 天野元之助『支那農業経済論』から作成

いを示しており、それほど湖南地域の政治的、軍事的比重が大きかったことを現している。従って、一定期間に二、三人の首脳が同時に登場する他省ではみられない奇現象も起こった。即ち、1918年3月から1920年6月の間に、張敬尭は長沙で督軍に就任し、護法政府から任命された譚延闓が郴州で督軍に就任したり[26]、1920年以後には譚延闓が南部で、趙恒惕が中部で、林之宇が西部で各々就任し、三派鼎立期と称されたりした[27]。

表2　1914年から1926年の湖南督軍交替状況表

督軍省長名	在1任期間	勢力根據	出身地	職位
湯薌銘	1913. 9.22～1916. 7. 5	北京政府	湖北蘄水	督省張兼任
曾繼堯	1916. 9. 6～　?	桂系湖南	湖南新化	未　任
陳臣	1916. 7. 4～　?	桂系湖南	湖南醴綾	未　任
劉人熙	1916. 7. 6～1916. 8. 3	湖南鄉紳	湖南瀏陽	未　任
譚延闓	1916. 8. 4～1917. 8. 7	湖南鄉紳	湖南茶陵	督省張兼任
傳良左	1917. 8. 6～1917.11.14	北京政府	湖南乾縣	督省張兼任
程潛	1917.11.24～1917.12. 8	國民黨	?	省　長
劉人熙	1917.11.24～　?	同　上	同　上	督　軍
譚延闓	1917.12. 7～1918. 3.27	同　上	同　上	督省張兼任
譚浩明	1917.12.18～1918. 3.27	桂系	廣西	軍民兩政事宜
張敬堯	1918. 3.28～1920. 6.13	北京政府	安徽	湖北地區督軍
譚延闓	1918. 7. ?～1920. 6.17	同　上	同　上	湖西南方面督軍
譚延闓	1920. 6.17～1920.11.23	同　上	同　上	督省張兼任
林支宇	1920.11.24～1921. 3. 5	湖南鄉紳、國民黨	湖南	省　長
趙恒惕	1920.11.24～1921. 3. 5	湖南鄉紳、湘軍	湖南衡山	總指令
趙恒惕	1920. 4. 6～1926. 3.11	同　上	同　上	督省張兼任
唐生智	1926. 5. ?～1927.11.11	湘軍、國民黨	湖南東安	督省張兼任

資料来源: ① 『湖南近百年大事記述』修訂版, 1980 PP.930～940
　　　　② 陶菊隠『北洋軍閥統治時期史話』各冊
　　　　③ 郭廷以編著『中華民国大事日誌』第1冊, 第2冊
　　　　④ Angus W, McDonald, Jr 『The Urban Origins of Rulal Revolution, 「Elites and The Masses in Human Province, China」 1911～1927』 California, Univ., Berkely, P.20.

3. 軍紳地主階層の農村支配構造

1）軍政階層と郷紳地主

　伝統中国の地主階層の来源は官吏、貴族、廟宇、祠堂、会産、義租、学校等であった(29)。しかし、民国時代に入ってから政治上、土地所有上一番影響力が大きかった階層は軍閥、官僚、紳商等に限定されていた。湖南での状況も同様であった。彼らはまた大地主と小地主に分けられる。大地主は軍閥、官吏、城市の富商であり、小地主は城市小商人、没落官僚、現在の下層官僚、自耕農から昇格した農民であった。しかし、これら地主階層は大小に関係なく、高率の前兆、高利貸、雑損の強制徴収等によって、大部分が小作農、雇農であった農民を抑圧したことである(30)。

　特にこれら地主階層は「有田者未必為農、農者未必有田。(31)」といわれたようにほとんどが城市で住みながら裕福な生活を享受した。本来中国の伝統的地主階層の数は民国時代ほど多くなく、また中央政府の土地兼併抑圧政策と財産の均分的継承政策等によって(32)、軍閥統治時代のように大量の土地兼併、或いは私兵の武力による農村社会の支配状況はなかった。即ち、これは伝統農村社会構造の破壊を意味しており、その構造的変化の主因は伝統郷紳地主階層の社会的機能がなくなったことと新興軍閥及び商人階層と妥協による連合性支配形態への転換等にあったと思われる。

　このような農村社会構造変化は、清末以後の社会経済的状況と密接な関係がある。橘樸は当時軍紳連合のきったけについて「清末新軍の養成のため組織した軍官学校は知識階層の登龍門の捷径であった。その知識階層の大部分は郷紳子弟であった。(33)」と説明している。彼らは卒業後武官に任命され、軍閥人事の基礎になった。故に、これらは自然的に連合政権を作って、軍閥と官僚は政治面で郷紳地主階層は経済面を掌握したのである(34)。このように郷紳地主階層を利用して農村社会を支配した軍閥の統治方法は、封建時代の主従関係といってもよかろう(35)。

　一方、軍閥と商業資本家階層との関係も主従的関係は変わらなかった。当時、商業資本家階層は、帝国主義の商業資本との競争と戦争等

政治不安下で、自分の経済的安定のため商業上への投資より、土地購入に熱中した。このような投資方式は民族資本と民族工業の発展に大きな妨害となり、むしろ軍閥統治に応じる地主制の強化をもたらした。

　清末までの湖南地主の大部分は数百畝の土地を持っていた小地主であった。しかし、民国以後軍閥、官僚、商業資本の圧力によって、彼らは徐々に減少した(36)。その圧力の根本は田賦であった。なぜなら、軍閥統治以後田賦の種類、田賦率、田賦附加税、予徴等が強化されたからであった。さらに民国以後毎年災害が起こったにもかかわらず、軍閥政権の田賦徴収はより苛酷になったため、小地主は軍閥私兵の横暴を避けるためにも田賦の支払能力がなかった小作農の分までも払わなければならなかった。結局このような状況は毎年の賦額増加と所得収入の縮小により、自分の田地を軍閥とその将領に移譲しなければならなかった。故な、湖南の旧地主階層は次第に自作農或いは小作農化し、軍閥、官僚、商業資本家が新興大地主に化した(37)。このような状況は当時、湖南省の地主勢力の分布でも見られる。地主階層の勢力分布は軍事地理的重要地域、主要経済発達地域、農業生産豊富地域であった洞庭湖付近或いは湘江流域で、特に大きかったという事実はこれら新興地主階層発生の背景となろう(38)。その代表的人物は次のようである。即ち、長沙の大地主聶雲台は10余万畝を持っており、軍閥張敬尭は7万畝を、新化県の陳家は50万畝を、衡山県の聶緝槻（曾国藩の女婿）、衡陽の趙家（督軍趙恒惕の家族）、新寗の劉家（新督蕪劉坤一の家族）及び洞庭湖畔の多数の湖田地主等も1万畝上を所有していた(39)。これら地主の背景には政治的、常に軍事的背景があったことがわかる。当時、500畝程度の土地を持っていた地主の支配していた農戸が20戸程度であった基準から見ると(40)、10畝未満の田地を持っていた農戸が50%以上であった湖南農村に対するこれら大地主の影響は相当に大きかったであろう。その中一番代表的な地主は聶緝槻であった。彼は1904年、上海で華新紡織新局を経営し、その利益で南州一帯を開墾して淤田4万余畝を造成し、「種福垸」を建立した。この垸は初期には、一定の管理制度はなかったが、1920年以後に正式に管理機構を設立し、総理、協理、堤務局主任、保警隊、外交総官及び稽核等の職責を置いた。彼らは農民を逮捕、拘禁、再版まで行った。即ち、田務と

関係がある事項は官庁のような形式を取って各種機構を設置して処理した。これら機構の職員は30余人、工人は40余人、警備員は30余名を数え、約3,000戸の小作農戸（2,000戸は直接隷属、1,000戸は租田戸）を管轄していた(41)。ここで注目すべきは地主の武装であった。これは軍閥と連合的支配体制下でも、軍閥の興衰は頻繁であり、また戦争下の不安定な状況のため、地方治安の補助という口実で組織された私兵形式の武装集団であった。当時、湖南にはこのような性格の集団が、団防局、保衛団、民団局、区董事務所、警察等の名前で各地に散在し(42)、その数と勢力は次第に拡大されていった(43)。このような団体を造る時も大地主自身の経済力で造ったのではなく、60畝以上の農戸は兵士1人を、百畝以上の農戸は騎兵1人を、500畝以上者は兵士5人と騎兵3人等共同体的な形式を取り(44)、大地主とその指揮下の小地主のための私兵集団として利用されたことである。これら各種団体の性格は多様であったが、地主階層が農村社会と農民を支配する一つの統治機構として使用されたことはまちがいなかろう。しかし、これら団体の装備と訓練は不徹底であり、本来の目的である地方治安の担当という責任を遂行することができなかったことは当然なことであり(45)、逆に軍閥の手足として、農民を抑圧する機構となり、軍人の代わりに税金を徴収したり、兵差を集める等の役割をした(46)。

特に、彼らは収税時において、その徴収した税金で高利貸業を行なったり、各種附加税 （保安団附加、義勇隊附加、行政附加、自治附加、県教育附加、区教育附加等名目(47)。)を徴収して地主勢力を拡大発展させていった。これら附加税の比率を見ると、毎両当り1元から10元を徴収したが(48)、これを1904年から1926年までの湖南の田賦平均徴収率であった4.03元と比べると(49)、大変高率の附加税であったことが知られる。その中、特に保安団費附加と義勇隊附加の税率が高かったが、これら附加税の4分の3がこの団体の維持費に使用されたことは(50)、地主階層の農村支配勢力が拡大されていったことをよく見せる証拠であろう。このような軍閥と地主の密着について鈴江言一は「軍閥は地主階層の武装的表現である。(51)」と表現している。

一方、このような状況下で農民が受けた被害は推測することができないほど大きかった。統計上の数値のものに止まらず、統計できない状況即ち、一

定ではない徴収時期に農業生産への影響（移秧期の徴収による播種時期の喪失、秋収期の労働力不足による収穫率の減少等）、生産手段の限界状態及び生産意欲の減退等ひ計算できない大きな損失があった(52)。しかしながら、統計による農村の被害状況を見ることは当時軍紳地主連合政権による統治状況と農村社会の変質過程等を把握できる捷径であると考えられるから、ここで細かく当時農民の被害状況、農村資本の変質過程と農業政策の限界性等を数値によって見てみる

表3　湖南省借款

來　源	百 分 率
合作社	1.6 ％
典　當	5.6 ％
錢　莊	2.2 ％
商　店	13.6 ％
地　主	34.5 ％
富　農	22.7 ％
商　人	19.8 ％

資料来源：
　呉承禧「中国各地的農民
　借款」。千家駒篇『中国
　経済論文集』上海、中華
　書局、民国25年
　PP.16～169。

　まず、当時の金融事情を見るとを農民の借款来源は地主を富農を商人からが一番多かった。（表3参照）この比率は全国でも一番多かった(53)。このような階層からの借款来源が多かったということは、高利貸が非常に盛んであった状況を意味するといえよう。これら借款の方法には次のような種類があった。

①「大加一」……毎月利率1分の借款方法。
②「九十帰」……銀元9元を借りると月に1元の利息を加えて返す借款方法。
③「孤老銭」……毎月の利息が算術級数的に増加する借款方法。即

ち、銀元1元に対する利息が1か月目の利息は2元、2か月目の利息
　　は4元になる方法である。
④「借穀銀」……銀元4元に対する1年利息が穀米1石である借款方法
　　である。或いは5月に穀米1石を借りて収穫時返す時は2石を返す方法
　　であった。(54)

　この中で一番利率が低かったのが「大加一」であったがこれを採用した
県は10県に過ぎず、大部分は「大加一」以外の方法を採用していた(55)。
これら以外も郴県の「水穀」、衡陽の「標穀利」等は特殊な高利貸とし
て利率が非常に高かった(56)。このような高利貸による農民支配方式は紳士
地主階層の伝統的支配方式であったが、軍閥統治時期に入ってからは軍
閥の貨幣価値に対する認識の変化によってさらに強化された。即ち、彼らは
商業資本、帝国主義商人との連繋下に、田賦、特損、高利貸等を使用
した新商品作物及び新たな消費商品を省内に搬入し、大量の収入を企図
したことである。当時彼らが高利貸等による収入を生産方面に投資したこと
はわずか25%に過ぎなかった。残り75%は消費性と関連された非投資部門
であったことからも(57)、軍閥、商人、地主等連合政権の金融政策状況が
見られる。
　このような省外の商品作物による無計画な収入は、湖南省農産政策に大
きな影響を与え、伝統的農産物の萎縮をもたらした。その代表的な農産物
は大豆、落花生、棉花、煙草、藍、茶、甘蔗等であった(58)。特に、そ
の中でも湖南の代表的特産物であった茶、落花生、棉花、煙草等は生
産量、生産力では全国の最高であったが（参考表4と5）、徐々にその地
位を失って省経済全体にも大きな影響をもたらした。このような経済政策の無
秩序による地主等富農階層の所得収入の減少は、農村投資の意欲を喪
失させ、その代わりに金銭欲による投機心理だけをそそのかし(59)、資本市
場への参与を始め、同時に小作農へ租税についても徐々に銭租を要求す
るに至った(60)。これは即ち、農村・農民経済を度外視することであり、城
市内の商業資本との連繋による帝国主義経済との妥協を意味する。このよう
な地主階層の投資方向の転化は、農業経済、農村手工業等農村の伝統
的自然経済を急速に衰退させ(61)、農民の離村現象を起こし、これら流民

が急速に増加し、軍閥の私兵になったり、盗匪になったりして農村荒廃の悪循環を繰り返させ(62)、別の城市に入って労働者になり、また、流民となって徘徊した農民は以後、反軍閥運動及び搶米運動者になった(63)。

表4　1914～1915年各省主要農業生産量比較

省　別	茶	落　花　生	棉　花	煙　草
河　南	84,438 斤	254,760 石	23,615,239 斤	135,150　斤
江　蘇	778,670	2,679,896	6,348,255	30,557
安　徽	47,928,788	417,679	10,294,950	158,437
江　西	19,736,860	856,561	19,569,830	473,824
福　建	9,351,005	1,195,547	18,573	94,205
浙　江	32,777,002	321,312	64,084,533	439,889
湖　北	41,769,835	207,232	284,211,423	287,589
四　川	19,164,460	1,825,454		
廣　東	16,362,100	18,920,570		
廣　西	30,217,452	560,473		
雲　南	158,085,700	73,161		
貴　州	106,470	672,000		
湖　南	221,991,700	1,233,065	402,194,477	1,181,428

資料来源: 東亜同文会編、民国6年、8年『中国年鑑』(台北、天一、民国64年)
　　　　民国6年 PP.553～570、民国8年 PP.1017～1018より作成。

　以上のように郷紳地主、軍閥、商業資本階層の横暴は清末以降継承されてきた事であるが、軍閥統治時期に入って以降はその掠奪的性格が濃厚になり、農民の社会指導階層に対する不信感を助長し、これは国民政府の農村建設計画にも大きなマイナス影響を与える等、以後中国の新たな政局への発展方向を決める重要なきったけになったと思われる。

表5　1914〜1915年各省農産物毎畝収穫率

省　別	大　　豆	落　花　生	棉　　花	煙　　草
河　南	0.600 石	0.800 石	13.54 斤	23.49 斤
江　蘇	0.613	1.624	0.66	48.28
安　徽	0.800	1.000	30.00	122.34
江　西	2.073	3.000	48.37	206.27
福　建	1.273	1.828	31.11	55.61
浙　江	0.600	1.000	74.50	78.44
湖　北	0.920	2.420	85.83	132.87
四　川	0.700	0.600		
廣　西	1.246	2.062		
雲　南	1.340	1.890		
貴　州	0.600	0.600		
湖　南	1.952	3.293	518.71	19.47

資料来源: 東亜同文会編、民国6年、8年『中国年鑑』。
　　　　　（台北天一民国64年）、　民国6年　PP.553〜570。
　　　　　民国8年　PP.998〜999。

2）地主階層と農民状況

　清末民初湖南農村の社会経済的関係は、地主と小作農の関係であった(64)。しかし、軍閥統治時期に入って以後その関係は軍閥、郷紳、商人等新興地主階層と小作農の関係に代わりつつあったことを前節で見た通りである。そのため小作農の負担はさらに大きくなった。軍閥統治の展開と伴って湖南農村での小作農、半小作農の数は継続的に増加した。その比率は半自作農、小作農を合わせると1917年の場合は80％まで至った(65)。
このような比率は全人口の96.5％が農民であった湖南農村状況から見るとほとんどの農民が小作農化されたことを示す(66)。特に、湖南省内の最大農産品生産地域である湘、資、沅、澧等4大江流域の地域での小作農の増加は、湖南農村での社会経済的関係が破壊されていったという状況を示している。（表6参照）

　従って、本節では各農民階層と地主階層との関係とその変化状況の分析を通じて、湖南農村での地主階層と農民階層の伝統的社会経済的関係

が変化していく現象を把握しようとする。

表6 湖南農村各地域小作農化現象推移

縣名	1912		1931		1933		地　區
	半自耕農	佃　農	半自耕農	佃　農	半自耕農	佃　農	
大庸	20	60	10	80	10	80	四大江流域 平野地區
衡陽	23	46	18	64	10	80	
湖潭	40	20	30	42	30	40	
邵陽	25	65	15	75	20	70	
湘寧	20	52	16	62	20	60	
長沙	22	57	16	50	14	54	洞庭湖盆地 及城市地區
岳陽	35	35	40	35	40	35	
臨湘	33	28	38	25	43	24	
漢壽	30	40	30	30	40	40	
零陵	14	77	17	73	17	72	山丘地區及 內地平野地區
陽明	35	40	40	40	35	50	
東安	20	50	20	50	20	50	
寧郷	10	65	10	65	10	65	
湘郷	20	60	20	60	20	60	
安化	10	30	20	40	23	37	
求興	45	23	50	20	42	34	

資料来源:『中国経済年鑑続編』1935年、第7章、租田制度、G29～31。

　湖南での自作農状況を見ると、彼らは大体祖先から継承されてきた何数十畝ぐらいの田産に頼って自耕自食する比較的自由な生活をしている階層であった。彼らは他の人を雇用する力もなく、さらに他の人を助けるのは無理であった。しかも、彼らの階層は軍紳地主階層の直接的収税の相手として、直接的被害を受ける階層であった。軍閥政府による収税の種類とその比率は、はるかに高くなり続けた(67)。さらに地主、階層は軍閥と密着して、自分の税金さえ自耕農に転嫁し、これによって自作農階層は結局自身の田地を守らず、半小作農化或いは小作農化していったことである。このような状

95

況は各種統計で見られる。清末民初、湖南の自作農は全農戸の30%ぐらいを占めた(68)。しかし、1917年軍閥戦争の熾烈さと共に急に下がり、20%ぐらいまで減少した(69)。特に湖南の経済地域であり、戦争中心地域であった湘中、湘東の平野地域の自作農比率は5%から7%まで下がった(70)。

このような現象の重要原因は当然なことでありながら軍閥の土地占有欲、戦争のための土地の荒地化、各種雑損、兵差等による軍紳連合政権の収奪政策のためであった(71)。

これによって起こった半小作農化、小作農化現象は、これらの階層の増加は勿論、新たな農村問題を起こしたことである。これら階層の増加現象は表6に見られるように民国以後継続して増加した。特に、軍閥統治の最極盛期である1917年の統計を見ると、これら階層の比率は80%として、全国でも一番多かったことである(72)。このような絶対多数の階層に対する軍紳地主階層の収奪状況は、この両者間の基本的関係である租田契約の方法とその移行状況によく現われている。

湖南の小作農が地主から租田する時は、まず「引批人」という仲介人から紹介をもらって地主と協議下に契約を締結する。この時の契約書は「承領字」といわれる。この契約書には田畝数、家の大小、山場園圃の広さ、年納租額等を記録した。されに地主は小作農の抗租と欠租を防止するため、契約時押租金を受けた。この押租金の名称には上荘、信銭、批関、佃規、佃金、批価等9種があった(73)。これら押租金は納租穀物の増減によって変化したが(74)、実はこの額数は1年の納租額と同じであった。その押租金は毎畝当り23元として全国でも最も多かった。（表7参照）また、小作農が契約を実践しなかった時は、地主の任意でこの押租金を処理することができるし、その田地を別の農民に転租することができた(75)。このように小作農の身分は契約的関係であったが、実は完全に隷属的関係であったことがわかる。このような状況は納租方式でも見られる。湖南での納租方式は貨幣地租、現物地租、力役地租等三つの方式があったが、現物地租である穀租が74.4%として一番流行していた(76)。
穀租の場合、稲作が年中1回可能地域では地主と小作農が収穫量の半分ずつを所有をし年2回可能地域では1回のもの（早稲）は地主がを2回のもの（晩稲）は小作農が所有した(77)。しかし、湖南の気候上、年中の地

表7　各地押租金額の比較

地　　　区	毎畝押金	地　　　区	毎畝押金
江蘇　南京	2.0 元	廣東　新豊	10.0 元
金壇	2.0	樂昌	1.0
六合	2.0	乳源	4.5
丹徒	4.5	陽山	0.4
宜興	4.5	安徽　藩山	15.8
武進	4.5	當塗	1.3
江都	4.5	浙江　平陽	12.0
奉賢	6.0	湖北　當陽	20.0
當塾	10.0	湖南　各地	23.0
松江	10.0	平　　　均	7.3

資料来源:　① 1933年申報年鑑 P.51。
　　　　　② 古謀、中国農村社会経済問題、上海、
　　　　　　中華書局、1930、PP.116～117。

力上、農業資本上、当然早稲の方が収穫量が多く、品質もずっとよかった。早稲は毎畝当り籾4石乃至5石を収穫したが、晩稲は2石乃至2石半に止まり(78)、小作農の損害は契約から始まったことである。さらにこのような租率は一般的状況であり、各地域によって、その比率は全く異なり、湘郷、湘潭、衡山等代表的平野地域では、その比率が8対2或いは9対1という不当な条件を甘受しなければならなかった。（表8参照）このような不公平な租田関係は伝統的な地主の農民圧迫の手段であったが、軍閥統治以降、その方法ははるかに悪辣になり(79)、それにあきたらず、地主階層は新たな契約によって、より有利な条件を取るため、1年乃至2年の短期契約だけに応じたのである(80)。これは小作農にとっていつもの不安定な生活であったから、小作農は基本的契約以外の奉事を通じて、地主の歓心を買わなければならなかった。それから定期的に年鶏（田鶏）、年肉（猪肉）、脣、稲草、糯米、魚及び家鴨等を上納し(81)、別に無報酬徭役である応工も負担しなければならなかった(82)。まし、小作農がこれらの義務を遵守しかったら、地主階層は次のような手段で彼らを強迫した。

「湖南浜湖各県、強迫農民於青黄不接時提前交租、違者
　搶殺。湖南桃源及浜湖各県 ; 対於欠租農民、不僅扣低
　押金、並搶牽耕牛、或帯着打手搶劫農民的菜籽。(83)」

表8　湖南各県の租率状況

県　　名	地　主：佃　農	租規(銀元)
長　　沙	7：3 或 5：5	
衡　　陽	6：4 或 5：5	毎石： 5 ～ 7
岳　　陽	6：4	毎畝： 4
湘　　潭	8：2 或 6：4	毎畝： 5 ～ 8
株 平 路	6.5：3.5 或 5：5	毎畝： 5 ～ 6
衡　　山	8：2 或 7：3	毎石： 3．4 ～ 8．9
審　　郷	6：4 或 5：5	毎石： 1 ～ 2
湘　　郷	9：1 或 7：3	毎石： 2, 3, 5 不等
永　　明	8：2 或 6：4	
南　　県	6：4	毎畝： 2．3～5．6
漱　　浦	6：4	
湘	6：4	

資料来源: ① 第一次湖南農民代表大会「地租問題決議案」、（鈴江言一　『中国革命
　　　　　之階級対立』第1巻)
　　　　② 『農民叢刊』第4冊、(中国経済資料叢書、第1輯第1種、
　　　　　華世出版社、1978.3) P.1123
　　　　③ 章有義『中国近代農業史資料』第2巻 P.97
　　　　④ 『湖南歴史資料』1980年　第1輯 PP.139～140

　　一方、湖南農民階層構造の特性といえる最下層の雇農の状況も、湖南
農民状況を理解する時、重要な階層である。彼らは租田する時の押租金
なえいから、忙しい時雇傭され、最低の生活を維持していた農民である。
彼ら人口構成比率は11％前後で、ある程度多かった(84)。このような比率は

長江流域及び珠江流域の諸省中一番高かった(85)。特に、経済地域である湘中各県では雇農比率が30%前後を占めたということは(86)、軍閥統治下で現われた農村破壊による離農現象とそれによって起こった農民階層の分化現象がわると思う。

　湖南の雇農には二つの形態があった。即ち、長工と短工である。長工は1年の間に雇用されることであり、短工は日々計算することである。故に、工資面では短工の場合が有利であった(87)。しかし、湖南の雇農の独特な形態は長工に属する幇工であった。彼らは地主の田地のみならず、役畜、農具、種子、肥料等一切の生産関係を引き受けをその収穫物を契約によって分配を受けた。荒年には7対3であった(88)。このような形状を中国の学者は「幇工佃種制」或いは「佃工分収制」と表現するが(89)、これは即ち、従来の農奴形態が小作農化される過渡形態として、まだ湖南農村では前近代的労働形態が残されていたという状況を示していたといえる。

　短工の場合も例外ではなかった。湖南の短工は工資だけに頼って生活した短工は非常に少なく、大地主に一定期間雇用された。彼らが従事した雑業の種類は各地域によって違った。その中比較的多かった短工は「遊業找工」であった(90)。彼らは特に湘中、湘南の平野地域で多かった。彼らは大部分この地域以外の客民であった。かれらは移秧時期、収穫時期等忙しい時、月工、季節工の形式に雇傭された。しかし、これらの所得はその労働量に工資が非常に少なかった(91)。このような農業経営方法は伝統的紳士地主階層の村落共同体的システムとは全然異なる労働力搾取という変形的な地主制の出現であった。しかし、田産のない農民階層にとっては受け入れぬばならない現実であった。

　ところが、湖南農村には地主、農民の間で、これらの関係をさらに悪化させた寄生階層があった。いわゆる「小財主」という小資本家であった(92)。彼らは大概数千元の財産を維持するため地主に寄生しながら農民階層を抑圧したが、その方法と彼らの特性は次のようである。

　　「小財主都非常精明、計算得十分透澈、運用刻印所有的
　　　資本、従一個或数概地主、佃主、租到幾十畝以至二・
　　　三百畝的田地、雇用資本極小的或是毫無資本且貸借高

利貸的農民来種。毎年除繳納給地主的租穀、付清給雇
　　農的工資以外、他們還可以多獲得幾担銀利穀(93)。」

　このようにして自分の利益を最大に極大化させ、また小作農、雇農に
「進荘」を要求する等、この狼籍は農民に直接的な影響を与えた。
　以上のように湖南農民の各階層は上は軍閥に、下は地主、小財主等に
社会経済的に抑圧され、その生活の惨状は極に至った。このような生活は
農民の生産力、購買力等を落し、各種手段方法を動員しても生活の困難
を克服できず、むしろ現代指向的な自由経済及び民族資本経済の限界を
もたらした。
　また、これら新興地主階層（軍閥、官吏、商業資本、団閥）は従来
の文人郷紳地主が果してきた農村での役割を破壊し、結局農民自身が組
織化を考えざるをえなくなり、新興地主階層に対抗すべきであった社会階層
機構の両極化現象を招来した。即ち、新興地主階層は公団、廟田、祠
田等を私有し、また各種税損で農民を抑圧して土地集中化を図る等に対し
て、農民階層は徐々に小作農化、雇農化し、その中多くの農民は軍閥の
私兵になり、盗匪になって再び農民を圧迫した。このような社会的矛盾の反
覆は(94)、結局農民の潜性を動かして組織的な行動をするようになり、初め
は搶米騒動として現われ、やがて反軍閥運動、労働運動、農民運動に発
展する情勢になった。

4. 軍閥統治と農村社会経済

　軍閥統治時期の湖南農村社会経済及び農民生活問題を規程した主要
因としては、高額の地租、苛損雑税、農村金融の混乱、救済政策の軽
視と民食の不足等をあげることができる。軍閥時代の政治的衝突は、通商
武力によって解決が図られた。それため内戦は不可避であった。
　この内戦のため中央と地方では建軍問題を重要視しなければならなかっ
た。従って、中央と地方政府の軍事予算は急激に増加し、その軍事費の
額は驚異的な高さを示した。湖南及び中央政府の連年の軍事費支出状況

は表9のようである。この表によれば、湖南省の軍事費の超過支出は財政の紊乱を招来しているが、もともと湖南省政府は民初以来の財政紊乱に鑑み、1923年省憲法施行に際して、軍費が総予算の32%を超過しないように規程した。しかし、軍閥の軍隊の継続的増加の為、省憲法施行年度に既に軍費が40%になった。1925年には58.7%、1926年には80%に達した。このような政府予算支出に対して、収入状況はどうであったろうか。表10のように、その主要収入来源は田賦と厘金であったが、この両項目は全収入の74.9%から83.3%にまで達した。このように過重な賦税は農村と農民に深刻な影響を及ばした。

表9　湖南省及び中央政府の軍費が総予算で占めた比率

| 年　別 | 湖　　南　　省 | | | 中央政府百分率 |
	省　府　歳　入	軍　費　支　出	百分率	
1913	5,364,302 元	2,148,207 元	40%	%
1914	5,355,568	3,154,431	58.9	
1916	6,177,726	3,147,955	50.9	33.8
1919	6,480,000	3,500,000	54	41.9
1921	13,000,000	10,000,000	73	
1923	15,800,000	6,000,000	40	58.3
1925	19,770,000	11,600,000	58.7	
1926	23,040,000	19,200,000	80	

資料来源: ① 賈士毅『民国財政史』(全書各章参照)。
　　　　　② 張朋園『中国現代化的区域研究、湖南省』P.221。
　　　　　③ 『中国近代農業史資料』第1輯、P.608。
　　　　　④ 徐滄水、「歳出予算上之軍費限制論」『東方雑誌』21巻1号。
　　　　　⑤ 『湖南近百年大事記述』P.427。

表10　湖南省の民初予算収入内域

年 別	田 賦	厘 金	契 税	雑 税	其 他	合 計
1913	2,998,701 41.8%	2,374,515 33.1%	889,576 12.4%	513,572 7.1%	400,042 5.6%	7,175,406 100%
11914	2,898,125 38.6%	2,932,910 39.9%	840,000 11.1%	260,565 3.5%	584,427 6.9%	7,516,027 100%
1916	3,335,600 44.9%	2,674,639 36.0%	539,378 7.3%	339,880 4.6%	540,938 7.2%	7,430,435 100%
1919	2,801,952 45.3%	2,352,456 38.0%	600,000 9.7%	218,050 3.5%	213,643 3.5%	6,186,101 100%

資料来源：　① 賈士毅『民国財政史』（全書各章参照）。
　　　　　　② 東亜同文会編『第4回年鑑』P.814。

　民国以来、湖南省政府の田賦徴収ひ、地丁と漕米を中心とする清朝の定額基準を根拠とした。その基準は全75県を三等分して、上等24県は漕糧の県とし、徴収額が正餉毎両について銀2両4銭を、次等60県は、有秋米採買の県とし、銀2両2銭を、下等一県は無漕糧及び秋米採買とし、1両6銭を各々取り立てた(95)。しかし、1915年省政府は田賦の徴収規定を改定して、一律に銀元本位として長平銀1兩を銀元1元5角として定め、三等分した各県の田賦正税は毎両当たり3元3角、2元6角、2元4角になった(96)。このように田賦の負担が大きく増加したのに伴い、実際に実施された地租租額は一層高くなった。（表11参照）しかし、これような租額以外の所得も小作農。半小作農の実質所得にはならなかった。即ち、地主は天災、教育経費の増加等を名目として、自由に田賦を増額させることが当時の普遍的状況であった。それで表12のように各県の田賦額は毎年増加する趨勢にあった。だから、農民の実質所得は以前より半ば以上が減少したことが理解できる(97)。このような田賦の継続的増加は地価にも大きな影響を及ぼしたことが、表13を見ると理解できる。即ち、田賦徴収の継続的な増加状況が知られる。

　田賦増加の最大の原因は、軍閥内戦の拡大にあった。前述したように、

軍閥の軍費の最大財源は田賦であったため、軍費不足の時には常に田賦を増加させなければならなかった。しかし、1920年以後軍閥内戦が拡大するなかで、軍費を田賦だけに依存することができなくなった。そのため軍閥は各種附加税と預徴を徴収し始めた(98)。このような軍閥の欲意的な規定による田賦徴収率及び預徴の方法は、農民に致命的な影響を与えた。特に湖南省境内の各小軍閥は駐屯地内で独自的な附加税及び予徴を実施したので、その弊害はさらに大きかった。当時各県の附加税率は表14のようである。この表を見ると、各県の附加税はすべて正供より1倍以上、甚だしくは毎両36元に至る県もあった。このような状況は表15と16でも見られるように、1912年の附加税は正税を超過しなかったが、1912年以後は附加税が正税を超過した状況がわかる。

表11　1920年代湖南省の定額実物地租租額及び産量で占めた比率

縣　　名	物租單位	毎畝租額	毎畝産量	租額占産量	註
衡陽	石	1.8	3.5	51.4　%	①
衡山	石	1.2	3.5	34.2	②
株萍路	石	2.0	3.5	57.1	①
臨湘	石	2.63	4.13	63.6	①
永明	石	1.2	1.5	80.0	①
湘中各縣	石	1.8	3.3	54.5	③
桂陽				60.0	④
醴陵	石	3.0			⑤
邵陽	石	1.2~1.8	3.0~4.0	40~45	②

資料来源：① 厳中平編『中国近代経済史統計資料選輯』P.304。
　　　　　② 長野郎著、強我訳『中国土地制度的研究』PP.402～421。
　　　　　③ 『中国経済年鑑』1934、第7章　P.32。
　　　　　④ 『湖南歴史資料』1980、第1輯　P.133。
　　　　　⑤ 張朋園『中国現代化区域研究』P.85、表1-5-6。

表12　湖南省三県田賦増額比較表

縣名	年代	田賦額征收	征收率	田賦實征數	資　料　來　源
慈	1915	10,802 元	2.61	28,193 元	『慈利縣誌』卷11 PP.1～9
利	1921	10,802	2.99	32,298	同　　　上
	1922	10,802	3.59	38,779	同　　　上
安	1916	17,240	2.46	42,410	『安郷縣誌』卷12 PP.1～3
郷	1922	17,240	6.52	112,450	同　　　上　PP.2～3
	1926	17,240	5.22	89,993	同　　　上
	1922	13,444	5.37	72,194	『汝城縣誌』卷14 PP.1～7
汝	1923	13,444	2.83	38,047	同　　　上
	1925	13,444	1.75	23,527	同　　　上
	1926	13,444	2.47	33,207	同　　　上
城	1927	13,444	4.63	63,308	同　　　上
	1928	13,444	12.62	169,504	同　　　上

表13　田賦が地価で占めた比率（各年度の地価=100）

年　　別	水　　　　田	平　原　旱　地	山　坡　旱　地
1912	1.28	1.06	1.25
1931	1.44	3.07	2.50
1932	1.61	2.53	2.92
1933	1.87	2.79	3.02

報告県数: 35県
資料来源: 徐羽氷『中国田賦之一考察』（『東方雑誌』第31巻、第10号）P.62。
　　　　　『申報年鑑』民国24年 P. K51。

表14 湖南省各県の田賦附加税率

縣 名	附加税率	縣 名	
茶 陵	正供1倍以上	澧	毎兩附加6元至9元
寧 鄉	正供以外附加5〜6元	衡 陽	毎兩附加10元
武 岡	正供2倍	祁 陽	毎兩附加18元
湘 陰	正供以外附加9元	藍 山	毎兩附加小洋26元
新 寧	毎兩附加12,000余元	寧 遠	毎兩附加百余串
衡 山	毎畝有2角8分7厘之多	宜 章	毎兩附加15元至36元
長 沙	毎兩附加3元6角	新 化	毎兩附加2元5角
常 德	毎兩附加4元8角	桃 遠	毎兩附加2元4角
臨 湘	毎正額3元7角5分、附加5元	永 興	毎兩附加2元6角
零 陵	毎糧1石・附加2元5角	〃	毎兩附加2元
永 明	毎兩附加6元	湘 鄉	毎兩附加1元8角
新 田	毎兩附加8元	臨 武	正税5倍
桂 陽	毎兩8角		

資料来源: 李文治等編『中国近代農業資料』第2巻（三聯書店、1957）
　　　　　P.570。
　　　　　呉至信「中国農民離村問題」（『東方雑誌』34巻15号）P.16。
　　　　　湖南歴史資料、第1輯、1980年 P.133。

表15 湖南省附加税の正税超過比率

縣 名	祁 陽	寧 遠	永 興	桂 東	臨 武
毎 兩 正 税	2.40	2.40	2.40	2.40	2.60
毎 兩 附 加 税	10.06	10.30	11.09	11.10	14.09
正 附 税 比 率	4.19	4.29	4.62	4.63	5.41
徴 収 年 度	1931	1931	1931	1931	1931

資料来源: 徐羽氷『中国田賦之一考察』
　　　　　（『東方雑誌』第31巻、第10号）P.61。

表16　水田の地租附加の年次別表

年　別	指　數
1912	90
1931	163
1932	161
1933	158

説明:　各年度附加=100
資料来源:　木村増太郎『支那
　　　　　経済恐慌論』P.13

　木村増太郎氏の研究によると、当時のその増加率は平均して別の省の
10倍以上、甚だしたは20倍乃至30倍以上にも達したという(99)。この附加税
は、種類も多かった。例えば、省政府の特別分担金・軍隊・民兵・警
察隊・保衛団・民団地方政府機関の分担金、等当の時田賦附加税の
総数は23種類もあった(100)。また、商品売買時にも特別の税金があった。
即ち、その規程額以外の税金として、郷士・地方官吏等が徴収する二・
三重の附加税が加えられた。特に軍閥内戦の極盛期である1920年以後
は、それまでに徴収してきた税目が既に多かったにもかかわらず、軍費の充
当が不足していたからというので、田賦を予徴する便法が行われた。例え
ば、1923年に1924、1925年の田賦を予徴した。某県では1926、1927年
甚だしくは1928年、1929年の分までも予徴することがあった(101)。その中、
郴県では1924年に既に1930年の田賦を予徴した事実もあった(102)。困窮し
た農民はこのような予徴と附加税に耐えられなかったので、高利貸、または
典当鋪と地主に物品等を抵当に入れて借りた金で納付しなければならなかっ
た(103)。このような高い税率と雑多な地租は農村社会経済を破綻させ、農
村購買力の低下現象をもたらし、農村市場・農民の生産及び農村教育等
に重大な影響を与えた(104)。
　軍閥が任意に発行した鈔票・公債も、蓄財と農民を搾取する別の手段
であった。第一次世界大戦後、中国経済に変化が現われ、湖南では鉱
業と民族工業が発展した。その経営者は全部が旧官僚、新知識分子、

郷紳地主、商人階層等であった。これらの階層は貨幣経済の影響を受け、土地資本を都市商業資本に投資した。これは結局農村社会経済の停滞現象を招来し、農民は離農して発展している都市へ向かう現象が日々顕著となった。当時の都市の工業労働者は大部分がこれらの農民であった。そして、都市近郊の農民は副業を通じて工業生産活動に参与した。従って、民族工業の発展と農民とは密接な関係を形成していた。しかし軍閥による金融の混乱はこれら民族工業の発達を妨害した。例えば、1913年以後3年間、湯薌銘が湖南を統治した時、1914年の決算で、銀行収入が総収入の16%を占めたが、張敬堯統治時の1919年の決算では銀行収入がなくなっている(105)。これは張敬堯が個人的に使用したと推測される。また1918年3月、張の第七師が湖南へ進入したとき、張は軍費を拡張するため、部下兵士に命令して農民を直接掠奪するようにした。また、金融停頓の口実の下、同年8月湖南銀行を閉鎖し、裕湘銀行（湘人は禍湘銀行と呼んだ。）を設立し、銀行資本金を1,000万と定めた。その内訳は、北京政府の撥款200万元、某国公司（日本の三井と推測される）に借りた米塩公司株式300万元、残り500万元は湖南私商に命じて取り立てた。そして、部下である軍需課長をこの銀行の経理とし、銀行を張個人の実質的蓄財機構にしてしまった(106)。

　また、1916年と1919年の2年の間、毎年銅元表を発行し、250万元の利潤を得た(107)。また「湖南銀行清理所」を設立し、所謂「有奨恵民巻」200万枚を発行し、毎枚当たり銀洋5元で商家に売った。しかし、購買者が少なったため、張は強制的に売りつけ、そのために人民の怨声が高まり、公然たる反抗さえも起こった(108)。一方、張は裕湘銀行に命じて銀元1,000万元、銅元3,000万元を発行させ、市場経済及び省政府の財政を混乱に陥れた。当時流通していた濫表の状況は湖南銀行両票約1,100万両、銀元票約90,000余元、銅元票約11,000串、湖南軍用票百万元、債票50万元と朱沢黄(湘小軍閥)が発行した軍洋票・貨幣の紊乱状況について当時の地方志は「出去省外、号像外国旅行一様、毎次要換銭、貿易也真困難」のように説明した(110)。このような状況の下で、湖南銀行の鈔票価値は1918年に銀元票1元当たり湖南銀行票は3元であった。1919年には毎銀1元当たり湖南銀元票は15元乃至16元にもなった(111)。そのため票券は廃

紙になり、米1斗は100串、塩1斤は銀4両にもなり、田賦の税収は現物で代替され、産業は破壊され、工商業も停頓された(112)。当時別の省では依然湘西銀行票と南軍軍票等五百数十万元が流通していたが、湖南では新鈔票の価値を保護するため、旧票の価値を急落させた。当時各省で発行された鈔票の実質価値は、表17のようである。この表からわかるように湖南の鈔票価値が一番低かった。このような軍閥の金融破壊行為は鈔票の貨幣としての流通価値を喪失させ、金融の機能を縮小させた。こうして湖南の資本階層は甚大な影響を受けた。当時長沙の商義会、銭業公所裕湘・中国・交通等3銀行に「市場救済資金」の設立を建議したが、拒絶されたこともあった(113)。このような状況の下で、一次大戦以来発展した湖南第1機械製粉公司・和豊火柴公司・湖南・光華等電灯公司等多くの企業が破産或いは休業に追い込まれた(114)。しかし湖南に設立された外国資本企業はこのような影響を受けなかった。雑誌『支那』の記事によると、「張敬堯は湖南銀行が発行する貨幣の流通を停止したが、外国人はこの政策について、湖南銀行は省立銀行であり、個人銀行ではないので、この銀行が発行した貨幣は依然湖南貨幣として代表性を持っていると認識し、外国人は継続して使用した」と述べている(115)。張の金融政策はその財源が外国からの借款であったので、外国資本のこのような態度に対して妄りに国内商人と同一の措置を取ることはなかった。さらに外国資本は湖南民族企業が経営上困難な時期にあるのを利用して、湖南の資本市場を独占しようとした。このような金融混乱の状況で、被害を一番多く受けた階層は小商人及び農民であった。ほとんど価値がなくなったこの貨幣を使用した農民の生活難は各市場の商業活動及び購買力を低下させ(116)、物価騰貴にともなう農民の生活は次第に窮乏してその怨声は爆発寸前であった。

　湖南省は1910年代末から1920年代初頭までの期間の中、戦乱と自然災害が特に多かった。（表18参照）農民はこのような戦乱と自然災害にあって、生産能力を喪失し、手工業等の副業も失い、多くが流民化した。彼らは生活のため農村を離れ、都市或いは他省へ移動した(117)。これに対して軍閥は救済措置を取らず、逆に弾圧措置を取った。例えば、1918年の大水災の時、都市へ流入しようとする者が毎日5,000余人に上ったが(118)、張敬堯は災民の都市流入を厳禁し(119)、北京政府の救済費さえ中間で私した(120)。

表17　1915年全国各省鈔票の実質価値

省　別	發　行　　額	流通価値	實　質　価　値
東三省	34,650,157 元	62　%	21,483,097 元
湖　南	36,000,000	56	14,960,000
河　南	2,200,000	100	2,200,000
安　徽	780,000	100	780,000
湖　北	30,000,000	80	24,000,000
江　西	8,000,000	67	53,600,000
廣　西	3,000,000	90	2,700,000
廣　東	32,000,000	60	19,200,000
山　西	720,000	100	720,000

자료내원: The China Year Book 1919-1920년 P.E.364。

表18　湖南歷年災害狀況

年別	區別	災害縣數	災　害　狀　況	註
1914	水旱	50	被水: 224万畝、被旱: 270万畝	①
1915	水			②
1917	水	24		②
1918	水	湘中、西、10	岳州災民: 13,000~14,000	③
1919	水			②
1920	旱	50	災民少者: 5万~6万 多者: 30万~40万	③
1921	旱	全　省	飢民: 200万	③
1922	水	洞庭湖 21	餓死病死不計其數	③
	旱	長沙西、北部	同　　　上	②
1924	水	46	同　　　上	④

資料来源:　① 『民国6年経済年間』P.573。
　　　　　② 天野元之助『支那農業史論』PP.696~698。
　　　　　③ 『湖南近百年大事記述』P.385、P.427、P.440。
　　　　　④ 大山、「水旱災編及十二省区」(『東方雑誌』第21巻、第14号)。

このため災民は盗匪と連繫し、治安を妨害する事態にまで至った(121)。1920年の兵災以後、農民に賦課された徴収額はさらに増加した。譚延闓、趙恒惕等督軍は軍費の拡充をはかるため、約150万石の米を省外に移出する

等、軍閥の横暴はさらに激しくなり、都市流入しようとする飢民と湖北、江蘇等他省へ移住しようとする乱民も増加した。その内途中で餓死する者も数多かった。時の督軍趙恒惕は自己の安全の為、軍警を派遣し、飢民の入城を阻止した。一方、飢民表を発給し、彼らを鉄道局へ依頼して湘陰・岳州等の県へ移送させ、乞食させるようにした(122)。特に1921年の災害は極限に達し、飢民が全省人口の20%を占めたにもかかわらず、救済措置は取られず、むしろ「掺糠」政策が実施され、災民を省外へ駆逐したほか、所謂「援鄂自治」戦争を起こすという口実の下に田賦等の税金の徴収を強化した。こうしてその都市の軍費は1,400万にも達し、政費も300万に達したが、救荒費の予算は策定さえされなかった(123)。

　湖南の連年の天災発生は、地理的条件のため堤垸の築造が不可能であった点に起因する。従って、一旦旱災が到来すれば、荒地がはでしなく拡がり、餓死者は数万人にも上った。従って、湖南の主要な防災政策は水利事業と救済政策であった。しかし、軍閥統治時期に入った後は、軍閥政府はこのような政策を実施せず、むしろ、軍閥内戦を起こすのみで、湖南省は全省が電火におおわれた。特に農村の破壊は農民の生活能力を消滅させ、反軍閥運動の雰囲気を造成させた。当時の新聞は、このような状況について帝国主義支配下の民衆さえもこのような行動を取らないと報道していた(124)。救済政策は、社会秩序回復という次元から、古代から実施されてきた社会保障策として国家安定の一番重要な制度であったにもかかわらず、このような軍閥の無責任な政治は策結局農の民反軍閥情緒を高揚させる根本原因になった。

　このような状況下で、一番重要な問題は民食問題であった。湖南は大部分の耕地が稲田であり、米生産量は全国で1・2位であり(125)、従来から「兩湖熟、天下足、湖南熟、湖広足」という成語があるほどで、中国南部各省の食米を供給し、水路交通の発達とともに重要な位置を占めた(126)。しかし、清末以後湖南ではむしろ搶米風潮等食糧不足の現象が起こった。その主要な原因は商人、地主による買占めと売り惜しみにあったが、軍閥統治以後には、内戦による土地の荒廃、農民の離農、天災、鴉片栽培面的の拡大及び軍閥の米輸出等、その原因は多様であった。こうして米生産は減少し、米の流出は食米不足の現象を招来した。当時湖

南の米荒状況は表19のようである。当時の米荒はこれら28県以外にも全省各所で見られた普遍的現象であった。湖南の米価が毎升百文を超過した時は荒年であった(127)。このような米価状況と比較して見ると、当時の米荒がいかに厳しかったか理解できる。

　米荒をもたらした主たる原因は、米生産量の減少にあった。（表20参照）このように米生産が減少した原因は、前述のように耕地の不足、頻繁天災、労働力の不足、鴉片栽培面積の拡大等にあった。

　煙税は軍閥の主要収入源であった。当時毎県の煙税収入は、3・40万元から百数十万元にも達した。農民は従来から煙草を副収入源として栽培してきたが、次第にその所得では税金納付さえできなかったので、栽培率が減少した。しかし軍閥は収入の減少を防止するため、不栽培農家に税金を増額する等強要した(128)。また軍閥は鴉片栽培を拡大するため、小麦に代えて鴉片の栽培を強要した（鴉片と小麦の栽培時期は一致している）。なお不足の鴉片の種子は奉天に供給をあおいだ(129)。従って、小麦の生産量は大幅に減少した。小麦は一般貧農の半年分の食糧をまかなったから、鴉片煙の栽培地増加後は、小麦輸出の断絶は勿論、春窮時期の食糧恐慌も誘発した。

　湖南における食米不足のもう一つの原因は、軍閥による米の大量移出であった。民国以後内戦、天災等のため、米生産量が減少したので、湖南省政府は米の輸出を禁止した。（表21参照）この時軍閥は軍米を確保するという口実の下に、米の移出禁止に同調したが、時々米移出の奚琴の時を利用し、米移出を代行した商人に護照を発行し、米流通時の関税を収奪した。このような行為は過去の地方官員が利用した蓄財方法の一種であった。湖南米の流通方式は、農民が米商人或いは米行に米を売り、彼らはさらに輸出商に転売したりするというものであった。湖南全省の米行は8家、糧食行は30余家、糧行が百家、米坊が300余家あった。そのうち米行が米穀売買の権利を持っていた。このような権利は中国官僚の特別に許可によって得られる。それ故、彼らは流通過程で大量の利益を獲得した(130)。従って、軍閥もこの状況を利用し、米商人に米流通の護照を発行し、護照費と米移出時の厘金等を私有化した。

表19　湖南省各県の米荒状況　（1925年）

縣別	毎升當り米価	米　荒　狀　形
岳陽	300文	有錢無市、惟尚無暴動。
益陽	300文	谷米將罄、小民多以雜糧充饑、壯者多逼而爲匪。
湘潭	280文	已有聚衆毀搗米坊及向富戶坐食者、逼爲匪盜者亦有之。
桃源	320文	堀食茶薺者有之、買兒女者亦有之、較民區旱災情形尤爲緊急。
醴陵	300文	已發現聚衆向富戶坐食事、西區各校多因無食而罷課。
寧郷	300余文	早已堀食草芽樹葉、甚有餓死者。
新化	350文	已有聚衆千余人向富戶坐食情形。
平江	300文	刻下尚無暴動。
安化	400文	居民以草根樹葉爲食。
宝慶	360～370文	民多逼而爲匪、致該縣迹來匪勢益熾。
新寧	300余文	貧民有餓死者、並有人民數十、環請縣知事發賑。
衡陽	300文	已有聚衆數千打毀米坊情事、該縣各校將因無食而停課。
沅江	280文	已聚衆乞食。
湘陰	300余文	貧民多堀食藕種、或聚衆向富戶坐食。
長沙	2尺70～80文	尚無暴動、惟四郷已多有無米爲炊二、三日不擧火者。
沅陵	470～480文	人民久已以雜糧爲食、現在雜糧亦將告盡屋矣。
衡山	300文	已有男女數千泣請縣署發賑、並有聚衆打毀米坊事。
湘郷	400文	有錢無市、鬧荒情形、醞釀甚烈。
會同	400文	災民已及十余万、壯者多入匪党。
寧遠	300余文	多以泥土爲食、賑死者已不少。
新田	300余文	多堀草根樹芽、有餓死者。
常德	300文	全域僅存谷万余石、絶食卽在目前。
瀏陽	200余文	現存穀米極少、蕎麥雜糧亦將盡絶、人民有一日一食者、甚有二·三日始一食者。
常寧	500文	鬧荒風潮醞釀甚厲。
道縣	300文	有錢無市、人民多食草木葉。
祁陽	200余文	已有餓死者。
黔陽	300余文	無可得食、餓死者多。
慈利	300文	人多以草根樹葉爲食、或有吃觀音土者。

資料来源: 章有義編『中国近代農業史資料』第2巻 P.632～633。

表20　湖南省の米収穫累年比較

年別	米産量（石）	註
1911	70,000,000	①
1914	206,376,157	②
1915	198,678,830	②
1917	50,789,094	③
1920	47,860,000	④

説明: 当時毎石の重量: 長沙148斤、常徳144斤、靖港147斤、易俗河155斤。
資料来源: ①『宜統3年中国年鑑』P.249。
　　　　　②『民国8年中国年鑑』P.987。
　　　　　③『第1回中国年鑑』下、P.865。
　　　　　④ 梁楊庭『近年来我国食米之概況』P.135。

表21　湖南省歴年の米移出及び禁止状況表

年別	地域	禁 止 有 効 期 間	年別	地域	禁 止 有 効 期 間
1912	長沙		1920	岳州	
1913	長沙	4月6日～12月25日	1921	長沙	5月～
1914	岳州			岳州	
1915	長沙	3月1日～11月16日	1922	長沙	續　上　年
	岳州	3月1日～11月11日		岳州	
1916	岳州	～9月27日	1923	長沙	2月21日～
1917	長沙	7月1日～		岳州	2月～11月28日
	岳州	7月1日～	1924	長沙	7月31日～
1918	長沙	續　上　年		岳州	8月～
	岳州	續　上　年	1925	長沙	
1919	長沙	續　上　年	1926	長沙	～12月31日
	岳州	續　上　年	1927	長沙	5月21日～8月20日
1920	長沙		1928	長沙	11月4日～

資料来源: ① 巫宝三「中国糧食対外貿易」（登雲特『中国災荒史』 民国26年11）
　　　　　　PP.34～35。
　　　　　② 天野元之助『支那農業経済論』PP.696～698

当時米移出時の厘金、附加税、海関税、厘金附加税等の税率は、次のようであった。靖江、易俗河等米の集散地では、毎1石当たり3文であった。輸出商が省外へ運出する時は、船積み前の厘金が144文、附加税が400文、農会補助損が16文、船積み後毎1石当たり海関税が銀1銭であった(131)。しかし民営船舶の船積み時の附加税はわずかに470文であった。しかし輸入米に対しては民営の場合通過税と落地税があった(132)。護照費は大抵1石（約銀1元5角乃至2元）であった。護照とは政府が米の移出を担当する商人、商行に発行する許可証であり、別の商人に譲渡することができた。当時督軍は軍用米を買あ入れという口実の下、これを大量に発行し、財富を蓄積した(133)。

　当時の中国では豊年の年でも常に米が不足した。米の輸入は毎年800余万石にもなり、その価格は、5,660余万元であった。（当時の米の毎1石当たりの価格は6元乃至7元であった）(134)。当時日本でも米不足現象が起こっていた。日本はもとは品質が比較的良好な江蘇米を主に輸入していたが(135)、米不足の時には大量の米が必要であったので、輸出商人は価格が比較的低廉な湖南米の輸出を企図し、湖南米の解禁を要求するに至った。これに対して、湖南軍閥は、その経済的基盤が外国資本にあり、また米流通時の損税と護照費を利用し、軍費の拡充と個人の財富を蓄積するにめに、結局湖南米の輸出の禁令を解除し、1920年1月、当時の督軍張敬尭は毎年300万石の米の輸出を公布した(136)。湖南省当局の統計によると、湖南米の毎年剰余量は300万石から700万であったが、当時日本外務省の記録にはただ数十万石としか記録されていない。即ち、当時湖南米の状況に対して、日本側は「最近土匪が発生し、金融混乱が起こり、米穀の購買力が少ないので、省内の米価は暴騰している。故に米輸出の解禁は非常に困難である。」と評価していた(137)。当時中国米の輸入を通じて食糧不足状況を解決しようとした日本側のこのような評価を見ると、当時の米解禁は不可能なことであるとされていた。しかしながら、軍閥の米解禁政策実施は湖南農民の民食問題を再発させ、結局湖南農民の反軍閥運動を呼び起こした。北京政府はこの事件に対して、王占元を湖南に派遣し、省政府と妥協する措置を採択し、まず米50万石を輸出し、以後省内の米の状況を勘案して決定する方法を取った。一方、米輸出委託商人に補助費

を支給し、輸出税は毎1石当たり1元と定めて湖南省の軍費を補充させる措置を取った(138)。このような措置に対し、湖南人の直接的反応はなかったが、このような規定によって輸出したという確証もなく、また輸出量を制限することもできなかった。そして商人に対する補助は、むしろ官権と商業資本の結合を強化させ、軍閥の横暴を助長する結果を招来した。即ち、中央政府と地方軍閥が互いに結合して国民を収奪支配した、当時の状況が湖南省の事例からも窺える。

　一方、湖南の米は南北軍閥の重要な争奪の対象であった。当時湖南に駐屯した南北軍数は25万人にもなった(139)。これは軍民の米不足現象にさらに拍車をかける要因であった。学界の要求に従って米輸出を解禁したという張敬堯の口実も偽造されたものであった事実を知ることができる。当時学生及び各界人士は「擅開米禁」、「運米済日」等を罪悪といて数えあげていた(140)。湖南軍閥にとっては税金の大量徴収だけが関心事で、民食が充分がどうかは重大事ではなかった。また、軍閥の部下や兵士は価値がなくなった湖南銀行票を利用し、米を購買しようとしたので、いつも米商とトラブルを起こす等、軍閥の横暴は極に達した(141)。
このように、米輸出は米不足現象を引き起こし、1918年11月の米価は毎1石当たり55串文にも達した。このような米価の高価は湖南では従来見られなかったものである。しかしながら、湖南軍閥政府は軍費の拡張と頻々として起こる水旱災等のため、湖南の民食問題を解決することができなかった々ここから農民の蜂起が始まり、彼ら米店を襲撃し、米価の調整を要求した々これによって当時長沙の米店はほとんど倒産するという事態が発生した(142)。

　以上見たように、軍閥統治下での湖南農村のすべての状況は、文字どおり矛盾が尖鋭化された破局の状況であった。ここで、このような状況下での農民個人の生活はどうであったか、その状況を湖南の重要農業地域であった湘潭県を通じて見ると次のようである。1926年の湘潭県農民の階層構成及び所得状況は、表22のようである。湘潭の階層構成は貧農（小作農、雇農、農業労工、手工業労働者）が全県人口の82%を占め、小作農をたせば92%になった。このような各農民階層の年間所得状況を見れば、各階層間の差異が分かる。1920年代中国農戸の毎1戸当たり人口は、平均5.62人であった(143)。食米消費量は1人当たり1年に2石5斗7升で

あった。（毎日およそ1斤）(144)この統計によって計算すれば、農戸1戸当たりの1年の生活費は173.3元であった。 Buck 教授の計算では228元（1家6人を基準）、Mallory 教授は150元（1家5人を基準）と計算した(145)。『東方雑誌』では6人家族で最低生活費を210元、5人家族で175元という数字を出してる(146)。これらの計算結果に大差がない。しかし、湘潭県農民各階層とこれらの統計とを比較すると、その差が大きかったのが知られる（表23参照）。湘潭県農民の大部分は7%の自作農以外はすべてその平均生活費に達していない。特に農村人口中、82%を占める小作農雇農、農業労働者、手工業労働者等の収入は非常に低く、その収入額はせいぜい9.6元から110.9元であった。これは生活を営むのに必要な最少限の食費にも足りない額数であった。湘潭県は湖南省では比較的富裕な地区であった点を考える時、湖南省農民の困窮の程度が推し量られる。農民のこのような収入は大変少なかったから、全収入を生活のためにふりあてても生活を維持することができなかったにもかかわらず(147)、農民は軍紳地主等による人為的圧迫と災害・衛生等自然的な被害も受け入れなければいけなかったので、田地は勿論妻子までも売る場合が日常茶飯事であった。当時の統計調査によると、湖南農村の貧農の結婚率はわずか70%であり、地主、富農の結婚率は100%以上であった。（100%以上は2、3人の配偶者がいることを示唆する)(148)。これは貧農と富裕階層との絶対的な格差を示すものであり、社会の不健全と不安定を暗示するものでもあった。このような状況下で、農村の子女は正常な教育を受けられず、ただ養豚、養牛、養鶏等の家事に従事して生計を助けるべきであり、そのため文盲率は97%にも達した(149)。

表22 湘潭県の農民構成と所得状況表（1926年）

區　　分	百分比	所　得　額　及　び　比　率
小　作　農	45 %	收穫の20%〜40%を占める。
雇　　農		毎年所得工資は12元〜35元である。
	10 %	
農　業　勞　工		毎日所得工資は8分〜2角である。
半　小　作　農	10 %	自己の田は2・3畝〜20余畝である。
自　作　農	7 %	自己の田は20畝〜8・90畝である。
手工業工人	7 %	毎日所得工資は1角〜2角5分である。

資料来源：『湖南歴史資料』(1980、第1輯)PP.139〜140。

表23　湖南省の農民階層別年収入状況表（1920年代）

階層別	米産量	年所得額	純収入額	總計	備考
自作農	20畝×2.95石	59石×12元	708元	708元	
	90畝×2.92石	265.5石×12元	3,186元	3,186元	
半小作農	2畝×2.95石	5.9石×12元	70.8元+55.4石	126.2元	小作農の租田を基準 田賦率=80/100 （地主:小作農=80:20）
	20畝×2.95石	59石×12元	780元+55.4石	763.4元	
	2畝×2.95石	5.9石×12元	70.8元+110.88石	181.6元	小作農の租田を基準 田賦率=60/100 （地主:小作農=60:40）
	20畝×2.95石	59石×12元	780元+110.88石	818.8元	
小作農	7.8畝×2.95石	23.01石×12元	277.2元×0.2	55.4元	田賦率=80/100 （地主:小作農=80:20）
	7.8畝×2.95石	23.01石×12元	277.2元×0.4	110.9元	田賦率=60/100 （地主:小作農=60:40）
雇農			12元或	12元	長工工資:35元
			35元	35元	短工工資:112元
農業勞工		0.08元×120日	9.6元	9.6元	移秋期、収穫期の4か月卽ち、4×30=120日に計算
		0.2元×120日	24元	24元	
手工業工人		0.1元×365日	36.5元	36.5元	年中無給の場合
		0.25元×365日	91.25元	91.3元	

説明: ① 湘省当時毎畝平均採算量平均2.95石であった。鄭震宇「中国之佃耕制度与佃
　　　農保障」（『地政月刊』巻1、期3・4合刊、民国22年3月）。
　　　② 1926年湖南米価は11元～12元であった。（本表12元を基準にして作成）
　　　資料来源:『湖南歴史資料』1890、第1輯、P.50。
　　　③ 佃農平均租田面積は7.8畝であった。
　　　資料来源:神田正雄『湖南省綜覧』（海外社、昭和13年）。

　同時に、農民の大部分は最低の生活を維持するため、副業に従事し
た。その種類には植物の栽培、家畜の飼育、紡織等があった。しかし、
大部分の植物類は自己の食用であり、家畜は地主と小財主に提供し、そ
の代価として受せ取るわずかな収入はほとんど生活の向上に助からなかっ
た。紡織即ち家内手工業は外国商品の大量輸入の為、次第に消滅に向
かった。そのため大部分の貧農は毎日の食糧を心配しなければならなかっ
た。1年のうち、肉を食べることは容易ではなかった。特に兵災、天災の

時、農民は民食問題を解決することができなかった(150)。衣服は大部分粗雑な着古しの棉布であり、夜には灯の火さえつけられない程度の困難な生活状況であった(151)。これらの状況が湖南農民の組織化を促成する客観的環境になったことは疑心の余地がないことであろう。

5. 小結

　民国以前、湖南農村の社会経済的状況は充分な発展可能性を持っていた。例えば湖南の主生産物である米の場合、その生産力の向上と耕地の拡張はいくらでも可能であった。即ち、米の単位生産量（清末・平均毎畝生産量は1.5石にも及ばなかったが、よく開墾された上田の場合は5乃至6石まで産出が可能であった(152)。）　を向上させ、多くの耕地を開墾すれば（清代の耕地面積は全省面積の27.5%を占めただけであった(153)）　。米の生産量は2乃至3倍以上、耕地面積も2乃至3倍以上増化させることができる状況であった(154)。しかし、官僚・郷紳地主商業資本、軍閥等の支配体制の矛盾、農村社会を指導する知識階層の不足、伝統的保守による門戸開放の遅延等の要因のために湖南省は沿海・沿江の諸省より発展速度が遅くなったり、社会的騒動が起こったりした。しかし、このような湖南農村の社会経済的矛盾は武昌革命の成功とともに一段落したように見えた。なぜなら第1次世界大戦勃発以後には経済的発展の様相も徐々に現われたからである。しかし、このような現象は、帝国主義の経済的侵略がしばらく止めた原因より、わずかに出現した一時的な状況であった。しかし、このような状況を崩壊させたものは外的要因ではなく内部的原因からであった。いわゆる軍閥の台頭がそれであった。

　南北各派の軍閥は軍事地理的、経済的要衝地である湖南を掌握するため、自己の部下将兵を派遣し、全地域を支配しんうとした。湖南に進入した軍閥は自分の勢力基盤を強化するため、軍費の確保、私兵の増加、列強の支援等各種手段を利用して農民を搾取した。軍閥の統治形態は出身別の結合、地方勢力の基礎、社会各階層との結合等の要因に従って若干違うが、農村社会経済に及ぼう影響はほとんど同じでった。特に地方

官吏、郷紳地主と軍閥が結合して農民を圧迫したことは、この当時、最も典型的にみられた統治形態であった。このような状況で、農民は自分の生活を維持しながら軍閥の要求に応じるべきであったので、農民の生活は破産寸前まで至った。即ち、農民は軍閥と地主の苛酷な要求（押金・田賦増加、各種雑損・附加税・予征・高利貸等）　に対抗することができなかったので、農民は次第に土地を喪失し、その土地は軍閥と地主の所有に転化した。故に、土地集中現象が台頭され、階層間の葛藤、構造関係の変化等農村の社会経済的矛盾は漸増していった。

　一方、これら連合政権の金権政治は米移出の施行、鴉片栽培面積の拡大等を行って民食問題を起こした。湖南は全国で単位当たり米生産量及び総生産量が高い省に属するにもかかわらず、民食問題が現われたことは一種の異常現象であった。さらに天災及び戦乱時に、軍閥政府は救済政策を無視し、農民が離農する現象を起こした。離農後は士兵・盗匪・都市労働者になるしかなく、時代的悪循環を繰り返した。そしてこれら離農者は大部分20歳から40歳までの青壮年階層であったため、農村の農業労働力は不足するとともに耕地の荒廃率もますます高くなって、農民の平均所有耕地面積も減少し始めた。従って、農業生産が減少し、農村の購買力も減少し、湖南の民族工業発展にも大きな影響を及ぼした。

　このように軍閥の長期間統治は湖南農村の社会経済を完全に破壊した。これに対して、当時の知識階層であった学生・教員・革命分子等が反外・反軍閥運動を指導し、農民もその影響下で漸次覚醒して、自分自身も自衛すべきであると感じ始めたであろう。これが以後中国政局の大変化をもたらした根本原因になったが、これよりは伝統的な中国の社会秩序意識による当時の社会経済的体制の整備が正しかったのではないかと考えられる。

【註釈】

(1) R. H. Tawney, Land and Labor in China, Bost, 1960, P.74

(2) U. S. Department of State, Records Relating to Internel Arrairs of China, 1910～1929, Washington, D.C., Government of Printing Office, Microfilms, 893.00/5394.6, March,

1924.

(3) 陶菊隠『北洋軍閥統治時期史話』（北京、三聯書店、1957）参照。

(4) 陳仲明「湘仲農民状況調査」（『東方雑誌』第24巻、第16号）P.81。

(5) 「中国の現象と共産党の任務についての決意」（日本国際問題研究所中国部会編『中国共産党史資料選輯(3)』P.383。

(6) 古厩忠夫「中国における初期労働運動の性格-五四運動期の湖南省を中心に(上)」（『歴史評論275』1973年)P.21。『華昌煉錦公司及其創弁人梁渙奎』（『湖南歴史資料』1959年第2期）P.21。

(7) 古厩忠夫、同註(6) P.22。

(8) 同前。

(9) 同註(3) 第2冊 P.31。

(10) 「護法運動期間南北軍閥在湖南造成禍害」（『湖南歴史資料』1959年 第3冊）P.114。

(11) 嶋本信子「五・四運動継承形態-湖南駆張運動中心」（『歴史学研究』355, 1969년12일）P.24。

(12) 同註(3) 第4冊、P.179。

(13) 同前 P.173。

(14) 同前 P.108。

(15) 湖南省志編纂委員会編『湖南省志，第1権，湖南近百年大事技術』（長沙、湖南人民出版社、1957年出版、1980年出版 第2次 修訂本。

(16) 周震鱗「譚延闓統治湖南始末」（『湖南 文史資料選輯』第2輯 湖南人民出版社、長沙、1981）P.5～6。

(17) 同前 P.7。

(18) 同註(15) P.367。

(19) 「華字一歩」1923年9月11日（陳志譲『軍紳政権-近代中国的軍閥時期』台北、谷風出版社1968）

(20) 東方 通信社、「支那 時事」大正12年5月17日。

(21) 唐希抃「湖南兩次趙親歴記」（『湖南文史資料選輯』第2輯）P.52。

(22) 陳志譲、同註(19) P.95。

(23) 「時報」1925年11月4日。

(24) 同註(15)、PP.358～380。

(25) 『日本及び支那』（第4号、大正7年7月）。

(26) 同註(15) P.409。

(27) 同前 PP.440～448。

(28) 「努力周報」民国12年3月18日、第44期。

(29) 『中国経済年鑑続編』（上海、商務印書館、民国24年）P.G 164。

(30) 当時官僚、地主階層 （紳士、商人）の区分は不可能である。商人が官僚になり、官僚が商人になったことがよく見られる。

(31) 『古今図書集成』（巻1249、台北、文海出版社）P.391。

(32) 鈴江言一『中国革命階級対立』（第1巻、東洋文庫272、平凡者1975）。 PP.111～112。

(33) 橘樸『中国革命史論』（東京、勁草書房 1966年）P.105。

(34) 成田保広「湖南農民運動闘争型態地図-岳北農工会設立馬日事編-」（『名古屋大学東洋史研究報告5』1978年）P.44。

(35) 同前、 P.114。

(36) 陳志譲、同註(19)、P.161。

(37) 章有義編『中国近代農業史資料』（第2輯、北京、三聯書店1957年）P.14。

(38) 同註(29) P.E 24。（湖南省各県農地分配状態表参照 P.G 164。）

(39) 同註(37) P.15。

(40) 同註(29) P.G 164。

(41) 同註(15) PP.220〜221。

(42) 『湖南歴史資料』（同註(6)、1980年、第1巻）P.72。

(43) 同註(32) P.162。

(44) 「The Chinese Peasantry」Vol.3. No.6. Dec. 30, 1926『中国共産党資料集Ⅱ』 P.376。

(45) 『中国農村社会経済資料(下)』（馮和法編『中国経済史料叢書』大1輯、第2種、台北、華世出版社、民国67年）P.827とP.1128。

(46) 同註(6) P.71。

(47) 「湘省田賦附加繁多」（『銀行周報』第18巻 第22期、民国23年7月、国内要聞）P.2。

(48) 「湘省田賦附加之調査」（『銀行周報』第17巻 第16期、民国22年3月、国内要聞）P.6。

(49) 荘樹華「民国以来田賦附加税之研究（1912〜1937）」（台北、政大歴史所碩士論文、民国74年）P.74。

(50) 同註(29) PP. G 164〜165。

(51) 同註(32) P.6。

(52) 陳仲明「湘中農民状況調査」（『東方雑誌』第24巻第16号、1927年8月）P.81。

(53) 厳中平等編『中国近代経済史統計資料選輯』（北京、科学出版社、1955年）P.345。

(54) 『農民叢刊』（第4冊、53書店、民国16年4月）。

(55) 同註(32) P.152。

(56) 「水穀」…借銭還銭、以穀付利、借洋一元、毎年繳穀三斗作為利息。「第一次国内戦争時期的農民運動」（同註(53) P.350。）「標穀利」…四五月間借穀一石、按最高価折成現銭並按月息六〜七％計利、七八月間再按最低価銭折穀償還、三個月間即増加三倍以上。（同註(45) P.1125。）

(57) Barrington Moore Jr. Social Origins of Dictatorship and Democracy, Baston 1986. P.190〜191。

(58) 天野元之助『支那農業経済論』上冊（東京改造社、1940）P.687。

(59) 中国近代経済史研究会編『中国近代国民経済史』（下巻、雄渾社出版、1972）PP.32〜45。

(60) 同註(37) P.328。湖南傳統納租方式為租穀制…同註(29) P.G 48。

(61) 同註(57) P.195。

(62) 1925年6月2日『天津大公報』。『農商工報』（31期、近聞、1925年6月）P.7。

(63) 「湖南の近況」（『支那』第10巻第3期、大正8年2月）PP.14〜15。

(64) 清末民初、湖南農村での社会経済的基本関係が地主と小作農の関係であったということについての研究は、部分的ではあるが、内部の社会経済的関係に対する構造的研究はまだ足りない。例えば、白石博男「清末湖南の農村社会-押租慣行と抗租傾向-」等論文は、明確な例示等を明らかにしておらず、その部分的傾向だけを提示している。

(65) 「The Chinese Peasantry」『The Communist International』Vol. 3. No.6 Dec. 30, 1926. P.366。

(66) 張明園『中国現代化之区域研究-湖南商(1860〜1916)』（台北、中央研究院近代史研究所、民国72年）P.403。

(67) 『中国経済年鑑』（上海、商務印書館、民国24年続編）P. G 31。

(68) 『申報年鑑』民国24年 P.1627（報告県数…33県）。

(69) 『中華民国統計指数(2)』P.145。

(70) 『湖南歴史資料』第3期（同註(10) P.43。

(71) 田中忠夫『支那経済崩壊方法論』（東京 1936年）PP.514〜515。

(72) 同註(65)。

(73) 劉大鈞『我国佃農経済状況』(太平洋書店、民国18年)。
    同註(45) PP.1111～1112参照。
(74) 同註(58) P.426。
(75) 鈴江言一『中国革命階級対立』第1巻 (東洋文庫272、平凡社 1975) P.137。
(76) 国民政府中央農業実験所『農政報告』(第3巻 第4期) P.90。
(77) 同註(53) P.289。 同註(29) P.G 164。
(78) 『支那省別全誌』(第10巻 湖南省) PP.507～508。
(79) Barrington Moore Jr. 「Social Origins of Dictatorship and Democrcy」Boston, 1968.
    P.190。
(80) 同前 P.190。
(81) 同註(53) P.298。租鶏は毎1石当たり田鶏1隻を上納すべきであり、無鶏時にはその代わりに稲6升
    を上納すべきであった。湘潭の場合は毎租穀1石当たり蕎1把を上納した。
(82) 同註(75) P.137。
(83) 「新区土地改革前的農村」P.39、P.140、P154 (同註(53) P.291。)
(84) 『中国失業誌』湖南省、第1冊 P.43。 陳正謀「各省農村之雇傭習慣及需供状況」(同註(58)
    P.545)。
(85) 同註(58) P.545。
(86) 陳仲明「湘中農民状況調査」(『東方雑誌』第24巻 第16号) PP.76～77。
(87) 同註(45) PP.1120～1122。長江 (年工) の工資は最高が銅元60元、最低20余元であり、月工は
    毎月最高が銅元8元、最低が5元であさた。短工が毎日工資が最高3角、最低1角であり、食事は
    雇主が供給した。
(88) 同註(58) P.603。
(89) 同前 PP.598～599。
(90) 同前 P.608。
(91) 同註(86) PP.76～78。
(92) 同前 P.77。`
(93) 同前。
(94) 波多野善大『中国近代軍閥研究』(東京、河出書房、1933年) PP.228～231。
(95) 李如漢「湖南財庁報告已減軽田賦附加」(『地政月刊』第2巻1期、南京、地政学院、1936年、
    北京。成文図書公司影印、1977)。
(96) 同註(5) P.386。
(97) 『嚮導周報』第181期、1928年1月6日刊 PP.1902～1906。
(98) 同註(58) (中) P.8。
(99) 木村増太郎「支那経済恐慌論」(田邊勝正『支那の農業経済』、日本評論社、昭和17年11月)
    P.13。
(100) 鄒枋「中国田賦附加税之種類」(『東方雑誌』第30巻 第14期、1934年8月) P.312。
(101) 同註(66) P.221。
(102) 同註(37) P.577。
(103) 同前 P.221。
(104) 湖南歴史資料編輯委員会(『湖南歴史資料』1980、第1輯、長沙、湖南人民出版社) P.148。
(105) 「湖南通信」(『支那』第6巻 第6号、1915年)。
(106) 同註(15) 1959年判 P.580。
(107) 「中国工商業失敗的原因及補救方法」『上海総商会月報』第3巻 第6号 PP.380～381。
(108) 同前 PP.381～382。

(109) 同前 PP.382～383。

(110) 田興奎等修呉恭亨等纂『慈利 県志』事記巻12（民国12年鉛印本、民国64年、台北、成文出版社影印）P.15。

(111) 同註(107) PP.381～382。

(112) 『支那』第10巻 第10号、1919、P.71。

(113) 同註(6) P.71。

(114) 同前 PP.24～25。

(115) 同註(112) P.69。

(116) 同註(110) P.15。

(117) 同註(15) 1980年修訂版PP.425～427。

(118) 同前 P.420。

(119) 同前。

(120) 同前 P.385。

(121) 『東京朝日新聞』1919年1月27日。 東亜同文会編『支那』第11巻 第2号、1920年 P.75。

(122) 同註(15)、1959年版 P.425。

(123) 同前 P.425。

(124) 同註(3) P.173。

(125) 梁楊庭「近百年我国食米之概況」（『東方雑誌』第20巻 20号）PP.134～135。

(126) 呉佩孚『呉佩孚先生 集』（出版地、出版社未詳、1960年）PP.366～369。

(127) 同註(102) P.633。

(128) 陳明遠「廃除苛捐雑税問題」（『東方雑誌』第31巻 第14期、民国23年7月16日）P.9656。

(129) 同註(124)、第5冊 P.113。

(130) 「防穀令の撤廃」（下）（『支那』第9巻 第17号、大正7年9月）PP.3～4。

(131) 同註(11) P.23。

(132) 東亜同文会支那省別全誌刊行会『支那省別全誌』第10巻、湖南省（東京、国際出版社、昭和19年8月）PP.520～525。

(133) 柏田忠一「支那米輸出解禁問題の将来」下（東亜経済研究所編『東亜経済研究』大正9年)P.182。

(134) 鄒秉文「米貴之根本原因及根本救済的方法」（『東方雑誌』第17巻 第17号、1920年8月）P.127。

(135) 同註(133) P.184。

(136) 「湖南省に於ける米生産学及び価格」（外務省通商局編『通商公報』第577号、大正7年12月）P.812。

(137) 「湖南米輸出規定」（『支那』第11巻 第1号、大正9年1月、彙報）P.83。

(138) 『日本及支那』（第4号、東京、大正7年7月）P.17。

(139) 同註(131) P.23。

(140) 同註(37) P.631。

(141) 同註(104) 1959年、第2期 PP.24～31。

(142) 「湖南米の近況」（『支那』第10巻 第3号、1919年）

(143) 古楳編『中国農村社会経済問題』（上海、中華書局、1903年）P.5。

(144) 同註(132)、湖北省 P.545。

(145) W. H. Mallory, China Land of Famine, N.Y. 1926, PP.9～10.

(146) 記者「農民問題与中国的将米」（『東方雑誌』第24巻 第16期）PP.36。

(147) 湖南の農家生活費中、食費は約65％、中国北部62％、中部地区は53.8％を占めた。井貫軍二「北伐時期の湖南省における農民運動-中国人民の基盤に対する一考察-」（『歴史教育』9-2、1961年2月)P.87。

(148) 同註(104) 1959年、第2期 P.87。

(149) 同前。

(150) 同註(37) P.487。

(151) 同註(86) P.81。

(152) 同註(66) P.442。

(153) 同前。

(154) 劉大鈞「中国農村統計」『中国農村社会経済問題』P.36。

第3章

人口状況及び土地利用
-湖南農村の経済的困局-

1. はじめに

　中国の人口問題と土地問題は、中国の歴史的発展の方向を決定する
重要な要素としてみなされてきた。これは近世以来の人口の急激な増加とこ
れに伴って現われた土地不足現象のため、現実的危機感が起こった民国
時代に入ってからは、さらに注目を受ける最大の問題であった(1)。このような
状況下で対立した二つの概念は、いつも農民階層と地主階層であった。
即ち、農民階層は被害者意識から機会があれば常に地主階層に対抗しよ
うとする動きが継続され、逆に地主階層は政軍階層と結託して、自分の基
盤を守ろうとしたことである。特に、このような状況は民国以後軍閥統治とい
う特種な状況で最も著しく現われた。故に、これら問題は当時の新興革命
勢力にとっても重要な課題になった。即ち、これら問題を解決するというス
ローガンを唱えることによって、大衆の支持基盤を確保しようとしたのであるシ
例えば、孫中山を中心とする革命政府の「平均地権」の主唱、或いは、

中共ソビエト区での「土地革命」の実施等は、当時の人口・土地問題の深刻性を代弁することであった卜

　このような問題が表面化する要因としては、技術的な対応策（水利施設の開発、籠球・品種の改良、生産力の提高等々）　及び行政的制度装置の不備（人口抑制政策、土地兼併の抑制政策等々）の二つに分けられるが(2)、清末民初の状況を見れば、　行政制度面での問題が非常に大きかったと思う々即ち、16世紀以来の中部地域での耕地開墾事業は継続的に進行したので、　人口増加のための民食の確保は、生産力の発展がなくても、流通上の問題がある程度解決できれば可能であったと思われる。また、清半ば（乾隆期から）からの人口政策が最も効果的であったならば、18世紀以来の人口急増はなかったと思われる。さらに、このような行政制度上の欠陥は、帝国主義勢力の侵入と共に伝統的な社会経済的秩序の破壊をまたらし、社会的混乱は加重され、経済テストムも崩れ、大多数が農民であった一般大衆の生活は極めて困難になったのである。特に、民国時代に入ってからは、このような機会を利用して自分の基盤を強固にしようとした軍閥、官僚、商業資本家等は、農村の地主階層と連合して軍紳政権を形成し、農民収奪政策を行ったので、その状況はさらに厳しくなったのである(3)。

　故に、本章ではこのような状況を把握するため、人口の流動による農村の社会経済的影響と土地の分配の不均衡と土地の不足について人口、土地の二つの要素の関聯性を考慮に入れながら分析する。

　本章での人口、土地問題の時代的背景は、特に、これらの問題が著しく現われた軍閥統治時期であった1914年から1926年までに限る。それは国民政府の清党以後の社会・経済政策の方向が変おり、ソビエト区を中心とする共産党の社会・経済政策も国民等の政策とその基準、そして実施した地域範囲がまったく違ったから、本章では本書の社会経済的背景分析の一環として、この期間のみをその研究対象どする。

2. 人口問題

　農村の人口と土地問題は農村社会の生活様式とその発展過程を決定す

る重要な要素である。Buck　教授は、農村人口について、「農村人口は農事方式と農民の生活水準の高低を決定する。なぜなら農民の満足と安楽は一定の生産物の分配によって決定されるが、その分配は農民の人口によって変化するためである。また、農村人口は農村の安定と秩序にも影響を及ぼす。即ち、農村人口が農村での必要な労働力を超過する時、その残りの人数は土匪になるためである。」と述べている(4)。

　人口問題は、このように社会各方面の要素と結合しながら、共同体的秩序に大きな影響を及ぼした。即ち、湖南省では軍閥統治時期に入ってから、農村人口に大きな変化が起こって、人口問題が湖南農村社会経済と社会秩序に大きな影響を与えた。1916年湖南の農村人口は全省人口の96.5%を占めた。その比率は全国各省中一番高く、湖南人口のほとんどが農民であったことを示している(5)。湖南の人口密度は、竺可禎氏の1920年度の調査によると、1k㎡当たり341人であった(6)。これは全国各省中で江蘇省に次いで高かった。一方、1k㎡当たりの耕地人口密度と農民密度も、表1のように、全国で最高であった。この表1の陳正謨氏の統計数字は正しいものではないと評価する学者もいるが、当時の人口密度の状況を理解する上で、依然重要な資料であると思う(7)。この統計はまた、本研究が対象とする統計ではないが、その間の正確な統計資料がない以上、本統計によって当時の人口状況の大略を推測することも重要であると考える。表1の統計を見ると、湖南が一方哩の耕地面積当たりの人口密度が広東に次いで高く、農民密度は全国中一番高かったことが知られる。

　湖南省内の各地区の人口分布は、自然的条件によって差異があった。次の湖南人口密度図を見ると、その状況が理解できる。（図1を参照）即ち、湘・資・沅江流域の人口分布は比較的稠密であった。これら流域の15県の人口は全省人口の36%を占めており、澧水流域及び洞庭湖盆地周邊の10県の人口は全省人口14%を占めていた。人口密度も湘・資・沅江流域に次いでいた。これらの25県は全省75県の1/3にすぎないが、人口は半数以上を占めていた(8)。その理由は、これら地域が肥沃な土地、温和な気候と充分な降雨量等の自然条件に恵まれ、農業が発達し、さらに河川交通の発達のために外地人が流入し、人口が稠密になったからである。しかし、湘西及び湘南の山岳地域の31県は平均人口密度が毎市方

127

哩23人で上述した二つの平均人口密度59人、43人と比較すれば、その差の大きさが分かる(9)。その原因は土地の傾斜と潅漑水利施設の欠乏等不利な自然条件と関係があったと考えられる。

　一方、湘・資江流域の平野地区と洞庭湖盆地への人口集中現象は、この地域での農民の土地所有　欲が特に強かったことに起因するといわれる(10)。というのはこの地域の自然環境と人為的環境が他の地域より優れていたからてある。即ち、清中期以来、洞庭湖及び湘・資江流域での湖田の開墾は非常に発達した(11)。この湖田は水流の一部に堤垸を築けば、新開墾地になる等開墾の方法が容易であり、その土地の肥沃度も非常に高かったので、湖田の屯墾は財富蓄積の捷径として認識された(12)。また、これら地域は当時でも開墾の余地が残っていたと見られたから、大勢の人々移住対象になった。

表1 各省人口密度及び農民密度(1933年)　図1 1917年湖南省の人口密度図

省　　別	1方哩耕地 人口密度	1方哩耕地 農民密度
河　　北	1,081	939
山　　東	1,405	1,204
河　　南	1,204	1,003
山　　西	844	702
陝　　西	1,277	936
江　　蘇	1,621	1,240
安　　徽	1,621	1,139
江　　西	2,810	1,833
湖　　北	2,218	1,453
四　　川	1,756	1,171
浙　　江	2,035	1,756
福　　建	2,218	1,621
廣　　東	3,011	1,833
貴　　州	1,756	1,171
14省平均	1,900	1,286
湖　　南	2,810	2,007

資料来源: 陳正謀「我国人口之研究」
(『統計月報』第14号、民国22年11月
12月合刊)より再編。

毎市方哩人口密度

資料来源:『湖南近百年大事記述』
1980年版、P.387。
「湖南省各県土地面積、人口統計表」

しかし、この人口の集中によって人口分布の偏り起こった。このような現象に対する耕地の開墾速度は時間的、空間的限界があることであったから、当然耕地不足の現象が再び現われた。

　これら地域での土地不足現象はこのような外地からの客民の移住によって現われた独特な現象であったが、土地不足状態はこれら地域以外にも、湖南省全地域で現われた一般的状況であった。北伐以前の土地所有状況を見ると、湖南農民は1人当たりの所有耕地が0/91畝から2.48畝等調査年代によって違ったが、その所有耕地は非常に少なかった。これは平均家族数5人を基準として計算しても、農家1戸当たりの耕地面積は、わずか4.55畝から12.4畝であった(13)。（表9参照）　当時、中国の中南部13省の農家1戸当たりの耕地面積である17.3畝と比べると、その所有面積は非常に少なかったことが知られる。このような所有耕地の状況が、5人農家の生計維持のための必要耕地が土質によって30畝から50畝であったという調査統計と比べれば(14)、当時の湖南農民生活の悲惨さが知られる。

　湖南の耕地不足の最大の原因は何よりも人口過剰であったろう。歴代湖南人口の状況を見ると、急激な増加があったのは18世紀末からであった(15)。湖南の人口は大略明清両代にわたって移住してきた江西省の移民によって徐々に増加した(16)。また、官吏として赴任した人々がその隷下と共に定住する場合もあった(17)。このような増加趨勢は継続し、18世紀末には既に農家1戸当たり耕地面積が10畝前後になるほど増加した(18)。さらに19世紀中葉以後には民食不足現象が現われるほどの飽和状態となった(19)。即ち、湖南の人口は清末に、もはや社会的民食問題を起こして、搶米騒動が起こる等一つの歴史的転機の迎える契機になったのである(20)。

　このように、湖南の人口は耕地面積に対して清末にすでにその限界状況に至った。しかし、民国時代に入ってからはその増加速度が非常に緩慢になった。その状況を表2によって示す。この表は1910年から1929年までの増減率の差が大し過ぎて、信頼性に問題があるものの、全般的には人口変動状況がほとんどなかったといえよう。

　このような当時の人口の不増加の原因としては大体三つの原因が挙げられる。第一は、天災の影響であった。1914年から1924年の間に湖南の天災は特に甚だしかった。その状況は表3に見えるように、1914年以後は毎年

大災害があった。

表2　湖南省の歴年人口統計表

年 代	人　　口	年増率	資　料　來　源
1910	28,443,279	0	『申報年鑑1933年』郵政局統計
1912	27,616,708	-2.9	『申報年鑑1933年』立法院統計
1916	24,075,503	-12.8	『中國現代化之區域研究』湖南省P.402
1917	31,402,580	-12.9	『湖南近百年大事記述』P.352
1920	28,443,279	-9.4	『第一回中國年鑑』P.49。
1925	40,529,988	-42.5	『第一回中國年鑑』P.52。
1928	31,501,212	-22.2	『中國經濟年鑑上』（民國23年）P. G22。
1929	31,591,211	-0.3	『中國經濟年鑑上』（民國23年）P. G25。**海關**。

　表3からは正確な統計数字はわからないが、天災が人口増加の阻害要因になったことはわかる。
　第二は、軍閥内戦による死傷者と難民の増加である。湖南での軍閥戦争はほとんどが局地戦であり、戦況は激烈ではなかったが、農村の重要経済地区が常に戦場となったので、農村社会経済及び農民生活に大きな影響を与え(21)、農民の離農を招き、他地域への移出を誘発した。これと戦争によるある程度の死傷者の続出も、全体人口の増加を阻害したと思われる。

表3　湖南の歴年災荒表

年　別	區別	災 害 縣 數	災　害　狀　況	註
1914	水旱	50	被水: 244万畝、被旱: 270万畝	①
1915	水			②
1917	水	24		②
1918	水	湘中・西・10	岳州、災民: 13,000～14,000	③
1919	水			②
1920	旱	50	災民少者: 5万～6万、多者: 30万～40万	③
1921	旱	全省	飢民: 200万	③
1922	水	洞庭湖21縣	餓死・病死者不計其數。	③
	旱	長沙西・北部		②
1924	水	46	餓死・病死者不計其數。	④

資料来源: ① 『民国6年経済年鑑』P.573。
　　　　　② 天野元之助『支那農業史論』P.696～698。
　　　　　③ 『湖南近百年大事記述』P.385、427、440。
　　　　　④ 大山「水旱災遍及12省区」（『東方雑誌』第21 14号）。

　第三は、このような社会的環境と伝統的習慣の中から現われた死亡率の増加であった。戦争による衛生環境の悪化、救済事業不活発等の原因により、嬰児と老衰者の死亡率は非常に高くなったことと[22]、戦争中でも男児を好む風俗下の溺嬰習慣が盛行したことも人口増加の沮害要因になったと思われる[23]。（表4参照）

表4　湖南の男女人口比較表

年　別	男　口　數	女　口　數	男女比率	註
1911	13,361,805	10,713,698	124.7	①
1912	14,744,672	12,872,036	114.5	②
1928	17,550,062	13,950,250	125.8	③
1929	15,573,321	12,501,893	124.6	④
1930	16,775,874	13,241,734	126.7	⑤

資料来源: ① 張朋園『中国現代化的区域研究』湖南省、P.13。
　　　　　② 『申報年鑑』民国22年、P.D 5。
　　　　　③ 『申報年鑑』民国22年、P.D 2。
　　　　　④ 『湖南省年鑑上』民国22年、P.18。
　　　　　⑤ 『申報年鑑』民国24年、P.B 87、人口。

　このような人口の沮害要因による人口の緩慢な増加にもかかわらず、湖南の人口は、清末まで耕地に対してすでに過密化した状況であったので、耕地問題は依然農村の主要問題であった。さらに、軍閥内戦による耕地の荒廃化と新興階層の土地集中化趨勢のため、人口の増減とは関係なく、耕地問題は次第に悪化していった[24]。

表5　湖南耕地面積及農村人口の歴年指数変化表

年　　別	1873	1893	1913	1933
耕地面積　指數	100	88	89	88
農村人口　指數	100	118	129	144

資料来源: 太田英一「支那人口国民経済」(『支那研究』第45号。
　　　　　昭和12年6月) P.158～159。

表6　各省の農戸、農民別耕地畝数と作物畝数状況 (1931年)

省名	調縣數	農家1戸當たりの耕地畝數	農家1戸當たりの作物畝數	農民1人當たりの耕地畝數	農民1戸當たりの作物畝數
河北	78	24	29	3.35	3.97
山東	84	19	25	2.95	3.92
河南	105	22	31	3.62	4.97
山西	66	32	35	5.08	5.53
陝西	56	24	35	3.15	3.88
江蘇	38	18	30	2.60	4.26
安徽	33	20	27	2.50	3.37
江西	23	13	15	1.73	2.10
湖北	47	15	22	2.14	3.08
湖南	55	12	12	1.69	1.72
四川	13	19	25	2.56	3.29
浙江	51	13	17	1.99	2.53
福建	41	14	16	2.30	2.62
廣東	5	12	18	1.35	1.92
雲南	27	20	24	2.69	3.29

資料来源: 張心一『中国農業概況估計』(上海、民国21年12月) P.81。

　表5の状況はこのような状況をよく示している。即ち、当時の農家1戸当たり及び農民1人当たりの耕地面積は、全国で一番低かった。これは人口がゆるやかに増加したことに対して、耕地面積はむしろ現象維持、或いは減少したことを意味しよう。

　このように、当時の農民の耕作地の縮小乃至喪失のためにその基本生活さえ支えられない状況であったので、生産向上のための生産技術及び新

たな経営方式の追求等農村発展のための精神的余裕さえなかった。結局、現実的にも将来的にも保障がなかった農民の生活は極限状況まで至る状況であった(25)。

一方、人口の増減状況に対する耕地面積の比率の分析と共に、農業労働力の状況も、農村人口問題を研究する重要な指標になると思う。

軍閥内戦下の湖南農村で農業労働者の趨勢を見ると、第一段階は失業化、雇農化、客民化による農業労働者数の増加であり、続いてすぐ現われる第二段階はこれらの労働力を吸収できない農村から離れる遊民化であった。即ち、当時の経済的側面を見ると、軍閥統治下の新興地主階層は買辦商業資本及び帝国経済と結びつき、長沙開港以後発達し始めた湖南民族工業の発展を沮害し、郷村手工業労働者及び都市工業労働者を失業させた(26)。さらに、帝国商業資本による汽船の導入は、多くの水運業者を失業させ、彼らを農業労働者に転化させた。また、新興地主階層による土地集中も多くの農民を小作農化、雇農化、客民化させた(27)。彼らの増加は当時湖南農村での農業労働力過剰現象を招来した。しかし、当時の湖南の農村状況ではこれら農業労働力の過剰現象を解決する能力がなかった。

このような農業労働力の過剰現象が、当時湖南農村で現われたかどうかは、当時陳正謀氏が調査した統計的分析と比べると、その状況をある程度推定することができる。

陳正謀氏は農村の農業労働力過剰現象の原因について、次のように分析している。

即ち、土地不足、天災、帰農現象、農産物価格下落、農村社会経済の衰退、その他の地域からの住民の移入、内乱と土匪の紊乱、農村手工業の没落等を指摘している。その中で、土地不足が20%、天災、内乱、土匪問題が35%、農村社会経済と都市産業の没落が45%を占めた(28)。

陳正謀氏の分析についてはいろいろな批判もあるが、このような分析と当時湖南農村で現われた状況と比べるのは、ある程度の妥当性があるのではないかと思われる。即ち、湖南での二つの状況を各要素の比率で表記することは難しいが、上述したように農村社会経済と都市経済の没落から現われたことが一番多かったのではないかと思われる。

このような農業労働力の過剰問題として、次の段階で起こった現象はこれら労働者階層の流動であった。即ち、省内外への無計画な彷徨生活を始める遊民化現象であった。この中には軍閥の私兵になる者もあり、土匪になる者もあった。このように私兵、あるいは土匪に遊民が健康な青壮年であったことは容易に推測できよう(29)。1928年、湖南の人口分布を見ると、20歳から40歳までの壮丁は総人口中の20.69％であった(30)。このような比率は別の年齢層と比べれば、非常に低い比率であった。この原因としては、まず軍閥統治時期、湖南の軍閥軍隊の兵士数がすごく増えたことから見ると(31)、これら青壮年が私兵化された可能性が強く、このために内戦期間、相当数が戦死、或いは部隊と共に他の地域へ移動したのではないかと思う。もう一つは土匪或い遊民化され別の地域に移動したことであろう。このような状況は軍閥戦争が激化される以前の農業労働力過剰状況とは反対に、むしろ農業労働力の貧困化現象を暗示することではないかと思う。

　以上のように、湖南の人口状況は清末まで急に増加して、耕作面積に対する農村の人口がすでに過飽和状態になったため、農民の所有耕地面積が全国で一番少ない原因になった。しかし、このような状況は軍閥統治期の各方面での社会的要因によって、人口の増加が緩慢であったにもかかわらず解決されなかった。その原因としては新地主階層の土地集中化と戦争による土地の荒廃化のため、耕地の余裕がなくなったからであろう。

　一方、社会的問題になったことは、軍閥統治初期の農業労働力の過剰現象が、軍閥戦争激化と共な農業労働力が軍隊、土匪、遊民に転化し、むしろ不足現象を招来したという状況であった。

　即ち、湖南農村は人口過剰の問題を抱えていたにもかかわらず、むしろ、農業労働力の不足現象が現われたという矛盾を同時に持っていたといえよう。従って、これは「豊饒の中の貧困」ともいえる社会的、経済的矛盾をもたらし、農村社会経済の活力源を喪失し、同時に階層間の葛藤だけを起こして、現代化への推進力を自ら失ってしまうという時代的錯誤が現われて、結局、農民が新しい中国の到来を待っている形勢になったのではないかと考えられる。

3. 土地分配と利用

中国の農村問題の中で、農村人口問題と共に重要な問題になったのは、土地問題であった。なぜなら、土地は農業の基礎であり、生産問題と直接的な関係があるからである。このような土地問題の関鍵はただ二つであった。即ち、耕地不足の現象と土地分配の不均衡であった[32]。この二つの問題は互いに密接に連結され、同時に農村の社会経済問題を誘発させたことである。即ち、土地の不足は農民の生業としての農業自体に懐疑をもたらして、生産意欲、農業技術開発、農業経営の改善等農業発展の推進力を低下させ、農民の貧困化及び離農現象を起こす主要原因になった。また、土地分配の不均衡は政治の不在を意味することで、農村社会の経済的構造秩序を破壊させ、階層間の対立形状を招来させた。このような状況は農民の貧困の差を一層深刻化させ、農民を組織化させる等支配階層に対する反対闘争の形態に発展した。

まず、湖南の土地不足状況を見ると次のようである。耕地不足の現象を究明するためには農戸1戸当たりの所有耕地、農民1人当たりの所有耕地の把握が重要である。これは農民の最低生活を維持するための必要な経費を算出する根拠になるからである。しかし、これは土地の肥沃度、地域別最低生活の基準、耕地面積単位の差等のため非常に難しい問題である。

当時の研究結果によると5人家族に対する最低生活のための耕地畝数は、上等田20畝[33]、普通田25畝[34]、30畝[35]、等、いろいろな説があったが、これは1930年代の基準であるから本章では軍閥統治時期の極盛期であった1923年10月から1924年3月までの華洋義振会の調査を基準として、湖南農民の耕地不足状況を見てみたい。この調査によると、5人家族に必要な最小限の耕地は良田15畝から20畝であった[36]。これは農民1人が上等田3畝乃至4畝、中等田5乃至6畝、下等田7畝乃至8畝が必要である事実を意味した。当時湖南農民各階層が所有していた田地面積状況は表8のようである。この表の通り、各県の農戸が所有していた田地面積は違うが、この九県の1戸当たりの平均所有面積は18.63畝となり、華洋義振会の標準値には足りなかったが、当時湖南全地域状況からすれば、極めて高い水準であった。その理由はこれらの県の面積が外の県より広く、また

よく開墾されていた主要平野地域であったと考えられる。それにしても、このような所有面積は、当時の湖南農民階層構造（半小作農、小作農、雇農の比率が、地域別に60％から90％まであったという事実は、すべての耕地からの生産による所得が自分のものにはならなかったことを意味する(37)）から考えると田賦自分の耕地ではなかったと思われる。

表8　湖南の農民階層別毎農戸当たり所有耕地面積状況表（1920年代）

（畝）

縣名　　　農民	自耕農	半　自　耕　農			佃　農	平　均
		自　有	税　入	共　計		
常　　德	13.83	4.39	8.62	13.01		13.02
臨　　湘	9.60	4.72	3.09	7.31	14.64	9.27
益　　陽	29.12	28.80	12.85	43.65	41.32	38.40
常　　寧	8.91	6.18	7.32	13.50	10.90	13.0
郴　　縣 1	12.04	8.14	4.23	12.73		13.01
郴　　縣 1	18.22	11.39	11.23	22.62		20.66
衡　　陽	12.04	3.25	13.99	17.24	13.34	19.04
新　　化	18.55	16.76	6.35	23.11		20.34
武　　岡	23.59	10.86	10.86	21.72	17.90	20.93
平　　均	16.21	9.83	8.73	18.56	16.35	18.62

資料来源：『経済年鑑続編』P.(G)105から作成。
説明：一公頃＝華畝16畝2分7厘、即公頃×16.27＝1畝

　これに対して、当時湖南全省農戸中、1戸当たりの平均畝数の状況を見れば、全省総75県中、10畝以下が31県、11畝から20畝までが31県、21畝から30畝までが10県、31畝から40畝までが3県であった(38)。Dwight Perkins　氏の調査によると、1913年湖南省1人当たりの平均所有田地は2.4畝であり、1933年は1.9畝であった(39)。農商部の調査と東京商工会議所の調査では、湖南農家1戸当たりの耕地面積は1914年には11畝であったが、1936年には12畝であった(40)。また、表9の統計によると、各年の1人当たりの平均田地は、わずかに1.7畝であった。さらに、彼らの耕地の大部分が租田であったという事実を考えれば(41)、自己所有の耕地は非常に少なかったと考えられる。表9を見ると、1910年代末と1920年初の1人当たりの所

有田地畝数は、特に少なかった。その主要な原因は軍閥戦争による耕地面積の減少にあったと思われる。例えば、湘中地域の農民がしばしば群れを成して別の耕農地域の雇農になり始めたという状況は、即ち「地少、人多」の状況を代弁していたといえよう(42)。これは当時全国の農民1人当たりの平均土地所有畝数と比べても非常に少ない状況であった(43)。このような湖南農地の縮小化状況は表9でもよくわかる。特にこの表は軍閥内戦期間の農地縮小状況を明瞭に示している。それは軍閥内戦と天災による軍閥の苛酷な雑税・水利施設の破壊・兵匪の横行・救済政策の不充分さ等の要因のため、離農現象が目立ち、耕地面積を不断に増加させたことを証明することであろう。耕地面積の増加状況は、湖南の各年耕地面積の統計表（表10）を見れば理解できると思う。この統計で正確な耕地の増減状況を理解しにくいのであるが、比較的正確な1914年、1915年の荒地が全耕地面積の14%と15%を占めた事実を見ると、荒地化の深化現象がどのくらいであったかが分かろう。（全耕地面積は1914年を基準とする）　さらに中央農業実験所が調査した全国各省の耕地に対する荒地の比率を見ても、湖南荒地率が全国で最高であったことが分かる。（表11を参照）このような状況はやはり頻繁な軍閥戦争と離農による農業労働力の不足から現われたと考えられる。

表9　湖南の耕地面積と1人当たりの耕地面積の推移

(畝)

年別	耕 地 面 積	増 加 比 率	人 口 總 數	1人當たり面積	註
1873	66,000,000	100	21,000,000	3.14	①
1913	58,000,000	88	23,402,992	2.48	①
1914	35,192,338	53	23,402,992	1.50	②
1916	22,024,106	33	24,075,503	0.91	③
1918	22,024,106	33	22,040,000	0.99	②
1923	26,357,000	40	27,442,279	0.93	④
1928	32,318,500	49	31,501,212	1.03	⑤
1933	58,000,000	88	30,000,000	1.93	①

資料来源: ① Dwight Perkins, Agricultural Development in China, 1368～1968、
　　　　　P.229、236。
　　　　② 『第一回中国年鑑』、台北、天一、P.1130。
　　　　③ 古棋編著『中国農村社会経済問題』P.21（第一次農商統計表）

④ 梁揚庭「近年来我国食米之概況」（『東方雑誌』20卍20号）P.134。
⑤ 『経済年鑑』（上、民国23年)P.G 25。

　一方、天災も湖南の田地減少の二つの原因であった。例えば、1914年湖南耕地の中で水災、旱災を受けた面積は、5,140,483畝であり[44]、1917年は806,631畝（一部県だけの報告)[45]、1920年は30万乃至40万畝であった[46]。これらの災害面積を比べると、1914年が14.6％、1917年が3.6％であった。このような頻繁な災害の原因も軍閥政権の水利行政に対する無知と無責任感から現われたといえよう。

表10　湖南歴年荒地面積の比較

（畝）

年　別	報告縣	官　　有	私　　有	總　　　計	註
1914	全	846,535	4,132,047	4,978,582	①
1915	全	1,765,392	3,511,422	5,276,814	②
1916	不全	115,160	121,679	239,839	②
1917	不全	55,716	2,430,781	2,486,497	②
1929	8			394,313	③
1930	9			1,037,074	④

資料来源:　① 民国6年『中国年鑑』（台北、天一）P.572。
　　　　　　② 『第1回中国年鑑』（台北、天一）P.1136。
　　　　　　③ 民国24年『申報年鑑』内政部統計調査。
　　　　　　④ 田中忠夫「支那経済崩壊方法論」PP.51～51。

　その次に、耕地面積の減少原因として、地価の騰貴が挙げられる。表12は本研究が対象とする時期以外の統計であるが、湖南の連年の地価騰貴状況が理解できると思う。地価騰貴の原因には人口増加、耕地減少と交通の発達等があったといわれるが、実は地主階層による土地兼併が地価騰貴の根本原因であったろう。即ち、都市商業資本と大地主が農村社会経済を掌握していた状況下で、貧農が高価の田地を購買することは不可能だったので、土地の集中現象は次第に強まったのである。

表11　各省荒地の耕地面積に対する比率（1930年代）

省分	報告件數	荒地對耕地面積の比率(%)	可耕荒地對荒地總面積の比率(%)	可耕荒地對耕地總面積の比率(%)	省分	報告件數	荒地對耕地面積の比率(%)	可耕荒地對荒地總面積の比率(%)	可耕荒地對耕地總面積の比率(%)
河北	410	12.0	26.2	3.14	四川	65	16.7	22.9	3.82
山東	182	16.9	36.9	6.24	浙江	38	9.8	19.5	1.91
河南	138	11.5	26.3	3.02	福建	25	20.8	46.7	9.71
山西	138	13.8	27.7	3.82	廣東	38	16.2	48.5	7.86
陝西	68	19.7	23.0	4.53	廣西	50	17.2	17.9	3.08
江蘇	167	12.2	20.0	2.44	雲南	28	20.0	50.0	10.00
安徽	59	12.0	34.8	4.18	貴州	22	21.0	33.0	6.93
江西	29	17.9	28.5	5.10	平均		16.0	31.0	5.17
湖北	23	17.8	39.2	6.98	湖南	41	22.5	50.9	11.45

資料来源: 中央農業實験所『農情報告』（第2巻　第12期、1934年12月）

表12　湖南省歴年地価の変遷

報告県数: 38

年　別	水　田　指　數	平原旱地指數	山坡旱地指數
1912	83	69	60
1932	102	95	108
1933	93	91	92

資料来源: 『申報年鑑』民国24年、P.K49。
（民国20年の地価=100）

例えば1917年の農商部統計表によると、湖南省の農戸中で租種農の比率は80%にもなった(47)。表13を見ると、その比率は全国で最高であった。この表は、即ち湖南農民の80%以上が他人の土地を借り、生活を維持していた事実を証明するものであり、これはまた彼らの生活が如何にあったかを知らせている。このような状況は新地主階層の土地集中化を意味することで、その土地集中の原因は農民の貧困が主因であり、小作農・半小作農の犠牲の下で現われたものある。当時耕地をある程度特っていた農民は最低の

生活を維持することはできたかもしれないが、婚姻、葬祭、家族の発病、荒年等によって土地を失うことが多かった。通商土地喪失の主因は土地を抵当に入れたことにあった。

表13　1917年各省租種農の百分率

省　別	百　分　率	省　別	百　分　率
京　兆	47.5　％	江　西	67.0　％
直　隷	27.1	福　建	57.4
奉　天	59.3	陝　西	42.1
吉　林	44.1	甘　粛	35.8
黒龍江	29.9	新　疆	23.6
山　東	43.6	廣　東	66.4
河　南	29.4	熱　河	32.1
山　西	54.1	綏　遠	45.3
江　蘇	57.7	察合爾	27.8
安　徽	65.8	湖　南	80.0

資料来源: 張鏡子「中国農民経済的困難和補救」
（『東方雑誌』26巻9号）P.12。

農民が非常時に金銭を入手する方道は、土地を抵当に入れること以外にはなかった。しかし、農民の困難な状況は契約期間内のうけ出しを不可能にし、逆に利息が急増し、結局は土地を高利貸に譲渡しなければならなかった。当時の湖南での借金の来源をみると、地主、富農、商人等90％が地主階層から出できた(48)。こうして、結局土地は地主階層と商業資本家に集中していた。

　一方、湖南の軍閥は各種田賦、附加税、予徴、雑損等を自由に決定した。故に、これらの各種税金の税率は相当に高かった。このような高率の税金も農民の土地喪失に拍車をかけ、軍閥と地主階層の土地集中傾向を著しくさせた(49)。特な、これら地主階層が兼併した土地はべてが良田であった。これは湖南の特殊な地理条件によって、上・下等田の区別が明確であったため、水利潅漑施設を使った農業経営に有利となり、肥沃度等による農業経費も節約されたので、生産による間接所得が高く、また、生産

力もはるかに高かったからである(50)。（上等田収穫率は40％乃至50％であり、下等田は10％乃至20％であった。）　このような農業経営上の内部的矛盾は、むしろ外面的な土地不足状況、租佃問題等よりも、農民に実質的な被害を与えたと思う。

　このような地主階層の農民経営上の独占によって、第一次世界大戦以後再び侵略してきた帝国主義経済に対抗できる中国農業の自生力を失ってしまうことになった。即ち、高率の租税、農業生産力の低下等は、当然生産物の品質を落とし、故に帝国商品に対して価格競争力を喪失した。

　このように農業生産による農民経済力の喪失原因として、何よりも生産意欲を鼓吹できる自耕地の不足があげられる。耕地不足の原因としては前で説明したようにいろいろな原因があったのであるが、最も大きな原因としては、地主階層による土地の兼併であろう。なぜなら、自分の土地で最大限の生産力を高めようと努力するのが農民の本質であることを考えると、自分の耕地がない場合の農民はもう生の意欲がなくなるから、農民経済力の喪失は当然な帰結であったと思う。当時全国土地調査委員会の湖南省14県に対する農民階層別土地所有状況の調査報告によれば、100畝以上を所有した大小地主は0.8％しかいなかった。外に30畝から100畝まで所有していた中農、富農階層は9.4％を占めており、30畝以下の貧農階層が89.9％を占めていた。（表14参照）これは50畝以上を所有していた3.9％の富農、大小地主階層がほとんどの耕地を持っていた状況を示していることである。しかし、このような状況は各農民階層が現在耕作している名目所有状況を意味するのみで、その実際所有程度を示すのではなかったと考える。1927年6月の国民党執行委員会の報告によると、当時湖南省農民の55.4％が土地を持っていなかったと指摘していた(51)。これは当時5人1家族の農戸が1年間生活するのに必要であった土地畝数が中等田25畝から30畝であったという華洋義振会の調査（1923年10月から1924年3月までの調査）がらみると、89.9％の貧農階層はすべてが小作農、半小作農であり、6.3％の中農階層も半分以上が半小作農であったことが知られる。これはまた農民のほとんどが耕作による生活が不可能であったことも示している。

表14　湖南農民の階層別耕地所有比率状況（1920年代）

種　別	極　貧　農	貧　　　農	中　　　農	富　　　農	大小地主
畝　数	10畝以下	10～30畝	31～50畝	51～100畝	100畝以上
人　数	56.5%	33.4%	6.3%	3.1%	0.8%

資料来源: 土地委員会「全国土地調査報告鋼要」P.26～27、（厳中平等編
　　　　　『中国近代経済史統計資料選輯』P.285。）

　このような土地分配の不均衡は、土地不足状況下で、農民の基本経済
生活を阻害する最大の原因になり、農民階層と地主階層との軋轢をさらに
高めるきっかけになった。故に、民国以後農民闘争は清末よりさらに団体的
になり、団結性のある大衆運動に拡大発展していった。

4. 小結

　農業状況は農民生活程度の高低を決定し、農民生活程度は政治・社
会的安定と比例すると考えた伝統中国の統治方策は、重農抑商の政策に
帰結される。このような政策は商人が農民より利にさといという観念によって、
商人から農民を保護し、社会的風紀を守ろうとする政策であった。しかし、
清末以来外勢の進入とその影響により、中央・地方の政府の政策方向は
実業を提唱したりして、工・商業の発展に注力し、農民の地位は下落し
た。これに対して商人階層の社会経済的比重は高くなり、彼らは帝国資本
と結ばれ、農村市場を掌握して、伝統的な農村市場構造を破壊させること
になった。

　さらに、軍閥階層の政治的、軍事的動乱は、すべての農村秩序を変化
させた。このような中で現われた重要な問題が、土地不足と分配不均の問
題であった。勿論、農業技術の落後、災害等一連の重要な問題も各方
面で現われたが、農民にとって一番大きかった問題は土地問題であった。

　湖南農村での土地問題は人口の流動とも相当に密集な関係があった。
即ち、清末までの人口過剰は農戸当たりの耕地面積を全国で一番少なく
し、一方、軍閥統治下の新興地主階層の土地集中化は農民の階層変化

を招来させ、土地を奪われた農民は遊民化され、私兵化、土匪化される遊民も多かった。彼らは再び軍閥政権に利用され、社会に悪影響を及ばして、社会的悪循環を繰り返させる矛盾的動機を生み出したのであった。

　ここ[によって人口の質的量的流動の幅も決められ、農業労働力の均需均給の秩序が破壊され、農村社会経済の崩壊と共に農民の離村現象をあおったことである。

　このような状況について、国民政府は北伐完成以後民心を収拾し、ソビエト区での土地策略に対応するため、各方面での改革政策を実施することになったエ特に、土地問題に対する関心は非常に高く、地政学院を設立して人才を養成し、政府各機関の共同的組織である土地委員会を設置し、土地調査等を実施したが、時代的に蔓延していた社会経済面の矛盾的構造を改変することは無理であったエ故に、これらの政策は、むしろ地主階層に利用され、結局「生産雖増、利不帰農、而入於地主、商買及高利貸者。(52)」のような結果になってしまったことである。

　土地問題は農業経済発展の関鍵であり、当時政局の方向を決定する重要なカギであった。しかし、土地問題は歴代的に解決できなかったように、各種状況、背景によってその問題の脈絡が違った。故に、軍閥統治期での土地問題は、軍閥自身から始まったことであるから、軍閥統治が終息するまでは解決が不可能であった。このような状況下で、農民は自救策を模索し、これによって搶米騒動、反軍閥運動、労工運動、農民運動等、段階的な組織化が、時代的変化と共に自然的に移行していったのではないかと思われる。

【註釈】

(1) Ramon H. Myers, The Chinese Peasant Economy: Agriculture in Mopei and Shantung, 1890-1949 (Harvard University Press, 1970) PP.13〜24。
黄俊傑「洛夫、沈宗翰与中国作物育種改良計画」(荒俊傑編『面対歴史的稲田』幼師文化公司、民国73年) PP.358〜360参照。
(2) 農業技術の主張派:
Albert Feurwerker, The China's Economy, 1912〜1949. (Michigan Papers in Chinese Studies, No.1, 1968)

Ramon H. Hyers, 同註(1)

Hou Chi-ming「Foreign Investment and Economic Development in China, 1840～1937」(Harvard University Press, 1965)

行政制度の主張派:

任哲明「中国農村社会経済的根本問題」(『新中華』月刊、巻1期14、1933年7月) P.9参照

Eugene Lubot「The Revisionist Perspective on Modern Chinese History」The Journal of Asian Studies, Vol. ⅩⅩⅩⅡ. No.1, (Nov., 1973) PP.63～97 参照。

(3) Lucien Bianco, Origins of the Chinese Revolution; 1915～1949 (Stanford: Stanford University Press, 1967) PP.92～94。

Ramon H. Myers同註(1) P.20 PP.273～287。

(4) John Lossing Buck, Chinese Farm Economy, A Study of 2866 Farms in Seventeen Localities and Seven Proxices in Chian. (The Univ. of Nanking and the Council of the Institute of Pacific Relations, Pub. by the Univ. of Chicago Press, 1930)

(5) 張朋園『中国現代化的区域研究、湖南省(1860～1916)』(台湾中央研究院近代史研究所専刊(46)、台北、民国72年) P.402、表5-3-10 中国沿海沿江各省都市人口、参照。

(6) 竺可槙「論江浙両省人口密度」(『東方雑誌』第23巻第1期、P.93。)

(7) 天野元之助『支那農業経済論(上)』(東京、技報堂、1952年) P.108。

(8) 『長沙大公報』(1917年4月10日)。

(9) 湖南省誌編纂委員会編『湖南省誌、第1巻、湖南近百年大事記述』(長沙、湖南人民出版社、1980年修訂版) PP.387～389、湖南省各県土地面積、人口賦課統計表より作成。

(10) モルテマ・オーソリグン『湖南省探険旅行記』(白岩龍平校閲、安井正太郎編『湖南』博文館、明治38年8月) P.667一

(11) 彭之和『湖南湖田問題』(民国20年代中国大陸土地問題資料(75)、台北、成文出版社、(美国)中文資料中心合作出版、民国66年) P.35427。

(12) 周一夔、『湖南省水災査勘報告書』(出版地、出版社未詳、民国20年) P.16。

(13) 井貫軍二「北伐時期の湖南省における農民運動-中国人民の基盤に対する-考察」(『歴史教育』9-2、1961年2月、P.86。)

(14) 天野元之助『中国農業経済論』巻1 (東京、改造社、1940年) P.112。

(15) 歴年人口の統計は官方側の調査統計によって大体分かるが、その数字は信憑性がほとんどないから、本書では数字的提示よりは当時の社会的経済的状況によってその増減状況を分析した。

(16) 譚其驤「中国乃至移民史-湖南篇」(『史学年鑑』第4期、PP.56～58。) 江西人の湖南への移住 は大体に経済的原因であった。

(17) Ping-ti Ho, Studies on the Population of China, 1363～1953、PP.143～148

(18) Wang Yeh-Chien, "Agricultural Development and Peasant Economy In Human during the Ch'ing Period, 1644～1911" (Evelyn Rawski, Agricultural Change and Peasant Economy of South China) P.229, note 84.

(19) 『善化現志』(光緒3年本)巻19、P.21。

(20) 清末の搶米風潮の原因について、清水稔氏は天災による米価の暴騰を、菊池貴晴氏は貨幣価値 の暴落による物価の暴騰を、中村義氏は統治階層の乱政による社会経済的紊乱をその原因として挙げているが、筆者は人口増加による耕地不足と耕地不足状態下での矛盾的分配状況が、結局農民の不満と共に出現したことが搶米騒動であると考える。

(21) 陳仲明「湘仲農民状況調査」(『東方雑誌』第24巻第16号、P.81。)

(22) 同註(5) P.17。

(23) 同前。当時の湖南人口の男女比率は123.26対100として男子の比率が高かった。これは男子を選好す

る保守的観念である溺嬰の風習がまだ残されていた事実を証明したと思う。

(24) 章有義『中国近代農業史資料』第2輯。(北京、三聯書店、1957年) P.14。

(25) 同註(13)、P.86。

(26) Barrington Moore Jr., Social Origins of Cictatorship and Democracy, Boston, 1968, P.195.

(27) 張鏡子「中国農民経済的困難和補救」(『東方雑誌』第26巻第9号、P.13。)

(28) 陳正謨「各省農工 雇傭習慣之調査研究」(『中山文化教育館季刊』第1巻第2期、P.759。(表34参照))

(29) 同前、P.766。

(30) 『中国経済年鑑続編』1934年(上海、商務印書館) P.G 26。

(31) 同註(9)、PP.359~389。

(32) 土地分配不均問題は土地生産関係の非正常化から現われることであるから、この問題を検討する時は租佃問題を考えるべきであるが、本稿では省略する。

(33) 李慶蘷「自耕農場的標準面積」(『申報』民国26年4月5日。)

(34) 李宏略「数字中底農家生活」(『東方雑誌』巻31期7、民国23年4月1日)PP.96~97。

(35) 李樹青「中国農民的貧窮程度」(『東方雑誌』巻32期9、民国24年10月1日、PP.73~78。)

(36) 守常「土地与農民」(王仲鳴編『中国農村問題与農民運動』上海、1929年P.81)。

(37) 古謀『中国農村社会経済問題』(上海、中華書局、1930) P.10。
"The Communist International" Vol. 3, No.6, Dec. 30, 1926, P.366.

(38) 実業部国際貿易 局編『中国失業誌』巻18、湖南省(上海、該局印行、民国23年、台北、宗清図書公司影印) PP.2~8。

(39) Dwight Perkins『Agricultural Development in China』1368 1968. (Chicago, 1969년) P.236。

(40) 長野郎『支那農業運動』(東京、1933) P.118~120。

(41) 同註(27)、P.12。

(42) 東京上空会議所調査部『支那経済年報』昭和11年、P.82。

(43) 1922年北京政府の郵政局が調査した全国18省の耕地面積統計によると、農民1人当たりの平均耕地面積は2.4畝であった。
同註(36)、P.233。
劉大均、張心一、呉文暉氏の統計によると約3畝であった。
王雲五編『中国土地問題』(上海、1935) P.81。

(44) 東亜同文会調査編纂部『支那経済年報』昭和11年、P.82。

(45) 古謀、同註(37)、P.35。

(46) 同註(9)、P.427。

(47) 同註(27)、P.12。

(48) 呉承禧「中国各地的農民借貸」(千家駒輯『中国農村社会経済論文集』民国25年、上海、中華書局。PP.167~169。)

(49) 同註(9)、PP.380~382。

(50) 梁楊庭「近百年我国食米之概況」(『東方雑誌』第20巻第20号) PP.134~135。

(51) 古厩忠夫「中国に於ける初期労働者運動の性格-五・四運動期の湖南省を中心に」下 (『歴史評論』276、1973年5月、P.26。)

(52) 万国鼎「復興農村之 路」(『地政月刊』巻1期12、民国23年12月25日、P.1)。
漆琪生「論我国農村教済的方式」(『申報』民国25年6月29日)。

第2篇

農村社会経済の実態

第4章

税政
-江西省の田賦附加税と農民負担-

1. はじめに

　古代から農業国家であった中国は、税制も農業経済形態に依存しなが
ら発展してきた。故に、課税の方法は時代によって変わってきたが、その主
要対象は常に田賦であった。田賦は土地を対象とする租税であったので、
農民の直接的な反応が敏感に現われる租税形態であった。そのため、古
代からの中央政府は、農民から反撥が起こらないようにしながら、如何に国
家財政を堅固にするのかが、最も重要な政策の一つであった(1)。

　このような田賦は民国時代に入っても政府税入の主要収入源であった(
2)。これは民国時代も引き続き農業が社会経済の主軸であったことを示すと
同時に、依然伝統社会のように全般的な歴史発展の推進力が、農民に
在ったという状況をも示していたといえよう(3)。

　民国時代の財政の財源は関税、塩税、厘金、田賦を大宗とした。その
中で関税、塩税は借款の還付及び賠償の形態として帝国列強に領導さ
れ、厘金は各省が自律的に運用したから中央での統制が難しかったの

で、依然政府の主な収入源は田賦であった(4)。従って、中央財政は常に不足し、国家経営は合理的ではなく、地方に対する支援もできなかったので、田賦附加税の徴収が始まったのである。

　一般的に田賦附加税というのは、田賦法定額以外の徴収税額として、その形態には「折収附加」(5)、「名目附加」(6)、「預征」(7)、「攤派」(8)等があった。即ち、田賦という名目で徴収した実際額から法定田賦額を引いた額数が田賦附加税である(9)。故に、田賦附加税ということは政府の立場からみると便利であり、公然たる財源確保策であったから、省、県等地方行政機構は、各種名目と税率を調整し、中央政府の各種事業命令に応じ、個人的な富の追求も断行した。このような状況は農民生活の維持が危なくなるほど、その被害が大しかったので、当時農民の立場からは農村を離れ別の救生の道を捜すか、それとも抗税運動を通じて自分の立場を訴えるかを選ぶべきであった。

　このように民国時代の社会経済的発展状況で田賦附加税問題は、非常に重要な問題であるにもかかわらず、今までの研究は田賦史の一部分として、または租税研究でしばしば言われる「苛捐」という性質だけが強調され、田賦附加税に対する総合的な検討は依然として不足している。

　従って、本章では民国以後田賦附加税の影響がよく現われ、またこれに対する農民の反応が最も明確に現われた江西省の状況を中心として、田賦附加税の来源とその変化過程の推移、そしてその徴収状況等を総合的に検討しながら、田賦附加税が及ぼした財政的、農民経済的影響を分析し、当時の国家政策の矛盾的構造面を考察しようとする。

2. 田賦附加税の起源

　従来の研究によると田賦附加税の起源は、古代漢朝時代まで遡るが(10)、これらの性格に対する評価は、清代に起源があるといわれる近代的性格の田賦附加税とは差がわるといえる。それは各時代の田賦が中央財政にどの程度の影響を及ぼしたかという問題とも関係があったと思うが、何よりも既に規定されていた徴収基準による実徴収額が当時の国家財政に充分で

あったかどうか、或いは合法的であり体系的である徴収制度が整備された
かどうかによって決定される問題であると思うからである。

　この面から考えてみると古代から明朝までの租税制度は、結果はさておい
ても時代的状況に合う適切な改革と改善を通じて、国家財政の合理的な運
営を図ったといえよう。これに対して、清朝の課税基準は当時作られたもので
あなく、明朝万暦6年（1578）に実施した丈量を基礎とした課税基準であっ
たので(11)、人口、田地変化に対する適切な課税ができなかった。故に清
朝の間ずっと税制上の問題が多く起こったにもかかわらず、改革よりは現制
度の補修という政策を取ったので、その中から現われる矛盾は、19世紀半
ば以降本格的に侵入してきた帝国主義列強に対抗できる財政的な後押しが
形成されなかった根本原因にもなった。

　清代の田賦は原則上中央政府の予算に属し、その徴収に対する権利を
中央政府が持っていた。このような中央政府の既得権は清朝税制政策の
根幹である「崇尚倹約、予民休息」にあわせて、現実的な運用よりは安
民政策面で定着した。さらに康煕帝は1712年に「滋生人丁、永不加賦」
と下詔し、各省の丁銀に対して1711年（康煕50年）の額数を精液と規定
し、以後人丁が増加しても丁税を再び徴収しない定めた。それ以降200年
間の丁銀数は固定化された(12)。以後雍正帝は「清厘整飭」を実施して人
丁を田賦に帰属せし、地丁を一つに統合させたので租税額が減少し、これ
はまた乾隆帝の十大武功、乾隆、嘉慶両時代にわたって起こった白蓮教
乱、太平天国、捻、回の変、そして帝国主義列強の侵入等歴史的事件
の発生と共に「魚鱗図冊」が多く喪失し、租税制度が紊乱する根本的原
因になった。しかしながら、清朝は財力が不充分であったので、「清丈」
の実施ができず、「黄冊」作成も中断し、田賦の徴収は胥吏が私蔵して
いた秘冊に基づいて行われ、地目と科目が一致しない等その紊乱は極に達
した(13)。

　故に、長江中上流地域及び西南地域での土地開墾が迅速に進行し、
納税の潜在力を持つことになったにもかかわらず、註冊畝数は変わらず、さ
らに変乱、災難等のための「図冊」、「黄冊」の毀損は、田賦収入を
減少させた。1753年から1766年の間に湖広、四川、貴州、雲南等開発
地域省での註冊畝数と耕地面積の比率は88％であり、1908年から1933年

の間での比率は43%に過ぎなかった(14)。以上のような清朝の租税制度に対する安逸性は、国家財政の悪化をもたらした。

このような国家財政の悪化は、地方行政に必要な経営費さえ支援を困難にしたので、地方財政の立場から新たな財源を捻出すべきであった。結局このような状況から出現するのが田賦附加税であった(15)。

清代中期から各地方政府では、財源の不足のため、附加税的性質を持つ「火耗」(雍正時代)、「平余」(乾隆時代)、「漕折」(嘉慶、道光時代)　等の徴収方法が採択された(16)。しかし、これらは暫時性的な徴収方法であり、恒常的なものではなかった。即ち、

　　　「然諸等加派或為時甚暫、或不久禁止、要非経常之制也」

とある(17)。

咸豊時代に至ると軍備の拡張と共にその軍餉の確保のため、比較的定期的な附加税が徴収され始めた。この附加税はまた中央戸部から、地方政府主管の下で使うように認められ、田賦に対する地方政府の裁量権がある程度与えられるようになったことも示すのである(18)。これによって咸豊年間から田賦附加税が始められたと言われる(19)。しかし、光緒年間までには附加比率は10%を越えなかった。その比率を高めながら、名目附加、攤派等が施行されたのは、光緒27年からであった。当時田賦附加税の比率は漕米1石当たり(地丁銀1両当たり)銭200文であったが、以後国家経費の不足と共に、下達された各省の分担額は、すべて田賦附加税で充当しようとしたので、攤派、名目附加は引き続き増加した(20)。一方、地方税、国税の区別がなかった当時の状況で、地方税的性質の田賦附加税の徴収も行った(21)。このような状況の中で、旧田賦附加税は正税に包含され、また新たな名目の田賦附加税が出現し、次第に農民の租税負担は多くなった。このような状況は民国時代に入って最も明確に現われ、遂に田賦附加税は国家予算に包含されることになって、その種類及び税額が多くなり始めた(22)。

民国における田賦の状況は、名目と徴収方式で局部的な変化はあったが、根本的には清代の状況と変わらなかった。しかしその中で大きな変化があったのは田賦附加税の税目と税率であった。このような現象が起こった原

因について、江西省の状況を例として見ると次のようである。

　民国初年革命政府は国家財源の安定的な確保と民心の収拾のため、清代の繁雑なすべての附加税（耗羨、平余、漕折、捐輸、津貼、糧捐等）を正税に併合させるようにした。しかし、政局が不安定で施行されないまま、民国2年の「国地税画分草案」が決められた。これは地方政府の田賦附加税の徴収を認めた財政府の決定として、ただ、田賦附加税の徴収率を正税の30％以下と決め、清朝から田賦附加税の増加現象だけを防止しようとした(23)。中央軍閥政府のこのような画策は、清末以来の混乱した租税状況を整理することよりは、中央政府の財政をもっと確立しようとする計算からでてきた。即ち、民国3年に財政府は地方政府に田賦附加税の使用権を与える代わりに、田賦正税を中央政府に帰属させた。とにかぐ、田賦附加税に対する中央政府の干渉を受けないようになった地方政府は、以降田賦附加税の種類と税率を自由に調整したので、正税の30％の上限線はすぐなくなった(24)。しかし、民国3年以後全国の政治的主導権を掌握した北洋軍閥政権は、さらに財政的な後押しが必要であったので、再び新たな税制の改革を実行した。これが民国3年から始まった納税時の銀元貨の使用であった。これは清朝から実施されてきた金納、穀納の換算標準の不同と各地方での事情を利用して私利を図った小吏の不正を改善するための目的もあるが、税制改革という美名下に以前の耗羨、平余等田賦附加税を正税に編入させ、田賦正税の総額を高めようとする計算もあったどいえよう。しかしこれはまた、各地方政府の予算を減少させる原因にもなった。それゆえ、各地方政府での銀両、銀元の両替時の適用交換率がそれぞれ違う状況をもたらした。それが各地方政府の予算を従前のように確保しようとする計画であったのは周知の事実であろう。元来の銀両、銀元の両替率の規定は銀1両当たり銀元1元3角8分であったが、江西省の場合は地丁銀1両当たり銀元2元2角であり、漕米は1石当たり4元になった(26)。それにしても、田賦附加税の徴収による収入がもっと多かった地方政府の立場からは、田賦徴収時の所要経費等を口実に新たな田賦附加税の徴収を中央政府に求めた。これに対して中央政府はすぐ徴収時の手数料として地丁は毎両当たり7分、漕米は毎石当たり6分の徴収を許可した上に(27)、また、10％以内の田賦附加税の徴収を認可した。これによって江西省政府は地丁には毎両

当たり1角4分、漕米は毎石当たり2角2分の田賦附加税を徴収した。その使用名目は自治経費（30％）、中学経費（20％）、県経費（50％）であった。これが次の年には地丁に3角、漕米に5角等と高くなった。(28)（中央に送金50％、中学、警隊経費20％、県経費30％）しかし、これは中央政府の告示率よりは高かったが、省自体の告示率から見ると10％の線をある程度守っていたといえるが、民国18年には正税の70％を越え、民国19年には正税を越え始めた(29)。

　これは当時中央政府の地方政府に対する統制力がなかったことと、封建時代よりも税における制度的装置がひどく乱れていたという事実を代弁しているのであろう。

　このような税制の不在的状況は時代の変化に伴ってさらに明確に現われ始めた。この典型的な状況とは地方税を廃し、中央税に統合する過程で、田賦附加税を正税に包含させることとか、その後、再び新たな田賦附加税が誕生したことであった(30)。特に、聯省自治運動の始まりと共に行われた各省独自の租税行政体制は、租税行政が紊乱し最悪の時代を迎えた。この期間、田賦附加税は全く正税化して、公然たる軍閥政権の財政収入の源泉になった。その中でも、江西省は安徽省と共に田賦附加税の正税化を早めに実行して、田賦附加税の名目と徴収率が他の省より多かった(31)。このような各省の独立的な税政は軍閥の武力政治によって、田賦附加税の変質的有形たる予徴、攤派等も施行された。これによって当時江西省の田賦附加の名目は100余種にも増え、税率も正税を越えたことは勿論、多い場合は正税の数十倍にもなった(32)。

　このような状況を整理して中央と地方の収入標準を決め、それを指導監督するための土地税法の大綱を規定したのは、北伐成功以後開かれた第一次全国財政会議であった(33)。この会議では附加税を制限するための「田賦附加税弁法」8項を制定し、民国16年以前の未納税を免除し、貪官汚吏の不正機会を一掃し、認められない田賦附加税の徴収を防止する法律等を決定した(34)。江西省政府もこの決定事項を各県に通知し、田賦附加税を正税の30％以内で徴収し、田賦正附税の総額が地価の1％を越えないように指示した(35)。しかし、このような決定と共に田賦を再び地方税と定めたのは、省政府が田賦を正税化する時、典型的な徴収増加の方法と

して以前の田賦附加税を正税に包含させ、その税率も高める機会を与えた
ことである。即ち、

> 「考江西田賦附加税、在民国十六年以前、除県附加外、
> 　有省附加与中央附加、民十六後田賦画帰地方税時、同
> 　時将有附加税併入正税、増高正加税率、作為省款、県
> 　附加則仍旧征収、作為県款」

1とある(36)。

　それと共に、県政府の収入源であさた田賦附加税が大幅に縮小された
ので、県政府はまた新たな田賦附加税を設立したのである。民国16年から
何年間かは地域事業も少なく、雑税の収入もあったので、田賦附加税の新
設も少なかったし、税率もあまり高くなかったが、民国20年以後、地方事業
が徐々に増加すると共に県経費も拡大されていった。この状況でもその経費
は中央、省政府からの支援が少なかったので、田賦附加税だけに依存す
べきであった。以降、田賦附加税の名目と税率は止めどなく多くなり始め
た。即ち、1928年から1933年の間の33県の調査をみると、田賦附加税の
増加状況が知られる。1928年までの丁米附加税はその最高額が正税の
15%未満であった。しかし、1928年からは自治附加が包含され、丁米附
加は30%に達した。しかし、1933年を見ると、地丁附加総額は萍郷県の場
合、毎両当たり銀元12元2角2分を徴収した。これは正税の3倍であった。
漕米附加税率が最高である玉山の場合は、毎石当たり銀元20元3角を徴
収し、正税の4倍を越えた。当時田賦附加税がまだ正税の20%乃至30%
の県もあったが、これらの県も徐々に増加していった。南昌県の場合、
1932年の田賦附加税はわずか30%であったが、県会議中、県長が50%
徴収を主張する状況はこのような状況をよく説明している。当時、江西省経
済委員会の調査によると、各県で徴収していた田賦附加税の名目は90余
種以上であった(37)。また、各県収入の総額中で田賦附加税の比重は
1934年の場合、60%から90%までを占めたことからも、当時の田賦附加税
徴収の紊乱状況が知られる(38)。
　これに対して中央政府は1934年に第二次全国財政会議を開き、田賦附

加税の軽減問題を会議し、江西省政府も「停頓徴収前提弁法」を公布
し、田賦附加税の紊乱状況を打開しようと努力した。この時、立案された解
決策の主要骨子は中央政府及び省政府が地方の各種事業費を田賦附加
税と同程度補助することであった(39)。しかし、当時の内外的状況下で（国
共対立及び日本の東北地域占領）このよ
うな財政的余裕があったということには、懐疑的であり、江西省の場合は囲
剿作戦に伴って行った各種地方事業の経費は他の省よりはるかに多く必要
であったので、中日戦争の開始のため、その結果は分からないが、おそらく
計画の状態で止まったというのが正しい見方であろう。

3. 田賦附加税の徴収状況

　前述したように民国時期の財政の中心行政単位は省であった。即ち、中
央政府は財政に関する指示、命令だけを担当するのみで、実際的な財政
の運営は省政府が主導した。このような状況は民国30年県政府が自治財
政の権限を持つようになるまで継続された(40)。故に、中央政府及び県政府
財政収入は省政府が掌握していた。しかし、直接的な財政負担を持ってい
たのは県政府であった。即ち、各種従事業の経費、社会治安維持費、
教育費等すべての経費は、県政府が負担すべきであった。元来中央政府
及び省政府が主管する事業は、主管部署から経費を負担するようになって
いた。即ち、

　　　「中央及省委弁事項応於公文紙上註明俾為負担経費之依
　　　　拠」とある(41)。

　しかし、当時の困難な財政状況は、一部分だけを支援するか、或いは
全く支援しなかった場合が多く、そのかわりに中央政府は省政府に、省政
府は県政府にその経費負担を移転させる場合が多かった。最終末端行政
単位であった県政府は、そのすべての財政負担を県行政の財源であった田
賦に転嫁させた。民国初頭の田賦は中央の財源であったが、民国16年に

省政府に移管されたので、県政府の財源はすべてが田賦附加税に依存すべきであった。1931年に調査した江西省の16県の予算総収入中、田賦附加税が占めた比率はこの状況をよく窺わせている。（表1参照）

表1　1931年江西省各県の予算総収入と田賦附加税の比率

縣 名	總 予 算 實 収 入	田賦附加税實収入	百 分 率
南　昌	80,049　元	50,000　元	62.46 %
新　建	49,834	30,000	60.21
安　義	49,630	31,620	63.71
高　安	101,100	90,000	89.02
萍　郷	293,000	27,017	9.22
宜　豊	93,000	83,068	89.32
上　高	91,732	86,700	94.51
宜　春	163,212	148,412	90.93
萬　載	90,000	61,800	68.67
萬　年	52,100	51,500	98.85
上　饒	34,800	6,000	17.24
玉　山	133,200		
臨　川	207,000	188,200	90.92
資　谿	13,000	13,000	100.00
吉　水	77,441	10,000	12.91
永　豊	43,000	27,400	63.72
新　喩	95,700	10,050	10.50

資料来源: 江西省政府経済委員会『江西経済問題』（台湾学生書局、民国60年）
　　　　　PP.374〜396。

　この表によると、資谿の収入は完全に田賦附加税に依存しており、玉山以外の16県の平均田賦附加税の収入は全予算の60％以上を占めていた。その中で吉水、上饒、新喩、萍郷等県は各々12.91％、17.24％、10.50％、9.22％であり、田賦附加税の比重は少なかったが、これは地理

的位置によって外の附加税、雑捐等が田賦附加税の多い県おりさらに多かった(42)。

このような田賦附加税の県予算に占める比重の高さは民国26年まで継続された(43)。

田賦及び田賦附加税の徴収は、民国18年、県組織法の公布と共にさらに体系化された。即ち県政府属下の公安、財政、建設、教育等4局中、財政局内の経征課が一体の税務を担当したが、県予算の大部分を占めた田賦及び附加税を担当するには限界があった。これに対して、これを専門的に担当するために設置した機構が「田賦征収処」であった。これは1名「銭糧総櫃」ともいわれ、県政府所在地外の重要鎮に設置した(44)。

徴収方式に直接徴収する「自封投櫃」と、間接的に徴収する「代征(義図制)」、「包征」等があったが(45)、いずらも徴収時には徴収手数料が必要であった。省政府規定の手数料額は地丁の徴収額毎銀元当たり7分であり、漕米は毎石当たり銀元6分を徴収したが、屯余等項目では串票銭文等の徴収でなく、銀元1角を徴収した(46)。しかし、「代征」、「包征」の場合は小吏の横暴が多かったので、「自封投櫃」の方式が一般化されていた。

田賦附加税の徴収期限は、一旦徴収が終われと、その対象であった附加税の名目は取り消されたが、各県の経費は次第に不足していったので、閉止しないまま引き続き徴収して外の処に使用する場合が多かった。江西省の場合一番代表的であるのは、民国9年から16年まで吉安で徴収した金融先後借款が、民国17年からは地方自治経費の名目としで徴収されたことであった(47)。

田賦附加税の徴収方式には大略4つの方式があった。まずは一番普遍的あった「両」・「石」に対する附加であった。これは地丁、漕米等丁税の両・石によって徴収したもので、丁米附税、紳富捐、全畝捐等もここに含まれる。二番目は「畝」に対する附加である。これは農戸が納税する畝数によって附加するもので、常に附加名目に「畝捐」という名目がつけられた。この附加は土地の肥沃度、上下等田に関係なく一律に徴収されたので、農民にとっては非常に不公平な附加であった。三番目は、「串票」に対する附加であった。串票は各地の県政府が田賦を徴収する時、

農民に渡した領収証で、戸主、田畝数、正税額、各種附加税額が登録されていたから、この徴収された額数によって徴収した附加税であった。一名「串票捐」ともいわれた。四番目は、「元」に対する附加であった。民国3年に改定された銀元基準により徴収された銀元額数による附加として、これは根本的に「両」「石」の徴収基準から変わった田賦であったから、これに対する附加は附加名目を増加させるのに過ぎなかった(48)。

これらの方式によって徴収された田賦附加税の種類は1930年代には既に94種（調査県数33県）もあった。これは全国で江蘇省の次に多かった。附加の名目としては、捐、費、銀、附加、米等が有り、内容面では教育、自治、建設、自衛、築路、各種名目を合わせたもの、用途を表示しないもの等8項目に分けられる。（表2参照）その中、名目標示が確実でない田賦附加税の性格は、県政府の財政欠損を補う性質の附加が多かった。これは当時中央政府の囲剿作戦と共に、軍事施設等中央事業経費が地方に移転されたことと同時に、県財政の不足状況を示すものであろう。そして、教育、建設、自治等の附加税は省附加税として名称、税率が確実で、初期には比較的農民にとって負担が軽かったが、1930年代に入ると県附加の紊乱と共にその税率、徴収回数、期限等が自由に決定された。省附加以外のものは県附加であった。

県附加は各県が自分の財政の必要性によって徴数したので、一定期間内徴収し、毎年その徴収率も異なった。また同県で同様の附加税名目でも地域によって税率、用途が異なり、徴収回数も同じ附加税の名目で2回徴収する場合もあった(49)。このような事態は徴収方法と徴収機関の多様性にも起因した。即ち、県政府はその下に各地域別徴収単位として区を設置し、区の下には村を単位とした。これらの構造は一元的な税制システムように見えるが、実は各々独率的な性格を持っていた。附加税の名目からもこのような性格が窺える。即ち、「税」という名目は県が徴収した附加税であり、「捐」は区が徴収した附加税である。また、団体長の権限（小学校長、公安局長）によって徴収した附加税もあったので、附加税の名目は多くなった(50)。

表2　各県附加税名目徴収率（1930年代）

内容	名目	徴収県名	地丁	漕米
自治 (20種)	自治附税	萍郷、徳安、崇仁、浮梁、万年、都昌、上高、吉安、彭澤、進賢、新淦	0.45	0.48
	自治衛生附税	臨川、万載	0.45	0.6
	自治捐	鄱陽		
	自衛附税	上饒、新淦		
	自治費	永修、靖安		0.4
	衛生費	永修		
	衛生捐	鄱陽		
	公益捐	鄱陽	0.53	2.4
	地丁自治附税	豊城		
	米折自治附税	豊城		
	地丁衛生附税	豊城		
	米折衛生附税	豊城		
	自治経費	南昌		
	地方十五附税	安義		
	衛生行政附税	宜春	0.135	0.18
	衛生附税	彭澤、鄱陽、臨川	0.13	0.18
	丁米附加自治経費	楽平		
	十五自治附税	上饒		
	公益附税	萍郷、新淦	0.135	0.18
	丁米自治附加	新建		
自衛 (16種)	防務附捐	東郷		
	丁米保衛団附税	新建		
	保衛団捐	都昌、吉安		
	公安経費	都昌、高安	0.51	
	警察附税	都昌、萍郷、臨川、万載	5.0	5.0

内容	名目	徴収県名	地丁	漕米
	保衛団附税	萍郷、浮梁、進賢、吉安	3.0	4.0
	臨時自安捐	臨川	1.0	
	団隊捐	鄱陽	1.5	2.5
	保衛団費	永修、高安	0.24	0.32
	地丁警察附税	豊城		
	米折警察附税	豊城		
	保衛団清剿費	宜春		
	警察善後捐	万年		
	防務公安費	楽平		
	保長辦公室附捐	東郷		
	保甲附捐	進賢		
教育 (13種)	教育費	永修		
	建設漕米	上饒		
	十五教建附税	上饒		
	丁米教育附税	玉山		
	教育捐	鄱陽		
	教育建設税	臨川、上饒		
	民義教育捐	万年		
	教育経費	都昌、吉安		
	教育附税	萍郷、徳安、宜春、浮梁、崇仁、彭澤、新淦、吉安	0.35	0.42
	教建附税	都昌、万載	0.4	0.5
	丁米附加教育経費	楽平		
建設 (10種)	財教建銀	貫谿		
	橋梁附税	進賢、高安	0.23	
	航空測量費	新安、安義、高安、進賢	0.45	
	築路費	永修、高安		5.0
	建設附税	萍郷、徳安、宜春、吉安、彭澤、浮梁、新淦	0.135	0.18

　田賦附加税の税率も附加税名目の増加と共に増え続けた。田賦附加税の標準は民国3年の納税基準の改革と共に決められ、地丁は毎銀元当たり銀1角4分、漕米は毎石当たり2角2分であり、畝による徴収時には南康県の場合、毎畝当たり2角であり、串票による徴収は楽平県の場合、1枚当

区分	名目	県	地丁	漕米
	築路欠項	新建		
	築路捐	鄱陽		
	築路附税	万載、萍郷、宜春、崇仁、鄱陽	5.0	5.0
	建設捐	鄱陽		
	十成築路附税	上饒		
	建設費	永修		
軍事(5種)	兵費銀	貴谿		
	軍事特捐	進賢		
	臨時剿匪捐	万年		
	随糧帯借剿匪経費	萍郷	5.0	
	清剿経費	宜春	6.0	
其の他名目標示附加(8種)	丁米手数料	各県	7.0	6.0
	財政委員会附税	吉安		
	財政附税	南昌、新淦、彭澤、吉安	0.03	0.04
	経徴費	永修		
	財政費	永修、吉安		
	串票捐	鄱陽、安義、楽平、吉安	0.03	0.04
	財捐	都昌		
	還欠附捐	貴谿		
名目標示のない附税(23種)	丁米附税	進賢、南城		
	地丁附税	高安、豊城、安義、進賢		
	一層地丁附税	高安		
	米折附税	新喩		
	紳富捐	万年		
	田賦捐	南康、万年、玉山		15.0
	附税	安福、万年		
	地丁附加税	吉水		
	丁漕附税	吉水、玉山	1.9	5.5
	三元附税	南康		
	三角地丁附税	南康		
	一五角地丁附税	南康		
	臨時自安捐	臨川		
	畝捐	臨川、宜春		0.2以上
	特捐	臨川		
	地丁里夫費	豊城		
	米折里夫費	豊城		
	地丁項下特別附税	豊城		
	米折項下特別附税	豊城		
	地方附税	南昌、進賢		
	漕米附税	進安、靖安		0.65
	伙食費	宜春		2.0

説明: ① 地丁: 地丁毎両当たりの田賦附加税、漕米: 漕米毎石当たりの田賦附加税
　　　② 各種田賦附加税の額数は最高額だけを票示
　　　③ 田賦附加税額の単位は元、角、分、厘である。（例:丁:1.235=1元2角3分5厘）
資料来源: 江西省政府経済委員会『江西経済問題』（台北、学生書局、民国60年）
　　　　　PP.65～70、PP.375～382。

たり2分であった(51)。このような基準は清光緒14年の田賦が毎畝当たり2角5分であったのと比べると(52)、民初の田賦附加税はもう清末の田賦水準であったのがわかる。しかし、田賦附加税の徴収率は、1941年、第3次全国財政会議で田賦附加名目を一律に取り消す前まで継続的に増加した(53)。その増加趨勢は田地別附加税率指数の変化状況から知られる。（表3参照）表3で分かるように、民初以後継続増加してきた田賦附加税は、1934年の第2次財政会議以後、徐々に減少の趨勢にあったが、依然その徴収率は正税に近かった。

表3　民国時期江西省田賦附加税の増加状況（調査県数: 43県）

年別 田地區分	各年度の田賦指數=100				1931年度の田賦附加税の指數=100						
	1912	1931	1932	1933	1912	1931	1932	1933	1934	1935	1936
水 田 附 加 税	41	84	103	103	44	100	111	115	113	110	106
平原旱地附加税	44	81	94	97	39	100	113	119	116	93	106
山坡旱地附加税	54	76	89	86	42	100	108	119	108	100	105

資料来源: 陳登原『中国田賦史』（台湾商務印書館、民国70年）P.242。
　　　　　章有義『中国近代農業史資料』第3冊（上海、三聯書店、1957）PP.9～11。

　1930年代、江西省での各種田賦附加税率はほとんど正税の1倍以上であった。最高の徴収率は正税の10倍以上もあった。即ち、

　　　「近年江西地方之弁兵差修公路、苦無所出、各県均自由
　　　按丁漕増加附税百分之八十者、而今竟己多至百分之百
　　　以上。如広豊県漕米毎石照定額及附加応征五元二角
　　　者、現己征至毎石十六元、万載県則征至十七元、尚有
　　　征至十八元或二十元者。」(54)とある。

　1920年代と1930年代の田賦附加税の増加状況を各県別に見ると表4のようである。この表によると、1920年代には田賦附加税率が大体正税の15%であったが、1930年代に入るとその比率が非常に高くなったことがわかる。特に田賦附加率が高くなった地域を見ると、当時の共産軍と勢力がまだ及ばなかった地域が多かた。即ち、国民政府軍の影響下にあり、共産軍と隣接対峙した地域が大部分であった。例えば、楽平、玉山、万年、東郷、貴谿、臨川、崇仁、吉安、萍郷、宜春、上高、靖安、徳安等であった(55)。これらの地域の田賦附加税の正税に対する比率は、1928年より約80%から400%まで増加した。これはまた表2に見えるように軍事と自衛に関する名目附加額が、正税の2倍まで徴収されたことからも分かる。
　以上のような江西省での民国以来の田賦附加税の増加の原因は、大き

く二つの分期に分けられる。前期は民国時代以来実施された軍閥政権が、自身の財政的、経済的統治基盤の安定のため、各種方法を駆使して田賦附加税の増加を図った時期であり、後期は北伐成功以後の各種建設推進による財政の不足が、農民に転嫁されたことと、中共の中央ソビエト設立と共に、国民政府軍が実施した対共軍事作戦に対する軍費の転嫁のため現われた時期であった。

表4　江西省の田賦附加税総額と正税の比率（調査県数: 33県）

縣名	1928年 田賦附加税額	1928年 正税に對する比率	1933年 田賦附加税額	1933年 正税に對する比率
永豊	丁0.45元	15 %	丁3.00元	100 %
	米 0.60	15	米 4.00	100
安福	丁 0.45	15	丁 2.25	75
	米 0.60	15	米 3.00	75
万年	丁 0.45	15	丁 4.70	157
	米 0.60	15	米 8.00	200
	畝捐0.10	2.5	畝捐0.38	9.5
宜春	丁 0.45	15	丁 6.90	230
	米 0.60	15	米 1.32	33
新喩	丁 0.45	15	丁 0.60	20
	米 0.60	15	米 1.20	30
高安	丁 0.45	15	丁合2.84	
	米 0.60	15	米	
萍郷	丁		丁 12.20	407.1
	米		米	
上高	丁 0.30	10	丁 2.90	97
	米 0.50	12	米 3.40	85
都昌	丁 0.45	15	丁 0.90	30
	米 0.60	15	米 3.90	97.5
進賢	丁 0.45	15	丁 2.85	95
	米 0.60	15	米 2.08	25
新建	丁 0.45	15	丁 3.90	130
	米 0.30	15	米 4.85	121
	串票		串票0.1	2.5
餘江	丁 4.80	109	丁	
	米 6.10	139	米	
南城	丁 0.45	15	丁	
	米 0.60	15	米	
浮梁	丁 0.45	15	丁 1.35	45
	米 0.60	15	米 1.80	15
豊城	丁 0.45	15	丁 8.06	201.5
	米 0.58	14.5	米 1.42	35.3
永修	丁 0.45	15	丁 1.42	35.3
	米 0.60	15	米 3.26	81.6
崇仁	丁 0.45	15	丁 1.90	83.3
	米		米 2.60	65
上饒	丁 0.45	15	丁 1.10	37
	米 0.60	15	米 1.60	40

縣名	1928年 田賦附加税額	1928年 正税に對する比率	1933年 田賦附加税額	1933年 正税に對する比率
臨川	丁0.30元	10 %	丁2.35元	99.3 %
	米 0.50	12	米 5.54	133
南昌	丁 0.3	15	丁 0.9	30
	米 5.50	125	米 1.2	80.0
	串票		串票0.15	3.75
玉山	丁 0.45	15	丁 3.90	130.0
	米 0.60	15	米 5.30	142.5
	畝捐		米 15.00	403.3
鄱陽	丁 0.45	15	丁 3.96	132.0
	米 0.60	15	米 4.27	114.8
	串票			
德安	丁 0.45	15	丁 0.66	23.0
	米 0.60	15	米 0.92	100.0
	串票		田畝捐 丁: 1.2	2.6
			米: 0.6	1.3
吉水	丁 0.45	15	丁	
	米 0.60	15	米 1.2	30.0
彭澤	丁 0.45	15	丁 0.815	27.1
	米 0.60	15	米 1.1	27.5
南康	丁 0.45	15	丁 3.00	100
	米 ナシ		米	
	畝捐		米 0.2	4.3
靖安	丁 0.45	15	丁 7.217	240.5
	米 0.60	15	米 1.81	45.2
樂平	丁 0.45	15	丁 4.40	100.0
	米 0.50	12.5	米 4.15	100.0
贛縣	丁 0.45	15	丁	
	米 0.60	15	畝捐0.95	23.8
新淦	丁 0.45	15	丁 1.90	63.3
	米 0.60	15	米 1.90	47.5
吉安	丁 0.45	15	丁 3.90	130.0
	米 0.60	15	米 5.20	130.0
貴谿	丁 0.45	15	丁 10.89	336.0
	米 0.60	15	米 10.33	258.0
東郷	丁 0.45	15	丁 3.00	100.0
	米 0.40	15	米 3.40	85.0
金谿	丁 0.45	15	丁 1.99	60.0
	米 0.60	15	米 2.57	68.0

資料来源: 江西省経済委員会　『江西経済問題』（台北、学生書局、民国60年）
　　　　　PP.384〜390。

4. 田賦附加税と農民生活

　民国以後の田賦附加税の性質に必いては、二つの時期に分けて考えられる。前期は北伐以前までの軍閥統治下で軍閥政権の私的財政経費化であり、後期は北伐完成以後国民政府の地方保衛経費的性質である。このように両時期における田賦附加税の使用用途は異なったが、苛酷な税捐を徴収し、厖大な鎮圧機関と武力を組織する封建的統治の特質が現われたことは同様であった(56)。

　故に、当時の知識階層は農村没落の各種原因の中でも、田賦積弊の原因を最初に解決すべき問題だと見たのである(57)。

　江西省での場合も同様であった。即ち、田賦の紊乱は政治腐敗がその主要原因であった。省政府と県政府の無系統的な行政秩序は、田賦附加税の無分別な徴収体制を生み出したからである。その無秩序な徴収体制は三方面での破綻をもたらした。

　まず、各種附加名目の出現による徴収率、徴収単位等計算上の弊害である。これは田賦附加税が持っていた根源的な問題でもある。即ち、"附加税の徴収は「毎畝」、「毎石」に対して若干徴収する"という曖昧な規定によって徴収されたから、各糧戸当たりの納税額が規定されないまま、限りなく徴収される場合が多かった。また、民国3年、銀元による納税方式が決められたにもかかわらず、銀、銭、石が同時に使われ、その交換率も地域によって異なっていたので、計算上の複雑さは無産の農民には常に不利となった。即ち、

　　　「在我家郷附近七八個村荘中、只有両三個人会算、同時
　　　　他們也不情願代人家算、因為得罪了経徴員吏、是没有
　　　　好日子総称過的。」(58)。

　二番目は納税領水証であった串票の弊害であった。串票上の徴収一時、徴収名目が具体的に記載されていなかったので、徴収員に誤算の口実を与え、無形附加税の負担を加重させた。当時の串票上の問題は次のようである。

「串紙為最劣等之紙作成。所印之時、模糊不清。装於袋
　中、一二日必至蔓患。串票上不書畝糧科則、農人僅知
　官糧総数、胥吏有否蒙混、無従覆核。而附加税之名
　目、及附加税之数、僅臨時附蓋戳記、模糊不清、遂有
　大頭小尾之発生。」(59)

　三番目は、徴収根拠であった魚鱗図冊と黄冊の紛失のために不公正な
徴収が行われた。即ち、「有田無糧、有糧無田、田多糧少、田少糧
多。」という状況が現われ、その中で常に被害を受ける階層は武力な零細
農民であった。豪戸は胥吏（徴税吏員）に賄して報酬を仮造するとか、税
田畝数を偽造して無知の永世農民に転嫁させた(60)。このような「飛糧」、
或いは「飛糧寄戸」は、地方政府の田賦欠捐をもたらして、新たな田賦
附加税を発生させる原因にもなった。
　1934年までの江西省の欠賦総額は2,000万元にも達した(61)。このような欠
賦の対策として南昌の国民政府軍総司令部が各省に送った電文によると、
その原因は大部分が土豪劣紳の田賦滞納から現われた問題であることがわ
かる。即ち、

「査名省田賦、近年附加重畳、超過正供、恒逾教倍。而
　同時田賦定額、則収数日短。究其原因、皆由各地顕達
　豪強、凡擁有多数田産之地主、率多恃勢滞納。催科人
　員固莫敢誰何、地方管理亦多所畏徇。積習相沿、儼同
　豁免。甚至彼輩之宗族親属、亦皆托其包庇、仮借勢力
　随同抗征。………故無論正供附加、只由薄田無多之馴
　弱小民独戸荷重之負担、而豪強不与焉。」(62)

とある。
　このような租税負担の不均衡は、時代的状況を利用した土豪劣紳と官吏
の結託下で行われたことで、これは当時の税政の紊乱の程度を示してい
る。当時の税制における行政系統の命令体系と租税徴収に対する審議状
況は次のようである。

「臨時攤款、較之随糧附加之数量、多至数倍或十倍以
上。不須呈報上級官庁、不受部令限制、県長一紙令文
到区、区長召集郷長、名為開会、実即面諭。有派款之
数目、無討論之余地。郷長回村、即就被派之款之多
寡、案其村之土地照攤。甲也若干、乙也若干。一款収
軍、一款又至。一 年之中、不知凡幾。」(63)

　以上の問題は確実に政治制度の上の紊乱から現われたことである。この
ような状況は農民経済生活に直接的な影響を与えた。
　その一番大きな影響は何よりも田賦附加税の加重による農民負担の増加
であった。結局これは実質的農業資本の移出を示すもので、この資金は政
府を通じて国内外の各都市で消費され、それが再び農村にもどってくるもの
はなかった。これは政府の予算支出内容面でも見られる。まず軍費に過大
支出1923年政府支出中で軍費が占めた比率は53％であり、1925年には
78％、1927年には72％であった(64)。特に、1925年の軍費支出額は総額
1,176万元であったが、480万元でも十分という当時の実状から見ると、これ
は軍閥当局者の私的濫用から現われた問題であったのがわかろう(65)。これ
に対して、北伐以後は軍事作戦と軍事施設に必要な建設と囲剿作戦に必
要な団、練の組織に多くの経費が使用された。1932年の江西省の予算支
出状況を見ると、公安費は23.49％で一番多く、その外行政16.89％、地
方営業14.82％、建設12.84％、債務償還10.37％、その総計は78.41％で
あった。これに対して失業部門に対する投資はわずか0.99％であった(66)。
即ち、政府が支出する金額中、農村に直接投資して農民所得を増加させ
る各項の経費が、ほとんどなかったことが知られる。
　故に、当時帝国列強の経済的進出の影響下に、徐々に発展していた
農民経済の外形的な商品化傾向も、実は農村の生産拡大によって現われ
た現象ではなく、農民の困窮状況の発露であった。即ち、農民が納税の
ためには、農産物の剰余部分の売却に止まらず、課税の増大は、自己の
生活に必要とする部分すら手放すしかなかったからである(67)。これほど当時
の田税は、農村からの資本の流出をもたらして農村社会経済の再生産を妨
害し、農民の生産意欲を消滅させた。また、財力の低下は購買力を減少

させ、農村市場は経済的機能を失ってしまった。このような状況下での江西省の農民収入の程度を見ると表5のようである。当時一般農民が1年間の生活に必要とした最少限の経費は、5人家族を基準として約250元であった(68)。この基準から見ると、やっと正常な生活が営める農民階層は、50畝以上を持っていた自作農以上であった。

表5　江西省農民階層の収入と支出内訳状況表（単位:元）

(1930年代)

耕作畝数	農民階層	總収入	田地費用	其の他費用	繳租額	収支差額
100畝以上 甲等戸	自作農	814	189	338	－	287
	半小作農	775	141	300	194	140
	小作農	775	138	237	310	90
50畝以上 乙等戸	自作農	736	164	236	－	336
	半小作農	453	78	220	98	57
	小作農	436	73	179	168	16
50畝以上 丙等戸	自作農	300	65	174	－	61
	半小作農	281	49	157	58	17
	小作農	276	42	145	100	－ 11

資料来源:『申報年鑑』民国22年　PP.53～55。

　しかし、表6で知られるように江西農村で50畝以上を所有していた農民はわずか2.1％しかいなかった。特に、10畝以下の農民が74.1％であったことは、江西農民のほとんどが普通の生活ができなかったことを示している。さらに、このような経済的苦境にもっと大き衝撃を与えたのが、田賦附加税の徴収であった。元来田賦は、土地からの収益に対して課せられるもんであるから、土地の所有者にかかるものであったが、当時の田賦附加税と新税は小作農にも課せられた(69)。しかも、この附加税こそ田賦の正税よりはるかに高いのが、当時の常態であったことから考えると、わずかに残った収入さえ全部奪われたのではないかと考えられる。

表6　江西耕地所有状況（1930年代）

所 有 耕 地	戸 　 　 数	百 分 比
10 畝以下	3,011,123	74.1　％
10 畝以上	678,657	16.7
30 畝以上	291,042	7.1
50 畝以上	70,941	1.8
100 畝以上	13,193	0.3

資料来源: 江西省政府経済委員会『江西経済問題』
（台北、学生書局、民国60年）P.77。

　さらに、江西省の主要な地方収入は田賦正税及びその附加税であった
が、それ以外にも各種捐税は多かった。（表7参照）　これらの税率はあまり
高くはなかったが、種類の多さと徴収過程での弊害は、田賦附加税と共に
農民経済生活に大きな困難を与えたのは確かな事であろう。

　このような状況下で農民が選択できる道は二つしかなかった。即ち、離
農、抵抗の両方法であった。各種雑捐及び田賦附加税の名目が最も多
かった1930年初期の場合、江西農民の離農人口は1,000人中94人であ
り、その中で家族全体が離村した場合は20％であった。このような状況は全
体人口の28％に達した(70)。このような状況は以降にも継続され、農村社会
の全般的構造が破壊される根本原因になった。

　一方、農民の政府に対する控訴と抗税運動も引き続き発生した。高率の
附加税に対する提訴は大体監察院に対して行われていた(71)。そうすると監
察院は意見書を具して中央に送って、その解決策を求めたが、政府の発
表はすべてが形式的結論にすぎなかった。

　一方、江西農民の抗税運動は清末から始まり(72)、江西省の租税の紊
乱状況を示している。民国に入ってからの抗税運動は軍閥統治期間に最も
激しかった。その代表的な事件は馬家村の抗税運動である。即ち、

表7　江西省の田賦附加税と各種雑捐

(1930年代)

各　種　類　名　称	種　類　數	調査縣數
田　賦　附　加　税	99	33
食　鹽　附　加　税	35	22
人丁戸口人口捐及び派征	37	17
殷　　富　　捐	11	8
米　　穀　　捐	18	16
土　産　貨　物　捐	46	23
消　費　通　過　税	13	12
煙　　賭　　捐	7	5
屠　宰　附　税	32	26
契　紙　附　税	11	9
房　　鋪　　捐	35	29
其他附加税及び雑捐	10	7

資料来源: 江西省政府経済委員会『江西経済問題』
（台北、学生書局、民国60年）PP.375～453。

　「楽平県属之南東郷馬家村、前因蔡成勲通令予徴丁漕、
　無力完納、邀集全村男婦老幼、環請県知事劉蔓九従緩
　催徴、致触劉知事之怒、派兵捕殺農民五十余人、焚燬
　民房三百余棟。………附近該村之各埠、尚駐有重兵、
　厳重該村農民之従来運動、………流離転従於他郷者、
　計達三千余人。」(73)とある。

　このような抗租運動は軍閥統治期間には、軍隊を動員する強力な弾圧
政策によって、むしろ禍害を被るのは農民であった。このような傾向は1934
年、第二次全国財政会議まで続いた。1934年は一旦ソビエト共産軍との
対立もある程度解決したりし、国民政府内でも安定した権力が整備されたの
で、徐々に農民生活にも関心が高まっていった。このような状況で行った第
2次全国財政会議ⅬⅬでは苛捐雑税の廃止を決定した。この決意によって江

西省の田賦附加税の予定減少徴収額は200万元にもなった(74)、この額数は全国各省の予定減少徴収額中、最も多い額数であった。

　しかし、これを実行するのは非常に難しいことであった。なぜなら、田賦附加税はもう財政上の重要な来源であったからである(75)。さらに官僚と豪紳の結託は江西農村での苛斂誅求の廃止を極めて困難なものにした。田賦附加税の処理方法においても表面の成績のみに拘って、欺瞞的に行われたし、また無知な農村は、政府の田賦整理の意図が農民自身に、負担を加える点にあると疑心したので、政府の努力に協力しなかった(76)。一方、田賦問題の徹底的な解決のための測量及び清丈の実施も機械、人材と巨大な資金が必要であったので、田賦問題の根本的な廃止は当時の状況下では不可能なことであった。従って、中央政府の田賦附加税解決に対する各種の意見は、現実的な状況と異なった対策であったから、結局弥縫策のまま日中戦争を迎えることになったのである。

5. 小結

　清中葉以後登場する田賦附加税は、民国に入ってから軍閥政権の経済的基礎になり、農民から大量の租税を徴収したが、これが軍閥統治下の税政であった。このため、軍閥政権の受領が代わるたびに、税制の徴収基準、用途等が変わった。そのため附加税は正税に包含され、正税の基準額が多くなり、その上、また新たな附加税が誕生し、全体的な附加徴収額はどんどん増えていった。

　このような徴収体制は、上部機関からの命令に関係なく、地方政府の各行政単位の所属長によって決定され、その名目の繁雑さと徴税率の高さは、農民経済を破綻させるまでに至った。このような状況に至った原因は、中央政府の無理な予算編成による地方政府に対する要求から始まった。即ち、地方で行われている徴収状況を考えながら、田賦の比重を高く策定することは、地方政府にとって無理な要求であった。ここに省政府はその責任を県政府へ、県政府は再び各区域へ、各区域単位は村へその負担を転嫁させたので、最終末端の徴収員は各種附加税の名目をつけ、農民にそ

れ以上の額を要求したのである。このような状況は田賦の予算を全く中央政府から省政府へ一任させ、行政上の便宜を図り、また省政府は財政上の安定を確保するため、県政府に対する財政支援をせず、代わりに県政府への田賦附加税の徴収権を任せたのである。その中で田賦附加税の名目及び税率は日毎に増加して、農民生活の維持を不可能にさせ。

　特に、江西省は軍閥統治が終息した北伐以後にも国民政府軍司令府が存在しながら、軍費予算が継続拡大していき、さらに中共の中央ソビエト設置は、当時国民政府の最大懸案であったので、囲剿作戦に必要な各種施設の修築と団・練の創設は莫大な費用を必要としたのに、その資金の大部分は田賦附加で充当されたトこれによって田賦附加税は正税の数十倍までに達していたことを当時の各種新聞雑誌は知らせている。

　結局、このようにして農村から離れた資金は、政府から省内外の都市地域で使われ、或いは借款の償還、帝国主義列強からの物品購入等の形で帝国主義列強の手に渡された。故に、これらの資金が農村社会経済に再び投資される場合はほとんどなかったので、農村での再生産は全面中止され、農民は離農、或いは抗税運動の道を選ばなければならなかった。

　このような状況に対してやっと対策を講じたのが、1934年の第二次全国財政会議であったが、すでに田賦附加税が予算に占めた比重が非常に大きくなっていたので、一度に廃止することはできず、また、農民の理解不足、決定事項に対する実行委員の資質不足及び根本的な解決のための資金不足等は、結局効果的な対策にはならなかった。

　以上のように、清中葉以来の田賦附加税の農村、農民に対する脅威は、時代的状況の変化に伴った税政制度上の問題から発生し、その影響下で生活破壊の脅威すら感じた農民が中共の路線に共鳴するようになったことは当然なことであろう。

【註釈】

(1) 兩漢の民田三十而税一、魏晋の戸調、北魏から隋唐の間の均田制と租庸調、唐の中期以降の兩税法、明の一条鞭法、清の地丁銀等すべての税制は各時代の状況に対応する最適の税政として考案

された。

(2) 賈士毅『民国財政史』正編、上冊、第2篇（上海、商務印書館、民国6年）PP.79～100。

(3) Ramon H. Myers, The Chinese Economy: Past and Present, Berlmont, California: Wadsoarth, Inc., 1980, P.4 参照。

(4) 翁之鏞『民国財政検論』（台北、華国出版社、民国41年）P.8。

(5) 銀兩を銀元に計定して徴収する時発生することで、即ち、計定した額数が法価より高く徴収されることである。

(6) 「名目附加」は建設経費を調達するため徴収した場合が多い。即ち、毎事業当たりその事業にあう名目を付け徴収した附加税で、徴収期間の設定は各省の状況によって決定した。しかし、問題はその附加税を別の用途に使う場合であった。これは附加税の基本範囲を越える可能性を含んでいるからである。

(7) 「予征」は無定期的であり、その定額もない。大概軍閥統治時期軍閥によって徴収された。

(8) 「攤派」は兵差と同様なもので、これも軍人によって徴収される場合が多かった。即ち、軍隊が経由する所で、農民から現金、糧食等を提供される以外に、道路の建造、車輌の徴発等を勝手にすることである。

(9) 清代田賦附加税の研究としては、王業鍵の『The land Taxation in Imperical China』（田賦附加税の出現起源に対して叙述）と『An Estimate of the Land-Tax Collection in China, 1753 and 1908』（田賦賦額に対する全国的な統計）がある。

(10) 陳登原『中国田賦史』（台北、商務印書館、民国70年）P.63。

(11) 劉翠溶「順治康熙年間的財政平衡問題」（嘉新水泥公司、文化基金会研究論文第127種、民国58年8月）P.15。

(12) 蒋良騏原纂、王先謙纂修『十二朝東華録』（台北、文海出版社影印、民国52年）康熙朝、1-18、文治、P.3。

(13) 姚樹声「民国以来我国田賦之改革」（『東方雑誌』、第33巻 第17期 P.77）。

(14) Yeh-Chien Wang, The Land Taxation in Imperical China, Cambridge, Masschusette: Harvard University Press, 1977, P.96 表5の4参照。

(15) 王業鍵はこのような清代の租税政策を「双元的財政政策」と提示する。即ち、清朝の祖訓による「軽徭薄賦」の政策である不変の正式系統と実際に実施された臨機応変的財政政策である非正式系統等の二重構造であったという論法である。このような財政政策が土地税に反映されたのが田賦附加税であると主張した。

(16) 「火耗」、「平余」、「漕折」に対する説明は、劉世仁『中国田賦問題一冊』（上海、中華学芸社、民国26年）PP.159～161。

(17) 同註(10) P.224。

(18) 同上 PP.222～223。

(19) 同註(16)、 P.159。

(20) 朱偰「田賦附加税之繁重」（『東方雑誌』第30巻 第20号）参照。

(21) 傅広沢「安徽省田賦研究（上）」（民国20年代中国大陸土地問題資料、成文出版社(美国)중文資料中心印業）P.8470。

(22) 賈士毅『民国財政史』正編、上冊、第2篇（上海、商務印書館、民国66年）PP.81～82。

(23) 同註(13) P.81。

(24) 同前 P.77。

(25) 魏元曠纂修『南昌県志』（民国24年重刊木台北成文出版社影印）巻2、P.36。

(26) Yeh-Chien Wang, An Estimate of the Land-Tax Collection in China, 1753 and 1908, Cambridge, Mass: Harvard East Asian, Monographs, 1973, P.18.

(27) 同註(25)。

(28) 同註(13) P.79。

(29) 江西省政府編『江西年鑑』(南昌、編者印、民国25年) P.280。

(30) 張柏香「調査田賦附加税方法上之研究」(『東方雑誌』第31巻 第14号) P.115。

(31) 同前。

(32) 同前。

(33) 沈達圻「戦後田賦整理の建議」(『満鉄調査月報』第19巻 第10号、昭和14年) PP.173～174。

(34) 同前 P.174。

(35) 江西省政府経済委員会『江西経済問題』(台湾、学生書局、民国60年) P.3740。

(36) 孫暁村編「佳緑雑税報告」(『農村復興委員会会報』第12号、1934年5月) PP.109～110。

(37) 同前。

(38) 「減軽田賦附加之両途」(『地政月刊』第2巻 第6期、民国23年6月) PP.904～905。

(39) 『中国経済年鑑続編』民国24年 P.F 292。
　　　同註(13) P.83。

(40) 彭雨新『県地方財政』(上海、商務印書館、民国27年) P.1。

(41) 張鳳藻『省県財政及省県税』(大東書局、民国38年) P.11。

(42) 同註(35) P.396。

(43) 同註(40) P.70。

(44) 朱偰『中国租税問題』(上海、商務、民国25年) PP.95～96。

(45) 「自封投櫃」: 徴収時期を県長が公告したり、各農戸に通知単を発送したりし、徴収期間を事前に知
　　　らせて農民が直接納税する方式として、最も普遍的納税方法であった。
　　　　「代征」:小農民等が自封投櫃するには経費等が高い場合、里書、地保図書等に委託し納付す
　　　　　　　ること。
　　　　「包征」:丁糧を事前に予測して官吏の認定下に納付すること。

(46) 晏方傑「田賦芻議」(『地政月刊』第3巻 第12期) P.1770。

(47) 李士梅纂修『江西吉安県記事』民国10年刊本 (台北、成文出版社影印、第2巻、P.4)。

(48) 荘樹華「民国以来田賦附加税之研究 (1912～1937)」(台湾国立政治大学歴史研究所碩士論文、
　　　民国74年) PP.25～26。

(49) 同註(35) PP.382～383。

(50) 同前 PP.399～400。

(51) 同註(16) P.166。

(52) Journal of China Branch of Royal Asiatic Society. Vol.23, P.75.

(53) 馮徳華「県地方行政之財政基礎」(『政治経済学報』第3巻 第4期、民国24年7月) P.699。

(54) 王兼耀「挟工 状態下的江西農村」(『中国経済』第1巻、第4・5期合刊、1933年8月) P.9。

(55) 拙稿「二十世紀初頭、江西省の米穀流通と農村社会経済」(『東洋史論集』第18号、九州大学
　　　文学部東洋史研究会 1990年) P.91(図2 参照)。

(56) 孫暁村「地方財政の農村社会経済に対する影響」(『中国農村』第2巻 第9期) 参照。

(57) 同註(30) P.116。

(58) 同註(30) PP.117～119。

(59) 任樹椿「中国田賦之沿革」(『東方雑誌』第31巻 14号)。

(60) 天野元之助「支那に於ける「田賦」の一考察-支那農業経済と其の崩潰過程の一節-」(『満鉄調査
　　　月報』第14巻 第2号、昭和9年2月) P.23。

(61) 『大公報』1933年9月9日。

(62) 『上海申報』1934年5月4日。

(63) 『大公報』1934年5月4日。

(64) 章有義『中国近代農業史資料』第2冊 (上海、三聯書店、1957年) P.608。

諸青来「近十年全国財政観」（『東方雑誌』第25巻、第23号、民国17年12月）PP.13～23。

(65) 章有義、同註(64)。

(66) 『歳計年鑑』PP.15～67参照。

(67) 同註(60)、P.24。

(68) 『晨報附刊』民国12年5月5日。

(69) 同註(60)、P.24。

(70) 同註(64)、第3冊、P.886、P.889、P.895。

(71) 『大公報』1933年12月28日。

(72) 李文治、同註(64)、第1冊、P.965。

(73) 『嚮導』（第181期、1928年1月6日刊）PP.1902～1906。

(74) 『中華 日報』1934年10月12日。

(75) 莫喬「減軽田賦 和廃除苛雑」（中国経済情報社編、『中国経済論文 集』第1集、上海、生活書局、1936年3月、P.248）。

(76) 「前後田賦整理の建議」（『満鉄調査月報』第19巻 第10号、昭和14年）P.175。

第5章

農業金融
-湖北農業金融の諸形態-

1. はじめに

　民国建設以来、政治的な不安定は軍閥の乱政と帝国主義経済の侵入等によってさらに強化され、そのために農村社会経済が受けた被害は農民経済生活を破産一歩手前にまで立ち至らせた。このような状況下で、農民の経済生活と農村社会経済を維持させがら、このような内外部的な経済的衝撃をある程度までは緩和させることができる制度的装置は、農村社会に過去から存在してきた伝統金融組織、或は新たに設立され始めた新式金融機関等を活用し、農村社会経済の自活を図る道しかなかった。

　しかし、当時の農業金融機関がこのような役割をすることは限りがあった。なぜなら、長い期間蓄積されて来た農村社会経済の無秩序を立て直すためには中央及び地方政府の強力な行政力と共に厖大な資金の裏づけが要るはずなのに、民国以後にも農業金融面での大部分の活動は依然として小規模であり、高利貸的性格を持つ伝統的金融機関によって主導された。

　湖北省では清末から銀行の設立が始まったが(1)、当時の農民にとっては

銀行の自由な利用が非常に困難な状況にあった。その原因は何よりも農民抵当物の零細性と信用水準が現実的に銀行の貸出のための要求水準と合わなかったからである。しかし、このような非現実的な去来の壁は農民経済の零細　性に合うように銀行の機能を制度的に後押しすることができなかった政府側の運営上の問題に最も関係があったと思われる。

　故に、農民は依然として伝統的な農業金融機関である合会、典当業、銭荘及び個人貸借等を利用したのに、これら機関も清末からの政局の不安定に便乗して固有の性格を失って、次第に高利貸的性格を現したので、一般農民の農業経営は最も悪化していった。

　従って、本章では伝統農業機関の機能上の変質作用を分析して、これらの農村社会経済に対する影響がどのように変化していき、これに対して新興金融資本はどのような様相で発達していきながら、農村社会経済に作用したかを考えて見ようとする。

　このような研究は当時の農業が金融が農村社会経済の活性化のための作用すべき役割論に対する指摘よりは、農民経済生活水準の悪化に対する伝統農業金融機関の作用がなぜ、むしろそのような状況をさらに悪化させるべきであったか、新式金融機関はなぜこのような伝統的金融機関の逆機能的な作用を制御できず、むしろそのような機会を与えたか、このような状況で現われた農村社会経済の矛盾とその問題点は何であったか等、民国時代に入ってから現われ始めた中国農村社会の特殊な経済的実態の理解に重点をおいてこれによって中国農村が向うべきの方向性を提示しようとする。

2. 伝統農業金融機関の興衰

　一般的に中国の伝統農業金融の貸借方式には、合会、典当業、銭荘業及び個人と商店から貸借する四つの形式がある。湖北省でも例外なくこれら四つの方式によって農民は農村社会経済生活に必要な資金を融通した。

　これらの機能は一般的に高利貸的な性格を持っていたので、農民自身もその苛酷性を感じながらの、新式金融機関が設置され始めた後にも中国農村の社会経済的構造上その便利さと習慣性によって、民国以降いおいても

中国農業金融として重要な位置を占めていた。

　まず、合会の性格とその機能を見ると、次にようである。

　合会は中国農村及び民間で流行していた一種の小規模な資金調達方法である。合会は合作、借貸、貯蓄等の機能を持つ金融組織であり、名称は地域によって異なった。組織及び構成は親戚、友人等信頼できる者達の間で簡単な会約を規定し、互いの責任・義務を遂行する信用機構である(2)。合会の最大の機能は農家に短期或は中期の小額資金を融通してやることである。

　湖北省でも合会は普遍化され、各県各地に散在していた。特に、湖北では合会を約会とも言い(3)、大略これを通じて資金を調達する農家は、武昌、漢陽等両県の場合、約20%にも至ったが、農村社会経済状況があまり活発でなかった県では約10%程度であった(4)。

　各県でのこれら約会の固有名称として苗会、七賢会、八仙会、坐会等多様な名前が見えるように農村資金としての一定の貢献をしたともいえるが、この約会の組織と親しい関係を持ち、ある程度貯蓄が可能な富裕層だけが利用できるという限界があったので、一般貧農には羨みの対象となるのみであった(5)。

　また、これら組合の活動目標は慶弔事業等家庭の大事、或は非常時の災害等に対処するものであったから、農業生産のための資金調達等にはわずかな作用さえ及ぼさなかった(6)。従って、余裕があってこの約会に参加した富農も、もし、凶年になって農村の全般的な経済が不況期に至ると、これら組合の活動はすぐ停止するか、或は停滞する事態を迎えたのである。

　合会に反して伝統的に中国農業金融として最も重要な作用をしたのは典当業である。典当は質屋ともいえるが、その対象は貧窮な農民であった。貧窮は農民に典当を利用させる重要な原因になるので、典当の営業状況は当時の農民経済生活を理解するための主要モデルにもなるル故に典当の別号として「長生庫」、「窮人の後門」「窮人の衣物貯蔵所」ともいわれた(7)。

　しかし、典当業は農村社会経済状況程度によってその営業上の性格と機能が区別されるので、比較的経済的に安定した地域では農業活性化のための投資機関になり、経済不安定の地域では簡単な抵当物による生計維

持費程度の貸出機関になった。抵当安の大体の性格は後者の役割が強かったが、民国に入ってからは地域により、時期によってその性格が変わった。即ち、清末民初にはまだ帝国主義経済の侵入程度が微弱し、民族資本工業も発達一路にあったので、一部経済的衝動がなかった奥地以外は、全般的に、典当業の活動は前者的な機能を持って農村社会経済の活性化に寄与することができたが、1920年代以降からの帝国主義経済の再侵入とその経済的影響の拡大は、軍閥専横と災害にともなう政局不安と共に農村社会経済の衰退をもたらして、典当業も農業金融としての機能から、伝統的な生計維持のための一時的な便宜的機関に逆戻りした。さらに、1930年代に入ると、このような性格は最も強化され、奥地農村でのその機能はあまり変化しなかったようだが、それ以外の全地域、特に都市及びその近郊地域では農民の相手の農業金融としての機能ではなく、これら地域の農業労働者、工業労働者あるいは貧窮な都市零細商人等を相手にする高利貸的な搾取機構として転化していったことである。勿論、このような高利貸的な性格は伝統的に持っていたが、民国時代に入ってから、特に1920年代以降からはもっとも明確に現われたのである。

　このような傾向は農民が貸借のために抵当すべきてある抵当品が時代的変化によって当価率が低くなり、当舗側からは満期になった抵当物の処分がそれほど安くなって困難になったので、農村での当舗運営が衰退していき、反対に都市での微細な資金調達機関としての役割を行う新たな性格の金融機関に変わったのである。

　これは農村社会経済の崩壊現象を代弁するものであり、都市及び都市近郊地域での典当業が高利貸的性格の機関に転化されていった状況を意味するものである。

　湖北省での抵当業は大体四つの種類に区別することができる。それは典質、貸質、小押当、農民貸款所等の四つである。典質は俗称当舗ともいわれるが、一般的に一番平民が愛用した金融機関であった。その営業方法は規約が複雑で、各種手続が繁雑で時代的変化に従って金融機関としての役割には限りがあった。このように借用者にはその利用と責任が重く、また利率も高かったのに対して、業主側はその責任が軽かった。ただ、その内部組織が厳密で、信用面での信望は厚かったといわれる。このような典

質は、比較的発達した都市地域が一定地域に集中する湖北省の場合、全省的には発達せず、いくつかの都市地域だけに存在した。これに対して湖北省で一番発達したものは代質であった。代質も地域によってその名称が、代当、代歩、代運社、代典、代押典等各々違った。代質は典質より組織、資本、営業方面ですべて小規模であり、簡単な形態の農村地域を中心に散在していた金融機関であった。しかし、代質は利率が高く、下級軍人による経営が多かったので、農民と密接な関係にあった代質は民国時代に入ってから農民経済を搾取する金融機構になって、むしろ農業金融としての矛盾を持つ作用だけを行った(8)。

小押当は小押店、或は私押といわれるが、営業行為が未公開であり、営業方法もその標準がなかったので利息等が特に高かった高利貸の一種として、富農の独自資力によって運営された。故に、緊急な場合以外に農民の利用がなかった私的な金融機関であった(9)。

これに対して農民貸款所は一名抵押貸款所ともあわれるが、中国農民銀行が自営する貸款所とこの銀行の資金で銀行の規約の範囲の中で営業する二種類の性格を持っていた(10)。この貸款所は比較的その組織が整備されており、資金も充足して合理的な経営が可能であったが、その性質が伝統的な典質と類似し、設置地域が非常に少なかったので、農業金融としての影響力はあまりなかった。

これら典当業の湖北省での種類別の代表的な典当は表1のようである。これら典当は成立年代が1930年が主になっているが、それは市場経済の変化に従う大資本の必要によって清末から維持してきた小資本の典当を二三店づつ吸収併合して大資本を形成する過程で再成立されたからである。このような状況はすなわち、清末以降湖北省が帝国主義経済の侵略の最終目的地になり、民国時代に入ってから政治、軍事、経済上最高の要衝地になり始めた地域的特性のため、貿易と商業の重要地になり、金融機関も過去の農業と農民生活を対象とした小規模資本から、都市及び近郊地域の商業資本を対象とした大資本に転化すべきであった時代的な背景から現われた現象であったと思う。これは農村社会経済の衰退と都市中心の商業経済が発達していた状況を示すものでもあるが、一方、それは全省的に現われた現象ではなく、あくまでも武漢三鎮を中心とした一部地域での状況であった。しか

し、その影響は大きくなって伝統的な農業金融に大資本を形成させる契機になった。表2はこのような典当の大資本化の状況をよく表している。

表1　湖北省典当の種類別地点及び名称

種　類	地　　点	成　立　年　代	典　當　名　称
典　當	大冶（石灰窯）	１９３５.１	兩　　益　　當
	大冶（黄石港）	１９３４.５	裕　　生　　當
	廣　　済	１８７５	元　　泰　　當
代　質	咸寧（汀泗橋）	１９３５.４	恵　濟　代　當
	咸寧（汀泗橋）	１９３４.７	普　益　代　當
	咸寧（官埠橋）	１９３４.７	経　農　代　質
	孝　　感	１９３２.２	九　餘　代　當
	黄陂　（横店）	１９３２.３	合　記　代　當
	鄂　　城	１９３３.１１	同　裕　代　當
農　民 貸款所	黄　　陂	１９３５.４	農民銀行貸款所
	蔡　　店	１９３５.２	農民銀行貸款所

資料来源: 予鄂皖贛四省農村社会経済調査報告　第四号
　　　　　予鄂皖贛四省之典当業』（南京、金陵大学農業経済系印行、民国25年6月）PP.4〜6

表2　清末民初湖北の省典当資本額

縣　名	典當名	資本額	資　　料　　来　　源
陸　安	泰　典	20万兩	『支那省別全誌』湖北省　P.1078
	源安典	20万兩	同上　　　　P.1079
棗　陽	鴻順典	10万兩	同上　　　　P.1068
黄　坡	永聚典	18万兩	『第五期江寫武昌線調査報告書』第3卷第3編　P.1096
	永豊典	18万兩	同上　　　　　　　　P.110a
沙　市	同太天	20万兩	『第二期河南廣線調査報告書』第3卷第五編　P.16b
	義升天	20万兩	同上　　　　　　　　P.17b
德　安	和太典	20万兩	『第史期湘鄂線調査報告書』第3卷第3編　P.201b
	源安天	20万兩	同上　　　　　　　　P.202b
樊　城	集祥典	10万兩	『第二期河南湖廣線調査報告書』第3卷第五編　P.59a
	鼎順典	20万兩	同上　　　　　　　　P.59a
	宝豊典	10万兩	同上　　　　　　　　P.59b
	廣信豊典	15万兩	同上　　　　　　　　P.59b

清末民初のこのような資本規模の典当は、経済が発達した沿岸地域諸省（江蘇省は除外）の典当平均資本額より大きかった(11)。その理由としては、前に指摘したように、農村地域での典当が没落して典当の密度が少なくなり、清末以後長江中流地域の経済的発展による都市商業地域での金融発達がもたらされた結果であると思う。これら典当の規模はかれらが発行した私帖からも知られる。

　民国時代の湖北省典当業の営業状況を見ても、典当業本来の伝統的な性格である農業金融としての役割が変わったことがわかる。漢口にあった同徳典当の営業状況を見ると、この典当を利用した階層は市民が90％以上であり、農民は10％に達しなかった。市民の中でも小資本の商人、下級公務員、流民等が典当を多く利用した。また、宜昌の農貸所もその状況は同じであった。即ち、利用農民は20％に過ぎなかったのである(12)。

　これは農村地域の農民が農業資本が豊富で典当の資金を必要としなかったという意味ではなく、農村社会経済の崩壊と共に農家の大部分が貧窮して、抵当できる衣物、珍貴な装飾物等が少しもなかったということを意味している(13)。このような現象は表3のように、典質の利用を必要とする農民の比率と農村地域での典当の密度状況を見ても知られる。

表3　典当及び代当を必要とする湖北農民の比率とこれらと農民との距離

(1930年代)

	典　　　　当			代　　　　当		
	要とする農民比率(%)	必要とする農民と典當との距離（里）		要とする農民比率(%)	必要とする農民と典當との距離（里）	
		最遠者	通常者		最遠者	通常者
A	50	60	20	60	100	20
B	60	100	50	50	60	40
C	80	100	50	30	60	10
D				50	20	10
E				80	60	30
F				60	60	10
G				50	40	10
平均	63	87	40	54	57	19

資料来源:『予鄂皖贛四省之典当業』PP.64～65。

表3と前述した両地域の農民典当利用率を合わせて見れば、典当を必要とする農民比率の平均が3県で63%であり、代当の場合は7県で54%もあったにもかかわらず、実際利用率が10%乃至20%に止まったということから、当時の農村社会経済が確実に崩壊状態にあったのがわかる。また必要とする農民と典当、代当との距離を考えても十分離れている状況がみられるのも、1930年代に入ってからは典質はもう農業金融としての役割をあまり持たなかったといえよう。

しかし、当時、残っていた典当も事実は自力による存続は非常に難しい経済状況であった。それは農村社会経済の破産効果が都市地域の商業経済にも影響を与えていた状況を示すものでもある。即ち、農村社会経済の破産は郷村の市場での購買力及び交易を完全に断絶させ、それは都市地域での商品経済までも停滞させるのに十分であったからである(14)。

典当にとってこのような経済状況がよく反映されるのが、抵当満期になる抵当物が増加することであり、これら大量の抵当物を処分する場合、処分価格が非常に安くなることであった(15)。表4は抵当品の実質価値に対する当値率を現わす表であるが、この表によると各種抵当物の当値率は大体40%から70%までであった。しかし、抵当期間の満期による抵当物の実質処分価は、1934年冬、武漢の場合10%から40%まで下がったし(16)、1935年度も武昌、漢口の各典当は大概30%で処分したといわれる(17)。

表4　湖北省典当及び代当の抵当品の実質価値に対する当値比率（%）

(1930年代)

| | 典　　當 | | | | 代　　　　　當 | | | | | | | |
	A	B	C	平均	A	B	C	D	E	F	G	平均
衣　　服	40	60	60	53	70	40	35	33	50	50	60	48
被　　絮	40	62	60	54	40	40	40	40	50	50		43
金　　飾	60	70	80	70	70	80	60	60	80	70	70	71
銀　　飾	50	60	60	57	60	70	60	50	70	70	65	64
銅　　飾	40	70	50	53	60	50	40	30	40	40	40	43
錫　　器	40	70	50	53	60	50	40	30	40	40	40	43
其　　他												

資料来源:『予鄂皖贛四省之典当業』P.76,P.78。1

これは典当の営業に大きな損害を与える結果になった、銭荘と衣荘等を兼営しながら典当を運営する大資本でなければ(18)、維持が困難であったので、銀行及び銭荘の借款に頼るべきであった(19)。

　このように典当の背景には完全に豪紳、地主等大資本家があって、その組織実態を主導したので、
典当は時代的要求に伴って、次第に大資本に隷属していったのである。このような状況を換言すれば、典当の高利貸化ともいえよう(20)。

　典当の高率利子についての確実な統計資料はないが、清末以後省政府が主導して典当の利率を継続関与しながら、その基準を決めたこととか、新聞、雑誌等の記事の中にある「重利小費、剥削農民」等の記事は、これらの状況をよく示していると思う(21)。

　典当の大資本家と高利貸化は伝統的な農村地域の農業金融的性格から、民国以降農村社会経済の崩壊と共に農村地域で衰退しながら、対内外の交易が発達していった都市地域の市民金融機関に取って変わられる中で現われた現象であろう。即ち、農村社会経済の崩壊による離村農民の都市集中と購買力の減少は都市の商品経済にも影響を与え、市民の経済生活を圧迫する中で、典当の利用を強化させ、これは典当業の都市での発展を促進させたが、結局抵当物の未回収率だけを高潮させる結果をもたらした。そのうえ、小資本の典当は大資本に吸収併合され、これらは資本の独占によって高利貸化される現象を現わしたのである。

　表5は湖北省全地域の典当状況を代弁するには足りないが、清末以来の変化状況をよく表していると思う。即ち、経済が発達していた地域では典当数が増加しており、未発達地域では減少していたことがわかる。これは清末の交通発達と共に開発された地域中で、民国時代に入りながら長江流域の経済中心地に発達していった武漢三鎮以外にはその経済的地位を失ってしまったという状況を意味している(22)。換言するば、農村社会経済の没落状況を現わしていたともいえる。資本面でも表2の清末民初の典当資本と比べると1930年代にははるかに増大したことがわかる。この現象は未発展地区でも同様の現象が見られ、典当資本の巨大化と独占資本による高利貸化状況を明らかにしていたといえる。

表5　湖北省典当業の興衰状況

		清　末	民國20年代	
		家　數	家　數	資本合計元
経濟發達地域	漢　口	10	26	1,480,000
	漢　陽	2	13	180,000
	武　昌	5	9	230,000
	黃　岡	1	3	90,000
経濟衰退地域	孝　感	1	1	30,000
	黃　陂	2	1	30,000
	宜　昌	3	1	30,000
	江　陵	13	1	60,000

資料来源：『支那省別全誌』湖北省　PP.977～1050
　　　　　宓公幹『典当論』　PP.267～271
　　　　　程理鋗『湖北省農業金融与地権異動之関係』　P.45586
　　　　　『支那各地調査報告書』第一期～第五期

　錢荘は伝統金融機構の中で一番大きな機構として銀行のように業務を行っていた～錢荘は銀号、票号、錢舗ともいわれたが、地域によってその称号が異なった。

　湖北での錢荘は咸豊年間に山西商人が各埠頭に票号を設立しはじめて以来、光緒初年には武漢だけで大小錢荘が30余家を越えるほど設立され、江西商人は各県城市を中心に錢荘を拡大する等、清末に至ると最大の好況を迎えた(23)。このような状況は軍閥政権の保護と経済的破綻の中で継続され、1921年には武漢だけで93荘が、1925年には136荘が活動していた(24)。

　しかし、これ以降は急激な沈滞期を迎えた。それは1927年武漢政府によって実施された現金集中政策の実施と、それ以後継続された大水災、新貨幣政策の施行と新式銀行の勃興が主要因であった。1927年の現金集中政策は南京政府との対峙状況で互いの既得権の戦いから発生した政策であった。武漢政府は湖北の地域的位置を利用して商業及び金融権を掌握して経済的基盤を固めようとした。これに対して南京政府は湖北金融の資金源である上海、天津、香港等のすべての錢荘と外国銀行を縦用させ、

湖北金融機関に向けて貸出中断と貸出金の償還を要求させた。当時、武漢経済界の平時市中流通額であった1億元の資金が、これによって枯渇し、当時、武漢及びその附近の銭荘は倒産し始めた(25)。当時、武漢政府が資金化させるために確保していた相当額の軍閥財産があったにもかかわらず、一時的に取られた南京政府の流動資金の差断政策は武漢政府に対応できる機会さえ与えなかった。これによって、当時武漢で銭荘を経営した人の回顧によると、総112家の銭荘中で110家が閉店したといわれた(26)。

このような状況があった後、引き続いた水旱災及び新貨幣政策による既存貨幣の評価切下げを伴って現われた経済活動の萎縮は、さらに金融界の混乱をもたらして、政府の内面的支援を受けた新式銀行以外の旧式金融機関は没落一歩手前の状況に至った。

このような銭荘の状況は典当のように清末民初よりその数が大きく縮小されたが、平均資本規模面では大資本化された。(表6参照)しかし、典当が大都市地域で発展したこととはその状況が異なり、銭荘の場合は大都市地域でもその数が減少した。それは数的減少のかわりに資本額が増加したとも見られるが、(表7参照）その資本規模が抵当水準ぐらいであったことから考えると、新式銀行と典当の間で銭荘が持っていた旧社会での役割が時代的変化と共に次第に衰退していったことではなかったかと思う。四番目の個人貸借問題に対しては第4節で考察しよう。

表6　湖北銭荘の変化表

年　別	銭荘數	資　本　總　額　（元）	平均資本額　（元）
1912	206	1,233,548	5,988
1913	244	4,085,840	16,745
1914	211	3,782,155	17,924
1915	295	4,138,230	14,028
1916	256	2,220,300	8,673
1917	285	3,998,196	14,029
1918	262	3,866,158	14,756
1935	55	2,918,000	53,055

資料来源:『民国8年中国年鑑（下）』P.1245
　　　　　『第九次農商統計表』P.410
　　　　　『中国経済年鑑』第3編第2冊　P.(D)31

表7　湖北銭荘数及び資本額の変化状況

| | 1915 | | 1935 | |
	銭荘數	資本金額　元	銭荘數	資本金額　元
宜　　昌	8	70,000	3	110,000
沙　　市	63	2,335,430	6	88,000
漢　　口	56	488,500	44	2,696,000
蘄　　春	5	20,200	2	24,000

資料来源:『民国8年中国年鑑（下）』P.1261〜1262
　　　　　『中国経済年鑑』第3編第2冊　P.(D)31
説　　　明: 1935年の蘄春県のその数額は武穴鎮の数額である。

3. 新式農業金融機関の台頭とその機能の限界

　湖北省で新式金融機関である銀行の出現は清同治年間漢口に設置された麦加利と匯豊等外国銀行であった。以降商業の繁盛と共に1882年に至ると40余家の銀行が設立されたが、伝統金融機関である銭荘の再興のため、1891年までは4家にまで縮小され、その後、徐々に回復して8家に増加したあと、民初まで継続された[27]。

　これは銀行の中で中国自体の銀行はただ中国通商銀行の漢口分行1家であった。このような外国銀行の跋扈は中国銀行より資本面で安定しており、それは信用とも連結していたので中国商人の呼応を受けたからであった[28]。これに対して中国政府及び省政府は資本力が貧弱な旧式金融機関では外国銀行に競争できないことを痛感して、光緒末年から中国人による新たな銀行を設置し始めた。即ち、交通、浙江、興業、信義、信成等の銀行であった。

　民国に入ってから第一次世界大戦及び民族資本工業の発達は、中国人の銀行を一層発展させ、漢口だけで10余家の銀行が設立された。1926年には国民政府財政府により中央銀行が漢口に設立された。1928年には湖北省銀行が設立されて地方金融を支援し、省庫の業務を代理した。1933年には予鄂皖贛四省農民銀行（1935年に中国農民銀行と改称する）

の総行が漢口に設立され、農業金融を専担することになった(29)。しかし、これら銀行は人禍、天災等による農村社会経済の停滞状況で実質的な発展はできなかった。銀行が旧式伝統金融機関の役割を代理する時期は1930年代に入ってからであった。即ノち、湖北の各銀行は戦争の影響下で、上海、南京等の金融機関が崩壊の一途をたどった機会に乗じていつの間にか全国金融の中心的な役割を果たすようになった(30)。しかし、このような状況が湖北農村社会経済によい影響を与えたとはいえない。なぜなら、これら銀行の業務は商業部門だけに偏重され、工業方面への投資も少なく、さらに農業方面への投資は極めて少なかった。このような状況は貸付時の抵当物として交易時の商品が多く、不動産及び信用による貸付は1927年の現金集中期と1931年代水災時以外にはほとんど行われなかったことからもわかる(31)。

1937年度の統計によると、湖北省各県には総36家の銀行本店と支店があった。しかし、大部分の24家が武昌、沙市、宜昌、老河口等都市地域にあった(32)。これを漢口市にある内外国銀行と合わせて考えると、湖北省の銀行はほとんどが商業及び交易発展地域に位置しているのが知られ、故にその去来対象もすべてが商人階層であったことがわかる。このような状況下で、帝国経済の侵略はさらに拡大され、農民経済生活は疲弊の極に達した。

一方、農村社会経済の没落に対する農民の不満を利用し、農民反乱を主導する等勢力基盤を拡大していた中共の跋扈は、国民政府の農業政策を自覚させる契機になった。これによって、国民政府による新たな新式農業金融機関が設置され、農民に対する貸款政策が実施され始めた。

湖北省での新式農業金融機関の設立は、早くも清末の銀行則例によれば、民国初期から政府の主導下に創設され始めた。この政策の背景としては旧式の伝統農業金融機関の高利貸化が農民経済生活に被害だけを与えるのみ、農業金融としての役割である農民生活の改善、農業生産の増進等に関してはマイナス的な要素で作用することに対して、このような逆作用を防止し、次第に中国農村に経済的侵略を拡大してくる帝国列強の商品経済に対抗するという次元から推進された。

しかし、民初に実施された各種施行令は政府の無関心の中でその効果を得ることが難しかった。例えば、農工銀行の条例によって設立された農工銀行は全国に10余家が設立されたが、これらの経営方法は一般商業銀行と同じように、資力も貧弱であったので、設立目的である農工銀行としての作用はできなかった(33)。さらに民初以降継続された天災、人禍、外患等は政府が農業金融問題まで主義を傾ける暇さえ与えなかった。

このような状況下で、農民の反政府的傾向と中共の跋扈は国民政府に危機意識を与え、農業政策に対する再認識と共に、農村救済に最優先的な農業金融の支援に関心を集中させた。

これによって湖北省政府も1933年から四省農民銀行の設立を始め、中国銀行、省合作処（農業金庫と合作金庫を主管した）失業部合作事業湖北省弁事処、農本局等が次第に設立され、農民に対する貸款業務が始まった(34)。しかし、このように数的な増加にもかかわらず、その効果はあまり得られなかった。

この中で比較的農村社会経済に影響を与えた新式農業金融機関の実態を分析して見れば、これら機関の実態的な姿の把握が可能である。

中国農民銀行の原名は予鄂皖贛四省農民銀行であったが、1933年4月1日漢口に総行が設立されて以来、1935年にはその営業範囲が12省に達したので、原名と現実状況と合わなかったから、国民政府の許可の下で中国農民銀行と改名された。元来の設立目的が四省の農村社会経済を救済しようとすることであったので、その投資額が各種農業金融機関中で一番多かった。1933年秋から1934年5月まで湖北農村に対する総貸付額は5,765109.36元であり、回収額は1934年5月現在までで、1,531,906.48元であった。これは4,233,202.88元が農村及び市中等で流通されていたことを示すものである(35)。しかし、このような投資状況も、実は大部分が都市及び近郊の流通資金になっていたことが表8に示されている。

表8によると、中国農民銀行の各県に対する貸付額はわずか8,000元から30,000元の間であった～これら8県は比較的発展地域から離れた地域であることを考えると、その貸付額の大部分が都市等商業発達地域に投資されたことがわかる。

表8　鄂西八県における中国農民銀行の貸付額統計

(1933～1934)

縣　　別	金　　額	縣　　別	金　　額
恩　　別	30,000	宣　　息	30,000
鶴　　峯	10,000	來　　鳳	25,000
五　　峯	10,000	咸　　豊	25,000
建　　始	8,000	巴　　東	10,000

資料来源: 程理錩『湖北之農村金融与地権異動之関係』
　　　　　（台北、成文出版社、米国、中文資料中心、民国66年）
　　　　　PP.45632～456633

　その原因としては、元来四省農民銀行設立の実質的な目的である剿匪作戦に対する支援が農村金融救済事業の名目で実施されたからであった。即ち、戦禍で蹂躙された農村を復旧し、国民政府に対する心理的葛藤を按舞するという次元から現われた政策であった。しかし、投資方法上で農民に対する直接的な投資ではなく、合作社を通じた再投資形式を利用したので、まだ合作社の設立が十分ではなかった当時の状況下での投資は、当然合作社の設立地域から始まった。勿論、合作社が一番早めに設立をされ始めた地域は交易、商業が発達した地域であったので、その投資状況もこれに従って行われた。

　このように全体地域が対相ではなく、一定の発達地域を中心とする投資は、結果的にその本来の目的である農業生産の改良、穀価の維持、農民生活改善等の効果をもたらすことには限界があったのは当然のことであろう[36]。

　中国銀行もその投資方法においては四省農民銀行と同様であったが、その投資時期は1936年2月からであったので、実際的な歴史状況展開の側面から見ると、非常に遅かったと考えられる。農民銀行の前身は1906年設立された大清銀行であり、湖北省で一番早かった銀行にもかかわらず、この銀行の農業面での投資が遅かったのは、湖北農業金融の不在をよく説明している[37]。

一方、中国銀行の投資規模も四省農民銀行の状況と似かよっていた。表9から見ると、1937年までの各県に対する貸付額は応城県以外では非常に少なかった。これその貸付の形式性を表している。また、1938年の貸付予算額の規模は1937年のものと相当な差があるが、当時戦争の開始と政府財政の状況から考えると極めて懐疑的な規模であろう。

表9　中国銀行の湖北農村に対する貸付状況表

縣　　名	貸付団体	貸　付　　額	
		1 9 3 7 年	1 9 3 8 年
應　　城	合 作 社	1 5 6 , 0 2 5 . 9 1	3 0 0 , 0 0 0
京　　山	〃	1 9 , 3 0 1 . 0 0	4 0 0 , 0 0 0
鍾　　祥	〃	1 1 , 0 7 5 . 0 0	5 5 0 , 0 0 0
廣　　濟	〃	2 1 , 0 4 9 . 0 0	2 5 0 , 0 0 0
圻　　春	〃	0 . 0 0	1 0 0 , 0 0 0
荊　　門	〃	0 . 0 0	2 0 0 , 0 0 0
武昌青山區	〃	5 4 , 4 4 7 . 0 0	2 0 0 , 0 0 0

　　資料来源: 程理錩『湖北之農村金融与地権異動之関係』
　　　　　　　（台北、成文出版社、米国、中文資料中心、民国66年）
　　　　　　　PP.45632～456633
　　説　　　明: 1 9 3 8 年分は貸付予定額である。

　湖北省銀行は1926年11月軍費調達及び政府財政の財源確保のため、武漢で流通していた広東中央銀行発行の湘・鄂・贛の大洋券、湘・贛・桂の小洋券を正貨と引き換える目的で湖北官銭局の財産を基金として設立した銀行であった(38)。この銀行は1936年までは省内に8家あったが、1937年には3家しかなかった(39)。

　湖北省銀行はその設立目的のように、省金庫の経理だけを担当してきたが、剿匪軍事作戦と共に合作社の政策が施行されながら、財政部の裁可の下で農業金融業務を始めた。始めた時期は1937年であったが、日中戦争の発生はその施行を中止させ、次の年からやっと13県の合作処に貸付を始めたが、打ち続く戦争のため、その効果はあまりなかった(40)。

以上のように、これら農業金融を担当した銀行は、その設立目的に見合う農村支援政策は財務構造上、或は、行政体制上で十分な効果をもたらすのは非常に難しい状況にあった。その中でも軍閥及び政府側による銀行資本の政治的利用は銀行機能を弱化させ、独自な専門金融機関としての発展を阻害した(41)。

　新式農業金融として比較的農民に対する直接投資と貸付によって、農村社会経済の救済にある程度影響を与えたのは合作事業であった。合作社の建設は勿論政治的次元で決定された政策であり、運営状況もその資本の源泉は銀行からの借款によって行われたので、銀行の資本構造の如何に合作事業の勝敗は関わっていたといえる。しかし、前に見たように銀行の経営実態は軍閥と政府当局による専横によって、その状況は非常に悪化した状態に置かれていた。故に、銀行の資本によって運営すべきであった合作事業は、最もよい成果を得る余地があったにもかかわらず、その成果は形式的なものに止まった。

　湖北省での合作事業は建設庁合作処が責任を負っていたが、実業部合作事業湖北省弁事処と中国農民銀行及び中国銀行等も関与したので、行政上の不統一をもたらしてより効果的な事業推進はできなかった(42)。

　貸出は中国農民銀行が中心になったが、中国銀行と実業部合作事業湖北弁事処等も独自に合作社を組織して貸出した。しかし、前述したように銀行の貸出程度は非常に微弱であったので合作社の貸出規模は最も少なかった。例えば、1934年9月現在湖北省の合作社数と貸付状況等を見ると表10のようである。

　1934年では合作社の活動が本格化する時期ではないが、表10で見える各県での社数、社員数、資本額、貸付額等は新式農業金融機関としての役割とはいえない非常に非現実的な状況であったことがわかる。

　以降湖北省でも合作社が四種類に区分され、農村社会経済の復興ための各機能による合作事業が推進され、量的に大きな拡大をもたらしたが、各社員農戸に対する貸出額はあまり変化しなかった。表11は1938年の各合作社別状況であるが、社員数に比例した資本額の増加があまりなかった状況が知られる。

表10　湖北省各県合作社統計表（1934年9月）

縣別	社數	社員數	資本額元	貸付額元
黄岡	9	701	1,074	1,074
孝感	8	191	677	826
淯水	5	281	510	880
安陸	10	600	682	706
應城	6	354	386	543
隨縣	14	595	704	826
棗陽	6	404	672	662
武昌	30	676	714	688
漢陽	41	889	918	767.3
襄陽	39	729	729	667.2
漢口市	6	120	121	121
合計	174	5,540	7,186	7,760.5

資料来源: 中国農業金融概要　P.49～50

表11　湖北省合作社の種類別資本額　(1938年9月末基準)

種類		社數	社員數	社股總額	股金總額元
信用	專營	3,604	210,342	216,395	519,191
	兼營	74	6,733	6,567	19,378
供給	專營	3	145	496	4,664
	兼營	6	654	594	1,568
利用	專營	864	69,219	71,383	228,071
	兼營	899	64,974	71,449	160,308
運銷	專營	47	3,565	5,730	12,564
	兼營	115	9,748	9,748	35,612
合計		5,612	364,716	382,462	981,356

資料来源: 程理錩『湖北之農村金融与地権異動之関係』(台北、成文出版社、米国、中文資料中心、民国66年)、PP.45613～4。

このような状況は量的な面で、できるだけ多くの農民に恵を与えるという意味からいうと、効果があったと評価できるかもしれないが、毎戸当り1元から5元ぐらいの間の貸付が、当時の農民経済にどうくらいの効果を与えたかという

実質的な経済効果面での結果を評価すると、農民の当座の困難だけを助けるという対処療法であり、農業生産及び技術開発という農村社会経済の改革のためには根本的な対策ではなかったといえよう(43)。

そのほかの合作金庫、農本局、農業倉庫等の新式金融機関は設立が遅く、資本の限界のため、一部地域だけで活動したが、政治経済的な不安状況で他県への進出が不可能であったし、その作用も大きな成果はなかったから、省内資金を流用する不必要な機関であったともいわれた(44)。

以上のように、湖北省での新式農業金融は各種機構の設立と政府の政策次元で支援を受けながら十分に発展の可能性を持っていたが、政府の近視眼的な当座の問題だけを改革しようとする態度と、純粋な農業金融政策よりは軍事的効果が最も強調された非効率的な農村救済策であり、更にある程度量的な面での成果が上がる所で日中戦争の開始は、全ての新式金融機関の役割を奪う契機となって、伝統農業金融機関まで衰退していった湖北農民は、彼らの生存のためにも高利貸に頼る方法しかなかった。

4. 高利貸の性質と作用

前章で見たように伝統及び新式農業金融の状況は、清末以来次第に悪化してきた農村社会経済を改善、あるいは向上させるための役割を果たせず、基本的な農民生活の維持さえ支援するこがができなかった。このような状況で農民が最後に取る方法としては、高利貸を利用する道しかなかった。

高利貸に関する歴史的記録は古代からあるが、その利率と種類、そしてそれの普遍性からいうと、民初の状況とそれ以前の状況と根本的な差がある。即ち、高利貸の主要背景として古くから紳士地主、商人、官僚の他に、軍閥という特殊階層が台頭して、直接間接に関与していたことと、帝国主義資本の浸透の中でこれと連結して出現した新興商業資本による高利貸等がそれであり、さらに全農戸の半分くらいが負債農家であった当時の普遍化は、その質と量で古来の高利貸状況とは異なった(45)。例えば、湖北省西北地域各県の農民経済状況は、これらの状況をよく代弁している。即ち、

「農民的財産、常因高大的利息而売尽了。二五％的利
　　　率、這是很平常的一会事。他們有的因婿嫁喪葬的縁
　　　故、借下一筆債、不転眼利上加利、多年的労働結晶、
　　　一算都是債主的了。(46)」

とある。

　これは当時農民がどのような形態であれ借金があったという状況を示して
おり、その利率の高さのため、かれらの生活経済の結果がどのようになって
いたかを示している。実際に湖北省農民の負債状況を見ると表12のようであ
る。この表によれば各地の負債農戸比率は全般的に先進地域が後進地域
より高いが、大体において40％程度であったことがわかる。このような傾向が
1930年代の全般的な傾向であったという事実を窺わせているのが表13の各
調査者別統計である。

表12　湖北省8県の負債農戸統計表（1937年）

縣　　別	農 戸 總 數	負 債 農 戸 數	負債農戸比率
武　　昌	６５，２４３	３１，５００	４８％
漢　　陽	５９，０５８	３０，９０８	５２％
雲　　夢	３３，７７９	１７，５０５	５２％
應　　城	４６，６１３	２２，２４１	４６％
隨　　縣	１２０，７０４	５４，３４３	４５％
光　　化	２２，０７５	２，９１３	１３％
鹽　　利	８８，９１８	２２，７５６	２６％
荊　　門	９０，３２１	３１，６６４	３５％
平　　均	６５，８３９	２６，７２９	４０％

　　資料来源: 程理錩『湖北之農村金融与地権異動之関係』（台北、成文出版社、米国、
　　　　　　　中文資料中心、民国66年）P.45552。

表13　湖北省の農家負債比例表（1934～1935年）

調　査　者	報告縣數	負債農家比率		資　料　來　源
J.L.BUCK	5	42.6 %		『Land Utilization in, China』 1937, Statistics, P.405
土地委員會	1 1	37.5 %		『全國土地調査報告綱要』民國26年1月
央農業實驗所	2 2	46.0 %		『農情報告』第2年第4期民國23年4月
中央農業實驗所	全省	自作農	65%	『経濟統計』1937年第4期 P.193
		半自作農	77%	
		小作農	82%	
		平　均	74%	

　ここでこれら負債農戸が取った借款の形式は高利貸であったかどうかは、なによりもかれらの借款の源泉を見るとすぐわかるであろう。表14はその借款の源泉をよく表しているが、全体借款対象中で公式的な金融機関の他に、私的な対象から借りた場合が77.4%も占めているのがわかる。

表14　湖北農民の借款の源泉表（%）（1933年）

報告件數	借款來源の 報告件數	銀行	合作社	典當	錢莊	商店	私　　　　　人		
							地主	富農	商人
25	102	2.9	4.9	10.9	3.9	13.8	25.4	21.6	16.6

資料来源: 中央農業実験所『農情報告』第2年4期、民国23年11月、P.108。

　大概湖北農村で一般化していた高利貸の類型としては、親戚、友人、地主、高利貸業者、商人等個人的形態と商店があった[47]。
　これらによって行われた高利貸の方式には、「借錢還錢」「借穀還穀」「借錢還穀」「借穀還錢」等があった。「借錢還錢」の場合は、月利で計算して普通2分乃至4分であるが、7分から8分、あるいは1割以上の場合もあった[48]。これは借用者の経済的状況と保証人の有無によって決定され、信用による借款は考えることさえできなかった。その中で通常的な慣例として3分から3分5釐のものが一番多く行われていたか[49]、「大加一」と

いう月利1割のものもよく通用していたといわれる(50)。このような一般的な高利貸とは別に、本格的な高利貸の性格を持つ融通方法も広く普及していた。即ち、「九当十外加三」、「双脚跳」、「日百子」等である。「九当十外加三」というのは90元を借りて100元で計算され、しかも利息は3分であるという意味である。「双脚跳」は1串の銭を借りるのに、毎日の利息が200文であるという意味であり、「日百子」は1串の借銭に毎夜1百分の利息が取立てられることからいわれたものである(51)。それ以外に湖北で広く通用している高利貸として「胯子銭」があった。これは「胯子」という文字の意味からもその苛酷性がわかるように、当時湖北の劣紳と裕福な寡婦等がこれを利用して生活する者が多かったといわれた。これは貸与した金額を借用者から毎日一定の額数を契約によって収納する方法として、利子は大体毎日2釐であった。「胯子銭」は金額多寡によって貸付期間と利息が変わった。即ち、金額が多ければ償還期日が短く、利息も軽かった。貸付者は毎日人を派遣して収納し、この収納した金額を利用して、また他の人に貸与するという典型的な高利貸であった(52)。

「借穀還穀」の方式は量と価値等を基準として計算した。量によって計算する場合は、春窮期に富　戸から穀一石を借りた場合、秋収後に毎石当り二斗の利息と共に償還しており、価値によって計算する場合は、春窮期に富戸に穀食を借りて生活し、秋収後に償還する方法は似ていたが、償還の時の方法が、借りた時の時価によって返するではなく、償還の時の時下によって計算したので、最高に場合は1石に対して3石で返す場合も合った(53)。

「借銭還穀」の方式としては「青苗銭」俗称「買望倉」という方式と「押乾租」方式等の2種類があった。前者は松滋、公安、石首等の県で通行していた方式として、貸付者は借用者の栽培地を担保としてその生産量を推定したあと、貸付する方式である。貸付方式は貸付時に利息をすでに計算して貸与し、借用者は秋収後に穀物で償還するもので、もし物価上差異があればそれに応じて借用者が負担した方式である。「押乾租」は工作資本がない場合借りる方式として、貸付者は貸付時穀物原価20%を割引して計算した。即ち、80元を借りる場合、当時の時価が米毎1石当り10元であれば、8石分の価格であったが、貸付者は8元で計算して10石

分で計算し、償還時には現金ではなく現物で受け取ったから、結局20元の利益を得るという高利貸方式である(54)。「借穀還銭」はその方式が「借銭還銭」方式と同様であった。

　以上のような湖北での高利貸状況は勿論古来から通用してきたものであるが、問題は民国時代の混乱と共にその状況が最も劣悪になったことである。なぜなら、過去には大地主、あるいは大商人、あるいは伝統金融機関等大資本によっておこなわれた高利貸が、小資本化乃至高利貸業者数の減少等の現象が現われたからである。これは民国以後の政局の不安定と帝国主義経済の侵入、そして国民政府の農業政策不在という状況下で、地主、商人階層の減少と共にかれらの資本も減少したからである。

　例えば、典当の場合、表2、表5、表6で見たようにその数と資本額が清末以来減少して来た。さらに1930年代に入るとその資本額はほとんどが1万元以下の小規模典当に変わった。このような状況は、かれらが営業のためには、大金融機関から低利で基金を吸収して、高利で貸与していたという状況を代弁していたといえよう(55)。

　また、富農、地主等も農村社会経済の破産のため、その数が急激に減少した。かれらは収入の減少による生活維持の困難のため、かれらの田産を売るべきであったから、かれらは中農乃至小小地主になり(56)、代わりにこれらの田地を買って兼併する者は軍閥、大地主等少数大資本家であったので、小数資本家による高利貸の横暴は最も拡大していった(57)。

　このような高利貸者の資本減少、或はかれらの数的減少は正常な状況で現われた現象ではなく、当時の各種の病弊から起った現象であるから、その現象は農村不安を意味しており、一般農民の貧窮をより深く説明してくれるといえよう。故に、高利であっても、その要求は更に切迫した状態であったから、高利貸の姿はより残酷な形態をもって現われたのである(58)。

　当時湖北農民の負債原因を見ると、農民が高利貸でも利用すべきであったことが知られる。即ち表15を見れば、湖北農民の負債の最大原因は農事費用であった。これは、春窮期の生活維持のためとか、家庭内の大事のために借りたものではなかった。それは農民生活の全部である耕作のための費用として使われた。故に、高利貸であっても農業経営のため資金を必要としたのである。

表15　湖北省8県の農戸負債原因の分析表（1930年代）

負債原因	生活維持	農事費用	婚　　喪	小商店経営	合　　計
武　　昌	8　　%	82　　%	6　　%	4　　%	100　　%
漢　　陽	10	90			100
雲　　夢	28	68		4	100
應　　城	8.6	84.3		7.1	100
隨　　縣	39	35		26	100
光　　化	17	33	18	20	100
鹽　　利	13	65	14	8	100
荊　　利	18	60		22	100
附　　註	災荒及青黄 不接の時	農具、耕牛、 肥料、種籽			

資料来源: 程理錩『湖北之農村金融与地権異動之関係』（台北、成文出版社、米国、
　　　中文資料中心、民国66年）P.4554。

　このような高利貸の横暴は当地域農民の状況をよく知っていた地主、商人に
よって行われたので、その被害は最も深刻になり、それによって地域では新たな
現象が出現し始めた(59)。その代表的な変化は地権の移動現象であった。
　地権移動方式には売買、贈与、継承、抵当等があるが、当時、湖北
各地で盛行したものは、売買と抵当であった(60)。その中でも抵当による地権
移動が最も多かった。1930年代に入ってから一層激烈になった国共対立と
軍閥戦争、そして毎年たび重なる災害等による農民生活の限界的な危機
状況は最高潮に至った。このような状況で農民が基本生活を維持するため
には、農業金融の制度的装置が不備であった当時の状況で、田地を売る
方式以外には別の方法がなかった。しかし、農村社会経済の活力が全然
なかった当時の状況で、田地の売買が行われるはずがなかった。さらに全
地の価格も、1930年代には1920年代の田地価格より3分の1から10分の1に
まで下がっていたので(61)、田地を売っても実質的な経済生活の足しにはなら
なかった。従って農民は田地を担保として容易に資金を融通できた高利貸に
依存したのである。
　しかし、問題は高利貸を使用する時、抵当物として田地を使ったことであ
る。当時の農民経済状況で抵当物として看做されるべきものは田地しかな
かった。故に、高利貸の利用増加は田地の抵当状況の増加を意味してい

るが、ここでの問題は抵当とされた田地の回収率にあった。1920年代以後軍閥戦争の深刻化と中共による農民の動揺、帝国主義経済侵入の尖鋭化等は農民の経済活動を阻害した。このような状況で生産性の効率的な農業経営が不可能であり、生産物の流通経路も商人、軍閥、帝国列強等によって蹂躙され、年中生産物による所得では高利貸の元金の償還ができなかった。これから抵当された田地は高利貸業者にその地権が移転された。このように地権の移転による高利貸階層の土地兼併状況と農民各階層の変化状況を見れば、湖北省での高利貸による地権移動状況がどのくらい激烈であったかがわかる。（表16参照）

表16　湖北省西部地域での各種農戸比率の変動

農 戸 別	１９２０年以前	１９２０年以後
自 作 農	４５.０％	１０.０％
半自作農	３０.０％	２０.０％
小 作 農	１５.０％	２５.０％
農業勞働者	１０.０％	４５.０％

資料来源: 塩生「鄂西農民痛苦状況与土匪問題」
『双十月刊』第4期）P.6。

このような土地転嫁による階層分化状況は他の省よりも状況で、湖北での農村社会経済状況が特に惨憺たるものであったのがわかる。このような状況の中で、農業金融の役割がどのくらい重要であったかを窺わせるのが表17である。

表17　武昌、漢陽、宜昌等三県の土地売買統計と合作社概況表

（1937年）

縣　別	賣買件數	土地価値	社　數	社 員 數	貸付總額	償還總額
武　昌	458	83,129.99	345	12,854	00,689.97	171,380.73
漢　陽	504	90,403.46	339	16,542	75,702.00	75,060.03
宜　昌	1,122	71,610.69	74	2,773	59,945.00	9,943,00

資料来源: 程理鋗『湖北之農村金融与地権異動之関係』PP.45685～45686。

表17によれば、合作社が多く設立されていた地域では土地売買が著しく少なかったことがわかる。即ち、これは農民に対する支援金額の多少に関係なく、農業金融その自体が持っている意義が当時の農民経済に大きな影響を与えたことを示す。故に、このような状況はこれら3県より農業金融機関の設置が少なかった未発達地域では最も地権の移動が頻繁であったことが知られる。

表18　長江流域諸省での離村農家の比較（1933年）

省　別	離　村　農　家		青　年　男　女　の　離　村　數	
	農　家　數	總農家中の比率	離　村　者　數	總離村者中の比率
安　徽	144,649	7.0％	219,424	10.6％
湖　南	147,511	8.0％	252,521	10.8％
江　西	95,853	6.7％	141,848	10.0％
浙　江	73,444	2.7％	150,886	5.5％
四　川	154,837	6.0％	295,890	11.4％
江　蘇	189,118	4.3％	489,327	11.2％
湖　北	220,977	10.2％	264,254	12.2％

資料来源: 中央農業実験所『農情報告』第4巻第7期、1936年7月、P.173。

このような地権移動による高利貸階層の土地兼併と農民地権喪失は、農民の生活基盤を奪うことになって、農村での生活維持ができなかったので、湖北農民の離村率は長江流域の他省より多かった(62)。表18は1933年だけの状況であるが、この年は大水旱災もなかったし、戦争の被害も少なかったにもかかわらず、湖北省での離農者が多かったことは、農村社会経済の崩壊状況が一番甚大であった状況を示すものであろう。さらに、青年男女の離村比率が大きかったので、武昌等発達地域での農業労働力不足問題は農業経営の基本的な運用さえ阻害することになった(63)。このような現象は、特に表19からわかるように10畝以下の田地所有農家で離村率が高く、離村原因も災難と農村社会経済の破産によって一番多かったことは湖北農村での農民被害が小農家に集中していることを示し、従って離村後の居就も生計のための方向設定が多かった。

このような現象は小農家が基本的な生活さえ、維持できないという状況から荒われたので、かれらがその困境を克服するための小資本の融通乃至、救済金で十分におさえ、再起の機会を与えることができたにもかかわらず、このような現象が起ったことは、この時役割を果たすべきてあった農業金融の機能が全然作用しなかったことであり、政府主導下の一連の農業金融政策が形式的でその目標と対象が別の面にあったことを示そう。

表19　湖北省離村農家の構成と原因及び離村後の居住方向　（1935年）

離村農家の構成	-5畝	-1 0畝	-1 5畝	-2 0畝	-4 0畝	-7 5畝
	50.0 %	33.3 %	3.7 %	9.2 %	1.9 %	1.9 %
離村の原因	村社會経濟破産	災難	重税	求學	轉職	其他
	23.2 %	59.9 %	10.5 %	3.6 %	0.7 %	2.1 %
離村後の居住方向	都市地域方向			別の農村地域方向		
	避難	求職	謀生	避難	農務	開墾
	14.8 %	17.8 %	18.3 %	9.5 %	22.4 %	1.6 %

説　明: 離村原因の項目中で、農村社会経済破産には農村人口過密、貧窮、耕地面積の寡少、農村金融の困難、農産物価格の低廉、農産歉収、副業衰退等の項目を含んでいる。
資料来源: 中央農業実験所『農情報告』第4巻第7期、1936年7月、PP.175～179より再編

5. 小結

農業金融というのは農村社会経済の一つの部分的な機能といいながらも、実際にはこの方面に問題が起ったら、その問題が農村社会経済に及ぼす影響は非常に大きかった。即ち、農業金融は農民が最小限の基本生活を維持するための救済金としても必要であり、農業生産性の向上及び農村社会経済の活性化のためにも非常に重要な部門たるからである。

しかし、民国時代に入ってから現われ始めた軍閥間の武力対決及び国共間の攻防戦は内政の不安定を招来し、政府の対農民政策を粗忽にし、この間に中国内陸まで浸透していた帝国主義経は済中国農村社会経済の

伝統秩序を蹂躙する等、歴史以来最大の危機を迎えていた中国農民にとっては、当時の農業金融状況はむしろ搾取機関としか認識されなかった。

なぜなら、農業金融としての役割を遂行してきた典当、銭荘、合会等伝統金融機関は農村の社会経済的な危機状況下でその命脈を維持できないまま全般的に没落していき、交通、交易等が発達した大都市地域のみで大資本に隷属したままで存続され、そのかわりに政府が主導して設立した新式金融機関である銀行及び合作社等も、その設立時期と地域的分布が時代的な要求とはかげ離れて実質的な影響はなかったし、さらにこれらの貸与額、貸与方法等は本文で見たように農民救済の次元でさえも不適合な実状であった。

特に、各種新式金融機関から貸与を受け、再度農民に貸与する当時政府の農村事業の根幹であった合作社さえ、否定的な側面が多かった。例えば、地位を利用して合作社から巨額の貸与を独占するとか、或は合作社社員がその資源を利用して貧農に高利で貸与するとか、合作社社員になるためには財産がある者のみに限られ、貧農は容易に合作社の恩恵を受け取れなかったとか、信用合作社の貸与を受け取るには抵当物が必要で5畝以下の農民はその利用ができなかった等は(64)、一連の合作社政策の成功を勘案してもその否定的な側面と実質的な貢献の微弱性等を安撫することができないと思う。

このように農業金融として一番農村社会経済に貢献したという合作社政策の別の面を見ると、当時中国での農業金融政策は農村社会経済の回復にまったく影響を与えなかったといえよう(65)。

このような状況下で、農民がその場の生活維持、或は耕作等のため、容易に利用したのが高利貸であった。高利貸は湖北農家の半数以上が利用するほど、当時においては唯一の農業金融であった。高利貸は利息が高かったが、その形式が多様して若干の抵当物でも利用できたからである。結局、これは抵当物の余裕がなかった農民に土地抵当を強要させた結果になって、高利貸者にる地主、商人、軍官に地権を譲渡する結果をもたらしたのである。

故に、農民の階層分化はさらに深刻化し、離農者は継続増加するなど、中国農村社会経済的な再編成を要求する状況にまで至らせた。

註釈

(1) 湖北省での最初の銀行は外国銀行として清の同治年間に設立した麦加利及び匯豊銀行であった。　これら両銀行はその分行を漢口に設置し、中国自体の銀行としては光緒23年に漢口にその分行を設置した中国通商銀行であった。光緒末年には交通、浙江、興業、信義、信成等銀行が、その分店を漢口にそれぞれ設置した。
　　　程理錕『湖北之農業金融与地権異動之関係』（蕭錚主編、中国地政研究所叢刊『民国二十年代中国大陸土地問題資料』、台北、成文出版社、米国、中文資料中心合作、民国66年）PP.45562～45563。
(2) 張鏡子『中国農村信用合作運動』（上海、民国19年）P.23。
(3) 中央銀行経済研究所編『中国農業金融概要』（中央銀行叢刊、商務印書館）P.156。
(4) 同註（1）P.45593。
(5) 同前　P.45596。
(6) 同前
(7) 施瑛「典当業的危機」（『新報』民国23年8月27日）。　楊肇遇『我国典当業資料両種』（台北、民国61年影印）PP.1～2。
(8) 予鄂皖贛四省農村社会経済調査報告　第四号
　　　『予鄂皖贛四省之典当業』（南京、金陵大学農業経済系印行、民国23年6月）P.3。
(9) 同前
(10) 農民銀行自営の貸款所：黄陂、蔡旬銀行の資金の協助で旧式の典当を改良した貸款所：沙市
(11) 潘敏徳「中国近代典当行之研究（1644～1937）」（台湾国立　師範大学研究所碩士論文、民国72年）P.306。
(12) 同註（1）PP.45590～45591。
(13) 同前
(14) 宓公幹『典当論』（香港、大東図書公司、1978）P.270。
(15) 「衣食不時改易、綢絹遂歩跌落、当物多贖、故無銷盧」（『武漢日報』民国24年1月13日）
(16) 同註（1）P.45592。
(17) 同註（14）P.270。
(18) 銭荘、銭舗が当舗を兼営した所の例:樊城の典当の大部分は銭荘を経営した。特に、世盛典の場合は世盛永票号を経営した。「第四期湘鄂線調査報告書」第3巻第3篇、PP.242a～25b　第3巻第4篇(P.50a～b)
(19) 同註（14）P.270。
(20) 孫暁村「支那に於ける農業金融の現態」（『満鉄調査月報』第18巻8号、昭和13年8月）P.32。
(21) 湖北省典当利率の規定は光緒年間に「典息過重、平民不堪剥削」のため月二分に規定した以来、1921年、1927年、1930年、1932年度金融状況の変化に伴って利率及び当期が規定された。大体その利率は月二分限度で設定された。また、武漢日報(1935年1月15日)では典当を農民剥削機関と断定しており、満鉄調査月報(1938年8月号)では典当が高利貸の主役と規定していた。
(22) 都市地域での典当の発達原因については、現代的な銀行制度の設立と共にこれらが民間資金を吸収する過程で農村資金が都市地域へ流出しながら現われたともいわれるし、物価の低下から現われたともいわれる。また、紳士、地主階層の社会資産事業と文教活動地域が都市地域を中心に行われたので、資金の供給を維持するための典当の都市への移転が行われたともいわれるが、結局はこれらの原因全部が農村社会経済の衰退から現われた農業資金流通の断絶と対外交易による経済活性地域での商業資金流通が、農業金融機関である典当を都市へ移転させるべきであった主要原因と考えられる。参照: 王業鍵『中国近代貨幣与銀行的演進』（台北中央研究院経済研究所、民国71年）PP.40～42, 51～5

2. 同註 (11) P.240。
(23) 同註 (1) P.45570～45571。
(24) 楊蔭溥『中国金融論』（上海、黎明書局、1931）PP.313～314。
(25) 「武漢工潮与金融近況」（『大公報』1926年12月13日）
(26) 何瑞保「1927年漢口銭荘経営経略」（『湖北 文史資料』1987年4月）P.46。
(27) China, Imperial Maritime Customs: Decemmial Report on Trade, Navigation, Industries, etc. of the Ports Open to Foreign commerce and on the Condition and Development of Treaty Port Province, 1882-189: Shanghai, The Inspector General of Customs, 1893-1933, Microfilms. P.174.
(28) 同前 P.178。
(29) 同註 (1) PP.45563～45564。
(30) 同註 (22) PP.79～85。
(31) 同註 (1) P.45565。
(32) 同前 P.45569。
(33) 同前 P.45574。
(34) 同前 P.45577。
(35) 同前 P.45631。
(36) 同註 (3) PP.238～240。
(37) 蘇雲峯『中国現代化的区域研究-湖北省(1860～1961)』（台北、中央研究院近代史研究所、民国76年）参照
(38) 「湖北省銀行成立」『大広報』1926年11月23日。しかし、湖北省銀行設立のための基金は実際には準備されなかった。
(39) 朱斯煌「民元来我国之銀行業」（朱斯煌編『民国経済史』上、台北、文海出版社）P.30。
(40) 同註 (1) P.45643。
(41) 馮和法「中華農学会年会及其他(漫談)」（『中国農村』第三巻第8期、1937年8月）PP.61-62。
(42) 失業部合作事業湖北省弁事処の前身は華洋義賑会湖北分会である。この機構の活動地域は漢口近郊一帯として信用合作社の性質を持っていた。資本額は30余万元であり、登記者及び未登記者合わせて1300余社になったが、省全地域に対する貢献は限界があったとえいる。
同註 (1) P.45630、P.45608 参照
(43) 「予鄂皖三省農村金融救済概況」（『銀行週報』第833号、民国23年1月）参照
(44) 合作金庫総70県中で、わずか6県だけに設置され、合作処で直轄運営したが、効果がなかったと当時の資料は評価している。農本局は生産方面を支援する機構として対象地域が23県、投資規模は80万元の比較的利用価値の高い機関であったが、設立時期が日中戦争の開始時期と同年であったので、有利な条件を持っていたにもかかわらず、その成果はなかった。農業倉庫は貸付の対象が農村合作社として、貸付額が1937年末に149,813元であったが、戦争開始と共にすべてが中止され、その役割はほとんどなかった。
同註 (1) PP.45644～45655、農業金融概要 P.51 参照
(45) 1930年代前中国での現金負債農家は全農戸数の56%であり、糧食を借りた農家は48%であった。
中央農業実験所『農政報告』第2巻第4期、民国23年4月。
(46) 厳仲達「湖北西北的農村」（『東方雑誌』第14巻第16期、民国16年8月）
(47) 同註 (1) P.45597
(48) 同前.

湖 北 農 民 借 款 の 利 子 率				
月 利 子 率	負債農戸比率	縣 別	普 通 利 子 率	最 高 利 子 率
無利子	0．09％	武　　昌	2 0 ％	1 0 0 ％
1分5釐以下	0．36％	漢　　陽	2 5 ％	8 0 ％
1分5釐～1分9釐9毛	0．97％	黄　　岡	2 5 ％	5 0 ～ 1 0 0 ％
2分　～2分4釐9毛	14．35％	黄　　陂	3 0 ％	8 0 ％
2分5釐～2分9釐9毛	22．80％	孝　　感	2 0 ～ 3 0 ％	3 0 ～ 1 0 0 ％
3分　～3分4釐9毛	42．17％	雲　　夢	2 5 ～ 3 5 ％	1 0 0 ％
3分5釐～3分9釐9毛	12．83％	應　　城	2 5 ％	5 0 ％
4分　～4分4釐9毛	1．82％	隨　　縣	2 5 ％	1 0 0 ％
4分5釐～4分9釐9毛	0．30％	光　　下	2 5 ％	4 0 ％
5分　～7分4釐9毛	1．01％	鹽	2 5 ％	5 0 ％
7分5釐～9分9釐9毛	0．05％	荊　　門	2 0 ％	8 0 ％
1割以上	0．01％	宜　　昌	3 0 ％	1 0 0 ％
調査不明	3．11％	平　　均	2 3 ～ 2 6 ％	7 2 ～ 9 0 ％

資料来源: 程理錕『湖北之農業金融与地権異動之関係』
　　　　（台北、成文出版社、米国、中文資料中心合作、民国66年）PP.4555～4556。

(50) 天野元之助「中支農業金融ついて」（『満鉄調査月報』第19巻第8号、昭和14年8月）P.100

(51) 同註（20）P.35、同註（49）P.100

(52) 同註（14）P.57

(53) 同註（1）P.45599

(54) カ・ア・ウィツトフォーゲル「"アジア的"支那における商業資本及び利子付資本の経済的機能」（『満鉄調査月報』第13巻第6号、昭和8年6月）P.205
　　　　劉大鈞「湖北省佃農状況」（馮和法『中国農村社会経済資料』下冊、1933年）P.237

(55) 同註（20）P.33

(56) 張錦山「湖北省襄陽県的農村社会経済」（『天津益世報』1936年7月11日）

(57) 「湖北的農民運動」（『中国農民月刊』第4期1926年4月）

(58) 同註（20）P.45　参照

(59) 陳翰笙「現代中国的土地問題」（馮和法編『中国農業経済論』1934年）PP.225～226

(60) 同註（1）P.45663

(61) 張森「中国都市与農村地価漲落之動向」P.258
　　　　南京中央日報（民国22年5月25日）によると1933年湖北の地価は5年前より40乃至50％が落ちたと報道されていた。

(62) 中央農業実験所『農政報告』（第4巻、第7期、1936年7月）P.173

(63) 『順天時報』民国13年6月18日。（『農商公報』第120期、1924年7月）P.7の近聞。

(64) 同註（61）

(65) 同註（22）P.660。

第6章

米穀流通
－江西省内外の供需供給構造－

1. はじめに

　生産物が生産者から消費者まで供給される過程で、生産物の円滑な流通による均等な分配は、一般経済生活に於いて過去も現在も一番重要な問題であろう。この問題は結局どこでも解決されないまま、今までも人類全体の問題として残っている。しかし、このような問題は、今までの歴史発展過程からわかるように、支配階層の政治的道徳性、社会各階層の意識水準及び自由市場経済体制下での適切な牽制と均衡等によって、その状況程度と社会的発展方向が違った事実が知られよう。

　このような観点から、20世紀初頭の中国農村社会を観察すれば、当時中国農村が持っていた矛盾点及び農民意識の変化、そして社会主義社会への転換等を理解できると思われる。これは当時の中国農村社会が持っていた独特な状況であるかも知れないが、最近中国を含む社会主義国家が、マルクスレーニン主義の史的唯物論による一種の歴史法則に逆っている変則事例を見る時、当時の中国社会が理念的、体制的転換よりも、社

会経済の構造的矛盾の克服による、伝統中国の資本主義的産業社会への定着が、より中国の発展に寄与したのではないかと考えられる。

　従って、本書では当時中国で最も重要な経済商品であった米穀の生産、分配、流通等一連の交易過程の中で現れた問題点を、農村の社会経済構造の中で把握し、中国農民が中共の地図路線を受け入れき状況であったか、それはまた中国農民にとって、正しい選択であったかどうか等の問題を究明しようと思う。

　江西省は特に中国の穀倉地帯である長江流域の一省であり、土地面積に対する稲田の比率が一番低い省であったにもかかわらず、米生産が湖南省に次いで多く、1915年以後小軍閥が離合集散した地域として、米禁、苛酷雑捐、土地兼併、田地荒廃等農村社会経済の大きな影響を及ぼした地域であり、1928年以後中共のソビエト建立、1931年以後中央ソビエト建立と土地革命の提唱は、当時農村農民の状況を理解するため、充分なモデル地域になろうル

　一方、江西省の米穀流通状況を十分に理解すれば、その地理的位置により、長江流域諸省間の米穀交易状況と米穀市場の版図変化、外米の流入の影響等当時中国米穀市場の流れに対する全般的理解ができる。

　故に、本書では、まず江西省各地域の米穀生産状況と相互需給関係を検討し、省内外の米市場の状況と農村社会経済との関係、米禁が農村社会経済に及ぼした影響等を分析し、当時国共両党の指導路線に対する農民の心理動揺を考えようとするものである。

2. 米穀需給の江西省の地域的特質

　江西省は自然環境が邊遠地域の一部を除外し、すべての耕地が米耕作に適合している(1)。1934年の状況を見ると、稲作面積は3,129万畝、大豆、小麦が400余万畝、錦花、油菜、花生が各々100万余畝となっているから(2)、稲作面積が全土地の15％に及ばず(3)、稲作が江西省で占める比重は必ずしも高くない。しかし、その生産量は湖南省の次であり、全中国の中では重要米生産地域であったとはいえよう。故に、江西人は慣習上米

を食べたため、麦等雑量の生産が少なかった(5)。

　生産時期と生産性は、地域と気候によって違うが、生産時期は二毛作の場合、早稲は4月初に播種して6月末に収穫し、晩稲は7月初に播種して9月末に収穫する(6)。大略二毛作可能地域は贛西南部の一部地域であったが、1930年代中期、政府当局が農業改良事業を推進するまでは、投資額の割には生産額が少なかったのであまり行われなかった(7)。故に、20世紀初頭まではほとんどが一毛作であり、農民は収益性が高い上質の晩米を主に耕作した。生産性は上等田と普通田の平均額が毎畝当たり穀3石9斗1升であったが、飯米にするとわずかに1石8斗であった(8)。このように46％の低い精米率は、精米技術とも関係があるが、直接的に粘性がない米自体の劣悪性に起因すると思う。その生産性は長江流域の諸省と比較すると、非常に低かったといえる(9)。

　江西米の質と生産性が全般的に劣ることは、雑税の加重、租田制度の不合理性、天災、人災といった問題とも関係があるが、耕作技術や品種改良が遅れていたこととも関係があったといえる(10)。このような状況は、当時の省政府当局と清末以来設立されてきた各種農業機関の行政及び農民政策が形式的であったことを示しており(11)、このような状況はまた中共が跋扈して土地改革等農村・農民に対する政策が提起された時まで継続された(12)。

　このような農業生産の不振は農村社会経済の衰退を意味しており、農業経済を根幹とする江西経済の破産を意味しよう。このような全般的な江西米の劣悪性の外に、各地域別の米穀生産状況、流通過程等を見れば、米穀商品経済市場の未発達及び農民の心理的衝撃等江西農村の危機状況がさらに詳しく解明されると思う。

　本書では江西省の各地域の米生産と消費・地域間の米需給関係等を分析するにあたり、米生産量・人口・交通・政治的状況・土壌・気候等により、図1のように6個の地域に分けて比較検討していく。(参考・・図2・3・4・5)

　各地域の特性を見ると、次のようである。

　A区・・贛江中下流平野地域。全省の交通の中心地であり、主要米生産及び輸出地域である。

　B区・・西邊地域。地勢と土壌が不良であるため、米産量は自給自

足が可能な程度である。とりわけ北部の武寧・修水・銅鼓等3県は丘陵地帯であり、地盤が固いので茶の生産を主としているため、米の自給自足さえ不可能である。

C区‥東邊地域。米の生産状況はB区と似ているが、中共の占領以後、食糧不足現象が起こった。

D区‥北端地域。米穀の対外輸出地域であるが、当該地域は気候と土壌が不良であるため、米生産が絶対的に不足している。故に商業と貿易、そして雑により、食糧問題を解決していた。

E区‥東北邊区地域。気候・土壌が米生産に適していないので、その代わりに煙草に栽培が多い。ところが中共の興起以来浙江省に流入しようとする人々が増え、人口が急速に増加したため米穀の最大輸入地域に転化した。

F区‥南部中央地域。行政、交通、商業の中心地域として米穀の純消費地域である。さらに、気候が不良であるため、米の生産も少なく、雑糧の生産もほとんどなかった。故に、米の交易を通じて民食問題を解決しなければならなかった地域である[13]。

このような地域区分により、地域別生産能力と消費量の関係を見れば、表1の統計のようになる。

表1　贛省地域別米穀生産量及び消費量

區域	縣數	a 人口	%	b 産額 石	%	c 人平均所得	d 斤 毎人所得量と消費量の比較	e 各区全体所得量と消費量の比較 石
A	30	5,626,469	41%	66,024,919	59%	1173斤	+425斤	+23,912,493
B	19	2,638,462	19%	8,509,843	17%	702斤	-46斤	-1,213,693
C	16	2,465,072	18%	12,622,204	11%	512斤	-236斤	-5,817,569
D	7	1,211,235	9%	5,127,461	5%	423斤	-361斤	-4,372,558
E	5	823,985	6%	4,294,320	3.8%	521斤	-272斤	-1,870,439
F	4	1,031,800	7%	4,849,450	4.2%	470斤	-278斤	-2,868,404
計	81	13,797,023	100%	111,428,197	100%	107斤		+7,769,830

<説明及び資料来源>

a. 1933年人口統計を基準として、未統計県は1931年度数字を使って作成。

　『江西経済問題』（台北、学生書局、1971年6月）PP. 34～40

b. 1933年江西建設庁調査、米生産額、『江西糧食調査』（東京、生活社）PP. 4～7、

　（表3参照）

c. 江西建設庁調査基準：穀毎石約100近上下、故に一担谷約1石、b÷a=c

d. 江西毎畝当り毎年平均収穫量：穀子3石9斗1升→碾いて飯米となさは1石8斗である。

　（精米率=46%）

　　毎人毎年米の最低消費量：米2.57石、（『大公報』1922. 5. 3、『支那省別全誌』、

　　湖北省、P.545）。1930年代江西28県の米1石当り平均重量：約134近（『江西糧食

　　調査』P.59～60より計算）

　　2.57×134斤=344斤×0.46=穀158斤（0.46石米=1石穀）

e. 7,769,830×0.46=3,574,122（米石）→江西米剰余量（参考:表4）

表2　1930年代江西省稲穀産量の統計

年　別	總生産額　石	統　計　者
1931	80,070,000	金陵大學農業経済系
1932	83,140,000	上同
1933	111,428,197	江西省建設廳
1934	92,062,956	江西省政府統計室
平　均	91,675,000	

表3　1920年代江西米穀産量及び消費量（単位万石）

年　別	生産量	消費量	残　余　額
米穀最多年	7,020	5,541	1,479×0.46=680万石
米穀最少年	6,084	5,524	560×0.46=258万石
米穀中平年	6,502	5,532	970×0.46=446万石
平　均	6,535	5,532	1003×0.46=461万石

<資料来源> 馮柳堂、「旱災与民食問題」（『東方雑誌』31巻18号）P.20

表4　江西省各区米移出可能県数

區域	米不足縣數	自給自足縣數	剰餘縣數	計
A	0	4	26	30
B	7	6	6	19
C	10	6	0	16
D	3	4	0	7
E	4	1	0	5
F	4	0	0	4
計	28	21	32	81

<資料来源>
1. 『江西糧食調査』同前 P. 4～7
2. 『江西経済調査』同前 P. 134～142
3. 『江西年鑑』民国25年10月初版 P. 634～644
4. 『支那省別全誌』江西省 P.507～533
　　等で1933年度を基準として作成

表5　各区の米不足の原因（1933年度基準）

區域	國共の戰争	天　　災	氣候、土壌不良	人口の増加
B區	1　縣	1　縣	5　縣	
C區	8　縣		1　縣	
D區		1　縣	3　縣	
E區			1　縣	4　縣
F區	2　縣			2　縣

<資料来源>　表4参照

　この表によると、江西米の生産性と耕地比率は大変低かったにもかかわらず、民食は充足していた事実が分かる。例えば、表2と表3からわかるように、1920年代と1930年代の米穀生産量と消費量を比較すると、毎年米穀約460万石から780万石の剰余があった(14)。故に全体的に民食問題はなかったように見えるが、実は地域間の生産差異と流通構造上の問題のため、地域によっては食糧不足及び米の商品化の限界性が現われていた。即ち、米の剰余現象は民食問題の解決を意味しているわけではなかったと

言えよう。表1と表4・表6/から、A地区以外の地域では食米不足の状況にあった事実がわかる。これらの地域はすべてが、山区地域・都市消費地域・人口集中地域・国共対立地域であった。その中で、特に食米不足現象が著しかった県は28県であった。総81県の中で、28県という数は1/3に該当するが、これは江西省が全体的には米剰余省でありながら、省当局の行政・経済政策に多くの問題点があったことが知られる。（参考図6）

さらに、他の自給自足地域と剰余地域も、商人・軍政等支配層が利益を独占していた状況から考えてみると(15)、民食問題による全省の社会的矛盾の深刻性を理解できるであろう。

当時の米不足地域の原因を見ると、表5に見えるように、国共両党の戦争による県が11県で一番多かった。それは当時軍閥当局の無為無策と、その戦争の目的が両党相互間の政治的権力闘争だけにあり、農民の民生問題には関心がなかったことを意味しよう。また、気候・土壌の不良による食米不足も10現に至ったということは、清末以後、江西省当局の農業政策が完全に形骸化してしまったことを意味しよう(16)。表6によって米の代替食糧たる大麦と大麦の栽培について米移出地域であるA区とその他の地域を比較すると、A区地域以外ではその生産が大変少なかったことが見える。

即ち、D地域以外の地域では、全然代替食糧の改善がなされなかった状況を分かる。勿論、これらの代替食糧の栽培が、気候・土壌にあわないこともあったと思われるが、それ以上に品種改良・耕作方法の改善・新品種の移植等の農業政策がおこなわれなかったことがもっとも重要な原因ではないかと思う(17)。特に、C区とF区はB区とE区より栽培条件がよかったにもかかわらず改良されなかったことは、省当局の農政がいかに形式的であったかが想像できよう。E区とF区では人口が集中したので、食糧不足現象が現れた。これは中共の土地改革と階級闘争の圧力から脱出するため、隣近の浙江省と当時行政首都があった贛県の治安が比較的安定していたために起つった現象であると思われる。これらの地域は人口集中以前には、煙草等商品作物の栽培と穀物の取り引きを通じて食米問題を解決していたが、人口集中以後はその方法による解決に限りがあったといわれる(18)。これも国共両党の政治闘争下に現れた商品流通の阻害及び地域間分配の不均衡のためであると思われる。

図1　江西省各県分区図

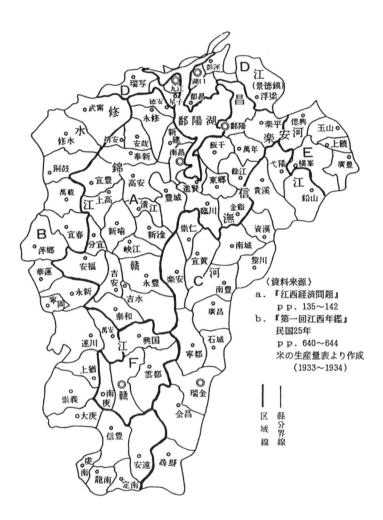

〈資料来源〉
a.『江西経済問題』
　　　pp. 135～142
b.『第一回江西年鑑』
　　　民国25年
　　　pp. 640～644
　　米の生産量表より作成
　　　（1933～1934）

区域線 ｜　県分界線 ｜

図2 江西省の中央邊区状況（1934年）

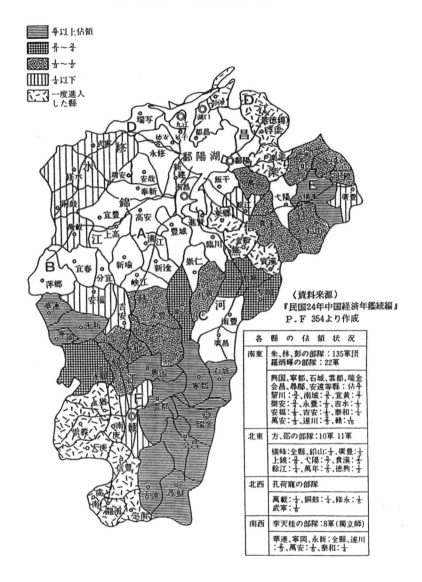

図3 江西省分区地税図

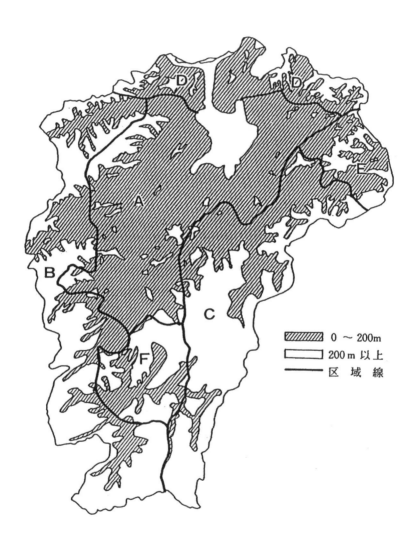

図4 1921年江西省陸水上交通図

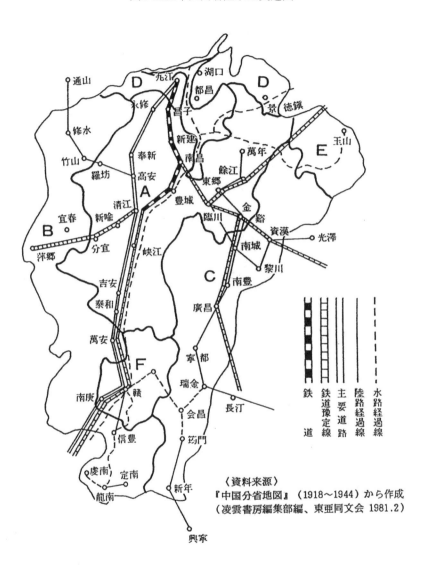

〈資料来源〉
『中国分省地図』（1918〜1944）から作成
（凌雲書房編集部編、東亜同文会 1981.2）

図5 江西米穀集散趨勢（1930年代）

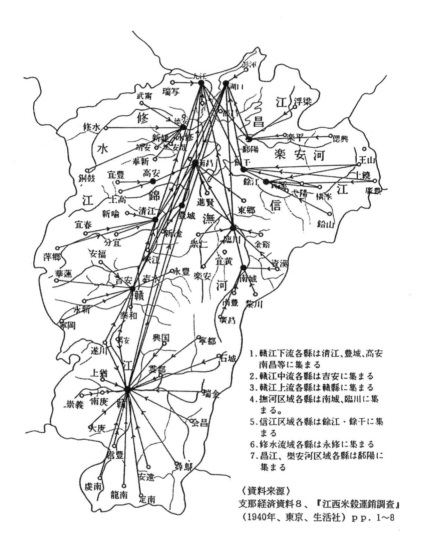

1. 贛江下流各縣は清江、豊城、高安
   南昌等に集まる
2. 贛江中流各縣は吉安に集まる
3. 贛江上流各縣は贛縣に集まる
4. 撫河区域各縣は南城、臨川に集
   まる。
5. 信江区域各縣は餘江・餘干に集
   まる
6. 修水流域各縣は永修に集まる
7. 昌江、樂安河区域各縣は鄱陽に
   集まる

〈資料来源〉
支那経済資料8、『江西米穀運銷調査』
（1940年、東京、生活社）pp. 1～8

図6 各区米生産状況（1933年基準）

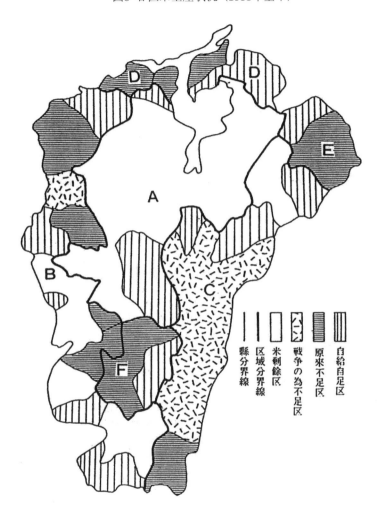

凡例（右から左）：
- 縣分界線
- 区域分界線
- 米剰餘区
- 戦争の為不足区
- 原來不足区
- 自給自足区

〈資料来源〉『江西経済問題』（台北、学生書局、1971年）
ｐｐ．135〜142
民国25年、『第一回江西年鑑』ｐｐ．640〜644
米の生産量表より作成（1933〜1934）

表6　1934年各県小麦、大麦生産量及び面積

區域	小　麥				大　麥			
	縣數	面　積	生　産　量	%	縣數	面　積	生　産　量	%
A	21	434,740	559,155	42	18	327,500	600,423	51.2
B	11	215,480	237,853	17.7	5	84,300	106,909	9.1
C	2	26,300	38,820	3	3	15,000	26,038	2.2
D	6	283,850	263,893	19.7	7	275,885	312,379	26.7
E	3	148,500	234,490	17.6	3	87,000	124,680	10.6
F	1	320	576	0.04	1	250	495	0.04
計	44	,109,190	1,334,787	100	37	789,935	1,170,924	100

＜資料来源＞　『江西年鑑』第2章農産、P. 634〜644より作成

　しかし、最大の問題はA区の剰余量の移出問題であった。A区の剰余米はほとんど省内外に移出されたが、地理的・交通　的要因、あるいは軍政商人階層の利益等により、移出地が決められた点に問題があった。即ち、実際上米穀が必要な地域より、運送費が安い所と輸出時期上、手続き上利益が高くある地域だけに移出されたので、実質的な米需給は全く不可能であったのである。例えば、当時の重要な交通手段である水運は、上行と下行の運賃格差のため、ほとんどが下行によって下流地域だけに移出され、軍政階層による米禁の実施は、私運・密輸出・囤積・買占め売り惜み等の現象を惹起し、流通構造を破壊した。故に、地域間の分配の不均衡・米穀の商品化の阻害等農村の市場経済等び民食問題に大きな影響を及ぼしたのである。このような状況は次の章でさらに詳細に分析する。

3. 省内の流通事情

　江西米穀の流通は、1930年代末頃から敷設を始めた江西省の主要幹線である南尋、株萍、浙贛線が輸送を始めた1910年代初期以後も天然

河川に依存していた(19)。民国4年2月に涂家埠・九江間の民国5年6月には南昌、九江間の鉄道が建設されたが(20)。運送費が高く、遠隔地からの貨物は直接輸出港まで運送するのが便利であったので、依然水運の比重が高かった。ただ米穀の輸出中心港が、本来の湖口港から九江港に移動した(21)。このような水運の偏重は、流通に必要な迅速性、正確性が欠如しており、各地域間の米価の格段の差を出現させた。

　江西の地勢は南高北低なので、河流の流れはすべてが北流である。従って、米の集散ルートも水流によって形成され、図5のように上流から下流へ輸送される一つの搬路しかなかった。これは水運の運賃とも密接な関係があると思う。当時上行と下行の水運の運賃を比較して見ると表7のようになる。

　表7に見えるんうに、上行と下行の運賃の差は大変大きかった。さらに、上行の運賃価格は、国民党政府が共産党軍を殲滅するにあたって、民船を備って軍米を請負運搬するために、南昌航業公会を召集して運賃規定を論議して決定した価格であるので、一般運賃より安かったといわれるから、一般人が往来する際の運賃はさらに高かったことが知られる。

表7　南昌とその各関係市場間の水上運輸の上・下行運行運賃比較表

(1930年代)

上　行			下　行					
縣　名	里　數	米1石の運賃	縣　名	里　數	所要日數	米1石の運賃(元)		
						最　高	普　通	最　低
吉　水	390	0.468元	吉　水	430	7	0.36	0.30	0.26
吉　安	420	0.504元	吉　安	150	7	0.40	0.35	0.30
泰　和	510	0.612元	泰　和	540	9	0.50	0.46	0.42

＜資料来源＞　『江西米穀運銷調査』同前、P.138　P.142より作成

表8　水の少ない時と普通時とその南昌各関係市場間の上運輸の里程と日数の比較表（1930年代）

市 場 名	普 通 の 時		水 の 少 な い 時	
	里 程	日 數	里 程	日 數
李 家 渡	140	2.5	210	3.5
臨 川 縣	240	4	310	5
上 頓 渡	250	4	350	5
滸 湾 鎮	280	5	350	6
南 城 縣	380	6	450	7
崇 仁 縣	350	6	420	7

＜資料来源＞　『江西米穀運輸調査』同前、PP.141〜143より作成

表9　区間別買入売出時の毎石当りの米価変化

種 類	區 間	里 程	買入時米価 a	賣出時米価 b	運賃と雑費 b−a=c	時 期
晩 米	南 昌→九 江	240	6.273元	7.595元	1.358元	1935. 10. 1
早 籾	李家渡→南昌	140	4.460元	4.945元	0.485元	1935. 3. 1
早 籾	吉 安→南昌	450	4.460元	6.300元	1.694元	1935. 3. 1
早 籾	贛 縣→南昌	900	3.536元	4.454元	0.918元	1935. 3. 1

＜資料来源＞　『江西米穀運銷調査』同前、PP.302〜303、PP.308〜309より作成

　また水路里数も上行の場合は政府が設立した運輸処までの距離であったから、米穀市場間の距離によって決定された下行距離より短かったから、その運賃は非常に高かったことになる。
　一方、水路は降雨量によってその航行距離と日数・運賃と航行等の可否が決定されたので、それが各地域の米価に及ぼした影響は大きかった。当時降雨量が米の交易に及ぼした影響は次のように述べている。
　如果是在水災的情況下・上航非常危険而且吃力費時、如果是旱災的話、則往往由於水位的制限、船隻不能由不遊駛往上遊地区[22]。

このような時、A区とB区、C区の米穀剰余地域は上流の米不足地域に、米の移出ができなかったので、米市場の交易はこのように停滞し、農村社会経済市場に大きなマイテス影響を及ぼした。特に、江西省は表12のようにほとんど毎年水災、旱災があったので、上流地域の米不足地方による民食問題は大きな社会問題となったのである。

また、水深が浅い時、撫河地域の各地から南昌へ行く場合は、鄱陽湖を軽由しなければならなかった(23)。

表10　江西都市人口毎年米穀総消費量推定額表

	名　　　　　目	1924年以前	1928年	1933～35年
a	總人口に對する都市人口の比率	3.78%	4.13%	4.4%
b	都　　市　　人　　口	924,845	839,333	833,360
c	都市人口平均每人每日消費量	1.83斤	1.83斤	1.83斤
d	全體都市人口每年米消費量斤	61,772万斤	56,064万斤	55,663万斤
e	全體都市人口每年米消費量石	617.72万石	560.64万石	556.63万石

<説明及び資料来源>　　　100%-95.6%=4.4%

a. 1933～35年都市平均人口: 総人口18,940,000-農村人口18,107,705=832,295（都市人口）『民国23年申報年鑑』PP.B.34～39『民国24年中国経済年鑑続編』P.B.5

b.

年　別	1924年以前		1928		1933～35		1933年を基準とする都市人口の増減率	
人口 都市名	人口	市人口	總人口	都市人口	總人口	都市人口	924年以前	1928年
南昌	622,569	350,000	434,879	234,160	405,833	274,203	-22%	+17%
九江	405,147	53,400	245,147	80,840	259,749	77,262	+45%	-4%
景德鎮	409,523	200,000	227,595	153,746	262,286	125,000	-37%	-19%
平均	479,080	201,133	302,540	156,249	309,289	158,821	-14%	-6%

1919年人口（民国25年『中国経済年鑑』冊P.C. 23）: 24,466,800×3.78=P 24,845
1928年人口（民国23年『申報年鑑』P.B. 84）: 20,322,837×4.13=839,333
1933年人口（民国23年『申報年鑑』PP.B. 34～39）: 18,940,000×4.4=833,360

c. 每人每日消費量: 1.033公斤=約1.8市斤穀

Buck, Land Utilization in China, Statistics, 1929～1933(1937) PP.110,473

d. b×c×365=d
e. 1担=約100斤

江西省主要都市の毎市方里人口密度（1930年代）

都　市　名	南昌	廣昌	南庚	清江	臨川	寧都	修水	永豊	湖口	東郷	九江
毎市方里都市人口密度	64	62	58	54	53	53	46	45	44	43	41

民国25年『申報年鑑』P.B.P2

　この様に迂廻する里程は稍々遠くなり、日数も多くかかった。これを通商時の各地から南昌までの里程と比較して見ると表8のようになる。又このような距離と時間の延長により、それだけ運賃が高くなったことが理解できる　（参考‥表9）　以上のように江西の米価は地域によってその差は大きくなっている。各地域の米価の差は図7によく現れている。このような地域による米価の差は、地域別生産量と消費量との関係、交通、人口等、様々な要素によって起こる現象であるが、江西省ではなによりも当時の米穀需給の責任者である軍政階層が商人階層と結託して操作をおこなったことも重要な原因の一つであった(24)。

　各地域の米価を分析して見ると、A区の北部、D区、E区、F区とB区の南部等の米価が高く、A区の中南部とB区の北部と中部、C区が低かった。これも水運と関係があったと思われる。即ち、A区の北部とD区、F区は米穀の移入地域であり、遠隔地から移入されるため表9のように米価が高くなった。従って下流の米穀の集散地域は米価は常に高かった。また、このような集散地域は大抵大市場或いは都市地域であるから、米の消費地域として必然的に米価が高かったことが理解できよう。

　当時の都市地域での米消費量を見ると、米穀流通の流れと米価が形成される状況をわかると思う。表10を見ると江西省都市人口の毎年最低食糧必要量は約550万担から620担にもなった。その量は江西米穀総生産額の4.9%から5.6%であり、これは毎年剰余量700万担から800万担と比較すると、江西主要都市で米流通量の比重が、江西米穀の流通と米価の決定に重大な影響を及ぼしたことがわかる。従って、A区は都市人口密度が高い大部分の都市を含んでいるので、生産が多かったためにF・D・E区ほどは

図7　江西省各県毎石平均穀価(1930～1934年).（単位:元）

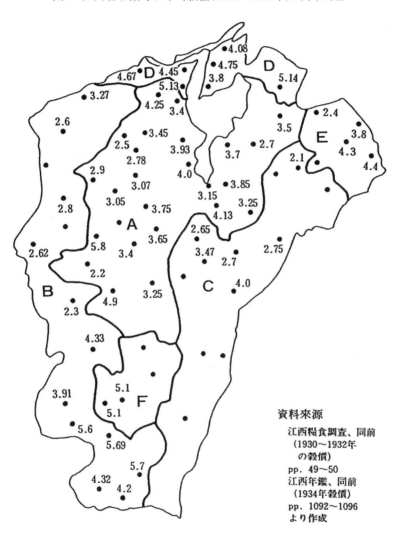

資料來源
　江西糧食調査、同前
　　（1930～1932年
　　の穀價）
　pp. 49～50
　江西年鑑、同前
　　（1934年穀價）
　pp. 1092～1096
　より作成

高くなかったとはいえ、全体的には高価格であったと言える。D区・F区は生産が少なく、かつ消費商業都市地域であったので、米価は大変高かった。

表11　1930年代江西省災年及び常年の地方別米価の比較（単位:元）

地區	市場名	1931　災年		1932　常年		1933　常年		1934　災年		1935　災年	
		早米	晩米	早米	晩米	早米	晩米	早米	晩米	早米	晩米
A	吉　安	6.95	7.32	6.30	7.00	5.61	6.15	6.43	8.00	7.26	8.98
A	樟　樹			6.86	7.92	5.87	6.31	6.98	8.04		
A	涂家渡			3.42	4.23			3.60	3.89	5.48	5.52
A	臨　川			6.40	6.73			7.10	7.56	8.24	8.84

＜資料来源＞　『江西米穀運銷調査』同前、PP.243〜274より作成

表12　江西省年度別災況表

年別	災　　別	災況	年別	災　　別	災況	年別	災　別	災況
1888	水、旱	34縣	1902	水、旱、風、虫	22縣	1924	大水	
1891	水、旱、風	21縣	1903	水、旱	17縣	1925	大水	贛州
1893	水、旱	21縣	1905	水、旱	27縣	1928	大水	
1895	水、旱、虫	21縣	1906	水、旱	25縣	1929	虫	
1896	水、旱	17縣	1912	大水		1930	水、旱	
1897	水、旱、虫	27縣	1913	大旱		1931	大水	
1898	水、旱	28縣	1914	大水		1932	水、	
1899	水、旱、風、虫	35縣	1915	大水		1934	水、旱	14縣
1900	水、旱、風、虫	31縣	1917	地震		1935	大水	
1901	水、旱	29縣	1918	水				

参考資料: 蘇鎬「中国農村復興運動声中之天災問題」（『東方雑誌』30巻24号）
　　　　　郭庭以『中華民国大事日誌』

A区・D区・F区は河川交通の結節点であったので、比較的容易に米穀を搬入することがでけたが、運賃等の雑費や流通過程によって米価は上昇した。E区の食米は全面的に収入に依存しており、かつ前述のようり他地域からの流入人口も多かったので、当然のことながら米価は高かった。

　これとは対照的にB区の中・北部地域とC区では、移入時に上行、移出時には下行であったので、米の移入が大変困難であった。そのため大抵は自給自足或いは隣近県との物物交換式売買により、食米問題を解決したので、米の取り引きも少なく、米価も低かった(25)。

　このようにA区を中心とする米産区の米穀は、政治的・軍事的目的によるものを除けば上行地域への米移出はほとんどなかった。このように米穀の流通は消費地域であるA区・D区・E区・F区が中心になったことがわかる。これは米穀流通の偏よりを意味し、食米不足地域に対する円滑な供給があまり行われなかったことを示す。

　ところで、江西省では災害によって米価が大きく変動した。表11を見ると、災年と常年で、相当の米価格差があさロことがわかる。吉安での常年と災年の米価の差を比で見ると、その差は表11に見えるように災年の米価が毎1石当たり早米は1.34元から1.65元、晩米は1.17元から2.83元も高かった。このような状況は資料の関係上、A区以外の地域についてはわからないが、米生産の中心地域であるA区の状況を見ると米自給自足地域或いは米不足地域での状況は、A区より深刻であったことが容易に想像できるよう。

　特に、江西省は長江流域の代表的な災害地域であった。表12から分かるように、災害は深刻であり、米価がこれによって変動したことを考えると、省政府の救済政策の疎略・流通状況の閉塞等社会経済的問題の深刻性を理解できよう。

　しかし、このように災害時と春窮期等の社会的な困難時、より深刻な問題は商人・軍政階層による投機　性利益追求方法であった。図8と図9を見ると、米価は季節によって変動したことがわかる。即ち、米価は7月から10月の間では低く、11月から4月の間では高かった。これは収穫期には価格が下がり、非収穫期には上がるというな問題は価格差であった～

表13　南昌市での米価と銅元の換率変動表（1927～1932年）

年　別	米　　価　　a			平均銅元百枚換銀元額　　b		
	元/石	指數	1920 ‖ 100	100文/元	指數	1920 ‖ 100
1920	7 元　c	1.00				
1925				0.370　d	100	
1928				0.3488	94.3	
1929	7.8125	112		0.3513	94.9	
1930	11.936	171		0.3309	89.4	
1931	8.886	130		0.3306	89.4	
1932	8.293	118		0.3018	81.6	

<資料来源> a.『第一回江西年鑑』民国25年、PP.644～693。
　　　　　　b.『江西経済問題』PP.340～341。
　　　　　　c. 穆藕初、「米貴之原因及補求法」（『東方雑誌』
　　　　　　　　第17巻第15号）P.116
　　　　　　d.「中国之統計思想」（『中外経済月刊』第99号、
　　　　　　　1925年2月10日）P.9～11

　図7からわかるように米価の変動幅は、年間に約4元から6元に至ったが、これは米穀需給政策に大きな問題があったことを示す。また、米穀の取り引き量も春窮期には大きく下がり、米価の上昇を起こす要因になった。

　このような季節による米価の変動と災年の取り引き量の減少等の状況を利用した商人・軍政階層の横暴について、当時の人々は次のように述べていた。

　このような季節的要因の外に農民に大きな損害を与えたものは、米穀交易の時に使用された銅元の換率問題であった。表13で見えるように米価は少しずつ継続して上昇した反面、銅元の価値は継続して下がった。当時商人・軍政階層が銅元を濫発し、社会の金融秩序を混乱させ、自身の利益を追求する一方で、農民及び一般都市民ははるかに価値の落ちる銅元だけで生活しなければならなかった。

図8 月別米価動向

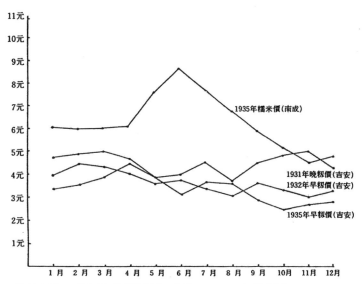

＜資料来源＞ 『江西米穀運銷調査』同前、PP.61〜65より作図

図9 月別米穀取り引き動向

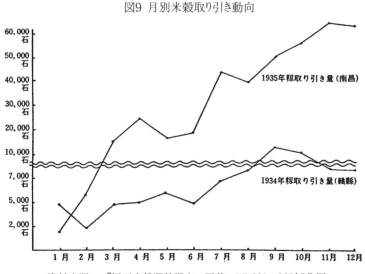

＜資料来源＞ 『江西米穀運銷調査』同前、PP.220〜265より作図

231

九江因奸商濫発当十及当日之銅元小票、動輒超其資本以
　　上、以致醸成倒票風潮。自票潮発生後、銅元小票除中
　　国、裕民両銀行及商会所発行者外、其余雑票一概不能行
　　使于市上。……以目前而論、在表面上票潮雖已息、而暗
　　潮実継増未已、因各大商店如書業、洋貨業今郵局、雑税
　　機関等、仍絶対不収雑票、如雑貨店与其他小貿易営生
　　者、赤挑選甚苛。最可憐者、為四郷挑負材炭、菜蔬上
　　市来売之夫、農民、不収雑票。則有原物挑転之危険、収
　　受又不易以之購得所需之物、帯回又怕明日倒掲。正如究
　　苦市民以洋鈔購米、所我回者、全為雑票、不受則無米下
　　鍋、感受同様之痛苦(27)。

このため、農民は米穀の都市移入を忌避し、そのために米穀の流通は断
絶されて、都市民は食米と生必需品の購入に困難を受けた。このように金
融秩序の紊乱による経済的逆作用は、都市と農村社会経済に大きな影響
を及ぼした。

　以上で見たように江西省内米穀市場において、地域別需給問題、商
人・軍政階層の利益独占問題、金融秩序の破壊問題、災年と春窮期の
民食問題等は、農民に反時代的反政治的感情を生ぜしめるに十分にあっ
たと考えられる。これは軍閥割拠、国共内戦等国内状況と列強資本主義
の侵入という対外的状況が、どうようなかたちであれ、変革を迫られていたこ
とを意味しよう。

4. 省外との流通

　まだ資本主義商品経済段階には至らなかった当時の中国農村におい
て、米穀の売出の依存度は、特に長江流域の米生産地域で大変大き
かった(28)。

　このような米穀の売出は当時の江西人口の70%に該当する一般農民に
とって最大の収入源であった。ところが省当局と軍閥・商人階層にとっても

最大の収入源であった(29)。そこて、商人は農民と軍政階層の間に立ち、農民を欺瞞して大量の米穀を安く買入れ、軍政階層と結託して外省へ移出した。米穀が農民から他省へ移出するまでの過程を図10に示す。この図から、農民から省外に移出されるまでの中間段階が非常に複雑であったことがわかる。この移出過程で、商人階層である計量師・小商人・仲間問屋・米戸・米商等は手数料・茶水費・米価の操作・不正の度量衡器の使用・買入時の支払金の延滞等手段を利用して利益を得た。

図10 江西省における米穀移出過程（1930年代）

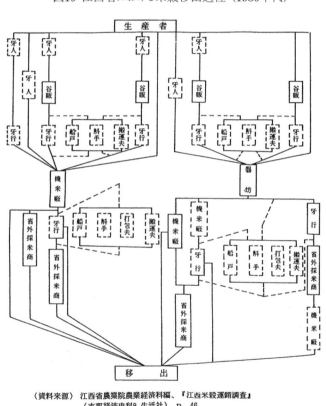

〈資料来源〉 江西省農業院農業経済科編、『江西米穀運銷調査』
（支那経済史科8 生活社） p.46
図例 [┄┄┄] 賣買に参加しないもの
[────] 仲介人の性質を有しながら賣買に参加するもの
[━━━━] 賣買に参加するもの

233

例えば、計量士の場合を見てみよう。計量費は規定によれば多くはなく、各地は大体毎石1分であるが、実際に計量師は各種の技術を持ち、100石の穀物を計算により1、2石多くすることも又は逆に1、2石少なくすることも出来た。故に、売買双方か正常の計量費の外に若干の金を計量師に支払われればならないのである(30)。手数料の場合、正常の手数料は各地で普通2乃至3%であるが、実際は8乃至9%であるとされた。吉安等の大市場の仲買間屋の場合、毎月多い時には500乃至600元、少ない時でも200乃至300元であった(31)。

また中間で間屋等にピンハネされており、かかる小商人は、常に極力農民を欺罔し、利潤を獲得せんことを図っていた。かれら任意に価格を低落せしめ、或は色をなして欠点をあさり、或は不正の定量衡器を使用し、一部分に対してのみ現金を支払い大部分を借りにしておくのは日常に見られることであった(32)。

仲間問屋は農民が米移出時必ず経由すべき位置を利用し、「八掛払ひ」又は「整数九九交現」(100元の価額のものは現金99元のみを交付し、1元を割引にする、然からずんば支払を煙気し何回かに分けて支払をする)という悪習を施行し、小売人に対する船上開艙費用は資本雄厚なる間屋により操縦された。このような問屋手数料の外にも、問屋内の店員に贈寺所謂「茶水費」の如きは極めて普通のことであった(33)。

さらに、大きな資本を持っていた米商と米戸は内地米市及び輸出地域の米市も掌握し、米穀流通の大部分の利潤を吸収した(34)。

このように農民から集積した米穀は、もっと大量の利益を取るため、これら商人階層は軍政当局と結託して米穀の省外移出を企図した。このような移出の規模は、当時海関の統計によって概容を知ることができる。しかし、当時の江西省の剰余量と輸出能力の水準から見れば、海関統計数をうわまっていたと思われる。当時の海関統計に対して中国失業誌は下のように記述している。

民国二十年以前、海関数字・実足以代表其(穀米)貿易之大部(35)。

しかし、当時の江西米の輸出経路を見ると、海関を通じる公式ルート、私運による非公式ルートがあった。海関の移出は九江海関が鉄路建設以後は約6/10を、湖口が2/10、その他の海関が2/10であった(36)。このよちその他の海関は統計が全くなかった(37)。私運は東北境から安徽省南部へ、

東境から浙江省の西部へ、東南境から福建へ、南境から広東へ、西中境から湖南へのルートがあったが、これらの経路を通じて移出した米穀も全然把握されなかった(38)。

一方、公式ルートを通じる移出時にも、船の種類によって計上されなかった米穀も多かった。当時上海へ輸出時の船は大船を使用したから、必ず海関を通過したが、漢口への移出は民船を利用したから、海関を通過する必要はなかった(39)。

1931年に九江海関を通じて移出された米穀の数量を見ると、海関に報告した汽船による輸出は209、940包（314、910担）であったが、未報告の帆船による私運の輸出米穀は、310、000包であったと推定する記録がある(40)。また1914年に民船による蕪湖への移出が50万石にもなった記録もあり(41)、当時海関の統計が移出量の一部に過ぎなかったことがわかる。

特に、米禁期間中「護照」による私運・即軍米・漕米・販米等の運送は海関にほとんど報告されなかったといわれる。

現時米禁未開・毎有仮借軍夫名義・私運出境者・既碍損収、又影郷民食(42)。

1914年から1933年までの30年間の海関経由移出米の統計を見ると、さらに祥しくその状況を知ることができる。（参考…表14）

表14　1904から1933年までの年江西食米輸出数量表

年　別	数　量(石)	年　別	数　量(石)	年　別	数　量(石)
1904	20,334	1914		1924	2,447,831
1905	74,764	1915	59,890	1925	680,936
1906	30,436	1916	366,497	1926	67,154
1907	73,949	1917	630,516	1927	394,816
1908	1,390	1918	463,862	1928	1,396,899
1909	13,450	1919	1,423,461	1929	1,099,290
1910	68,121	1920	2,101,898	1930	344,846
1911		1921	162,929	1931	297,976
1912	27,130	1922	263,916	1932	128,526
1913		1923	1,247,931	1933	530,941

<資料来源> 社会経済調査所編、『江西糧食調査』支那経済資料7、
　　　　　（生活社刊、東京、昭和15年6月）P.29

1915年以前には10万石以上の輸出はなかったが、1915年以後には1926年の6万石以外には毎年平均802万石以上の輸出があったことがわかる。特に、1919・1923・1928・1929年には100万石から150万石が、1920・1924には200万石から250万石が輸出された。また当時の専門米穀輸出商人の推定によると、毎年輸出額は少なくても150万石以上であったといわれる(43)。このような記録と当時の江西省の米穀輸出能力が240万石であったという記録(44)、270万石であったという記録(45)、そして表2で見たように剰余額が約357万石であった軍実を合わせて考え見ると(46)、いくつの年を除けば海関を通じて公式的に輸出された米穀より、民般による私運輸出の方が多かったことが分かる。特に、清末民初の政治社会的不安時期や1912・1922年軍閥戦争の激動期・1926・1926年中共の跋扈期・1930・1931年大水災期等災難期において公式輸出量が極めて少なかった事実は、このような社会的状況を利用した商人・軍政階層の密輸出が多かったことを代弁していると考えられる。次の記録は当時のこのような状況をよく表現している。

　　　秋収後、輸出販米・軍米及商人買属米禁各局卡、或由軍
　　　隊包庇私運出口大穀米、亦無慮数百万石 …(47)。

　当時、江西省でこのような密輸出的性格を持つ私運の盛行は、当時の米穀輸出の主な手段であった民船の数とも深い関係がある。まず当時江西省の水上公安局が、旗照税を徴収した民船の隻数を見ると表15のようである。当時民船に対する検査は、水上公安局と稽徴所が毎年実施し、検査後旗照を発給し、旗照税は船の容量に従って課せられた(48)。
　1934年の総登録船は24、935隻であり、その中容量300石以下の小船が16、792隻であり、67%を占めた。これらの小船は、検査所が16処に設置せれていたにもかかわらず、非常にその輸送能力が流動的であったから、私運は容易であった(49)。
　これら小船の1日運行可能時間は10時間であり、種類は100余種に至った(50)。その中で100石から200石容量の小船が一番多く使用されたが、それは水位が低かった秋冬期にも運行が可能したことからである(51)。特にこれら小船は、各地へ随時に自由に運行できたので、各地の米価の変動状況

表15 1934年度江西水上公安局の旗照税を徴収する民船隻数

等級	區別	容量（據）	每 隻 徵 收 （元）				隻 數
			稅 額	旗 費	註 冊 費	合 計	
特等		1,800以上	12.00	0.30	0.1	12.40	62
頭等	上	1,501～1,800	10.00	0.30	0.1	10.40	58
	下	1,301～1,500	9.00	0.30	0.1	9.40	78
二等	上	1,101～1,300	8.00	0.30	0.1	8.40	14
	下	901～1,100	7.00	0.30	0.1	7.40	134
三等	上	801～900	6.00	0.30	0.1	6.40	332
	下	701～800	5.00	0.30	0.1	5.40	208
四等	上	601～700	4.00	0.30	0.1	4.40	323
	下	501～600	3.00	0.30	0.1	3.40	533
五等	上	401～500	2.50	0.30	0.1	2.90	921
	下	301～400	2.00	0.30	0.1	2.40	1,889
六等	上	201～300	1.50	0.30	0.1	1.90	3,541
	下	101～200	1.00	0.30	0.1	1.90	8,084
不列等		100以下	0.50	0.30	0.1	0.90	8,708

<資料来源> 『江西米穀運銷調査』PP.132～133

表16 各地域の米が上海に運送する時までの費用（1932年10月1日）

貿易港	當地米価元	販 運 費 元								販運費包含の實質米価	上海米価	利損差額
		運賃	包装費	佣金	税捐	匯水	保險	雜費	共計			
長沙	6.825	0.97	0.48	0.38	1.803	0.30	0.037	0.1	4.070	10.865	8.250	-2.645
九江	6.180	0.691	0.43	0.39	1.10	0.20	0.037	0.1	2.948	9.128	8.250	-0.878
蕪湖	6.120	0.45	0.48	0.26	1.053	0.20	0.035	0.18	2.658	8.778	8.000	-0.778

<資料来源> 巫宝三、『中国糧食対外貿易其地位趨勢及変遷之原因』1934 P.33

表17　民国以来九江での禁米出口表

註	年　別	海　關	米禁有効期間	d. 原因
a	1915	九　江	禁米出口已有年餘至1916年1月始池禁	大　水
a	1921	九　江	5月	
a	1922	九　江	準出口100万石	
a	1925	九　江	6月15日	大　水
a	1927	九　江	續上年	
b	1931	九　江		大　水
c	1934	九　江	下半期	水旱縣14

<資料来源>　a. 巫宝三「中国糧食対外貿易」（登雲特、『中国災荒史』民国26年）
　　　　　　　　PP. 34～35
　　　　　　b. 『大公報』1931年8月21日～8月24日
　　　　　　c. 『江西糧食調査』P.91
　　　　　　d. 『東方雑誌』第30巻24号、1933年
　　　　　　e. 郭庭以、『中華民国大事日誌』

を把握することができたので、商人は大船よりもむしろこれをよく利用した(52)。

　一方、軍閥割拠時期には南北軍閥が長江流域に雲集し、自身の保護及び利益確保のため、貿易を妨害したから長距里航海時の安全性が問題になり、また運送費も高くなった(53)。そのため買入価より輸出価が安くなったので、長距里貿易は忌避され、短距里貿易が活発になって小船の利用はさらに増加した。（参考・表16）短距里貿易が活発になったことは、当時江西の米穀が漢口・無湖等附近の食米に大きな影響を与えたことからも知られる(54)。

　　　　由於湘贛米供応短欠、漢口及其附近地区的米価上漲到十
　　　　五元或三万文一担、已経接近飢荒的警報数字了(55)。

　さらに当時江西省では貨幣の実質価値は約67％に過ぎなかった(56)。江西商人は実質的価値があった湖北・安徽・浙江等省の現金を必要とした(57)。それで、湖北・安徽・浙江等近隣地域に対する米輸出が活発になった。小船の私貿易は急増し、その活動は秋冬期は勿論、春夏期に継

続した。当時小船の私貿易活動を見ると次のようである。

　　……不領運単・無形漏扈・為数甚巨・為官民所不及覚。
　　民船装運・瀕河地方彰明較者・源源不絶・毎月二三十万
　　石……(58)。

以上のような商人、軍政階層の密貿易及び私運は、江西農民の生産物を
収奪し、自分の利益だけを追求したことを示す。特に、仲介及び買入過程
での商人階層が軍政階層と結託して外省への密移出及び私運を画策した
こどは、省財政と経済に大きなマイナス影響を及ぼした。そして米穀の売出
によって生活すべきの農民に、米穀の売出を拒否させ生産意欲を低下さ
せ、農村市場経済の活性化を妨害した。

5. 米禁

　江西農村に影響を与えた大きな要素として、米禁の口実の下に、米の流
通を阻んだ商人と軍閥階層の弊害があった。
　元来米穀は省内に米穀の生産が少なくなって米価が上昇したり、災難等の
ため民食に影響がある時に実施された。米禁の形態には二つの種類があっ
た。一つは封関であり、もう一つは阻禁であった。封関とは政府が決定し、
米穀の省外への出境を禁止することであり、阻禁とは地方の正式・非公式団
体が、その影響力を通じて他地方に米穀の運出を阻止することである(59)。
　しかし、このような封関、阻禁の問題は、本来の目的の外に、商人、軍
政階層等が自身の利益のために実施した点にある。特に阻禁は封関と連
動して行われたので、相乗作用がもたらした影響は、農村農民にとって非常
に大きかった。
　まず、民国以後江西省に於ける米禁実施状況を見ると表17のうになる。
表17の来源は一つではなく、いろいろの資料からまとめて作ったものであるか
ら、確実な状況を見ることはできないが、当時の米禁状況がある程度わかる
と思う。この表によると米禁期間は1915年と1927年が1年以上であり、1931

年ははっきりわらず、1921, 1922, 1925, 19334年等は半年ぐらい実施されたことがわかる。

この期間中半分は大水災があり、半分はなかった。これは即ち当時江西省の米禁が災荒とはそれ程関係がなかったことを示す。

また、米禁時省内で民食問題があったとは限らない。なぜなら封禁期間が1年間ずっと継続された年は少なく、継続された年も米穀の輸出は、少くとも公式的には行なわれていた。（参考‥表14）そして、もう一つの海関である湖口では米禁が全く実施されなかった。

一方、1922年の米禁政策内容を見ると、当時九江海関を通じて移出された米穀は263、916石ですぎなかったが、当局から許可された輸出限度額は100万石であった。このことは海関統計が全体輸出量の統計を意味していないことを考えると、江西省で実施した米禁が、省内の食米不足を防止するために実施されたわけではないことを示す。

このような米禁が江西省で必要した理由は何であったか。それは当時米禁が実施された時期を見るとわかると思う(60)。表17によれば確実ではないが、概して民国の共和政建立時期より、1920年代軍閥乱立期に多かったことがわかる。即ち、軍閥政権は戦争費用と政権維持のために米禁を必要としたのであろう(61)。また、商人階層はこの機会に乗じて大量の利益をもくろんで、軍政階層と結託してからの手先になった(62)。

商人は巨額の資本を持ち、収穫期と春窮期の時期を利用し、米価の操縦、囤積等によって利益を追求した。軍閥は商人が米穀を移出する時、「税捐照費」等を受け取って収益を上げた(63)。

江西の米穀の収穫期間は大抵早稲の場合6月末から7月初まで、晩稲の場合は9月末から10月初までであった。小作農（当時、全農民の51％から76％を占めた(64)。）で納めるため、この時期米穀の出荷が多くなった。このような多量の出荷は流通構造上の問題や商人の細工のため、米価の暴落をもたらした。しかし、農民は契約期間内に納租する必要があったので、米穀を商人階層に売らなければならなかった。故に、この時農民の苦しみは大変大きかった。

去年秋季（一九三二）各地穀価、毎拠約在二元以下、交通不便之処、且在二元以下。穀価惨跌之秋、農民因為償

還耕牛、種子、典質、販貸各種積欠、及田賊、捐税、交
　　相煎迫之故、雖吃虧不得不賎価出售、“放下禾鎌没飯
　　吃”、或為農村之並遍現象。米穀所以跌至如此程度、並
　　非生産過剰、……(65)。

　1920年代の平均米価、約7元前後と1931年吉安の年平均早穀価3.66
元、晩穀価3.84元と1932年臨川の年平均早晩穀価3.11元と3.29元を比べ
見ると(66)、収穫のため投資した耕農資本にも及ばない額であることがわかる
(67)。1932年秋季の農民の生産費と所得を見ると次のようである。

　　米価一天跌落一元。米価驟跌一元、不到一月、価跌意達
　　二元有余。計自糙米八元五角、跌至六元。農民雖称農
　　収、但毎畝収穫、亦不過一石六七斗。全数糶去、以六元
　　計算、祇得九元稍零、佃農連還租在内、以及工資等項、
　　毎畝須木洋十二元、則種租田一畝、虧本幾達二元之
　　多……(68)。

　このように一畝につき2元以上の損害を受けながらも出荷しなければならな
かったので、米穀の流通量は非常に増え、米価は暴落した。この時、商
人は大量の米を購入して省外に輸出し、大きな利益を得ようとした。軍政当
局もこの移出機会を利用し、収入の増加を企図した。
　当時軍閥当局の主収入源は米禁時に取り立てた「税捐照費」であっ
た。即ち、米穀の省外移出時、籌荒、防荒の口実の下、米穀の制限的
移出のための輸出証明書である「護照」を発行し(69)、その発行費と其の
他雑税を取り立てた。
　当時の輸出米1石に対する捐税及び運輸費は下のようである。

　　“在江西護照費為一元、水脚毎百斤四銭、毎包約八角五
　　分、麻袋四角、出口関税三角三分、升合三角、上海行俑
　　二角、水険駁費報関費二角、計洋三元七角。”(70)

このような雑捐中でも、護照費の比率が一番高かったことがわかる。1920年代1930年代の江西省の毎石平均米価7元前後の水準と比較すると[71]、1石あたりの護照費1元は、大変高く、軍閥当局の主要収入源であったことがわかる。従って、この護照費は米禁が解除され後にも継続徴収された。即ち、"目下蘇、皖、贛、湘各省、已無米禁之今、似可謂自由流通矣。其実不然、産米各省、至今仍有護照費、登記費等種種各目、未領照者、仍不能出口"[72]とある。

これは護照費の収入が多かったことを示す。このように商人、軍政階層は自分の利益のため、農民の生活及び民食問題等には関係なく、米の流出政策を推進した。

3月、4月の春窮期に至ると、省内の米消費の増加、米の大量移出、商人の囤積等により、全省的に食米不足現象が起こった。この時、もう一つの問題は洋米の衝撃であった。

> 洋米洋麦充斥中国市場之成為豊収成災底原因、乃是帝国主義者把他自己及其植民地上生産過剰的農産物到中国来実施其傾銷政策的結果。……例如江西的米穀素来以上海漢口為他底銷納場所、但是這両個市場都已有洋米洋麦在傾銷、所以江西南昌的米、因為不容易運出、価格也就低落[73]。

このような洋米の流入は、江西米穀市場価格を低下させ、江西米の移出を困難にし、米禁の必要性を消滅させた。この時、省当局は米移出の解禁を実施したが、その時にはもう剰余力がなくなり、商人にとっても省外への輸出より、省内での売買の利益の方が多かったので、実際には解禁は無意味であったが、依然として輸出時に「護照費」が適用されていた[74]。

しかし、もっとも大きな問題は、この廉価の洋米を輸入したことである。即ち、1928年からはじまった江西の米輸入は、少なくとも毎年継続された[75]。このような米の輸入は、省内の民食不足を解決するために実施されたと理解することもできる。しかし本来米穀の生産として有名な省が外米を収入するのは、農業経済の崩壊の一斑を語るものと考えられる[76]。特に、この外米の輸入が商人と軍政階層の利益のために行われたとすれば、これは大きな問

題であろう。例えば、1930年度外米の輸入量は161、518石であった(77)。当時江西省では大災害もなく、共産党の動きも平年と似た状況で、1904年から1933年までの30年間平均輸出額480、656石と比較する時(78)、この輸入量は大変多かった。商人、軍政階層が自分の収入のために敢えて輸入したことを意味しよう。

このような影響は、米の商品化状況を萎縮させ、農民の耕作意欲と生産性を低下させた。これは耕作面積の縮小、荒地の増加、外来の輸入等農民の生活経済を麻痺させ、農村市場経済の破綻をもたらしたので、江西農村での民族資本主義的社会経済活動を阻害することになった。

このような問題に対し、当局の調査者は、「作一週詳之調査、改善交通、取消省内流通時厘金的負担(79)。」といった解決策を提起したが、生産から省内流通、省外移出までの全過程で派生される根本的問題は解決できなっかたんである。

従って、当時一番重要であったことは、政治的安定による計画的な農村政策の実施であったと思う。即ち、それは当時、農村と農民の現象を直視し、その矛盾点を発見することであった。このような面で、国民党系の省政策は中共の政策に及ばなかったと思う。

6. 小結

中国は20世紀初期、政治的激変による社会的、経済的混乱が激化し、帝国主義列強の侵入が加わったので、民主共和制の出発がはじめから脅威を受けた。これら変革の主体は被支配階層ではなく、支配階層に属した軍閥、革命分子、地主商人等郷紳階層、そしてからと結託した帝国主義者であった。

このような状況の下で、被害を受ける階層は当然全人口の80%以上を占めた農民階層であった。歴史的にもいつも利用されたかれらは、比較的近代的文明に接した20世紀初期も例外ではなかった。故に、かれらに新たな形態のビジョンを見せた時、かれらの関心を引くことは、それほど難しいことではなかった。

この点で、国共両党の視角は大き差があった。即ち、それは既存の勢力図の中で問題点を改善しようとする視角と、新たな勢力圏を形成し、拡大しようとする過程で問題点を発見し、改革を推進しようとする視角の差であった。故に、両党の政策路線とその実践方法も全然違った。例えば、中共の場合は農民の支援を得るために、当時の農民の要求に符応する政策を実施した。

　　　　在一個囲内（一個区、郷農協的範囲）須先有一大概的調
　　　　査、当地食穀中分別派留多少、以備平民購食之用、余谷
　　　　一概任其流通、不限価格(80)。

　これに対して、国民政府は中共の勢力拡大を阻止するため、政策を実施した。このため農民たちに与え被害は非常に大きかった。

　　　　近年江西地方之辦兵差修公路、若無所出、各県均自由按丁漕
　　　　増加附加税百分之八十者、而今意已多至百分之百以上(81)。

　このような両党の時刻差に対する農民の判断は当然の帰結であろう。しかし、このような結果は、今までの中国の発展進行状況から見ると、非常に否定的面が多すぎであろう。
　本文ではこのような観点に立って、米穀の全般的状況を通じ、当時の中国農村に現われた問題の把握とその解決点の性格を究明しようとした。即ち、本文で指摘した農村政策の不在・階層間の経済的不信感・交通の未発達・流通構造の矛盾、政治的対立等の諸般問題に対して、当時国共両党が実施した政策は、これらを解決することが可能であったが、かれらはこの観点より農村問題を取り扱おうとしたかを考える時、かから両党の政策には限界点があったと思う。
　故に、米穀が生産者から消費者までの適切な伝達、地域間生産量格差の需給調節、生産の過剰あるいは不足時の移出と移入の平衡等は、当時の両党の政策では解決できない問題であった。即ち、政治的勢力の確保と挽回のための政策は、当時の根本的な農村農民問題を解決するため

というよりは、戦術的勝利がもっと強いのである。例えば、国民党政府の市場経済政策、農業改進政策、貿易政策、外交政策等と共産党の階層闘争、土地政策、社会主義的分配政策は、目前の要求だけに対処しようとした短期間的、短視角的政策であった。

　当時中国社会が必要としていた政策は、最近の国際社会の流れのように、相互牽制と均衡を基礎とする自由競争市場経済の流通構造の下での均等分配政策であった。

　しかし、国民政府にはこのような意識はなく、中共の成長に対する対処だけに窮々とし、むしろ中共の戦略的拡充の機会を与えたので、結果的に時代錯誤を犯して、中国の発展を遅延させた。

【註釈】

(1) 民意、「中国米的生産及消費（一）」（『建設』第1巻第2号、1930.8～1931.1、商務印書館香港分館海外発行、1980年影印本）

(2) 江西省政府統計室編輯、『第一 回江西年鑑』（江西、民国二十五年十月初版）PP.644～693.

(3) 各省の土地に対する稲田の比率‥
　　浙江…40.4%、湖南…30%、安徽…30%
　　四川…25.3%、湖北…25%、江蘇…17.4%
　　江西…15%
　　註(1) 参照

(4) 各省の米穀生産量
　　湖南…44、226、964石　浙江…25、951、500石
　　江西…37、444、836石　湖北…21、286、250石
　　安徽…33、664、500石　江蘇…20、596、374石
　　四川…33、251、662石
　　左律、「中国田賦問題」、（『中央日報』民国二十年一月二十七日）

(5) 社会経済調査所編、『江西糧食調査』、支那経済資料七（東京、生活社、刊昭和十五年八月）、PP.1～2

(6) 同註(5) P.2

(7) Ho. P. T.「Studies on the Population of China」（孫敬之『華中地区経済地理』、1958、P.76)

(8) 同註(5)、 P.56

(9) 同前、 P.24～25

(10) このような各々の原因に対する理解は、下の論文を参考にすること。
　　呂芳上、「戦前江西的農業改良与農村改進事業 （1933～1937)」、（台北、中央研究院近代史研究所、近代中国農村社会経済史研討会論文、1989年8月）PP.3～6

(11) 東亜同文会調査編纂部、『民国十五年中国年鑑』、(台北、天一出版社、民国十五年初版、民国六十四年影印版) P.1056

(12) 「蒋委員長告民衆書」、『中央日報』、民国二十三年三月十日

(13) 参考…
　　　江西省政府経済委員会、『江西経済問題』、(中国史学叢書続編、台湾、学生書局、民国六十年六月初版) PP.135～142
　　　同註(2)、 PP.640～644
　　　同註(5)、 PP.1～19
　　　東亜同文会編、『支那省別全誌』、第十一巻、江西省、東京、PP.507～532

(14) 馮柳堂、「旱災与民食問題」、(『東方雑誌』、第三十一巻第十八号) P.20、表3と表4参照

(15) 同註(10)、PP.6～7

(16) 同前、PP.4～5

(17) 江西省農業院農業経済科編、『江西米穀運銷調査』、支那経済資料8、(東京、生活社刊、昭和十五年八月) P.131、PP.169～170

(18) 『支那省別全誌』、第十一巻、江西省、同註(13)、PP.204～224

(19) 江西省政府経済委員会編、『九江経済調査』、支那経済資料六、(東京、生活社刊、昭和十五年八月)、 PP.83～91
　　　同註(18)、P.201、P.217

(20) 同註(5)、PP.17～20

(21) 同註(17)、P.138

(22) Imperial Maritime Customs, Decennial Reports, 1902～1911, P.303

(23) 同註(17)、P.137、P.143

(24) 金国宝、「洋米征税之先決問題」、(『銀行週報』、第十七巻第四一期、1933年十月二十四日) P.3

(25) 劉大鈞、「我国佃農経済状況」、(馮和法編、『中国農村社会経済資料』、下冊、1933年) P.1115

(26) 同註(17)、P.81

(27) 章有義、『中国近代史農業史資料』、第三集、(三聯書店、1957年) P.343

(28) 同註(1)、PP.393～400

(29) 柏田忠一、「支那米輸出解禁問題の将来」下、(東亜経済研究所編、『東亜経済』、大正九年) P.182

(30) 同註(5)、P.22

(31) 同前、PP.21～22

(32) 同註(17)、PP.80～81

(33) 同註(30)

(34) 同註(5)、P.24
　　　同註(17)、P.113

(35) 実業部国際貿易局、『中国実業誌』、湖南省、第二冊、(上海、該局印行、民国二三年) P.519

(36) 同註(5)、P.27

(37) 同前、P.28

(38) 同註(5)、P.27
　　　同註(17)、PP.5～6

(39) 同註(17)、PP.28～30

(40) 同註(14)、P.16

(41) 同註(18)、P.507

(42) 『農商会報』、(第一一六期、「近聞四」、1924年3月)

(43) 同註(5)、P.28

(44) 同註(13)、PP.147

(45) 同註(18)、PP.507〜508

　　同誌に記録された輸出余力穀米（600満担）×当時江西省の精米率（0.46％）＝米570万石

(46) 当時米穀剰余額（約7、770、000石）×精米率（0.46％）＝357万石

(47) 同註(27)、P.631

(48) 同註(17)、P.132

(49) 同前、P.133

(50) 同註(5)、P.28

(51) 同註(17)、P.157

(52) 同註(47)、P.631

(53) 蔡志祥、「二十世紀初期米糧交易対農村社会経済的影響-湖南省個案研究-(上)」P.397

(54) 同註(17)、P.169

(55) China Weekly Review, Vol.32 No.11.(1925), P.317

(56) The China Year Book, 1919〜1920, P.364

　　（『晨鐘報』、1917年2月20日）

(57) 同註(27)、P.526

(58) 1915年長江流域各省鈔表実質価値

　　安徽…100％　　　湖南…56％

　　湖北…80％　　　江西…67％

　　同註(55)、PP.364

　　陳翰笙、「中国農民担負的賦税」、同註(27) P.592

(59) 『申報』、1923年2月3日

(60) 同註(29)

(61) 同註(17)、P.330

(62) 『農政報告』、第五巻一二期 1937年12月 P.330

　　The Chinese Peasantly "The Communist International", Vol.3, No.6, Dec.30.1926. P.366

　　『申報年鑑』、民国二四年、P.K.28より統計産出

(64) 民国二二年、『申報年鑑』、PP.53〜55より統計産出

(65) 馬乗風、「最近中国農村社会経済諸実相之暴露」、（『中国経済』、第一巻第一期1933年4月）P.27

(66) 同註(17)、PP.222〜224

(67) 下表参照

　　江西省小作農の年収入と支出額の比較（元）

小作農地區分	収入	田地費用	其他費用	納租額	差額
１００畝以上	７７５	１３８	２３７	３１０	９０
５０畝以上	４３６	７３	１７９	１６８	１６
５０畝以下	２７６	４２	１４５	１００	－１１

　　資料来源: 民国12年『申報年鑑』P.PP.53〜55

(68) 「1932年中国農業恐慌底新仔細一農収成災」、（『東方雑誌』、第二九巻第七号、民国21年12月1日）P.9

(69) 「百護照」とは政府が米の移出を担当する商人、商行に発行する許可であり、別商人に譲渡することができた。

(70) 蓬然「洋米麦征税之研究」、（『銭業日報銀行週報』、第十七巻第四一期、1933年十月二十四日）P.3

(71) 穆藕初、「米貴之原因及補救法」、(『東方雑誌』、第十七巻第五号、1920年8月）PP.116〜117
(72) 同註(24)、P.2
(73) 同註(67)、PP.11〜12
(74) 同註(24)、PP.3〜4
(75) 同註(5)、P.30（最近六年来の江西食米輸入数量表を参考）
(76) 同前(74)、P.30
(77) 同前
(78) 同前(74)、P.29
(79) Imperial Maritime Customs, Decennial Reports, 1922〜1931 P.323
(80) 湖南省博物館編、『湖南全省第一第工農代表大会月刊』、1979、P.369
(81) 王乗耀、「挟攻状態下的江西農村」、(『中国経済』、第一巻第四、五期、1933年8月）P.9

第3篇

農村社会
経済建設事業の検討

第7章

農業経営
-安徽省の農業経営と農民経済生活-

1. はじめに

　16世紀以降二、三世紀の間、江南デルタ地域を中心とする一連の新たな農業行政と新作物栽培の展開によって、中国農村社会経済の新秩序体系が確立したタ一方、都市の発展に伴って市場経済も徐々に発達し、19世紀後半は、商業的農業経営による農業の商品化傾向が現れた。従来の研究によって明らかにされたこのような動向は、中国農業発展史において、画期的分岐点となったといえる。なぜなら、人口増加に伴う食糧不足を主に開墾等耕地拡大によって解決したことについて、これは集約的農業形態への転換を意味すると考えられるからである。

　しかし、Ramon H. Myers 教授が主張するように(1)、19世紀後半から進行したとされる農業の商品化が現実するためには、交通・流通・貯蔵技術・農耕技術等の発達と大資本の集中的投資及び都市発達等客観的与件の形成が先行されなければならない。勿論、このような条件は現代的観点

からみた諸条件であるが、この時代においてもある程度は必要であると思われるから、この一般的条件に対する検討は非常に重要な関鍵であると思う。

　また、このような農民経済生活の変化が、封建社会から民主共和制社会への政治的転換の蓋然性を後押しする社会経済的背景となった点も時代の分岐点としてあげられる。すなわち、農民経済生活の向は上農村社会を安定させるが、これは国民社会全体の安定性も意味するといえるからである。しかし、その一方で、民国時代が極めて混乱した時期であった事実からみると、社会経済的発達状況と政治状況が一致しないという矛盾が現れる。勿論、このような原因として、軍閥間の対立、帝国主義の侵略、経済恐慌等も考慮しなければならないが、もし、このような農村社会経済の発展状況がある程度でもあったら、農民によるもう一つの革命は起らなかったのではないかと思う。

　農業の商品化等の新たな農業経営は、北方地域の新開墾地等で一時的に現れたかも知れないが、この現象が全中国で普遍的に起ったとは考えられない。勿論、1930年代初頭から、新鉄道の開通・公路の拡張・金融機関の発展等一連の経済的建設による交通の便利さと流通の迅速性が増し、また国民政府による農村改進事業が活発に展開され、その結果、一部地域の農家の収入増加は、当地域農民の生活の水準を向上させたといえるが、このような現象が全農村地域で現れたとはいえないと思う。従って、本書では安徽省の各地域をそれぞれの特徴によって分割し、各地域において農作物の商品化が推進されるための農村の社会経済的状況を検討し、省政府が推進した農村改進事業の実態を分析し、このような状況に伴なう農民生活の実相を考察しようとする。このような分析によって、北方地域での農業商品化傾向に対して、中部地域ではどうであったかが明らかになり、それと最近の地域研究の一環として、活発に展開されている民国以後の農村社会経済改良事業の成果論に対する評価が可能になると思う。そして、最後には、当時の農村の状況に対する農民の経済的・心理的葛藤等を明らかにすることができると考えられる。

2. 農業商品化への区域別背景分析

20世紀に入って、安徽省における農業商品化が行われたかどうかを詳しく把握するためには、農業商品化が行われる基本環境、即ち社会各階層間の相互作用・農産品流通構造の合理化・交通手段の多様化及び発達、都市人口と商工業の発達関係・経済作物の特化程度等の状況を分析するのが重要であると思う。そこで、本章では、図1のように安徽省各地域の特性によって、六つの地域に分けてこれらの状況を考えてみる。

まず、A区は、皖省農業経済の中枢区であり、蕪湖・懐寧・合肥等三つの大都市が三角型の農産物流通圏に連結しており、1930年代中葉に至るまでの鉄道及び公路による陸上交通体制の整備、そして銀行等の農業金融の発達がみられ、他の区に比して現代化がより進行した地域であるといえる(2)。また表1からわかるように、都市化が進行して、都市近郊の農業商品化傾向が現れた可能性が高い地域であったといえよう。

表1　1916年安徽省各区別都市人口状況

（単位:人）

A 縣別	A 都市人口	B 縣別	B 都市人口	C 縣別	C 都市人口	D 縣別	D 都市人口	E 縣別	E 都市人口	F 縣別	F 都市人口
蕪湖	150,000	屯溪	15,000	宿	10,000	盱眙	1,000	渦陽	8,000	太湖	1,000
懐寧	70,000	休寧	3,000	懐遠	6,000	泗	4,000	蒙城	5,000	廣德	3,000
貴池	9,000	祁門	3,000	蚌埠	3,500	靈壁	4,000	阜陽	15,000	霍山	4,000
合肥	30,000	黟	5,000	鳳陽	17,000	天長	5,000	潁上	4,000	暫山	2,000
六安	25,000	績溪	1,000	臨淮關	20,000			鳳台	1,000		
全椒	10,000	旌德	8,000	五河	5,000			霍邱	8,000		
滁	8,000	涇	2,000	壽	8,000			太和	4,000		
南陵	3,000	歙	9,000	正陽關	20,000			亳	5,000		

資料来源: 東亜同文会編『支那省別全誌』安徽省 PP.49～162より作成

表2　安徽省各区農家の食糧類別消費比及び熱量供給比の状況

區	縣別	區分	米	糯米	高粱	大麥	小麥	甘薯	緑豆	黄豆
A	蕪湖	食糧消費比	100	90	0	0	90	100	0	95
		供給熱量比	86.2	4.0	0	0.4	3.6	0.1	0	0
	合肥	食糧消費比	100	0	0	0	95	50	0	0
		供給熱量比	75.1	0	0	14.9	4.6	1.2	0	0
	六安	食糧消費比	100	0	0	0	100	10	0	15
		供給熱量比	81.9	0	0	0.7	3.7	0	0	0
	和	食糧消費比	100	20	0	0	88	43	0	12
		供給熱量比	85.4	.5	0	0	6.5	0.9	0	0
B	休寧	食糧消費比	100	75	0	0	35	0	0	45
		供給熱量比	70.6	1.9	0	0	0.8	0	0	0
C	鳳陽	食糧消費比	100	0	100	29	100	24	0	0
		供給熱量比	5.8	0	28.9	1.7	39.5	0.4	0.9	0
	宿	食糧消費比	0	0	100	100	100	100	0	85
		供給熱量比	0	0	22.3	16	28.1	13.6	11.2	5
E	阜陽	食糧消費比	14	0	100	0	100	95	0	100
		供給熱量比	0.8	0	28.2	0	47.3	7.2	1.3	8
F	太湖	食糧消費比	100	10	0	0	95	80	0	95
		供給熱量比	55.3	0.7	0	10.2	13.7	1.9	0	1

資料来源: ロッシング・バック著『支那農業論』下巻、付録（東京、生活社、昭和13年12月）
　　　　　PP.10〜22から作成

　A区の都市人口の発達は、C・D・E区の経済的沈滞による人口の流入が、その主要な原因であった。当時の人口の移動には色々な原因があったが、何よりも食糧の問題が一番大きかった。つまり、このようなA区への人口の流入は、A区の経済的状況がC・D・E区に比べて、余裕があったからであるといえる。当時各区の食糧消費比率と熱量供給比率と統計表（表2）を見ると、各区の主要生産物と食糧事情が知られる。即ち、A区では米が主食であり、小麦が第一の副食であったことが分かる。これはまたA区が主要米作地帯であったことを示す。民国以降26年間、蕪湖から移出された米は毎年平均2,758,353石であったことと、1930年代初安徽

省の食糧作物畝数が全省作物畝数の82%を占めたことから見ると(3)、A区の経済的力量と米を主要収入源とする伝統的農業経営形態が依然維持されていたことが分かる。

この地域で当該時代に一番著しかったのは、農民階層構造の変化、即ち、自作農減少・小作農増加の現象であった。これは、政治・軍事的混乱が、比較的経済の安定していた地域で起ったその背景をなしたこと、そしてこの機会を利用した地主官僚階層の連帯的農民収奪が行われたことを示す。A区も民国以来経済・交通・政治の機能が拡大されながらこのような現象が目立っていた。表3はこのような状況を現わしている。勿論、他の区での小作農・半小作農の比率も高いが、民国成立以降変化がなかったことは、A区ほどは外来の社会経済的衝撃がなかったことを意味する。

表3　安徽省各区の農民階層の変化状況

		自 作 農			半 小 作 農			小 作 農		
		1913	1923	1934	1913	1923	1934	1913	1923	1934
A	桐　城	28	20	20	17	19	19	55	61	61
	舒　城	30	20	20	40	20	20	30	60	60
	合　肥	31	31	32	15	15	14	45	45	45
	蕪　湖	26	22	18	22	19	18	52	59	64
	宣　城	40	25	15	10	23	30	50	52	55
	寧　國	19	15	15	30	30	30	51	55	55
	青　陽	9	9	7	16	19	16	75	72	77
	貴　池	15	12	10	28	23	23	57	65	67
	滁	69	50	39	5	8	6	35	42	55
	巣	39	41	41	25	24	24	36	35	35
B	歙	3	3	3	32	32	32	65	65	65
	休　寧	5	5	5	15	15	15	80	80	80
C	壽	24	24	24	7	7	7	69	69	69
D	太　湖	50	50	50	30	30	30	20	20	20
	潛　山	30	30	20	40	40	50	30	30	30

資料来源: 金陵大学農学院農業経済系論、支那経済資料17『河南、湖北、安徽、
　　　　江西四省小作制度』生活社、P.16より作成

即ち、A区のような伝統的農業経営下での都市中心の交通・金融等の発達、軍閥政治と列強との連合による商品経済の衝撃・政治的無秩序下での貧弱な荒政等は、農村への投資及び農民生活 問の題等閑視からくるものであり、高利貸の横行、不充分な経済事業と共に農村社会経済の破局的状況をもたらしたと考えられる。このような現象が、大都市（蕪湖）及び流通中心地域（滁県）等で特に現れたのは(4)、裏づけるものであるといえよう。

以上のように、A区は、農業商品化の環境的条件はある程度まで整えられていたと思われるが、伝統的米作形態が農民収入の主流であり、農民階層の農業経営も、大資本が都市商品経済へ、小資本が在来式農業経営の維持費程度に使用されことから見ると、農業商品化はそれほど進行しなかったといえよう。

B区は茶葉の生産による収入が、農家収入の大部分である経済作物栽培地域であった。安徽省の茶葉生産量は伝統的に湖南省に次ぐものであった。民国成立以降茶葉生産が最も活発であった1916年の場合、皖茶の生産量は300,000担であった。当時B区だけの生産量は全省の85％に達し、その中90％が移出された(5)。これは表4から分かるようにB区農家の主要収入源であった。

しかし、B区の茶生産業も1930年代に入ると、その生産は急激に減少し、婺源、歙等代表的産区の生産量は、各々1916年の半分以下に減少した(6)。

これは国際茶葉市場での中国茶葉の衰退と共に現れた状況であるが、やはり中央及び省当局の農業改良政策の失敗からきたものではないかと思われる。

B区では茶葉生産以外には、地形的条件によってその他の作物の栽培はほとんどなく、農業商品化へむから条件は、整っていなかった。屯渓は茶葉の集散地、移出地であったので人口は 15,000にもなったが、外の都市地域人口は極めて少なく、社会階層の分布も伝統的な奥地の状況に多くみられるように、小作農が多数を占め、60から80％であった。特にB区は全省中で、地価が一番低かったにもかかわらず(8)、小作農が多かったことは、一般的な農耕による収入よりも茶葉による収入に依存する経済体制であった

図1　1930年代安徽省区域別状況図

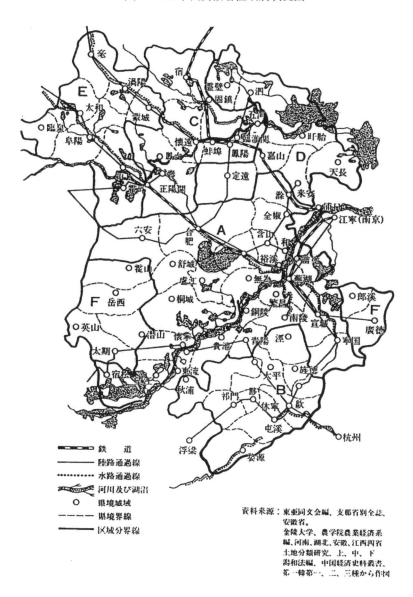

亳
宿
渦陽
靈壁
泗
E
太和
蒙城
固鎮
五河
C
臨泉
阜陽
懷遠
蚌埠
臨淮関
盱胎
鳳台
鳳陽
嘉山
D
正陽関
定遠
天長
滁
来安
六安
全椒
合肥
含山
A
和
裕溪
江寧(南京)
霍山
舒城
無為
蕪湖
盧江
F
岳西
桐城
繁昌
郎溪
銅陵
南陵
宣城
F
英山
潜山
懷寧
貴池
青陽
涇
旌徳
廣徳
太期
宿
東流
秋浦
太平
B
祁門
黟
休寧
歙
屯溪
杭州
浮梁
婺源

鉄　　　道
陸路通過線
水路通過線
河川及び湖沼
○　県境城域
県境界線
区域分界線

資料来源：東亜同文会編、支那省別全誌、
安徽省。
金陵大学、農学院農業経済系
編、河南、湖北、安徽、江西四省
土地分類研究、上、中、下
潟和法編、中国経済史料叢書、
第一輯第一、二、三種から作図

ことが知られる。故に、茶葉生産と移出の減少は、この地域の農業商品化の限界を示していたといえる。

表4　屯渓24茶戸の農家経済構造　（1935年）

項　　目	茶　葉	農産物(食糧)	そ の 他
作　物　畝	76.7 畝	246.5 畝	8.6 畝
自 由 面 積 率	90.8 %	9.2 %	
租 入 面 積 率	9.2 %	46.7 %	
毎戸平均収入	141.34 元	76.44 元	20.42 元
佔總収入の比率	59.3 %	32.1 %	8.6 %

註: 予鄂皖贛四省農村社会経済調査報告、第12号
　　『屯渓緑茶之生産製造及運銷』（南京、金陵大学農業経済系印行
　　民国25年6月）PP.6〜8

　C区は、D・E区と共に、伝統的な安徽省最高の経済の中心及び人口密集地域であったが、1876年における「烟台条約」以降、帝国列強による経済的浸透が、長江中流地域に及ぶに至って、安徽の経済中心も長江沿岸地域に移動し始めた(9)。民国時代に入って安徽省の経済的中心は、完全にA区地域に移動し、C・D・E区の経済的活動はほとんど見られなくなった。

　しかし、C区はD・E区とは別に1912年津浦鉄道が開通されると、徐々に経済的活気を取り戻し、鉄道沿線の重要流通地域は、皖北農産物の集散地、商業中心地になった。これらの地域では従来の県城とは別に、地理的条件に恵まれた新興商業都市が生まれた。即ち、寿県の正陽関・鳳陽の蚌埠、臨淮関、霊璧の固鎮等がその代表である(10)。これらの都市地域は急激に成長し、都市人口が以前の県城をしのぎ、17,000から20,000にも達した。（表1参照）

　これらの地域に集散する貨物量は、各々毎月30,000 トンを超えるほど活発になった(11)。故に、地主商業資本家の居住地も自然に都市に移動し、宿県と懐遠の場合、農村居住地主階層はそれぞれ7.2%、7.7%しかなかった(12)。このため、地主階層は収租代理人を雇傭した。両県での収租代理

人雇傭率はそれぞれ92.8%、85.4%にもなった(13)。農民階層構造も懐遠と鳳陽の場合、1930年代には自作農の比率がそれぞれ67.7%、64.2%であり、安徽省全域で一番高かった(14)。そして、表2からわかるように高粱・小麦・甘薯・緑豆等の換金作物の主要栽培地域であるので、農業商品化にむけての恵まれた条件を具備していたといえる。

D区は、船舶が主要交通手段であった時代では、皖北の貨物を浙江に輸送する流通の中心であったが、鉄道開通後、その機能をC区に奪われ、1920年以後は非常に遅れた地域に転落し、土匪の根拠地の多い地域になった(15)。

E区は、過去の経済影響がある程度残っていた所であり、県城人口は5,000人から8,000人ほどであったが、主要生産物である高粱と麦類の生産量は自給自足段階にあり(16)、商業活動は甚だ奪わなかった。ただ煤業が発達したが、水路以外の交通はあまり期待できなかったので、商品流通には限界があった。

F区は地形的条件によって、本省の経済圏との連結より隣省との往来に依存することが多かった地域である。この地域は桐油と製紙業に従事したり、部分的な米作等を行ったりした生活を維持していたが、食糧は常に欠乏していた。特にF区は共産軍が集居していた地域であったので、国民党政府の建設計画から度外視され、現代化の条件が民国成立以後においても全くなかった地域であった(18)。

以上のように各地の地域的特性による経済的様相は、民国成立後著しく変化する場合が多かった。その中、比較的農産物の商品化が進んだ地域としてはA・C区であるが、これは経済的指標による推測であり、実は当時の軍事・政治的状況、政策実施の矛盾・外国商品の経済的侵略等を考えると、農業の商品化か進行したとはいえないであろう。

即ち、当時安徽省の農作物の商品化のための全般的な流通状況・交通・金融・都市発達状況及び生産力向上のための農業技術の発展状況等をみると農業商品化の概念を安徽省農村に導入するのは限度があるのではないかと思うのである。

まず、全省の流通状況である、図2のように大都市と流通地域を中心に生産物の流通が行われていた。

図2 1930年代安徽省流通概況

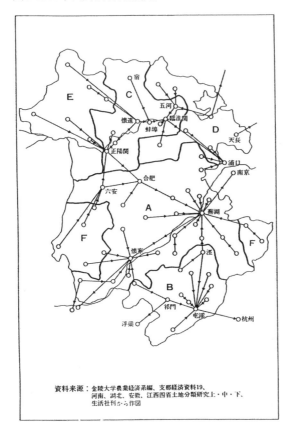

資料来源：金陵大学農業経済系編、支那経済資料19、
　　　　　河南、湖北、安徽、江西四省土地分類研究上・中・下、
　　　　　生活社刊から作図

即ち、A区の流通は蕪湖と懐寧が長江を利用した対外移出の起点とあり、合肥が安徽省中部の農産物集散地としての役割を果たしたことが知られる。B区では当地域で生産されたすべての茶葉が、屯渓に集まった状況わかる。祁門から江西省の浮量に到り、さらにそこから各地に移出される茶葉もあったが、その量は少なく(19)、ほとんどの茶葉は屯渓に集散され、杭州を経て上海へ移出された。

E・F区から来る農産物はC区の四つの集散地に集められて江蘇の浦口へ移出された。省内流通の場合は正陽関を経て蕪湖に移送された。D・E・F区は各々の移出経路を通じて、本地生産物の移出よりも、生活必需品を購入するための流通路として使用され、また、これらの地域の流通路は大部分が前近代的な水準のままであった。即ち、A・B・C区の主要流通路以外では、比較的商品流通が活発になった1930年代でも、省内各地域間の大多数流通手段は、依然民船である小さな帆船を利用する水運、あるいは陸路における駄馬や水押車や人の肩にたよっていた(20)。

1930年代中葉までの安徽省の交通状況は、図1に見えるように、鉄道と公路の建設が著しく進展したが、建設費用の問題で工事が進まず、また、完工しても維持管理が不十分で、運輸経費も高かったので、商業流通のための交通路としての役割を果たせなかった。

　鉄道の建設ひ甲午戦争後、蕪湖と湾沚間の建設を計画するが、経費不足のため中止された。また1912年紳商の推進によって津浦鉄道が開通したが、この路線はわずかに安徽省東北地域の一部に敷設されたにすぎなかったので、全省的な影響は少なかった。さらに以後20余年間は、鉄道建設が全く行われなかったので、依然として船業が交通の中心であった。1933年7月に起工された江南鉄道は、1936年4月に至って京滬線と連結され、上海と蕪湖間の商業的交通が実効を収めることになった(22)。また1934年起工され、1936年開通された淮南鉄道は、皖北地域の貨物流通に貢献したが、鉄道による運送費が大変高かったので流通機構としての機能は微々たるものであった(23)。公路は1922年華洋義賑会が工賑を利用し、淮河地域の平坦な天然地形を利用して建設する前までは、全くなかった(24)。1920年代以前の公路状況は、「日行不及百里、書報之伝逓不易也、而新聞絶少………貨物之輸運不便也、出者停滞、入者価貴。」(25)といわれ、流通の役割を期待することはほとんどできなかった。1928年まで建設された公路は、懐集・固泗・五泗・正頴・蚌懐・長淮衛・蚌頴・蚌毫（以上皖北)・青九・宣湾・宣広・屯余（以上皖南）等一部地域間しかなかった(26)。また、これらの公路は、郷紳及び商業資本家によって建設されたので、経費不足、時局の不安定等の原因によって、実際に公路としての役割を果たせなかった。「結構不佳、又乏妥善維護、汽車戸経、只是一較寛之土道耳、毎逢陰雨連綿、輒数日或十数日不能示行車。」(27)とあるのはそのことをよく示している。

　1926年以後省政府は公路建設を始め、計画的工事を実施して、1932年まで総計700kmの道路を建設したが、経費不足のため、全部が未舗装路であり、橋梁も建設されていないため、車輌通行が可能な距離は、わずか200kmにすぎなかった(28)。1932年から1937年までの公路建設は、軍事的目的によって中央政府の支援の下に実施され、総計3,187kmの公路が建設されたが、そのうち、未舗装の道は63%の2,008kmロに及んだ(29)。特に

皖北はほとんどが未舗装路であったので路面が悪く、橋梁、トンネル等が整っておらず、汽車運行はしばしば延期され、経費も高くなって公路による陸路交通はほとんど停止状態であった(30)。また戦争とともにその間建設された道路は、全部破壊され、運賃の安かった水運が依然全体流通手段の主流であった(31)。

　一方水運は安徽省全域が湖泊川によって連結されていたので、動力運送手段が導入される以前から発達していた。しかし、長江沿岸及び淮河下流域以外は、水量不足時には運航を中止しなければならなかったので、経済的流通機能には限界があった(32)。また、安徽省内で総計　1,300km　の航路を持っていた大小の蒸気船は影響力が大きかったにもかかわらず(33)、1876年烟台条約以来、帝国列強にその既得権を奪われたため、外国商品の省内流入を促進することになり、これは省内の民族工業及び農民の副業によって生産された工業産品と穀物及び商品作物の経済的発展を阻害する要因となった(34)。

　交通の発達は流通にとって必要不可欠の要素である。しかし、1930年代半でも、安徽省においては、一部大都市近郊地域での水運・人力・畜力を利用した近距離交易以外は、全省的な流通システムを形成するには至らなかった。

　もう一つの農業商品化への重要な要素は、農村資金を管理する金融システムであった。安徽省での伝統的金融機関は典当と銭荘があった。典当は清代以降増加してきたが、主に県城及び鎮等大小都市に集中していた。これらの機能は農村社会経済活動に便宜を提供するより、都市貧民と近郊農民を搾取する官僚資本機関であった(35)。典当は清末に100余戸があったが(36)、民国成立以後、政治不安とともに土匪、軍隊等の掠奪対象になったので、1930年代には20余戸に減少していた。故に金融機関としての機能はほとんどなかったといえる(37)。

　これに対し、比較的経済発展に寄与したのは、銭荘であった。銭荘は経済中心地において発達したが、その代表的地域は徽州・蕪湖と蚌埠であった(38)。蕪湖の場合、官僚資本が経営していたものが多く、資本額最高60,000元、最低20,000元　（1932年調査）　という小規模な経営構造であったから、企業が倒産すると、これと一緒に倒産した。1934年の郵政総

局調査によると、残存していた銭荘はわずか4戸しかなかった(39)。

安徽省の銀行は1897年に中国通商銀行が設立されて以来、1906年、裕皖官銭局、1912年、安徽中華銀行、1915年、中国・上海・交通・江蘇・金城等5行、1920年、安徽省銀行等か設立されたが、資本金以上の紙幣濫発や兵変等による破産のため、あるいは軍閥政権の財政機構に転落したため、銀行としての本来の機能を喪失していた。下の記事はこの間の事情を示している。

> 「安徽省銀行只是省政当局的財庫、割拠軍閥的籌款機
> 関、毫無現代銀行的意義和作用、結果濫発紙幣、失去
> 信用………」(40)。

1930年代に入って多くの銀行が設立され、1934年には総計34行の銀行と分行があったが、それはわずかA・B・C区の12県だけにあり、特に蚌埠・蕪湖・懐寧等に20行が集中していた(41)。これは48県に銀行があかったことを意味した。このような安徽省金融機関の実情は、清末から1937年まで、金融機関としての役割をほとんど果たさなかったことを示すといえる。

安徽省の農業商品化に対するもう一つの大きな障害となったのは軍閥政権の画策下に断行された関卡の使用と厘金率の操作であった。これらは戦争費用及び自分の財産増殖のため、移出される品目に通関税として賦課させた税金であった。安徽省の代表的移出品は、米と茶であったので、これから得る収入が多いほど、安徽省の経済的流通と農民収入は被害を受けたことがわかる。民国初期の安徽厘金局は90箇所以上もあった。1920年代は厘金反対論が台頭し、42箇所に減少した時期もあったが、1929年以後北伐軍に対抗するため、直魯軍が皖北へ入って以降、北伐、中原大戦、共産党に対する囲剿戦等の大戦争の連続と共に軍費の支出が増加していき、再び安徽省耑経委員会が成立され、築路経費という名目下に税率12%の米厘の徴収が開始された(44)。これ以外にも同年に営業特税が設立され、営業特税局が全省の27箇所に設置され、堵卡も百余箇所に設置される等、貨物に対する課額が継続して増加した(45)。また、軍閥は米禁を利用して護照を発行し、登記費名目としで1石あたり1元が徴収された(46)。

故に米の移出が困難になって、蕪湖の平時には4元であった米価が2元まで下落する現象も引き起こされた(47)。

　一方、茶の移出にも大きな障害があった。即ち、

> 「蕪湖茶商在太平、宣城、石埭等県採辦之茶船、経過碼
> 頭貨卡、涇太茶税局、西河査験局、清弋関、湾沚関、
> 金桂関、大通茶税局、新河関、新河査験局、三理埂卡
> 等処、其毎処所索各費、由二、三十元至五、六十元不
> 等。」(48)とある。

このような経費以外にも下に示すように調査員の積弊が多かった。

> 「総計毎船茶葉運到蕪湖、除正税外、尚須三百余金、供
> 彼各局卡元可額外之求。如不能満彼等慾心、即借端威
> 嚇、将貨扣留、十日半月不等。其涇太茶税局、作弊尤
> 甚、竟将規定十六両銭可馬秤取消、改十六両秤使用、
> 按百斤計算、加重五斤。」(49)

　以上のよな安徽省のすべての経済的局面は、封建的経済秩序体制が依然として維持されていた。清末以来の交通発達による交通体制の活発化に伴って経済活動が活発になった以外は、清末の基本的経済構造が変化することはなかったといえる。むしろ、政治的、社会的不安と離農、災害のため、生産量が減少し、対内外移出及び流通量も減少したことから考えると、農業の商品化、収入増加による農民生活水準の向上等は、ほとんど期待できない状況であった。

　以上の検討から安徽省、特にA・B・C区以外の地域では、交通、金融、都市人口、商工業等全般水準が前近代的水準に止まったことは、明白である(50)。まとよりA・B・C地域でも主要流通地域交通発達地域、或いは都市及びその近郊地域以外には、D・E・F区の状況と類似していたと考えられる。そのため、次節以下では、これらA・B・C地域を中心として農民の農業経営と農民生活の状況を考察することによって、商品経済化の

進展状況を分析する。

3. 農業改良事業の推移とその実態分析

　農村社会経済の計画的に発展させるには、まず総合的な推進組織が必要である。これら組織体は農村建設・農業改良・農民生活改善事業等を行政的に導きながら流通・生産・移出等の統制をし、これを推進していくという当時の中国農村社会において重要な責務を持つ団体であった。中国政府もこのような団体の必要性を認め、清末からこのような団体を組織することを始めたが、実質的な効果はあまりなかったと思われる。

　安徽省の場合、このような団体が初めに設立されたのは、1906年であった。その名称は「懇牧樹芸総局」であった。しかし、この機構は安徽巡撫の上奏文に見えるように人々に注目されず、1908年に廃止された。（「此事費鉅効遅………人多観望。」(51)）

　1909年10月23日には近代安徽省の農業改良の一環として、より近代的な全安徽省農務総会が設置され(52)、1911年には蕪湖に、1920年に太和・南陵・全椒等地方にも設置された(53)。しかし、この機構も形式的構造に過ぎなかった。例えば、南陵県の農務総会がその代表的例であるが、それについては、

　　　　「県中有一僅作装飾品的農会、其実不過一紳士会、唯一
　　　　事務、争会長而已、対于農業設施実等於零。(54)」

とある。これに対して比較的専門性を持っていた農業改良の試験機構として設置されたのは、1910年全省40数箇所に設立された農事試験場であった。この機構は1926年まで存続し、農・林・棉・茶・蚕桑・煙葉等の改良を企図したが、1927年に軍事問題のために全廃されるまで、実質的貢献に対する評価がなされなかったことからみて、これも形式的機構に過ぎなかったと思われる(55)。

　1928年5月当時、建設庁長胡春霖は、農業改良の必要性を痛感し、

全省36箇所に農事・林業・棉業・蚕桑・茶葉・農林等の試験場を復置させるが、これもまた行政機構の乱立と経費の不足のため、全く実績をあげられなかった(56)。その後、1929年2月には13箇所に縮小され、さらに9月には8箇所に縮小された。1930年秋、再び10県に11箇所の試験場を増置したが、経費不足のため全て中断された。それにかわって各県の裁量で多数の農林機関が無計画に設置された。その規模を見ても実質的な効果を上げるには非常に問題があった(57)。

　以上のような安徽省当局による農業改進事業に比して、比較的実効を収めえたのは、1930年中央農業推広委員会と金陵大学が共同して和県烏江鎮に設立した農業推広実験区であった。この事業は中央農業推広委員会ぎ経費を、金陵大学ぎ人員と資材を各々援助したので、品種改良と工作方法等の各農村への普及という点で、ある程度の成果を収めた(58)。この活動は1936年秋から本格的に稼動した。当時の実験区の状況を見ると、耕地面積が226,897畝、戸口が12,131戸、人口が58,782人と規模が比較的大きく、主要対象農産物は稲・麦・棉であった(59)。その成果を見ると、平均の年間経費が3,500元であり、平均の年間収益は60,000元以上であったといわれる(60)。これは一戸当り平均約4.7元の収益があったことを意味する。このような収益は当時全中国的に農村社会経済が低迷していた状況から見ると、注目すべき成果を収めたといえる。しかし、このような利益は当時の全般的な物価水準と比べると　（1933年米1石当り価格:10元ぐらい(61)）非常に少ないものであり、1936年にはその活動が最高潮に達したものの、次の年から八年戦争が起ったので、再び低迷期に入り、地域的拡大もわずか烏江鎮一帯に止まった。このような状況から見れば、その実質的効果はそれほど大きくなかったといえる。

　以上述べたような改良事業はA区を中心とする事業であったが、これに対し、茶葉が主要生産物であったB区での改良事業は1915年祁門、秋浦等に設立された安徽規範茶場から始まった。これは茶場127畝、毎年経費6,000元で出発したが、1917年11月農商部茶葉試験場と改称して運営された後、1921年に業務が停止され、1926年の北伐とともに完全に廃止された(62)。1928年省政府はこれを接収し、安徽省立第二規模茶場と改称して再設立され、1929年2月秋浦の第一茶葉試験場に併合され、安徽省立第＋

一規模茶場となった。しかし、当年8月に業務が停止され、1930年省立茶葉試験場と改称して復活したが、実質的業務はなかった。1932年機能が徐々に回復され、省立茶葉改良場になった後、1934年10月失業部と全国経済委員会、安徽省政府三者が合作し、祁門茶葉改良場が設立された(63)。この時からこの改良場は機能を発揮し始めた。1934年9月から1936年6月までの事業経費は、実支出が実収入より少なく余裕があったが、1936年7月以後は予算額の3分の2以上が支給されなかったりして発展上の限界を迎えた(64)。

この茶葉試験場の成果を見れば、1936年の場合、祁門茶場が経営した製茶場が製造した茶葉1箱の元金が62.78元（生葉と毛茶等原料・製造費・包装・運輸・保険等の総計）であったが、販売価格は151.22元であり、1箱当りの利益は88.35に上った。これに対して民間茶戸の元金は92.36元で、この茶場の元金より29.49元も高かった(65)。当時上海で取引された茶葉の中、祁門の茶葉が一番高かった(66)。このような発展は当時海外市場で苦戦していた中国茶葉の状況から考えると、わずかな回復ではあるが、高く評価すべきであろう。しかし、このような発展も1937年以後日中開戦とともに衰退した(67)。これは中国茶葉発達の最後の高揚期であったといえよう。

以上のように安徽省の農村改進事業は、行政機関の乱立や地図監督体制の紊乱等のため、行政の円滑な協力体制ができず、人的・物的要素の不足と経費の不足のため、A区の一部、B区の一部等限られた地域の改良にとどまり、それも1、2年後にはすぐ停止される形式的な機構に過ぎなかった。

このように、品種改良・耕作方法の根本的な改良の結果がなかったのみならず、軍閥戦争と省政府の行政紊乱・災荒等の要素は、生産力の減少や耕地の荒廃が交易上の収支赤字を生み、また帝国主義商品経済の侵略を受けることになった。

まず、当時安徽省農産物の生産力を表5に示す。中国経済史研究における統計数字の不正確性の問題は、一番困難な問題であり、表5の統計も同年に行われた土地委員会の調査統計とも大きな差があるが、とりあえず大体の流れを把握することは可能であると思う。表5に見られるように各地域別生産力の差異は、やはり地域的特性によるものであることがわかる。即

ち、稲米の場合、A区の生産力が別の区に比してきわだって高い。しかし、1930年に農業推進実験区になった和県、全椒県等での生産力の低さは、農業改良事業が全く効果的ではなかったことを示すであろう。大麦・小麦・棉花・黄豆・玉蜀黍・油菜等安徽省の経済作物の生産が高いのは、やはり都市が発達していたり、商業流通が頻繁な地域であったことがわかる。即ち、滁現・繁昌・銅陵・青陽・懐遠等陸・水運の発達した地域、或いは生産物集散地等が高かった。また、地域の特性によってA区は油菜・麦・稲米が、C区は高粱・小米の生産力と生産量が多かったことが分かる。豆類は全省的に生産されたことも分かる。

表5 1934年前後の安徽省17県各作物の毎畝当り生産量（斤/畝）

區域	縣別	大麥	小麥	稻米	棉花	黄豆	玉蜀黍	油菜	高粱	小米
A	滁縣	509	329	740	130	213	333			
	全椒	286	180	460		228	182	63		
	和縣	293	255	541	25	252		80		
	蕪湖	159	210	542		170		125		
	繁昌		257	871	101			242		
	銅陵		184	485	123	259	259	139		
	東流		138	614	52			97		
	南陵	328	203	596				170		
	青陽		174	629		241	389	138		
	宣城	135	131	520	109	118	265	106		
B	歙縣		80	230		82	130	69		
	祁門		93	494			219			
C	宿縣	166	162	149	101	179			202	320
	懐遠	275	185	205	36	207			119	207
	鳳陽	132	108	142		139			114	
D	嘉山		254	548		175	226			
平均		254	184	485	85	189	250	123	145	264

資料来源: 金陵大学農学院農業経済系論、支那経済資料19
　　　　　『予鄂皖贛四省土地分類之研究』下（東京、生活社刊）PP.861〜866から作成

しかし、このような生産力は安徽省各区域の状況によって生産力の高低があったかも知れないが、実は他の省の生産力と比へると、安徽省の生産力は大変低かったことがわかる。表6に見られるように安徽省の生産率は全

体的に低く、安徽省の経済作物としての生産率が高かったものはなかったどいえる。勿論この四つの作物以外でもの状況が見られる。例えば、安徽省の代表的産物である米も同様であった。米の収穫率が60％以下の県が1840年には、10％から、21.6％であったが、19世紀末には83％から90％まで上がった。しかし、民国の時代に入ってから徐々に下がり、1930年代から67％から50％まで下落したが(68)、そのため、蕪湖米市は1920年以降衰退を始め、1940年代にはほとんどその姿を消してしまった(69)。

民国成立以後、米の二期作と稲麦の二毛作及び稲豆・豆麻・麻菜・麦豆・麦棉等二毛作、あるいは蔬菜の間作等が発達したにもかかわらず(70)、農業生産力が低下した原因は戦争の惨禍や政策の不統一性、農村改良事業の失敗、農民の認識不足等によるものである。

表6　各省農産物の毎畝収穫率（1914～1915）

省　　別	大豆(石)	落花生(石)	棉花(斤)	煙草(斤)
河　南	0.600	0.800	13.54	23.49
江　蘇	0.631	1.624	0.66	48.28
安　徽	0.800	1.000	30.00	122.34
江　西	2.073	3.000	48.37	206.27
福　建	1.273	1.828	31.11	55.61
浙　江	0.600	1.000	74.50	78.44
湖　北	0.920	2.420	85.83	132.87
四　川	0.700	0.600		
廣　西	1.246	2.062		
雲　南	1.340	1.890		
貴　州	0.600	0.600		
湖　南	1.952	3.293	518.71	19.47

資料来源: 東亜同文会編、民国6年、8年『中国年鑑』（台北、天一、民国64年）
　　　　民国6年: PP.553～570 、民国8年: PP.998～999.

例えば、宿県の場合地主、佃戸の土地に対する認識不足現象が見られるが、それについて、

「宿県、多用厩糞、然皆不充分………因宿県土地瘠薄、
　水患頻仍、雖肥料甚豊、亦仍不能必其定有収穫、故多
　数農人、対於肥料一層、多不注意。(71)」

とある。また肥料についていえば、化学肥料は1920年代に安徽省に導入さ
れ、その大部分は硫酸塩であったが、1925年の消費量はわずか400担で
あった。1930年には 4,000担にまで増加したが、耕地の広さを考えれば、ま
わめてわずかなものであった(72)。1930年代における17県の調査をみると、農
家の肥料は、依然有機肥としての厩肥・堆肥・糞便・豆餅等が使用され
ていた(75)。

　一方、農業技術改良事業品種改良及び普及を主眼としていたので、新
農具の技術発達はまったくなさらなかった。1926年商人が新式農具を持って
来たが、値段が高かったので利用が不可能であった。1934年以前までの
新式農具は棉花条播機・単柄犂・耙歯中耕器があったが、全部10件に
も及ばず、それさえ一般農民の使用は不可能であった(75)。

　このような生産力による農家の収入は、高い租税や人件費、また肥料、
農器具、畜力、流通費等の生産原価にも足りなかった。1932年の安徽省
の1石当りの米の生産費は13元から15元であったが、米価は1石当り10元ぐ
らいであったこどを見ると(76)、農業改進事業失敗の重要性を再三認識すべ
きであろう。

　結局、生産力の減少及び発展の限界性は、耕地拡大による総生産が
増加しても、生産費自体の高さのため市場性を失うことになった。これは清
末以来農家経済の構造的悪循環の主原因であった。そのため、負債の
増加、小作農及び雇農の増加、離農というパターンが継続したのであろ
う。これはまた対外貿易にも大きな影響を与え、貿易赤字及び列強の商品
経済の侵略を受ける主要な原因にもなったといえよう。

　1930年代までの安徽省の産業構造は農業経済を基幹としていた。このよ
うな経済体制下の生産物は純粋な原料農産物であったので、いつも列強
の加工品に支配された(77)。特に安徽省の農産物は食糧作物である米・麦
類の総生産額が経済作物である豆類・棉花・花生・菜籽・茶・煙草
等のそれより多かったので（82％対18％）、安価な洋米の輸入によって農民

表7　蕪湖関歴年輸出農産品の比率（1915-1931）

	米	菜籽	麥	棉 花	花 生	豆 類	豌 豆	計
1915	78.02%	4.20%	%	%	2.55%	%	%	84.77%
1916	80.98	1.31			1.30		0.76	84.35
1917	58.25	6.71					5.61	68.57
1918	69.69	5.27					1.51	76.47
1919	86.73	2.44	0.56		0.78		0.64	91.25
1920	81.09	2.81			0.93			84.83
1921	62.70	12.62	1.53		1.17			78.02
1922	46.45				0.87			47.32
1923	47.24		1.16		1.49			19.89
1924	62.65	3.48	1.68					67.81
1925	74.09	5.05	2.16		1.61			82.91
1926	47.33	17.94	2.07		5.24			72.58
1927	33.40	2.40	5.66		6.45			87.94
1928	49.46	3.22	6.95	9.17		1.62		70.42
1929	53.94	11.71	8.00	2.84		1.16		77.65
1930	57.75	5.75	1.59	9.98				75.07
1931	73.70	6.74		1.36				81.80
平　均	60.79	5.66	3.14	5.8	2.24	1.39	2.13	71.27

資料来源: 歴年海関報告、蕪湖部分。

生活は破綻していった。このような安徽省の食糧作物の経済的位置は、表7からもわかる。

　表7の17年間の輸出品中、米が占めたパーセインテイジは60.79％にもなり、他の農産物は11.27％に過きなかった。これはまた、換金作物を特化させて、収入をまげたという農業商品化論とも大きな差があったことを意味している。

　安徽省の経済作物中、比較的商品作物としての性格を持っていたのはB区地域の茶葉であった。しかし、省政府の集中的支援にもかかわらず、海外市場の劣勢は継続的な生産量減少現象をもたらした。屯渓は安徽省最大の茶葉集散地であるから、表8のように製茶箱数が減少したのは、安徽省経済作物の衰退を意味している。海外市場での苦戦は結局品質と生産効率からくるものであるから、安徽省第一の経済作物であるB区の茶も、他

の作物と同様に生産技術と経営上の合理性に問題があったと思われる。

表8　歴年屯渓の製茶箱数

年　別	製茶箱数
1912	139,380
1913	104,177
1914	114,919
1915	105,428
1916	110,363
1917	79,605
1929	107,059
1930	88,330
1931	67,540
1932	80,881
1933	82,289

資料来源：『屯渓緑茶之生産製造
及運銷』（金陵大学農業経済系印行、
民国25年6月）P.17

　このような農村改進事業の失敗は、民国以後中国農産品の対外競争力
の低下と農民経済生活の落後の重要な原因である。即ち、この失敗は軍
閥間戦争、官紳商人地主階層の社会経済的専権等から来る農民層の政
治・社会的不信感が招いた結果であると考えられる。

4. 農民経済生活の実情

　18世紀以来の中国人口の急増は、農戸1戸当りの耕地所有面積を縮小
させ、当時の農業技術による農業経営の非効率性を大きく現出させた。
1920年代蕪湖附近での耕作状況はこのような状況をよく見せている。

　　　「人工之使用、在大的田区、比在小的田有両倍的放能、如
　　　在十畝或少過十畝的田区、一人只耕五畝、在三十一畝或

三十一畝以上的田区、毎人則耕十畝了。獣工之使用、在
大的田区比在小的田区幾有三倍的効能、如在十畝或少過
的田区一獣只耕十・六畝、有三十一畝或三十一畝以上的
田区、毎獣則耕二十八・八畝了。耕具之使用、在大的田
区、有将近両倍的効能、如在十畝在少十畝的田区、値二
十元的工具、僅能耕作四畝、在三十一畝及以上的田区、
則能耕七・一利畝了。(78)」と見えている。

　このような非効率的農業経営は、農家収入と直接連結される点で、安徽
省農民生活向上の重要な関鍵であった。1920年代の一般的農民生活に
必要な生活費は大略1年に250元であった。即ち、

「一夫一妻三個子女、毎年最少需要二五〇元、此二五〇
元只算一家之中、毎人毎日不受饑寒、和他們的女子毎
日能縠去念書罷了、若家中有疾病或奢侈、則這二五〇
元是不够用了、所以一家五口、最少要二五〇元才能縠
維持其最低的常態生活、不能維持這五口之家的常態生
活、就算是貧窮的。(79)」とある。

表9　安徽省農家1戸当り歴年人口数及び土地所有状況

年別	農　戸　數	農　民　數	耕作畝數	毎　戸 平均人數	毎　戸 耕作畝數	備註
1914	2,359,575		29,659,496		12.57	①
1915	2,748,611		42,312,501		15.40	①
1916	2,917,274		41,623,941		14.27	①
1917	2,846,014		41,427,541		14.56	①
1918	2,873,489		42,888,337		14.93	①
1932	2,682,248	13,947,690	39,437,325	5.20	14.70	②
1933	2,646,446		39,696,690		15.00	③
1935	2,682,000	15,182,000	36,462,158	5.66	14.71	④
平均	2,719,457	14,564,845	36,564,624	5.43	14.52	

資料来源: ①『第一回中国年鑑』P.1130
　　　　② 農戸及び農民数: 馮和法編　『中国農村社会経済資料』第一輯、第二
　　　　　　種、上、P.168
　　　　　耕作畝数: 張光業『安徽墾殖問題』P.24444。
　　　　③ 翟克『中国農村問題之研究之二』PP.205～212
　　　　④ 農戸及農民数:『国民政府年鑑(民国32年)』附表。
　　　　　耕作畝数: 陳筱南、「安徽実業概況」(『実業統計』巻三期六) P.98

表10　歴年安徽省の耕作畝数人口指数の変化

區　分	1873	1893	1913	1933
人　口	100	122	146	166
耕　地	100	106	107	107

資料来源: 章有義『中国近代農業史資料』第三集、P.907

　このような収入のためには、水田の場合、土質によって違うが、大略30
畝から50畝が必要であった(80)。しかし、当時安徽省農家の土地所有の規
模は非常に小さかった。表9からわかるように民国以後20年間の平均所有
面積は、14.52畝に過ぎなかった。当時の耕地面積・農家数農民数等を
調査した各種統計資料は、すべて一致しないが、表9の統計はある程度の
合理性があると思うから、この表によって見ると、当時安徽省の1戸当り所有
耕作面積は、非常に小さかったことがわかる。14.52畝の収入は大略100元
から150元であった。これは毎農家の1年の生活に必要な250元と比べると、
はるかに少ない収入であった。このような耕地面積の縮小にはいろいろな原
因があったわけであるが、何よりも人口増加にみあう耕地面積拡大がなかっ
た点が重要である。表10はこの関係をよく説明している。民国以後に耕地
が拡大しなかったことは、政治的混乱による荒政の失敗と毎年の災害による
離農等がその　主因であった(81)。
　しかし、耕地所有面積の縮小よりさらに問題があったのは、地主階層によ
る土地集中現象であった。例えば次のようにである。

　　　「天長県的土地面積単位是用担計算、南郷的毎担種的面
　　　　積約等於五.三畝。這裏佔有三百担種以上的大地主有三

戸、二百至二九九担種九戸、他們佔有田賦耕地的五分
之一。如果加上五十担種以上的、其他中小地主、那末
戸数不到総戸数的百分之四、但是所佔耕地已達半数以
上。另一方面、五担種以下的農業戸雖総戸数約百分之
七十左右、但是所有耕地大概只佔耕地総数的百分之二
十、其中、且有七百戸為無地農戸約佔総戸数的三分之
一[(82)]。」

このような、土地の集中化は、土地分配の矛盾をもたらして、階層間対立
の尖鋭化と租田関係の前近代性を民国以後にも存続させた。1935年の調
査によると安徽省農戸中78.87%が20畝以下の土地を耕作した[(83)]。これは
約80%の農民が基本的な生活さえできなかったことを意味する。

表11　安徽省各県各種農産品の出荷率(%)（1921～1925）

区別	縣別	穀類							豆類				油類		山薯	繊維類		菜蔬
		稲	小麥	高粱	谷子	大麥	玉蜀黍	糯米	大豆	緑豆	豌豆	黒豆	芝蔴	油菜子		棉花	大麻	
A	蕪湖	42.8	49.9			74.7		100						100				
B	宿	53.8	31.3	23.0	21.8	4.5			30.4	31.1	29.8	7.6	69.8		19.2	28.2	26.8	47.3
C	懷遠	29.1	29.1	17.5	25.0	10.8			55.8	22.6			98.1	96.1	18.5	33.4	6.2	12.2
D	來安	36.6	53.1		41.7	44.4	56.7	44.7	43.2	47.1	80.0		38.1	40.6	32.4	34.3	25.8	

資料来源: 卜凱著、張履鸞訳『中国農村社会経済』P.276～278。

表12　安徽省農産物の自用と売出時の家庭比率（1920年代）

區分	縣別	出 荷 部 分	家庭自用部分
A	蕪湖	55.7 %	44.3 %
C	懷遠	35.2	64.8
	宿縣	40.3	59.7
D	來安	56.8	43.2

資料来源: 章有義、中国近代農業史資料、第2輯　P.229

　このような農家経済状況下でも、農民生活の市場依存度は徐々に大きく
なった。表11と12を見ると、各区の農家は農産物の半分ぐらいを売り出して
いたことがわかる。商品化された農産物の種類は、各地域によって違う。即

ち、A区は曲流と油類が主に商品化され、C区は油類と豆類、D区は穀類と豆類が売り出しの主要品目であった。また、全体農業生産物の売出比率を見ると、大略半分ぐらいが売り出されたことがわかる。しかし、当時安徽省での主要移出品目であった米と他の農産物との絶対額数は表7で見えるように7対1の比率であったことから考えると、経済作物の売出しによる収入は農民生活改善に大きな寄与はしなかったと思う。また、農産物の売出比率も半分ぐらいであるが、各区の農戸別現金・非現金収入支出状況を見ると、現金による収入・支出が半分以上であった農戸は全て自作農戸であった。（表13参照）当時安徽省での自作農比率は表3に見るように21％しかなかったことから考えると、大多数の農家は依然近代的農業経営に依存したといえる。特に表14によって生活費用中自給率と購買率を見ると、自給が不可能であった衣服と其の他等項において現金支出が多かったが、換金作物の特化による食品・文化・教育・医学等への支出は依然低かった。（表15参照）しかし商品化の比率は、統計数字だけを見ると、1920年代北満洲の商品化比率40％〜70％と似ていたといえる[84]。これによって Ramon H. Myers 教授は北満洲での商品化傾向を主張したが、これは当時の農村社会経済の統計上の表面的状況だけによって見たのであろう。勿論地域によって農業商品化傾向があったことは認めるが、全中国での状況は限界があったであろう。即ち、当時農民生活の実際的様相がそうではなかったことは次の資料からうかがえる。

> 「農民日常消費物、除塩油外、皆自製造。若糧食不足
> 者、即向富戸購買、近年来毎石称価漲至五元、大麦三
> 元、小麦六元、富家又毎居積不売、以高時価。貧者既
> 感是痛苦、故毎買帰、必雑他糧以食。衣服率由自植棉
> 花製成、蔴亦多民供。」[85]

　このような農業商品化の未発達現象は、当時農民に一番重要であった租田関係でも分かる。なぜなら、商品経済が発展すればするほど地主階層の貨幣地租要求が強くなるからである。下に掲げる報告はそのことを示す。

表13　1921〜1925年安徽省農民階層別農場収入支出の現金非現金の比率（%）

区分		収　　入						支　　出					
		自　作　農		半自作農		佃　　農		自作農		半自作農		佃　　農	
		現金	非現金	現金	非現金	現金	非現金	現金	非現金	現金	非現金	現金	非現金
A	蕪湖	51.9	48.1	60.3	39.7			42.9	57.1	36.7	63.3		
C	宿縣	41.5	58.5	33.4	66.6	35.7	64.3	62.4	37.6	43.8	56.2	37.8	62.2
	懷遠	33.4	66.6					44.0	56.0				
D	來安	56.7	48.1			53.0	47.0	32.0	68.0			23.9	76.1

資料来源: 章有義『中国近代農業史資料』第2輯、P.422〜423。

表14　安徽省農戸生活費用中の自給と購買率の比率（1920年代）

區別	縣別	總　計		食　物		衣　服		燈油燃料		そ の 他	
		自給	購買	自給	購買	自給	購買	自給	購買	自給	購買
C	懷遠	67.3	32.7	84.9	15.1	52.7	47.3	93.9	6.1	16.2	83.8
	宿縣	59.6	40.1	82.4	17.6	27.2	72.8	80.5	19.5	7.4	92.6
D	來安	73.8	26.2	96.5	3.5	11.0	89.0	100.0	0	27.2	72.8

資料來源: 章有義『中國近代農業史資料』第2輯、P.270

「随著商品経済的発展、貨幣地租也有増長的趨勢、但貨幣地租仍然不占統治地位。在民国二十年代初期、農村的貨幣地租約占七％以下。実物地租的占統治地位、完全可以看出租田関係的半封建性質。(86)」

　このような貨幣地租比率の低さは、当時農業商品化の傾向がまだ全面的に現れなかったことを示すであろう。

表15　安徽省農家の毎年収入と支出状況（1925〜1931）

(単位:元)

區　分	收		入		區　分	支		出	
區　別	A	B	C	E	區　別	A	B	C	E
縣　別	無爲	休寧	懷遠	霍邱	縣　別	無爲	休寧	懷遠	霍邱
作　物	164	175			農　具				
園芸畜牧	30	30			工　資	10	15		
その他	20	20			飲　食	124	100	107.2	106.6
					醫　藥	10	10		
					肥　料	30	40		
					房　屋	10	10	6.7	5.5
					衣　服	20	15	16.4	40.0
					交　際	10	10		
					婚　喪	10	10		
					燃　料			19.3	5.0
					雑　費	20	20	35.6	
					教　育	5	5		
計	214	225	165	88.8	計	269	255	185.2	157.1

資料来源: Buck, John Lossing, CHinese Farm Economy, Chap.XI, Standard of Living:
　　　　PP.382〜421. The Commersial pross, Shanghai, China. 1930 （懷遠）
　　　　『中国経済年鑑』1934年、第6章、P.F380〜381 （無為、霍邱）
　　　　『中国経済月刊』（英文）、2巻2号、1925年2月、P.22 （休寧）

　一方、農業生産物の商品化が農民生活の水準向上に、直接関与するという考え方があるが(87)、当時安徽省農民の生活水準が基本的な生活費さえ不足していた事実とは矛盾する。表15を見ると、全省各地域の農民生活費の収入・支出はいずれもマイナスであったスこの表によるとB区の収入が一番多かったが、そのB区も1930年以後は収益率が表16から分かるように急激に減少したことから見ると、全省的な農民生活水準は低下した場合が多いであろう。

　勿論、農民生活の水準は農民階層の土地所有状況によって違ったが、表17に見られるように、半小作農で50畝以下、小作農で100畝以下の場合、収入は基本的な支出費さえ足りなかった。表9から分かるように、当時安徽省農戸中でこのような大量の土地を耕作した農戸が非常に少なかった

ことから見ると、ほとんどの農家の生活は苦しい状況であったと想像される。

表16　B区紅・緑茶毎箱当りの損益状況（1930年代初）

類　別	縣　別	元　　　金	賣　出　価	損　　　益
紅　茶	祁　門	400両上下	200両	折50%
	秋　浦	100両上下	100両上下	不折
緑　茶	婺　源	50～100元	100元上下	稍益
	歙	南路95西路68～76元	－	折本
	屯　溪	240余元	165元	折70～80元

章　若:「農村復興与農村副業」（『申報月刊』3巻3号、1934年3月）P.34

表17　安徽省の農民階層別収入状況（1933年）

區　分	自　　作　　農			半　自　作　農			佃　　　　農		
耕作畝数	100畝次以上	50畝以上	50畝以下	100畝以上	50畝以上	50畝以下	100畝以上	50畝以上	50畝以下
収　入	1,111元	735元	485元	1,029元	653元	365元	1,024元	711元	370元
田地費用	314元	190元	93元	266元	147元	71元	234元	158元	79元
其他費用	424元	379元	272元	366元	297元	220元	347元	295元	207元
租　額	元	元	元	265元	165元	104元	424元	287元	180元
損　益	373元	166元	40元	132元	44元	-30元	19元	-29元	-96元

資料来源:『申報年鑑』（民国22年）、P.54

　従って、安徽省農民の耕地の抵当状況はこのような農民経済の衰退を意味するといえる。表18を見ると、A・B・F区の抵当率は全体的に増加したことが分かる。班対にC区の場合は減少したが、これは経済的疲弊により、耕地農産物の価値が低落したためであったといえる(88)。このような耕地抵当化現象は、結局土地集中化の主原因にあり、耕地を失った農民の離村状況を引き起こした。表19のように離農の農家が20畝以下の耕地を所有する農家が81.4%も占めたことは、当時の農村社会経済の疲弊を示すであろう。

　このような現象は全省各所で現れた現象であった。例えば、B・D区の状況を見ると次のようである。

表18　安徽省の耕地抵当者の比率（1930年代基準）

區別	縣別	耕地抵當者%	過去との比較
A	巣　縣	30	減　少
A	滁　縣	70	増　加
A	蕪　湖	4	増　加
A	宣　城	6	増　加
A	寧　國	4	不　変
A	靑　陽	13	増　加
A	貴　池	2	不　変
B	歙　縣	8	不　変
B	休　寧	4	不　変
B	太　平	50	増　加
C	壽　縣	2	減　少
F	潛　山	10	増　加
平　均		18	

資料来源：『河南、湖北、安徽、江西、四省小作制度』P.28

表19　安徽省での耕地面積による離村率（1935年調査）

－ 5 畝	30.1%	-25 畝	0.9%	－ 45 畝	0.9%
-10 畝	35.4%	-30 畝	4.4%	－ 50 畝	2.6%
-15 畝	13.3%	-35 畝	1.8%	－ 75 畝	0.9%
-20 畝	2.6%	-40 畝	1.8%	-100 畝	3.5%
平　均	81.4%	平　均	8.9%	平　均	7.9%

註：『農政報告』4巻7期、1936年7月、P.175

「徽属年来迭受茶木兩業遭敗之打撃、秋収欠稔、農民生
活、至感枯窘。間有多数農民、困難寛資金之周転、無
法打開其苦悶出路、寧棄其固有田園、離郷向外謀活。
枝葉離披之農村、至此益呈衰萎、更無復興繁栄之望(8
9)。天長南郷的農民生活一般看来是日趨低下、有些赤貧
的農民、流離失所、往住流為盗賊。有些農民往住在青
黄不接或年底的時候以二分的利息借入十余元。(90)」

以上見たように安徽省での農業商品化傾向は現金・非現金の収入と支出状況、農業生産物の売り出し率、農家生活に必要な必需品の購買率等の統計数字から見ると、ある程度までの農業商品化は行われたといえるが、実際的な農村状況、即ち、農家の平均的土地所有面積と農場経営の効率性・農業生産力と農業生産に対する投資内容と範囲、収入支出のバランス等を考えると、安徽省の農業商品化傾向は、ほとんどなかったということができるのであろう。従って、清末以後の農業商品化傾向に対する主張は、地理的状況による換金作物の特化ないし農業生産物の売り出し率によって説明することより、当時の社会経済的背景と政治・軍事的混乱状況で、実際の農民生活の様子を把握しながら考える方が重要であると思う。このような面から見ると、1930年代半ばまでの中国における商品化傾向は、実際には弱かったと考えられる。

5. 小結

　19世紀末頃の中国の社会経済状況はもはや限界的状況まで来ていたといえる。これは人口増加に対する耕地面積拡大の限界・列強の商品経済浸透に対する中国経済の無気力・農村社会経済での封建的秩序の強化等、当時当面している農村危機に対して、これを乗り越える解決策がなかったことを意味する。しかし、この問題を解決することができるただ一つの方法は、農業生産物を商品化させることしかなかったと思う。即ち、農業の商品化は、農業技術の改善と流通システムの整備によって、農産物の生産力を向上させ、単位面積当り生産量の向上を通じて市場経済を活性化させる集約農業の根本原理であろう。

　しかし、農業生産物の商品化のためには、基本的な前提条件が必要であった。即ち、都市の人口及び商工業・金融・交通の発達による流通構造の整備・農業生産力を向上させるための農業技術の改善及び適正な土地所有等であった。このような諸条件は民国時代の到来と共に、一層強く要求された。それは新秩序体制下において社会経済的改革を企図する政治的次元の努力ではなく、清末以来の無秩序な状況下に現れた一般国民

生活の限界状況から出た要求であった。それゆえに国民政府の先覚者は農村改良事業及び社会基幹産業育成政策を主張したが、民国初期の革命派、非革命派間の政治的対立、またそれ以後の軍閥割拠と戦争、国民政府と共産党の対立等政局の不安定により、このような時代的要求は受容されなかった。

むしろ、これらの状況は列強に商品侵略の機会を与え、民族企業の発展を阻害し、農業生産及び流通に悪影響をもたらして、農民生活はさらに疲弊していった。

従って、清末以来農業商品化が本当に開始されたならば、民国成立以降の社会経済的状況はそれほど混乱しなかったのではないかと思われる。経済的安定は政治的、社会的変化に対応できる自主力と自衛力を培養させるからである。

しかし、本文で見たように清末以来の中国では、農業商品化が行われる基本的条件は、全くなかったといえる。もし、現金による収入・支出比率の増加、自給自足と市場購買率んる比率・経済作物の購買率等によって、中国での農業商品化を論じると、それは当時農民経済の現実を把握しなかったことからでてきた主張であると思う。勿論、北伐達成以後国民政府による建設政策と一連の農村改進事業の成果による経済的発達を認めるとしても、それは、根本的な農民生活水準の向上とは全然 無関係であり、また指標上の農業商品化傾向も、実は外国商品経済が大量に浸透したために、農民自身では自給生産価より安くで品質もよい外国商品を購入する過程で現れたと筆者は考える。

結局、民国以後において封建的社会経済秩序は、中国農村で継続維持され、むしろ軍閥・地主階層の収奪行為が一層表面化していった。さらに列強の商品侵略によって生活基盤までを奪われるという危機感を感じた農民が、新中国革命への協力者になったことと、農業商品化の進行による中国農村社会経済の現代化論とは相当な開がある。当時中国の全般的状況から考えると、農業商品化の進行には限界があったと思われる。

【註釈】

(1) Ramon H. Myear. The Commercialization of Agriculture in Modern China. Edited by W. E. Willmott, Economic Organization in Chinese Society. (Stanford University Press, Stanford, California, 1972.) PP.173〜192.

(2) 程必定主編、『安徽近代経済史』、(合肥黄山書社、1989年、P.191)。『中国通郵地方物産誌』、安徽省、PP.19〜39。

(3) 歴年海関報告及び貿易統計(1934〜1937)から計算。『中国土地問題之統計分析』P.38。

(4) 当時蕪湖・滁県等の城市で居住していた地主階層の%は、各々78.5%、95.4%であった。これは農　村資金の都市集中等を意味する。金陵大学農学院農業経済系編、支那経済資料18『河南・湖北、安徽・江西四省土地分類研究』中(生活社刊、1934年、P.5)。

(5) 東亜同文会編、『支那省別全誌』、安徽省（東京・東亜同文会、1919年）PP.441〜442。

(6) 1916年婺源・歙県等移出量は、85,000担、35,000担であったが、1930年代の産額はわずか各々34,000担、18,000担であった。予鄂皖贛四省農村社会経済調査報告第12号『屯渓緑茶之生産製造及運銷』(南京・金陵大学農業経済系印行、民国25年6月、P.5)

(7) 参考、本書第3節、農業改進事業の推移とその実態分析。

(8) 1930年代安徽省の水田平均価格は、1畝当たり50元であったが、B区の婺源・祁門・歙県は31元から40元、黟・休寧・石埭県は21元から30元、太平県は20元であった。参考・馮和法編『中国経済史料叢書』第1輯第2種、中国農村社会経済資料上（華世出版社、1978年、PP.224〜225）。

(9) 同註(2)、PP.155〜156。

(10) 同註(5)、PP.441〜442。

(11) 同前、P.150。

(12) 同註(4)上、P.260、P.280

(13) 同前

(14) 同前、P.277、P.303

(15) 同註(4)中‧P.307。

(16) 同註(5) PP.123〜137。

(17) E区は淮河の中上流地域であったから、降雨量が少ないときは水運も不可能であった。同前。

(18) 同前。PP.56〜158。

(19) 1910年代は九江を経て上海へ移出されたが、1930年代後公路が発達して、杭州を経て上海へ移される場合が1箱当たり1元が節約されたから九江への移出路は杭州へ移動することになった。予鄂皖贛四省農村社会経済調査報告　第10号『祁門紅茶之生産製造及運銷』(南京・金陵大学農業経済系印行、民国25年6月、P.85)。

(20) 同註(4)、上・中・下巻安徽省各県間の交通事情。

(21) 『申報』、民国20年5月26日、「蚌埠請核減車価」。

(22) 『鉄道年鑑』第3巻（上海・商務印書館、民国25年、P.1466）。

(23) 『申報』1936年6月4日。「蕪湖米到天津販売之汽車費合計六角七分…汽船費為毎担三角五分。」最近長江流域之経済状況、経済評論、1巻5号(1934年7月、P.47)。

(24) 『一年来之安徽建設』、第1編、第1章、P.1

(25) 管鵬、「安徽地方使行汽車之研究」（『申報』1920年4月4日）。

(26) 『申報』1928年3月10日。

(27) 『申報』1926年8月21日、4月3日。

(28) 同註(24)、P.2。

(29) 『十年来的中国経済建設』(1927〜1936) 第5章「水利、建設、蚕棉」(南京、古旧書店出版、華

　　東工学院編輯影印、1990年）P.15。

(30)　同註(24)、P.8。

(31)　『申報』1936年5月4日。

(32)　『四省土地分類研究』上・中・下、同註(4)、安徽各県城を中心とする交通状況参照

(33)　同註(2)、P.245。

(34)　同前、P.180。

(35)　劉海峯、「関於李鴻章官僚資本的一些資料」（『史学工作通迅』第1期、1957年）。
　　　同註(2)、　P.181。

(36)　潘敏徳「中国近代典当業之研究」（『国立台湾事犯大学歴史研究所専刊』之十三　民国74年、
　　　P.221）。

(37)　『予・鄂・皖・贛四省之典当業』（南京金陵大学農業経済系印行、1936年6月、P.4～7）。

(38)　郭嘉一、「安徽省銭荘業的典当概述」（『安徽金融研究』、増刊第1期、1987年。
　　　同註(2)、P.183。

(39)　「蕪湖県経済調査」（『中国鉄道沿線経済調査資料両種』民国23年、P.51。）

(40)　同註(2)、P.187。

(41)　『中国通郵地方物産誌』安徽省（出版地点年代未詳、P.19～37。）

(42)　当時これら銀行は安徽省政府当局の経理公債庫券の銷售、或いは省地方当局の資金をすぐに調達
　　　できる所で使用された。郭栄生「軍閥依為外府、以発行鈔券、供給軍政費甲為主要任務。」
　　　（『中国省銀行史略』、P.19）。

(43)　章有義『中国近代農業史資料』第2冊（上海・三聯書店、1957年、P.283）

(44)　中央銀行経済研究所編『中国農業金融概要』（上海商務印書館、民国25年、P.36）。同註(43)第
　　　3冊、P.134。

(45)　『晨報』1932年7月12日。許達生、「苛捐雑税問題」（『中国経済』、1巻4、5合期1933年8月、
　　　P.11）。

(46)　同註(43)、P.145。

(47)　同前P.142。

(48)　『銀行週報』8巻38号（紀全国実業会議、1924年9月30日。P.41）。

(49)　同前。

(50)　参考、Perry, Elizabeth J., Rebels and Revolutionaries in North China, 1845-1945
　　　(California Stanford University Press. 1980) PP.33～37。

(51)　「安徽巡撫奏籌弁墾牧樹芸情形並請准奏奨片」（『商務官報』第5期・光緒34年3月5日）。

(52)　『申報』宣統元年10月29日。

(53)　『蕪湖県志』、巻31P.1。『太和県志』巻4、P.3、9『全椒県志』、巻5、P.3

(54)　劉家銘「南陵農民状況調査」（『東方雑誌』、巻20、期16、民国16年8月、P.93）。

(55)　民国15年『中国年鑑』（台北、天一出版社、民国15年初版、民国64年影印初版、P.1056）。

(56)　これのため毎年必要経費が4,000元から7,000元ぐらい必要であったが、このような予算もなかっ
　　　た。『一年来之安徽建設』第1編、P.160。

(57)　『一年来之安徽建設』第1編、P.162、165～167を参照とすると以下の通り。
　　　1932年11月当時の農林機関の面積。
　　　(1) 稲作改良場、180畝、(2) 麦作改良場、1010畝、(3) 棉業改良場、492畝
　　　(4)　茶葉改良場、965畝、(5)　蚕業改良場、185畝、(6)　第1林区から第六林区造林場までの
　　　苗圃、200畝、100畝、40畝、60畝、20畝。

(58)　同前、P.180。

(59)　『十年来的中国経済建設』、上篇、第2章、P.190。

(60) 同前。

(61) 同註(43)、第3輯、P.618。

(62) 『申報』、1915年12月12日、1916年2月22日。
『農林部档案』(台湾中央研究院所蔵) 20-08/108/(3)。

(63) 『実業部档案』(台湾中央研究 院所蔵) 17-21/19-(1)17-21/18。

(64) 『経済部(1)档案』(台湾中央研究 院所蔵) 18-21/117-(2)

(65) 『経済部(1)档案』(台湾中央研究院所蔵) 18-21/1117/(2)

(66) 『申報』1936年6月1日

(67) 陳公仁、「中国今日茶業之復興問題」(『東方雑誌』巻34、期4、1937年2月16日、P.73)。

(68) 同註(4)、P.32。

(69) 同前、P.33。

(70) 郭文韜、曹融恭主編『中国近代農業科技史』(北京、中国農業科技出版社、1990年9月、P.19.)

(71) 同註(25)、第1輯、第2種、上、P.110。

(72) Decennial Report, Wuhu, 1922～1931. P.603。

(73) 参考、同註(4)上、中、下巻。

(74) Decennial Report, Wuhu, 1922～1931. P.603。

(75) 『農林部档案』(台湾中央研究院所蔵) 20-07/17-(11)

(76) 孫懐仁、「中国農業恐慌之解剖」(『申報月刊』2巻7号(下)、1933年7月、PP.19～20

(77) 『海関報告』、1933年、P.29。

(78) 卜凱、「蕪湖百零二個田家之経済及社会調査」、(1924年)。李錫周編訳(『中国農村社会経済実況』1928年、PP.111～112)。

(79) 『申報附刊』、民国12年5月5日。

(80) 天野元之助『中国農業経済論』巻1 (東京・改造社、1940年P.112。)

(81) 参考、楊明哲「民国20年長江大水災之研究」政治大学歴史研究所碩士論文、台北、1987年。

(82) 馮和法、『中国農業経済資料続編』上 (中国経済資料叢書、第1輯、第3種、華世出版社、民国67年)。1934年調査、P.82。

(83) 同註(80)、P.155。

(84) 同註(1)、P.183。

(85) 同註(8)(下)、P.717。

(86) 同註(2)、P.195。

(87) 参考、同註(1)

(88) 金陵大学農学院経済系編、支那経済資料17、『下南・湖北・安徽・江西四省小作制度』 生活社刊 、P.29。

(89) 関於復興農村之消息、『農村復興委員会会報』、3号、1933年8月、P.116。

(90) 婁家棋、「安徽天長県的南郷」、『新中華雑誌』2巻17期、民国23年、P.35。

第8章

江西省の農業改良事業の
推進とその形式性

1.はじめに

　農業改良事業農業の生産条件を改善して、伝統的農村、農民の桎梏状態から農業の現代化へ向かう一種の改革的農業政策である。このような事業は清末民初の国内外の混乱状況の中で、内的には人口の大多数を占める農民の心理的安定と商工業発展に伴う農業の発展を追及し、国家経済の調和的発展を図り、外的には帝国主義経済の侵入に対抗しようとする意図から発生したといえる。

　故に、清末の知識界人士は農業技術方面の改良を通じて、農業の商品化を促進させ、帝国列強の経済的侵入に対抗しようとした(1)。しかし、一部知識人階層による啓蒙的傾向が強く、伝統農業技術の改良だけを提唱したので、全国的な反応を呼び起こすには限界があった。

　民国時代に入ってからは土地分配の不均衡と政治の混乱は最も深刻にな

り、農村、農民の問題が極限状態に至り、帝国列強の経済的侵略は中国経済の主導権を掌握する線にまで高まった。このような状況は統治者側からも、農民側からも危機意識を持つに十分な状況になった。ここに、政府は西洋農業科学知識を普及するため、高等農業教育機関を設立し、西洋の合作思想、平民教育思想、土地改革思想等を鼓吹した。知識階層もこれに呼応して農業問題に関心を持すようになり、農村組織の健全性と土地分配の合理性の必要性を唱え、農業商品化の理想を実現させようと農業改良思潮を徐々に高揚させた。

このような一連の全国的農業改良思潮に対して、Ramon　H.　Myers教授は「分配論」(Distribution　Theory)と「折衷論」(Theory)に[2]、黄後傑教授は「平教派」と「農業派」に[3]分類して当時の農業改良思潮の流れを分析している。

このように、民国時期に台頭した農業改良論は大略「農業技術の改良」、「農村組織の促進」、「土地分配問題の解決」等三点に分けられる。

しかし、問題はこれらの主張が当時農村社会経済の改革にどの程度の影響を及ぼしたか、あるいは農民経済生活にどのような成果をもたらしたか等である。

故に、本章では国民政府の農業改良政策の重点事業地域であった江西省における、その推進状況とその成果を分析しながら、民国時期の農村社会経済建設事業の実相を検討しようとする。

2. 農業改良事業の起源と展開

鴉片戦争以降、列強帝国主義の商品侵略は、中国農村を彼らの商品の消費地化、原料提供地化させた。これらの状況は清末漢人官僚及び知識階層に重農主義観念を形成するのに十分な時代的背景になった。その代表的人物としては、張之洞、陳熾、張謇等がいる。彼らは水利事業を振興させ、農業学堂の設立、農業試験場の設立を主張し、農業を一種の専門的な学問として確立させ、帝国主義勢力に対抗しようとした。

当時、彼らの帝国主義の経済的侵略に対抗するための農業政策の観

念には、二つがあった。即ち、農業改良を実施して輸出の増大を図ろうとしたことと、民族工業の発展のための工業原料の確保という側面の農業政策であった。

　当時、中国の主要輸出品目は糸と茶であった。即ち、

　　　「糸茶二項、為出口貨大宗。通商五十年、洋貨日増、惟
　　　此二項、相為低制、稍補漏巵。」とある(4)。

しかし、1886年以後中国の茶輸出は外国茶との競争に敗れて急激に後退していき、糸貿易も1870年代以後、日本とイタリアよって大きな打撃を受けた。1889年張之洞が感じた危機意識は、このような現象を表現している。即ち、

　　　「糸茶本為中国独壇之利、今己成為共分之利」(5)。

このように中国の茶と糸が国際競争力を失った原因としては、茶・糸の耕作方法、製造方法等が外国に比べて技術的に非常に遅れていた点があげられる。そこで、1895年以降、陳熾、蕭文昭、端方、康有為等は、張之洞が主唱した茶葉の改良、糸業の改善といった主張を継承して主唱し、清朝の危機状況を克服しようとした(6)。彼らの論調の重点は次のようであった。

　　　「糸茶衰旺、総以種植、製造、行銷三者為要領。………
　　　倣用西法、広置機器、推広種植 製造、以利行銷。」(7)

　これに対して、もう一つの農業改良の目標であった工業原料の確保という側面の観念は、農業商工業発展の基礎になるという考え方から現れた。即ち、

　　　「農産品為各種製造品之原料、不有以増殖之、則工商業
　　　之発展、永無可望。………欲求外国輸入額減少、先求

本局製造額之加多、欲求製造之加多、必先拡張其原料
　　　之数量、並改良其品質。」(8)
とある。

　これは、当時中国民族産業の根幹であった紡織業と製糖業の原料である
棉花、蚕糸、甘蔗等が、質と量の二面で日・米等列強帝国に劣り、産業
発展と貿易面に大きな障害要因になっていると考えられていたからであった(9)。
　これらの二つの観念は、当時外米の大量輸入に対する反省論と共に、
農業改良による人口の食糧問題の解決(10)と帝国主義経済侵略に対抗する
という観念から台頭したものであった。
　しかし、清末の農業改良論は単なる観念上の主張に止ったといえよう。彼
らが当時の農業改良のために建議した方策として二つがあった。一つは、
実験場と研究機関の建立であった。これによって土質の分析、種子の培
養、肥料の製造、気候の予測等を研究開発した(11)。二つめは、これらの
研究成果の講演、農書の出版、伝習所の設置等を通じて農民の知識の
向上と伝統的耕作方法の改善等を図ることであった(12)。
　これは当時の先覚者が農業の未発達の原因を次のように見たからであった。

　　　「民智未開、対於農具の改良、苗種之選択、肥料之製
　　　造、林木之倍植、及獣疫、病虫害　之防除等項、素未
　　　詳加研究。」(13)

　しかし、このような問題の解決のためには、現代的科学技術による根本的
な改革が必要であったが、当時彼らの主張の理論上だけに止まり、実質
的な効果を収めることは、技術的な限界があった。なぜなら、19世紀末ま
で中国にはすでに近代的営農技術の限界線まで発達した耕作方法及び品
種改良等による最大限の農業生産性を確保していたからである。即ち、10
世紀以来の早熟稲種の栽培と生産性の拡大、16世紀に伝来した蜀黍、
甘薯、花生等がすでに全地域で栽培され普及し(14)、水利建設面でも重
要地域の堤垸施設が完備され潅漑営農の水準も相当水準に至っていたか
らである(15)。また、肥料への使用という面での効率性も高かった豆餅と緑肥

が全国に拡大されており、その他種畜、養漁、輪種制度等も改善され(16)、生産力面では清末に至ると、伝統技術による最大限の効率性を確保していた(17)。

このような状況での農業改良は、清末の政治混乱と帝国主義列強の経済的侵略の背景下において、財政的、政策的後押しができなかったので、現実性を欠如した啓蒙的主張に止まっていまうことになった。

しかし、このような主張さえ、民国時代に入ると軍閥統治の横行、さらに拡大された帝国主義経済の侵略等によって、その実行的背景を失っていまった。

江西省での状況もこのような状況と似ていた。江西省の農業の新建設も清末から始まったが、政府当局は人材養成だけに力を注ぎ、系統的な農政の実施ができなかった。故に、その成果は形式的な農林専門学堂と試験場の設立だけに止り、民国時代を迎えることになった(18)。

しかし、民国初期の江西省も全体中国の状況と同様に軍閥統治の影響が大きかった。特に李純、陳光遠、蔡成勛、鄧如琢等所謂四君子といわれる軍閥統治期間においては、農村の社会経済的基盤が破壊された。故に、清末以来の農村改良運動は民国時代に入ってからは、その姿の消してしまった。その最大の原因はやはり軍閥政府の軍費拡張による地方事業経費の不足であった。当時の地方経費は財政制度不備のため、中央と地方の財政範囲が混乱している状況であった。そのため地方独自の財政政策は確立されず、中央政府に隷属していた(19)。これは省財政の困難をもたらし、各種地方事業経費の調達に対する大きな障害要因となった。民初の江西財政状況は『政府公報』(上)が表現するように「錯綜紛乱」の状況であった(20)。このような状況は他省においても同様であった。そのようなわけで1911年から1916年までの各省別総予算中、実業費の比率は大体わずか0％から2％を占めるだけであった(21)。

このような状況は北伐以前まで継続し、江西農村の社会経済的基盤は完全に破壊され、結局農民の組織化による抵抗運動に直面するに至った。即ち、1927年8月中共は南昌で農民暴動を起こし、次の年に朱徳と毛沢東が井崗山で会合し、ソビエト政府を組織した。さらに1931年11月、彼らは瑞金に中央ソビエト政府を設立し、「土地革命」を提唱し、農民の力量

を吸収し植民地拡充を試図しようとした。これは国民政府にとって大きな打撃であり、以後の政局にとって重要な転換点になると思った国民政府側は、改めて農業改良事業を通じた農民力量の懐柔政策を行なわなければならなかった。これは政敵である共産党の粉砕と国民政府基盤の安定化という両側面において重要な戦略政策であった。このような政策は江西省だけに及ぶ影響を与えただけではなく、全国的影響を与えたので、その意味では江西省での農業改良政策は国民政府が総力を傾注した当時の最大事業であったといえよう。

　故に、北伐以後の江西省での農業改良事業は、政治的、軍事的性向が強く、純粋な農業政策ではなかった。北伐以後の農業改良政策は大量三期に分けられる。第一期は北伐完成から囲剿政策実施時期の前まで（1927〜1931）であり、農業改良事業の実施というよりは、農業改良事業の必要性とその対策を強く求める準備期であったといえよう。第二期は囲剿政策の開始から終了までである（1932〜1934）。この時期の農業改良は農業それ自体よりは農村社会の全般的状況を再構成する農村改良的性向が強かった。これらは囲剿政策の効果をあげるために政府・農民・軍隊の共同努力を企図するための江西省全地域社会構造の再編成ともいえよう。つまり、その主要事業の内容は農民自衛能力の向上、農村の救済、公路の修築等であり(22)、その最終目的は剿匪にあったことが分かる。第三期は1934年下半期以後における農村服務区の設立・活動時期である。この時期は囲剿政策実施の結果、共産党支配地域の再建と作戦遂行地域の再建がその重要目標であった時期といえよう。

　服務区の主要事項目標は次のようである。
　　1）普及教育、設置示範小学
　　2）開闢農業試験場、派遣教師教導農民
　　3）協助所属地区建立合作社、促進其業務推展
　　4）衛生服務与衛生教育、尤其注重疾病防治、婦女生産及衛生工程等工作(23)
　このような主要事業目標は当時江西農村において非常に重要なことであったが、それは純粋な農業改良政策ではなく、剿共作戦の副産物として行われた政治色の強い政策であったので、根本的な農業改良はできなかっ

た。例えば、黎川実験区の場合、その設立背景にしてからが党政と宗教界の支援が大きく作用した。

> 「本実験区自初即決定不採用政治方式、故其工作方式、
> 当然為社会的。唯同時対於政治勢力不可不取得相当聯
> 絡、並加以相当運用、否則種種計画必有室碍通之処、
> 故本処同人考慮之結果、主張以社会工作的精神去運用
> 政治的力量」とある(24)。

　啓蒙されていなかった農民にこの事業の必要性を理解させるため、という理由もあったかもしれないが、この実験区の設立を主張した人々の要請によって政治的力量が介入したのは、それぞれの利害関係があったことを暗示する。実際、政治の介入は純粋に「服務事業」に参与する者と政治的介入者、この実験区の推進者であった宗教団体の間には、農村・農民に対する認識の差、農業改良事業に対する目的意識の差が大きく、これはまた農民の立場から見ると、もう一つの収奪過程と考えられ、結局「服務区」を中心とする農業改良政策も、大きな効果を収めるには限界があった(25)。

　以上のように、清末以降各種国内外的混乱状況の中で、国難意識を感じた清末漢人官僚も、民国以後革命勢力の中の知識階層も、軍閥通治以降の国民政府の政策担当者も、政権の形式とは関係なく、その根本解決策が農村・農民の問題解決することであると考えたといえよう。故に、清末以来の各種農村振興策はいろいろな形態をとって現われた。

　しかし、問題はこれら理論が実践的、実験的な理論というよりは、当時の問題状況に対する個人的意見提示、或は啓蒙的な意識改革の提唱だけに止まり、政府の政策反映及び実際運用には限りがあった。また、政府側の各種事業は農村の現実と農民の理解程度を度外視した一方的改革であったから、中日戦争の勃発まではその投資した資金、人員及び教育の努力の割には、あまり成果があがらなかったということは、当時の農業政策に対する今までの無批判的視角を再検討すべき点が存在することを示唆していると思われる。次の節ではこのような政策推進状況の実質的な成果を検討して、以上のような結果を再評価しようとする。

3. 農政機関と農業団体の構造的分析

　清末農会の設立以前の農業業務は、中央の戸部の司農が主管して来たが、財政が主業務であった司農の農業に関する行政は、「各司農而不主農官之事」といわれるように実際にはほとんど行なわれなかった(26)。これは農業を専担する行政機関がなかったことを示しながら、職務内容の混乱を意味する。このような中央機構の影響は当然地方行政に及び、地方政府の業務は非常に繁雑になり、農業行政は有名無実であった。その中においては農業改良の主唱は空談に過ぎなかった。

　即ち、清末に設立した農林専門学堂と試験場の設立は、江西省にとって画期的な農業建設の新気運にもかかわらず、系統的な管理と施設の限界は農業発展の重要な契機を失うことになった(27)。

　このような政府一辺倒の農業政策に限界を感じた清政府は、政府と農民の間の媒介的役割を果たして来た紳士階層の役割に注目した。このようにして作られた団体が農会であった。これは19世紀以来洪楊の乱等の国家秩序破壊時に、重要な役割をしてまた紳士階層の能力を高く評価した清政府の判断と、清末における国家存立の危機を感じた紳士階層の要求が一致した状況から現れたと考えられる(28)。

　このような官紳の意見一致によって1907年農会章程が発表され、1912年農会規程が修訂頒布され、各地に農会設立の指導網領が施行された。

　農会の組織目標は「開通農民知識、振興農務、改良農業、発達農産為宗旨」であった(29)。即ち、農業技術の改良のための農事試験場を設立し、農林、蚕桑、漁、牧等の事業を奨励し、農学書報の発行、巡廻講演、半日学堂の設立を通じて農業知識を伝播すること、そして農民を保護し、紛糾を調整解散すること等であった(30)。

　しかし、これら農会規模は非常に小さかったので会員は紳士階層が主として、その人数は少なかった。また職員も江西省の場合は省農会にもかかわらず清末には2人しかいなかった(31)。民国に入ってその人数は若干増えた。1916年の場合、江西省農会の評議員は14人であり、会員は549人に至った(32)。しかし、このような人員数で農会の本来の目標を達成することは無理であった。

もう一つの問題は経費不足であった。元来農会は公益事業を目的として組織された団体であったので、政府は経費支給に責任がないことを章程で明白にし、その経費は会員自身が分担するようにした。もし不足すれば主管部署に補助金を申請するようにした(33)。故に、会員の不足は当然経費の不足を招来した。

　1907年農工商部は農会の設立と共に「所有開辦所需経費、応先於地方善款中酌撥成数、以為倡率」(34) と勧誘したが、農村の公益事業資産が多かったにもかかわらず、当時この資産を農会に移転させ農村改良に利用できる新思考を持っている郷紳がなかったことは、農会発展の大きな限界であった(35)。これは農会の長期的かつ固定的な経費支援の欠乏をもたらした。

　農会の経費は会員の負担に依存していたが、当時の状況ではこれだけでは、農会の維持は困難であった。これについては次の史料が物語っている。

> 「経費除区区会費外、又無他項進款以資挹注、支出万
> 状、実難支持。………農家資力薄弱、故於会今鮮有捐
> 助者。」(36)

　1916年の江西省農会の総経費は、収入が2,786元であり、支出は2,705元であった(37)。このような経費は他省農会の経費よりは多かったが、農会が目標とした事業経費には全く足りなかった。これは1919年江西省の農商費39,000元と比較して見ても、その経費の形式性がわかる(38)。

　このような農会組織の形式性問題は、その会員の刺激規定でも知られる。1907年農会簡明章程の職員資格に関する規定を見れば、その資格対象は紳士階層に局限されていたことが分かる。元来農会は政府と農民の媒介としての機能を目的として組織された団体であるから(39)、紳士による領導は不可避であったと思われるが、問題は彼らの能力と素質にあった。即ち、彼らは大概教育界人士、議員、官僚であったので、職業上すべてが都市に居住しており、また、当時の状況下で新式教育を受けた者少なかったので、実際にその本来の任務を遂行するには限界があった。次の史料はそのことを示している。

「我国農村領水的才知人士、郡越城市謀生、致農村欠少
　　　公正熱誠能幹的人士、領導建設。」(40)

　このような状況の中で、1912年の農会暫行規程採択時に新たな会員の
入会資格条項が新設されたが、これは紳士階層の農会という色彩を一層
濃厚にさせた。即ち、一般会員の資格にも次のような資格を設けた。
　　「① 有農業之学識者
　　　② 有農業之経験者
　　　③ 有耕地牧場原野等土地者
　　　④ 経営農業者具有以-資格而品性端正、年逾二十歳、均得
　　　　為会員。」(41)
　このような資格条件は、当時の一般農民の具備するところではなかったの
で、民初の農会も依然として紳士を中心とする組織に過ぎなかったことが分
かる。
　以上のように、清末民初の農会は、その元来の設立目的とは別に、農
民のための業務がきわめて少なく、逆に政治的性格が強い立法院、省議
会での代表権獲得にその目的があったといえよう(42)。
　その外、清末以来江西省の新農業政策として、農民専門学堂及び試
験場の設立等もあったが、当局の政策意志欠乏と人物中心の農業政策は
無計画的であり、形式主義に傾いた政策であったので、その実質的効果
はほとんどなかったどいえよう。民国以後にも継続された跛行政局においては
農村・農民分野まで関心を置く政策の実現が不可能であったことは周知の
事実であろう(43)。
　比較的農業政策らしい政策の実施は、1926年北伐以後であった。江西
省当局はまず1926年に農務処を設立し、農林行政と農業技術に関連した
業務を実施した。これを1927年農林局に改組したが、同年秋にすべての農
林行政を建設庁に移管した。ここに建設庁は南昌、吉安、湖口等の地方
に農事試験場を開設して、農業技術事項の農務を管掌させ、稲、棉花及
び特用作物、園芸等の試験栽培とその技術の普及を担当させ、盧山、
景徳鎮、湖口等地には林業場を設置し、造林社務を担当させた(44)。しか
し、これも共産軍の農民暴動と毎年の水旱災等は、行政系統の無秩序と

あいまって、その結果は清末民初と同様の悲惨さであった。

　このような結果は省当局が当時現れた各種問題に対する視角が現実的、長期的というよりは、政策的、一時的なものであったから、農村、農民の構造的な問題の解決を優先せず、政治・軍事的にこの問題を解決しようとする視角から始まった。故に、北伐過程における農民の役割を重視せず、逆に共産党に農民の経済的、軍事的機能は奪われた。

　瑞金の共産党政権による「土地改革」は、2,000年間、土地に隷属してきた中国農民にとっては大きな意味を持つ農民歴史の一大転換点になった。これに対して、国民党の「三分軍士、七分政治」という強圧政治は、時代的状況を逆流させるには力不足であったと思われる。

　とはいえ、その中でも国民党当局が遅ればせながら農村、農民政策の重要性に目覚めたことは、当時中共の跋扈を一時的にせよ阻止することに大きな影響を与えた点は評価すべきことである。このような国・共両党の対立と抗争の中で、生まれた江西省政府の農業政策は農村合作方面と農村建設方面等二つの方向に分けられる。

　江西省を中心として実施された最初の政策は、第三次囲剿作戦が終った時、江西省主席熊式輝と江西省経済委員会によって提出され、第五次囲剿作戦の開始直前に「改進江西農業計画大網」が通過したことから始まった(45)。この大網によって1934年3月14日発足した江西農業院は(46)、省政府の直属下で、全省の農業試験、農業推広、農業教育、農業技術の改良、農村生活の改善と各農業学校、農林場等を管轄しながら、江西省政府の農業政策を主導していった(47)。

　農業院の最大の目標は「農業の近代化を促進する」ことで、農村・農民に対する現実的問題を克服し、時代的必要に呼応する農業生産方式の改良とその普及を企図したことである。そのために非現実的な主義標榜と行政様式を払拭しようとした。そのため、人事と経費面での独立権を持って、専門家によって運営された(48)。

　このような状況は、農業院設立以前の省政府の農業部門経費状況とそれ以後の状況を比較して見ればわかる。即ち、1933年以前の江西省には農業専門学校と林業学校が各々1校づつあり、普通農業学校が4校あったが、毎年全体経費は15万元であり、農林研究と試験場の拡大のための林

区が7区に設置されていたが、その経費は1932年度の場合、わずか8万8千元であった。このような状況は各年度に多少の差はあるが、20年間あまり変わらなかった(49)。これは江西省政府の農業政策が形式的な投資と行政に止まったことを意味することであろう。

　しかし、農業院設立時期であった1934年からはその経常費及び事業費が、以前より大幅増加している状況が表1から見える。

表1　江西省政府農業部門事業経費内訳（1934～1937）

年　　度	経常費及び事業費	臨　時　費	合　　　計
民國23年	254,444.00		254,444.00
民國24年	258,884.00	75,650.00	334,634.00
民國25年	354,220.00	44,284.00	398,504.78
民國26年	301,448.76	109,334.32	410,823.08

資料来源:『江西省農業院工作報告』（民国30年2月）、P.5.

　このように一省の農業機関の事業経費としでは、当時の中国の経済状況から見て、かなり多額であったといえる。しかしながら当時農業院が持っていた事業目標から見れば、決して十分な経費とはいえなかった。また、この機関は全中国農村服務事業のモデル的な機関として設置した機構という特性から見ても、当時全中国農村の沈滞された社会経済的状況を導くには限りがあったといえよう。ただ、民国初期と異なっでその経費の支援が持続的であり、その金額も増加傾向にあったことは、当時国民政府の農村・農業政策の意志を代弁していたという点で評価すべきてある。また、この機構の人的構成も技師が12人、技士14人、技術員39人、指導員15人であり、農業専門人としての欧米留学者が7人、日本留学経験者が10人、国内農科大学卒業者が35人、農業専科学校卒業者が39人等、合計171名であり、農業専担機構としての陣客が備わったといえるが(50)、一方、1932年以来の毎年留学生の中で農業専攻者がわずか0.01％から0.02％に止まったこたは(51)、江西省政府の農業院を中心と農業政策も未来指向的でなく、当面の農村問題を解決しようとする近視眼的な性向が強かったと思われる。

　このような省当局自体による農業政策と共に江西省は全国的な農村改良

の実験地域にもなった。即ち、江西農業院が農業の改良に注目する機関
といえば、全国経済委員会が主導した江西農村服務区の事業は農村の改
良にあった。農村改良事業の主要地域には教育、農業実験、衛生事業
と合作社の組織等が包含されるが、より窮極的な目標は新たな社会・経済
的再編にあった。即ち、

> 「這改良工作是要提高社会的準体効率、防止農村崩壊与
> 整個国民経済的拡大、進而謀繁栄農村与発展整個国民
> 経済、使民族以解放与発展。」とある(52)。

しかし、問題はその事業が追求する理想向にあることではなく、実行によっ
てある程度の効率性を上げたかにあるから、その事業の背景と進行状況を把
握することによって、当時農村改良事業の実態を見ることができると思う(53)。
　その一例として、当時江西国民政府が最も注目した合作社の状況を見よ
う。江西省での合作事業は、1932年3月囲剿作戦の一環としで江西省農
村合作委員会が設立されながら始まった。この委員会は全省の合作行政を
主管し、その主要事業目標は修復地域の農民に合作予備社を組織し救済
借款を主管し、普通県には信用合作社を組織し農村の資金活用に寄与し
ようとした。また、運銷合作社を組織し、流通の合理化を促進し、販路を確
保しようとした。それ以外に生産合作社があって、技術指導等を通じで農村
副業の衰退を抑え、農村工業の発展をもたらすようにした(54)。当時江西省
での合作社の発展状況は表2のようである。

表2　江西省の合作社数の種類別展開動向

年　　度	信　用	運　銷	兼　営	供　給	利　用	生　産	公　用	消　費
1934	776	12	10	9	333	2	–	–
1935	1,113	43	79	24	777	2	–	–
1936	1,917	134	445	35	–	653	18	7
1937	3,805	176	440	22	–	188	11	12

資料来源: 1934年、1935年:「農政報告」4巻2期。
　　　　　1936年、1937年:「農政報告」6巻12期。

表2から見るように合作社の数は全般的に増加状況にあった。これは、合作社の役割が政府の努力と共に一般農民にもその効用が受け入れられたという肯定的側面を見せているといえるが、それらが現実的にどうような作用をしたかは当時江西省においての農村改良政策を評価する尺度になると思う。

　今までの評価は肯定的側面と否定的側面の相反する見解が台頭しているが、これは全般的な農村問題の解決という視角と当時状況の承認下での一定の効果を評価する視角の差と考えられる。まず、肯定的側面からいえば、信用合作社が農村金融の枯渇を緩和し、農業生産の維持に一定の役割を果たし、運銷合作社は流通の合理化を促進した点がある。また、生産合作社は技術指導などによって農村副業の衰退を抑え、農村工業の発展をまたらし、利用合作社は土地公有制による土地問題の解決という本来の目的を達成することはできなかったものの、利用合作予備社は、囲剿戦壊によって滅的打撃を被った地域において、農耕の再開を実現させた。もちろんこれら合作社の機能は個別的に機能したのではなく、各合作社の複合的な相互作用によってその機能を発揮することができた。即ち、合作社は農民の生産活動を援助し、農民に一定の利益をまたらすことによって収入を増加させ、農村社会の復興に寄与したと見ることである(55)。

　反面に否定的な側面としては、合作社の構成員問題と組織率の問題があった。即ち、信用合作社の場合、入社の動機と目的が借款のみであったので、大部分の社員は15畝以下の土地を所有した貧農階層であった。例えば、江西省高安県等四県の調査によると利用合作予備社社員中、無土地所有者は32.9％、5畝以下所有者は26.7％、10畝以下の者は18.6％、15畝以下の者は10.3％であったので、その占有率は88.5％にもなった(56)。このような傾向は合作社設立の趣旨とも相応する現象にもかかわらず、問題になったことは、資産階層の度外視と逆に彼らの中で参加者の専横であった。即ち、資産階層の度外視は資金を合作社に貸し付ける銀行に資金回収について不信感を与え、十分な投資意欲を減退させ、合作社の役割に限界性をもたらし(57)、一部参加した地主、富農、地方有力者は、合作社の実質的な運営権と経営権と掌握し、時には合作社を私利私欲の道具にして、或は合作社資金を流用したりした。貧農階層は知識に乏しく、文盲率が高かったため、彼らの行政能力に頼らざるを得なかったので

(58)、実質的な合作社の機能はこれら資産階層によって掌握され、予想した効能とは相当な距離があったという評価である。もう一つの問題は組織率である。組織率は、全省の戸数の中で社員数が占めた比率であり、合作社が量的にどのくらい江西省民に受け入れられていたかを間接的に表わす指標であるからである。1935年の江西省内合作社の組織率について、李紫翔は0.71%であると分析した(59)。これはおそらく人口数に対する社員数の比率によって出された数値という批評もあるから、その正確さにはある程度限界があると思う。それにしても、表4より見えるように合作社の組織率は増加趨勢にあったがその組織率は日中戦争以前まで10%前後であった。これは当時各地域の合作社が1937年日本軍の侵略と共に全面的に打撃を被っていた状況を考えるとそれ以上の発展には限りがあったのではないかと思う。勿論、これら各合作社が日本に抗戦するための経済的基礎として農本局、工業合作社、救済政策等で継承され、その本来の意識を持つ農村改良政策は継続されたが(60)、初期的な合作社政策の目的とは大きな差があったと思う。

　さらに表3に見えるように、その組織率は各地域による偏差が大きかった。即ち、省都である南昌の場合は、政治的安定性とこれら政策の中心地であるから全県の各農家は合作社に参加している状況が知られるが、その外の地域ではわずか30%を上限線とする組織しかできなかった。特に、共産軍支配地域、或いは接境地域では20%前後の組織しかできなかったことは、合作社政策に対する否定的側面を最も強化させていることである。

　以上のような合作社政策に対する両側面の評価を通じて、当時江西省での農村改良政策の実態を把握することも重要であるが、実際に江西省政府の窮極的な意図は、農村改良のための経済的効果よりは、共産党との対決に直面して、農民の救済及び囲剿戦の善後処理等の社会政策的な措置が強く求められていたという側面から考えると(61)、初めからこれら政策の目的は、農村改良事業という性格とは別の方向の農村政策であったといえよう。

　従って、政府側の意図と一般農民の期待の間には、最終的な合致点があったにもかかわらず、運営と経営上での質的問題の欠乏のため、部分的な成果はあったといえるが、総体的な面での成果に対しては、依然として批判的な評価を受けていることであろう。結局このような状況は資金及び人材

表3　江西省各県における合作社の組織率（1936年）

縣名	南昌	安義	彭澤	弋陽	德興	萍鄉	武寧	樂安
社員數	82,747	6,126	6,618	6,680	2,919	22,528	6,672	3,785
戸數	61,077	17,193	20,309	22,598	11,739	93,199	27,987	27,630
組織率	135	36	33	30	25	24	24	14

資料来源: 社員数:『農政報告』5巻2期、1936年。
　　　　　戸数:『第一回江西年鑑』1936年、PP.95～39。
　　　　　組織率: 社員数÷戸数

表4　江西省合作社社数、社員数と組織率

年　度	社　數	社　員　數	戸　　　數	組織率
1934	1,142	45,000	2,879,079	1.56
1935	2,038	120,500	3,055,251	3.94
1936	3,209	312,028	2,937,469	10.62

資料来源: 社数と社員数:『農政報告』4巻2期。
　　　　　戸数: 1934年:『中国経済年鑑』第3篇第1冊、宗青図書公司、P.B64。
　　　　　　　　1935年:『第一回江西年鑑』P.73。
　　　　　　　　1936年: 孫兆乾『江西農業金融与地権移動関係』P.45189。
　　　　　組織率: 社員数÷戸数

の不足と共に当時江西省農村社会経済の質的向上を企図するには限界があったと考えられ、その実際的状況は農業技術の停滞という農業現代化の否定的側面とも連結される。

4. 農業技術発展の限界

　18世紀以来の中国人口の急増は新耕作地の開墾を通じても20世紀に至ると限界状況を迎えた。清中葉以来の食米不足現象に対してはいろいろは観点による解釈もあるが、なによりも耕地拡大とそれに伴う農業技術の開発

が停滞されていたという事実が最も有力な答えと思われる。

　このような見方は現代における食糧問題に対する耕地拡大という側面と農業技術発展という側面との現実的比重関係を分析して見ても分かると考えられる。即ち、現代の農業というは現代式農業技術に基づく科学的農業経営管理といえる集約農業の形態である。これは生命工学という未来の農業革命以前の土地と関連される農業生産次元の限りでは最善の方法であると思う。

　故に、清末民初にその限界点に至って中国の耕地開墾という量的拡大による食糧生産は、人口増加に対処する方法としては当然限界があった。このような状況は中国全体の共通の現象であったが、特に長江流域の諸省で明確に現れた。その中で江西省は明代以後長江流域の諸省の中でも耕地拡大及び生産性が長江の下流地域と中上流諸地域との中間程度であったし(62)、北伐以後国民政府の重点的農業開発区域であったので、江西省での農業技術状況に対する分析は、当時中国の農業が持っていた諸問題点を発見することができると思う。

　江西省は土壌と気候によって、農業地域が三つに区分される。即ち、第一区は東北地域に散在している41県であり、稲作を中心とする二毛作地域である。米以外の主要産物は棉花、麦類、豆類、茶等が多く生産される。第二区は西南地域の38県であり、気候が温和なので稲の二期作が可能である。江西米の主産地域といえる。第三区は西北地域として茶の主生産地域である。

　第一、二区地域での稲作は50%前後が早稲を種植し、30%前後が晩稲を種植した。その他は中稲と糯稲を種植していた。但し、九江、湖口等潘陽湖北部周邊地域にある6県では80%以上が中稲を種植していた(63)。これは地質上、気候上の与件によって二毛作乃至二期作が行なわれたという状況を意味している。江西省では南宋以降、秈米が多く栽培されてきたが(64)、18世紀中葉に早熟稲が伝わり、双季稲の栽培が始まった。その中心地域は臨江府の4県と袁州府の4県であった。双季稲の栽培方式は、3・4・5月中に早稲を収穫し、6・7・8月中に晩稲を連作し収穫する稲の二連作方式である(65)。20世紀に入ってもこの双季稲の栽培面積は非常に少なかった。1930年代江西省の双季稲栽培面積は360,000畝であり、総田地畝数である4,163,000畝の8.6%に過ぎなかった(66)。その理由は双季稲を

耕作するため、多くの労働力と資本が必要であり、また二次収穫が一次収穫より少なかったので、米の耕作が雑糧或は経済作物より利益が少なかったからであった(67)。このような状況は技術と資本が比較的進歩した1950年代に双季稲の面積が1930年代より2.4倍程度拡大した点からもわかる(68)。このように18世紀中葉以来の双季稲の栽培は新農法としての紹介という点では意義があるかも知れないが、20世紀初半における生産力或は総生産量面に果した役割はなかったといえる。即ち、このような農法を採択するための当時の農村資本及び技術営農には限界があったことを示すといえよう。

そのほかに、生産面で比較的効率的であった農法は輪作制と間套作であった。しかし、これらの農法はこの当時開発された技術ではなく、輪作制はすでに北宋以来実施されてきており(69)、間套作も清中葉にはその栽培技術が長江流域全域に拡散されていた(70)。ただ、民国時代に入ってからその対象穀物の種類が拡大されたのみである。即ち、民国以前の輪作制及び間套作の対象作物は、稲米と大小麦の輪作と豆麦、棉花麦、膣豆稲、泥豆早稲、玉米棉花、脂麻棉花、稲豆、糯米紅花草、豆紅花草、稲紅花草、荞麦紅花草等の間套作等があったが(71)、民国以後には稲菜、豆菜、麻菜、花生油菜、稲黄豆、稲青豆、大豆芝麻、水稲芝麻等ぎ輪作され(72)、麦豆、麦棉、蔬菜等が重点的に套作された(73)。

しかし、これらの農法もその多様性乃至地質、気候に対する適応性といった点で、ある程度の意義はあったかもしれないが、当時の江西省での各種作物の生産量を見れば、これら新作農法もあまり成果がなかったといえよう。

まず、1930年代の江西省とその周邊の江蘇省、湖南省の生産力を比較して見ると表5のようである。

表5によると、その生産量は、周邊省よりはるかに低く、さらにこのような傾向は1950年代まで続けられる(74)。元来江西省の生産力は18世紀末までは江浙両省よりは低かったが、湖広地域よりははるかに高かった。これが19世紀初葉からこれら地域の後塵を拝するようになったことは(75)、同様の政治的状況から考えると、その原因は農業全般に関する政策の欠如にあったと思われる。このような原因について呂芳上は品種不良、栽培方法の近代性から分析した(76)。これは農業改良等技術的営農方法の限界性を示している。

表5　省別各種作物の毎畝当りの生産量比較（1930年代）

省　別	早　稲	中　稲	晩　稲	糯　稲	棉花	大豆（市畝）
江　　蘇	4石6斗		5石6斗	5石6斗	5０斤	２５０　市斤
湖　　南	5石	5石	5石	5石	5０斤	２４０　市斤
江　　西	4石1斗	3石3斗	3石3斗	3石6斗	4２斤	２２０　市斤

資料来源：『中国経済年鑑』民国24年、PP.(C)152～170。

　一方、生産力の減少の原因として小作、半小作農の非経済的な営農
方法にも問題があった。即ち、彼らの階層は長期的な生産力向上よりは、
毎年の単期的生産力向上を考えたので、地力の衰退、資本投資不足の
ために自作農に比して平均的な生産力は低かった。次の史料はそのことを
示している。

　　　「往往因土地之過度利用、致土地疲憊、耗損地力、而
　　　　施肥等一切投資又不充分。故佃耕田之生産力毎不若
　　　　自耕田。」(77)

当時江西省小作農の農具設備比率は63％であるが、すべてが鎌、鋤、
鏟、耙等基本的な小農具であり、水車、犁、䥕、磨等大農具はほとんど
貸借して使用した。家畜の場合、小作農中で、労役家畜を有する者は
59％であり、化学肥料使用者はきわめて少なかった。また種子の購入も少
なかったが、もし凶年が続けばそれは大きな負担になった。これらの状況は
小作農にとって一番大きな永久小作、或は有期小作等小作権の購買と共
に小作農の資本を圧迫したため、長期的な生産性を安定等には関心がな
かった(78)。故に、小作農、半小作農の生産性は当然自作農、地主階層
よりは落ちざるをえなかった。
　自作農、半小作農、小作農の実際的な一畝当りの生産力を見ると表6
のようである。

表6 農民階層別毎畝当りの生産力比較（斤）（1930年代）

表6　農民階層別毎畝当りの生産力比較（斤）（1930年代）

種　別	稲	棉	大　豆	麥	蠶　豆
自作農	３２６	６７	１０６	１５４	１１８
半小作農	３１２	６４	１０６	１８６	１１７
小作農	２８７	５６	１１３	１４０	１０７
平　均	３０８	６２	１０８	１６０	１１４

資料来源：『江西経済問題』（台湾、学生書局、民国60年）、P.86。

　　1934年の中国経済年鑑によると、江西省の農民階層分布は自作農が
27％、半小作農が34％、小作農が39％であった(79)。また、彼らが耕作し
ていた耕地面積比率は1936年江西農村服務区の10県241村10,129戸の
調査によると、自作農が23.85％、半小作農が19.64％、小作農が24.44％
であった(80)。大略半分程度が半小作農・小作農によって耕作されていたと
いう状況を示していることは、全般的な生産量の減少を意味しており、その
影響は農産物輸出の不振に直結していたといえよう。（表7参照）

表7　江西省の歴年農産物の輸出量推移表

		茶	苧　麻	柏　油	菸　草	瓜　子	靛　青	豆	芝　麻	米
民國	12年	176,740	123,759	13,058	180,678	24,185	8,001	182,768	22,381	1,247,931
	14年	175,242	111,995	11,352	130,780	76,595	2,217	130,392	76,166	680,936
	16年	146,196	164,063	13,871	124,398	195,777	1,099	159,717	59,175	394,816
	18年	160,144	131,489	16,884	102,108	17,063	202	329,869	104,074	1,099,290
	19年	109,818	43,564	15,573	101,389	30,036	−	398,721	86,239	344,846
	20年	100,520	70,970	11,123	53,137	49,083	−	133,972	21,180	297,979
	21年	80,421	56,554	9,681	61,121	6,998	−	48,175	17,036	128,526
	22年	65,472	57,224	7,092	33,294	10,499	−	116,422	13,947	530,941
	23年	87,646	74,973	7,969	24,953	7,981	−	74,072	29,407	73,877

資料来源：『江西年鑑』（民国25年）、PP.1010～1020。

　　このように江西省政府の農業改良政策の努力にもかかわらず農業生産力
が低かった現象から、農業技術の前近代性と現代性の技術導入のための
農村全般の環境が未成熟状態であったことがわかる～
　　1930年までの江西農村で行なわれた農事方式は表8のようである。この

表から見るとその農事方式は前近代的な伝統方式をそのまま踏襲していることがすぐ知られる。このような状態が改善されなかった原因についてさらに細かく見てみよう。

表8　1930年代の江西農村の農事方式

作物種別	整 備 方 法	捲植方法	収 穫 方 法	脱 粒 方 法
水　稲	上年稲収穫後、耕翻地、次年春、淺耕一次。種前再耕一次、碎土塊、施以基肥、及灌水。	以手撒捲	刀割	一法在田中用禾桶打脱。一法移置禾場、取禾石板以手高舉稲束下撃石板。
芸　苔	以犁行深耕、後用耙細碎土塊、平其地面。	用拌合種子條捲	割取或犁入土作稲之基肥	脚踏或手擦
紫 雲 英	同前法	以手撒捲	犁入土中作稲之基肥	
胡　麻	行深耕、再耙平之	以手撒捲	手抜	別束成一組斜立曝曬扇開即輕打
簥　麥	同前法	條捲或撒捲	刀割	桿打
黄　豆	深耕耙平再作畦	點捲	刀割	曝曬後以桿打
栗	深耕以細耙作成長方之畦	點捲	手摘或剪下	碾下或置石臼椎撃之

資料来源: 白実「江西機器使用之認識」(『経済旬刊』巻7期12) P.15。
伯饒爾司丹樸、郭楽遜「視察江西報告」(『経済旬刊』巻3期7・8合刊本、特載) P.53より作成

　まず江西農村での肥料使用状況は依然として伝統的な肥料に依存していた。即ち、人糞、石膏、堆肥、厩肥、胡麻、草肥、塘泥、緑肥、石灰、豆粕が肥料の全部でなあった(81)。これら各種肥料の使用内容と毎畝当りの施肥量を南昌県を例として見ると表9のようである。表9によれば各地域で単位当り施肥量には多少差があるが、よく使う肥料としては人糞、堆肥、草肥、緑肥等伝統的な有機肥料があった。勿論伝統的な有機肥料の使用法も時代とともに発達してきた。例えば、下の史料が示すように水稲施肥の技術とか、石灰の使用技術があった。

「近水者、七八月間、扁舟入湖取草以肥因」

「石灰、土人用以壅寒列之田、収量増加」

「山多泉、陂、池、塘、堰、随地瀦蓄……水泉多従巌石
　間出、性寒冷……種田宜石灰。」(82)

表9　江西省南昌県の早晩稲の1畝当り施肥量（市斤）（1930年代）

区　　分	春　季　早　稲			夏　季　晩　稲		
	此種肥料の使用田地數	一畝當り平均施肥量		此種肥料の使用田地數	一畝當り平均施肥量	
肥料の種類		此種肥料の使用田地	水稲田地		此種肥料の使用田地	水稲田地
人　　糞	2 8	1,560	4 1 6	1 8	1,586	5 9 5
石　　膏	1 7	6	1	4	1,031	8 6
堆　　肥	1 7	1,578	2 5 5	1 2	1,375	3 4 3
廏　　肥	8	3,220	2 3 5	5	2,688	2 8 0
胡 麻 粕	1 4	1 7 8	2 3			
草　　肥	9	8,419	7 2 2	1 3	8,638	2,339
塘　　泥	1	15,119	1 4 4	2	12,959	5 4 0
綠　　肥	6 4	1,945	1,130			
石　　灰	4	1 7 8	6	5	2 1 9	2 3
豆　　粕	1	2 5 9	3	4	1 4 8	1 3
油　　粕				1	1 7 2	4

資料来源：『河南、湖北、安徽、江西、四省土地分類研究（下）』
　　　　　（支那経済資料19、東京、生活社、民国23年）、PP.735～737。

　しかし、このような施肥技術の発展は、地質的特性に適合させるという経
験から出現した方法であり、現代的な意味はなかったといえる。1930年代農
業院を中心とする肥料の三要素比例用量試験であるとか、肥料の効果の
試測、或は硫酸錏、燐質肥料等の試験、堆肥の示範と農民講習会の実
施等も、実際に農民が応用するまでには至らず啓蒙的水準に過ぎなかった
(83)。中国における化学肥料は1906年山東の済農公司が米国の肥料を輸
入してから以降使われ始め、全国的に普及し始めた(84)。しかし、1930年代
からはその使用量の全国的減少傾向と山東、河北、河南、湖北、江西等
五省の消費量が全国総消費量の9%に過ぎなかったことを考え合わせると(8

5)、江西省での化学肥料の使用は普遍化に至ってはいなかったといえる。

　農業機具使用も停滞的状況にあった。古来からの伝統的な農具は大部分人力と獣力に依存して発達して来た。若干の農具が風力と水力を利用して作られたが、その主材料は木、鉄、竹等で、その構造は簡単であり、効率の悪いものばかりであった。例えば、前漢から南北朝にかけて発明・改良されてきた輓犁、三犁、長鑱、耬犁、鍬、鎌、銚犁、鐴、耙、耮、水堆、碾、磨等と、晩唐時の龍骨水車、水田犁、反転犁、北宋時の秧馬、風車等がそれである(86)。

　しかし、南宋以後、農具の発展はほとんどなかった。清末光緒年間（1896～1900）に繰糸機械、搾油機械、巻烟機械、碾米機、磨麦機、制蔗糖機、製茶機械、軋花機、水力紡糸機、抽水機、打米機、風車等か外国から伝来されたが、中国自体の技術開発はなかったといえる(87)。

　しかし、これらの伝来も農村社会経済発展のための基礎的技術発展には影響を与えなかった。例えば、過去の龍骨車では旱災に対抗することが難しかったため、このような状況を利用した商人によって輸入された抽水機は1920年代後半には富裕層に広範囲に使われたが、旱災に対抗するための役割だけを担当したので、他の農具の発明、或は発展に及ぼした影響は皆無であった(88)。

　1930年代に入って江西省政府の農村改良事業と共に農具に対しても研究改良及び製造事業が始まり、1931年に創建された民生工廠では四吋六吋の離心抽水機、碾米機、礱谷機、剪草機、各種新式犁、耙、鋤、鏟等が生産され(89)、農業院では大小号碾米機、打稲機、条播器、三五歯中耕器、六吋・十吋の新式耕犁、噴粉器、移植器、切接刀、鋼鍬、鉄鏟、除草鋤、抽水機、製茶機、軋花機、改良水車等等が研究発展し生産されたが(90)、実際にこれらの農具は、播種時期、播種作物の密度、通風、除草、病虫害防除、結水条件、土壌状況、施肥状況、輪作等基本的な耕作技術上の長い伝統的耕作による経験中で、一番優秀な方法に基づいて改良発展したものであり(91)、それとも外国技術の部分的技能を環境に合うように改善したものに過ぎなかったといえる。

　水利事業面でも例外ではなかった。水利事業は稲作の生産量、生産力と直接的な関係があったので、農村事業では最も重要な事業であったが、

事業の規模上、経費上政府が主導しなければならない基幹産業であった。故に、政府予算中で水利経費が占める比率は、政府の農村政策に対する意欲と水利環境の優劣状況がわかる。1916年長江流域の諸省の水利経費予算は全省が極めて少なかった。このような水利政策は明末以来の郷紳中心の局部的な水利事業による頻繁な災害に対処することができなかった(92)。1916年五省の水利経費予算の現況は表10のようである。

　表10から見えるように江西省の水利経費は五省中でも非常に少なかった方であった。このような傾向は次の史料に見られるように以後も継続した。

　　　「整理全省圩提之歳修工程、十七年度、僅由省庫年撥
　　　五万元、十八年度、復核減為一万三千余元。」(93)

表10　1916年五省の水利経費と各省総予算の比較（元）

省　別	水利経費 (1)	歳入總予算 (2)	(1) / (2)
湖　北	310,521	9,438,960	3.29
安　徽	128,344	6,725,565	1.91
江　蘇	230,297	12,278,605	1.88
江　西	56,824	5,403,811	1.05
湖　南	3,500	6,177,726	0.06

　資料来源: 賈士毅『民国財政史安(下)』（上海、商務印書館、1917年）
　　　　　PP.1718〜1761。

　このような省政府の農村政策は土地分類事業面でも同様であった。中央地質調査研究所と江西省政府は合作で応用科学的方法を通じて江西省の土壌を分析しようとしたが、土壌の分類と測絵は調査が主であり、また室内研究に止まったので、その運用工作は形式的な面が多かった(94)。

　病虫害に対する政府の対策も1936年以前には皆無であった(95)。1935、1936年にわたって吉安、永豊、永新、安福等37県で700余万石も虫害の被害を受けたので政府の虫害対策が研究されるようになった。その中心機構は農業院であり、模範地域を設置し、駆除員を訓練させ、若干の実効

を上げたが、全農村地域での駆除活動は依然として限界があった(96)。

　一方、農村資金の都市流出も、農村での資金枯渇現象を招来し、農業技術発展のための一定程度の投資も不可能となった。表11は農村資金の都市流出状況をよく見せている。

表11　1931、1932年江西省各銀行の営業状況（総行、分行、支行等計12行）

種　類	１９３１		１９３２	
匯　款	24,501,761元	61.27%	31,918,687元	64.47%
存　款	3,318,199	8.29	5,442,573	10.99
放　款	8,170,919	20.44	8,235,930	16.64
その他	3,999,035	10.00	3,913,167	7.90
總　額	43,989,914	100.00	49,510,257	100.00

資料来源:『江西経済問題』（台北、学生書局、民国60年）P.93。

　表11を見ると、貯蓄は200余万元が増加したものの、相対的な投資はわずか6万余元しか増加していないのに対し、他地域への送金が700余万元以上であったことは、農村資金の都市（上海、漢口等大都市地域）への流出を示している。このような農村資金の枯渇は、農村技術の再生産を不可能にした根本問題であった。

　以上のように、江西農村では民国時代に入っても農業技術の新発展はなかったし、もし省政府主導下の諸機関で農村改良事業の一環として農業技術発展及び開発に注力しても、当時の江西農村状況はその計画を達成する条件は全く整っていなかっったといえよう。

5. 小論

　清末以来、継起する社会経済問題の源泉は、農村問題から始まったといえる。故に、政府官吏、士大夫等知識階層の人物はいつも農村問題の解決に関心を持っていた。しかし、長い期間蓄積され、顕在化したこれ

らの問題に対する根本対策はなかった。なぜなら、この問題の解決のためには、巨額の経費とこの方面の多くの優秀な人材、そして、農民の政府に対する信頼等が必要であったが、当時の状況はこれらの条件とは距離があった。

その中で、帝国主義列強の商品経済の侵入は中国経済市場の長い伝統秩序を崩壊させながら、次第に中国経済の植民地化を招いた。このような危機的状況下で、一部知識階層の農業改革政策の提唱は、農工商部の設置と三方面の調和的発展を企図するという農商工並進政策と共に現れたが、現実状況が度外視された背景下で啓蒙的な性格に止まった。

民国時代に入ってから、農村の状況は軍閥と結び付いた地主、商人階層の横暴のため、その状況はさらに劣悪になり、結局は中共に根拠地を提供する背景になり、さらに農村の状況は中共の勢力拡大を促進させた。このような状況は国民政府に大きな刺激を与え、国民政府側が始めて農村問題の重要性を実感し、農業改良事業を推進した。しかし、その政策の目的は根本的な農業技術開発、或は商品経済の促進と帝国主義経済に対抗するための生産力増大等営農方法の改善等にあったのではなく、中共の勢力拡大を効果的に阻止するためのものであり、軍事作戦側面での道路建設、合作事業等が推進された。また、農村服務区と各種作物の実験区を設置させ、農民の意識と現実反応な行動等を引導するための啓蒙的な政策が、当時国民政府の実質的な目的であった。勿論、このような政策は当時の農民の不満を解決させるためには限界があり、一時的な恵みを受けた大都市周邊の農民さえも抗日戦争と共にこれら政策が中断されたので、この政策に対する理解度は依然弱かった。

結果的に国民政府が1930年代から推進した一連の農村改良事業は、その実効が現れる前に終ってしまった。

これら政策が失敗に終った原因として最大の要素は八年戦争の始めという時代的状況にあるが、これら政策を推進する各政府機構の行政不統一、人材不足、経費等財源の未確保、農民と政府との距離感等基本環境の不備も重要な原因として上げられる。

一つの政策がその場の結果だけを考えて実施されると、一定の期間以後に大きな逆効果が現れるという簡単な論理は、現在でもあてはまる問題であ

るが、1930年代初からの国共対決下での国民政府のこれら政策は、結局
新中国革命の決定的な契機になったということから、国家政策の信頼性、
長期性等が求められる。

【註釈】

(1) 趙豊田『晩清五十年経済思想史』(台北、華世出版社、民国64年) PP.19～41。
(2) 「分配論」： 中国の農業問題が「租」「賦」の高率及び制度的矛盾と地主階層の貧農に対する迫
害から現れた見て、その解決策を土地分配問題から捜そうとする理論派。
「折衷論」： 中国の農業問題を生産技術の未発達と生産力の低下から現れた問題のため、農業技術の
改良を主張した理論。
Ramon H. Mayers, The Chinese Peasant Economy: Agriculture in Hopei and
Shantung, 1890-1949. (Harvard Univ., Press, 1970) PP.13～24.
(3) 「平教派」： 農業建設のためには、農民の教育が一番重要であると主張する派。
「農業派」： 農業生産力を向上させ、人口増加に対応すべきであり、そのために作物品種の改良と農事
方法の技術水準を向上すべきであると主張する派。
黄俊傑「洛夫、沈宗瀚与中国作物育種改良計画」(沈君山、黄俊傑編『鍥而不捨』台北、時
報文化出版事業、民国70年) PP.265～268。
(4) 『戊戌変法文献彙編』(五) (台北、鼎文書局、民国62年、影印本) P.379。
(5) 張之洞『張文襄公文集』(台北、文海出版社、民国59年、影印本) 奏議。
(6) 同註(4)、(五) P.399、PP.403～405、P.416。(二)P.246。
(7) 『大清徳宗景(光緒)皇帝実録』(台北、華聯書局、民国59年、影印本) P.425。
(8) 張怡祖卲『張季子九録』(台北、文海出版社、民国54年、影印本) P.「政聞録」7。
(9) 『政府公報』民国2年9月 P.399、民国2年12月 P.739、民国3年3月 P.652、民国3年11月 P.782
。(台北、文海出版社、民国60年、影印本)
(10) 阮忠仁『清末民初農工商機構的設立-政府与経済現代化関係之検討-』(1903～1916)(台北国立
台湾事犯大学歴史研究所 専刊(19)、民国77年) PP.133～134。
(11) 朱寿朋編『光緒朝東華録』(台北、文海出版社、民国52年、影印本) P.5084。
(12) 『政府公報』同註(9)、民国元年9月、P.198。
(13) 同前、民国4年8月、P.593
(14) 全漢昇「美洲発見対於中国農業的影響」(『中国経済史研究』(下)香港、新亜研究所、1976年)、
P.1～11。
(15) Chi Ch'ao-Ting, Key Economic Areas in Chinese History (New York: Augustus M.
Kelly Publishers, 1970) PP.35～36.
1644年から191までの2年各種水利工事は全体で3,234件であった。
(16) 足立啓二「大豆粕流通清代商業的農業」(『東洋史研究』第37巻第3号、京都大学、1978年10
月) PP.35～55。
(17) Robert F. Dernberger "The Rale of the Foreigner in China's Economic Development",
in Dwight H. Perkins, ed., (『China's Modern Economy in Historical Perspective』, ん
Stanford, California: Stanford University Press, 1975) PP.24～27.
(18) 呂芳上「戦前江西的農業改良与農村改進事業」(1933～1937) (『近代中国農村社会経済史検

討会論文集』台北、中央研究院近代史研究所、民国78年）P.7。

(19) 本書第3章参照。

(20) 同註(9)、民国3年2月、P.436。

(21) 同註(10)、P.193。

(22) 「宣誓就職答詞」民国20年2月28日（『贛政十年』南昌、民国30年2月）PP.1～5。

(23) Chang Fu-liang, New Life Centers in Rural Kiangsi, (Nanchang; Head Office of Kiangsi Rural Welfare Centers, 1936) P.2

(24) 徐宝謙「黎川実験区這一年来工作概況」（江問漁、梁漱溟編『郷村建設実験第三集』上海、民国26年2月）P.470。

(25) 同註(18)、P.37参照。呂氏は当時江西農民の知識水準と農村環境の為に、「服務事業」と「政治」との連繋必然性を主張しながらも、これによって現れた悪影響に対して、「農村改造運動中の難題」と当時の不協状況を説明している。

(26) 于騆荘『皇朝蓄艾之偏』（台北、学生書局、民国56年）P.12。

(27) 同註(18) P.7。

(28) Hisao Kung-Chuan, Compromise in Imperial China. (Seattle: Washington University Press, 1979) PP.1～6.
Chang Chung-Li, The Chinese Gentry: Studies on Their Role in Nineteenth-Century Chinese Societh（台北: 新月図書公司、民国60年、影印本）PP.32～70。
市古宙三『中国近代』（東京、河出書房新社、1977）PP.109～111。
張朋園『立憲派与辛亥革命』（台北、中央研究院近代史研究所、民国72年）PP.1～36。参照

(29) 郭敏学「農民合作組織方式之抉択」（同氏著）『台湾農会発展軌迹』（台北、商務印書館、民国73年）P.237。

(30) 『政治官報』光緒33年12月、PP.519～521。

(31) 『農工商統計表: 第二次』第二冊、PP.1～3。

(32) 同前、第五次、省農会人数参照。

(33) 『政府公報』民国元年9月、P.182。

(34) 陶昌善等編『全国農会聯合第一次記事』、（沈雲竜編『近代中国史料叢刊正編』第87集、台北、文海出版社、民国62年、影印本）P.6。

(35) 同註(10) PP.325～331 参照。

(36) 『政府公報』同註(9)、民国2年8月、P.428。
『建為県志』民政志、P.54。

(37) 同註(31)。

(38) 賈士毅『民国統財政史』（三）（上海、商務印書館、民国22年）P.233。

(39) 朱寿朋編、『光緒朝東華録』（台北、文海出版社、民国52年、影印本）P.573。
「農民情関勢渙、資力薄弱、……団結一気、共図公益、有所与作、合郡力郡策以謀、無爾界此彊之別」

(40) 沈宗瀚『中国農業資源』（二）（台北、中華文化出版事業委員会、民国44年）PP.185～186。

(41) 『政府公報』民国元年9月（同註(9)）PP.180～188。

(42) 「我国大陸過去之農会為政治性的組織、少為農民服務、僅在立法院、省議会獲有代表権而已、……農民亦多未獲実恵。」
同註(40)、（三）P.113。

(43) 民国15年『中国年鑑』P.1056 参照。

(44) 同註(18) P.7。

(45) 「改進農業計画大綱」（『申報』民国22年9月7日）

(46)「創設江西農業院之意見」(『江西経済問題』、台湾、学生書局、民国60年) P.108。

(47)「江西省農業院組織大綱」(『江西省農業院工作報告』民国30年2月)

(48)「農業院成立二周年記念会胡理事先驌演詞」(『江西通訊』巻2期11、民国25年6月1日)
    PP.186〜187。

(49) 同註(46)、P.110。

(50) 董時進「本院籌辦経過及兩年来工作進展状況」(『江西農訊』巻2期11、民国25年6月1日) P.179。

(51) 程時煙「十年来之江西教育」『贛政十年』P.62。

(52)『大公報』民国26年3月12日。

(53) 当時の江西省農村改良事業と関連して、この事業の経過と成果に対する研究は次の論文及び報　告
    によく現れている。
    「国聯専家視察江西建議書提要」(『経済旬刊』、第3期2・3合刊、特載。)
    「視察江西報告」(『経済旬刊』巻3、期7・8・9特載。)　Chang　Fu-liang,　New　Life
    Centers in Rural Kiangsi, (Nanchang, Head Office of Kiangsi)
    張力「江西農村服務事業、1934〜1945」(『抗戦建国史討論集』中央研究院近代史研究所、
    民国70年)
    呂芳上「戦前江西的農業改良与農村改進事業 (1933-1937)」(同註(18))

(54) 胡家鳳「十年贛政之回顧与展望」(『贛政十年』P.6)
    弁納才「南京国民政府合作社政策-農業政策の一環として-」(『東洋学報』第71巻第1・2号、
    1989年12月)

(55) 弁納才、同註(54)。

(56) 汪浩『修復匪区之土地問題』(正中書局、1935年) PP.66〜67。第24表参照。

(57) 羅王網「中国農村合作運動的自主路線」(『新中華』5巻13期、1937年7月10日) P.91。

(58) 同註(55) P.39。

(59) 李紫翔「中国合作運動之批判」(千家駒、李紫翔編『中国郷村建設批判』新和書店、1936年)
    PP.202〜204。

(60) 農本局及び工業合作社に関しては、菊池一隆「農本国の成立とその役割」(大分県立芸術短期大
    学『研究経要』第21巻、1983年)と同氏の「抗日戦争時期の中国工業合作社運動」(『歴史学研
    究』485号、1980年10月)が参考になる。

(61) 江西省農村合作委員会委員長である文輩は、合作事業が囲剿戦の時期に始まったため、「剿赤 第
    一主義」に立脚して農村の救済事業に編重しなければならないと強調していることと、中国合作運動協
    会が第五次執監全体会議で、合作運動の推進目的が共産活動を防止する所にあると明確にしている
    ことからも江西省で合作社の本来の目的が分かる。『革命文献』第86輯、P.465。第84輯 P.312。

(62) 呉金成「明代揚子江中流三省地域의 社会変化와 紳士」(『大丘史学』第30集、1986年11月)
    P.74〜76。

(63) 社会経済調査所編『江西食糧調査』(支那経済資料七、東京、生活社、民国24年) P.15。

(64) 川勝守「16・17世紀中国における稲の種類、品種の特性とその地域性」(『九州大学東洋史論集
    』1991年1月) P.54。

(65) 郭文韜、曹隆恭主編『中国近代農業科技史』(北京、中国農業科技出版社、1989年) P.66。

(66) Dwight　H.　Perkins『Agricultural　Development　in　China　1368〜1968』(Edenburgh
    University Press, 1969) 表3-2 双季稲。『申報年鑑』、民国23年 P.K1。

(67) Pring-ti Ho,『Studies on the Population of China, 1368〜1953』(Harvard University
    Press, Cambridge, Massachustts, 1957) PP.191〜195

(68) 1957年江西省の双季稲の栽培面積は860,000畝になった。同註(66)。

(69) 同註(67)。

(70) 郭之韜、曹隆恭主編『中国近代農業科技史』(北京、中国農業科技出版社、1989年) P.8。

(71) 同註(67)、同註(70)、P.72、P.77、P.78。

(72) 『農林新報』13年第20期 (同註(70) P.86)。

(73) 『農業周報』第2巻、第28期 (同註(70) P.86)。

(74) 同註(66)。表2-4 参照。

(75) 同前。

(76) 同註(18) P.5。

(77) 同註(46) P.86。

(78) 金陵大学農学院農業経済系編『河南、湖北、安徽、江西四省土地分類研究(上)』(支那経済資料19、東京、生活社、民国23年) P.46〜47。

(79) 『中国経済年鑑』民国23年、P.F4。

(80) 江西農村服務区管理処『江西農村社会調査』民国27年5月、P.83。

(81) 同註(78) (下) P.735。

(82) 道光4年(1824年) 江西『鄱陽県志』、『建昌県郷土志』、『上高県志』

(83) 蕭純錦「江西省農業施政状況」(『江西農業』巻3期1) PP.6〜7。

(84) 同註(65)、P.15。

(85) 同前、PP.195〜196。

(86) 趙岡、陳鍾毅『中国土地制度史』(台北、聯経出版事業、民国71年) P.420 PP.430〜431。

(87) 同註(70) P.356。

(88) 同註(65) PP.363〜365。

(89) 『中国農具之改進史』1943年(同註(65)、P.369。)

(90) 「本院工作報告」(『江西農訊』巻1期11、民国24年6月1日。)
龔学遂「近年来江西之経済建設」(『経済訊刊』巻7期17)

(91) 沈宗瀚、趙雅書等編著『中国農業史』(台北、商務印書館、民国68年)導言P.1

(92) 金勝一「中国荒政의 地域史的一考察(1912-1931) -安徽省을 中心으로-」(『史学研究』第43号、1991年)参照。

(93) 江西省政府建設庁編印『江西建設三年計劃』民国21年、P.117。

(94) 同註(65) P.205。

(95) 同前 P.245。

(96) 昆虫組「贛省各県除治積穀害虫工作報告」(『江西農訊』巻1期24、民国24年12月16日)
PP.465〜468。

第9章

荒政
－ 安徽省の災荒救済事業の検討－

1. はじめに

　科学が高度に発達した現代社会においてさえ、地理的条件によって起こる災荒の被害を免れないという不利益は、どのような所でも見られる。しかし、このような巨大な自然の摂理に抵抗することが、たとえ不可抗力なことであるとしても地理的特性によってある程度の災荒は、人間の知恵と団結性に基づいて克服することが出来ると思われる。

　それにしても図1の皖省の歴代災荒の曲線図に見られるように、古代から現代に接近するほど自然的・人為的要因による災害がより深刻化している。この事実を見ると、これら災荒の根本原因が政治社会の制度的矛盾から現れたと考えるしかないであろう。

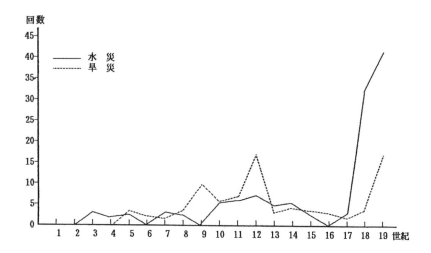

図1 1～19世紀皖省水旱災発生数曲線図

資料来源: 竺可楨「中国歴史上気候之変遷」第4表 (中国各世紀各省水旱災次数表)
　　　　　(『東方雑誌』巻23期3) PP.95～98より作図

　勿論、このような結果は資料上の不備から来ることであるともいえるが、それよりは古代以来、統治者に一番重要視されてきた「民心の収拾」という政治思想から見ると、近代以後頻繁になった内憂外患の中で、このような災荒の問題が等閑視されたから現れたのではないかと思う。即ち、「天災は人災」という言葉のように、近代皖省省の災荒問題も、このような一連の歴史過程の中で、安徽省の地域的・経済的・行政的な特殊状況から生じたものではないかと考えられる。

　安徽省は南北の交界地として近代以後南北が長期間対峙する時、「南北政治争奪天下要沖(1)」という表現からも知られるように、近代以来時代の担い手達の争奪対象地域になり、社会経済的生産力が大きく破壊された地域であった。

　例えば、太平天国軍が南京に都邑を定めたとき、清政府の厳しい鎮圧が安徽省で経済文化が一番発達した沿江地域と江南で行われたし、その

後皖北では10年間も続いた捻軍の乱があったし、民国以後は軍閥系派間の省長分配のため、安徽省はいつもその対象地域になった。1912年から1930年までの18年間20余回も政府首脳が変わったことは、民国以後の省政府の政策不在を裏付けるものであった(2)。

このような状況下で、災荒政策の軽視は当然の事であり、故にこれが民心を動揺させる原因になったことは、容易に推測することが出来るであろう。

本書ではこのような歴史的状況下で、安徽省で現れた災荒の被害程度とその原因を考察し、このようなことが安徽省の現代化への移行過程に、どのような影響を与えたか、このような時の農民の心理的状況は、どのようであったか等の問題を考えて見ようと思う。

2. 災荒発生の要因

1) 自然的要因

安徽省の災荒は皖中と皖南の間を流れる揚子江の中下流と、皖北全域に分布して流れる淮河等二つの大河によって発生する場合が一番多かった。まず、雨大河の水文を比較して見ると表1のようである。

表1　長江、淮河の水文比較表

河名	流域面積 km²	雨量 mm	逕流 %	單位平均流量（每年方公里稍立方公尺）	單位最大流量（每年方公里稍立方公尺）	最大流量と最小流量の比率	單位當り淤泥逕流 t/km²
長江	1,025,000	800	63.0	0.0159	0.0731	22.1	491
淮河	147,360	770	17.4	0.00345	0.015	750.0	–

資料来源: 聯合国亜州及遠東経済委員会防洪及水資源開発局編、経済部水利専刊編小組訳、『洪災損失与防洪概況』(Flood Damage and Flood Contorol Activities in Asia and Far East. 1956) P.8。

表1に見えるように、両河の降雨量は大差ないが、それが各河道に流入

する比率は長江の場合63%にも至るので、もし流れに妨害を受ければ、すぐ氾濫する可能性が大きいことが分かる。しかし、最小流量と最大流量の比率を見ると、淮河の方が750倍に至るのがわかる。これはもし暴雨、あるいは黄河の氾濫がある場合には、大量の水が淮河に流入し、大洪水を誘発させた事実を間接的に証明しているといえる。

　このような流入量と流入比率の差異は、降水量により左右されるが、特に問題になったのは6月下旬から7月中旬にかける梅雨前線の形成による暴雨性の降雨であった(3)。表2と表3ではこのような暴雨性の降雨現象を見るのは難しいが、平均数値から見ればこの時の集中豪雨現象が知られる。しかし、毎年形成される梅雨気団が北に向かって移動するとき、北方の冷たい高気圧がこれを遮断し、長江流域と淮河流域に暴雨性集中豪雨をもたらす要因になったのである(4)。近代以来長江、淮河による未曾有の大水災であった1916、1921、1931年の水災は、これらの現象によって発生したものである(5)。

表2　淮河流域の毎年平均降雨量表

節	春			夏			秋			冬			計
月	3	4	5	6	7	8	9	10	11	12	1	2	12
mm	33.0	48.1	56.2	106.1	226.9	111.9	82.4	25.9	17.7	14.2	30.8	35.7	788.9
小計	137.7			444.9			126			80.7			788.9
%	17.4			56.4			16			10.3			100

資料来源: 整理導淮図案報告表19: 淮河流域各站毎年平均雨量表

表3　蕪湖の毎月降雨量表（長江地域）

年月	1	2	3	4	5	6	7	8	9	10	11	12	總量	年月平均雨量
1931	60.9	154.8	43.1	132.8	206.0	160.6	348.5	13.0	63.6	0.0	149.4	35.8	1368.5	114.0
1879~1931平均	15.6	57.2	95.7	122.6	120.8	201.9	159.2	118.1	79.7	68.7	57.8	35.5	1169.8	97.5

資料来源: 揚子江水道整理委員会編印「 揚子江水道整理委員会　第10、11期年報」
　　　　　民国20、21年　P.51

一方、これとは反対にこの梅雨気団が北方の冷たい高気圧によって遮断されなければ、急に北方に移動し、この地域に深刻な旱魃を誘発し、「水災5年、旱魃3年」といわれるほど旱魃の被害も大きかったのである(6)。

　このような気象の変化は1916年から1970年まで淮河の流水量を実測した調査と月降水量の変化率からも知られる。この時の毎年月降水量の変化率は60％から70％に至り(7)、最大流水量は1921年に2,280㎥/secに至ったのに対して、最小水量は1966年にわずか117㎥/secに過ぎなかったのを見る時(8)、これは即ち水災でなければ旱魃が必ず発生したという事実を意味するといえる。このような現象は中国全地域で唯一この地域だけで現れた特殊現象として、水力・潅漑・航運等水資源利用にも多大の困難をもたらしたのである。

　しかし、このような暴雨等による流量の急速な増加も、河道の倍数能力が優れていたら大きな災害は免れたと推測することができるが、これら両大河は以前からその能力を喪失しており、調節力量はなかった。

　そのようになった主要な原因は、両大河の流量を調節した沿岸の多数の湖泊において、泥沙の堆積により水中から浮漲して生成する淤地を沿岸住民が湖田に開墾する例が増加し、同時に河床が高くなった所も次第に耕作地に変わったからである(9)。

　湖田というのは、湖水に囲まれた淤灘の地を耕作地に作り変えたもので、墾田・圩田・囲田・壩田・垸田・障田ともいわれる(10)。これら湖田は人口増加とともに食糧問題解決という次元から次の資料に見られるように古く開墾されていた。

　　　「往昔蓄水之湖蕩、以及浜江灘地与沙洲、多已圩墾成田。(11)」

　しかし、特に清中葉に至って湖田の開墾は本格化し始め、長江中下流地域の開墾はほとんど絶頂に達して、洞庭湖の場合は清末に至ると、湖面が3分の2に縮小されるまでになったのである(12)。しかし、最も大きな問題はこれら湖田を保護しようとする湖民の築堤行為と、さらに水道の要衝地に水中石渚を築いたことで、これらは水の流れを阻碍し、また新しい別の淤地を造成させた。故に淤田はさらに拡大されていったのである(13)。このような状況は

安徽省内の多く湖泊で現れ、その大きさは確実には知られないが、次の資料である程度は推定することが出来よう。

「南京・蕪湖・安慶・九江等の圩田の大きさは、江南のそれ
より遥かに大きく、直径三十支里に及ぶものがある。(14)」

このような湖田の開墾は湖面を縮小させたため、自然的河湖関係が破壊され、調節能力の消失と共に水患を起したのである。

一方、淮河流域は図2に見られるように、沿岸地帯に相当多くの開墾地が形成されていた。これら開墾地の拡張は、元河川が持っている排水能力及び水量調節能力を弱化させ、この地域の水災の根本原因になった。特に、この地域の降雨現象は、長期性であり、1日200mmを超える暴雨性であったから、その影響は最も大きかったのである。

特に、淮河は上流が険しく、下流は平坦であり、上下流の間には湖泊もない状態であるので、上流が突然増水すると下流の排水は不充分であったので、すぐ氾濫したのである。さらにこれらの開墾は土沙の流出と山林の破壊をもたらしたから、運河の河道と周家口より下流の河道を淤積させ排水口をほどんど閉塞させたのである。安徽省の淮河はこのような理由で、河口から洪沢湖までの洪水の排水能力がわずか50%に過ぎなかったので、これを超える洪水は安徽省の淮河流域を大沼沢国にしてしまった。

即ち、河道流域の開墾と湖田の増加は、本来両大河が持っていた排水の調節能力を喪失させ、そのため発生する氾濫は、再び土砂を移動させ河道の淤積を一層高くさせた。これら開墾地の中で河床が高くなって開墾された地域の面積が対かったのは、この原因からであった。故に、これは河道の容量を縮小させ、排水調節能力がなくなって、淮河流域の重要な成災原因になったことである。

即ち、「淮河各支流成因扇状同時注入幹河、而河道容量不足、尾閭不暢所致。(15)」とある。

もう一つ原因はこのようにして発生する氾濫が泥沙の移動を急増させ、これら泥沙が粋流の緩急によって、一定の所に集中的に堆積し多く沙洲群を河床に生成させたことである。このような沙洲群は安徽省境内で一番多く発

図2 淮河安徽流域各県の開墾地面積表（単位: 畝）（1930年代）

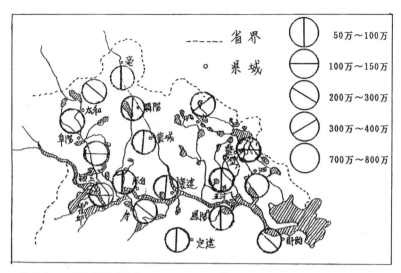

省界
県城

50万～100万
100万～150万
200万～300万
300万～400万
700万～800万

資料来源: 北支開発株式会社業務部調査課『支那の水利問題』下巻
（東京、生活社、昭和14年8月）PP.12～13より作図

達した。代表的な沙洲の大きさと高度は表4に見える。

　南京から欧洲までの沙洲は総計51個もあり、その中で安徽省境内にある
沙洲数は約その半分を占めた。また、面積も中水位の場合には69％にもな
り、低水位の時には55％に達した。（図3と表5参照）

　これら沙洲群の発達は水患の直接的原因になり、水利問題において最も
緊急な問題であった。下の資料はこの問題をよく示している。

　　「揚子江全流域、及其中下淤無数沙洲、莫不淤積多重之
　　　泥沙、故揚子江泥沙問題極関重要、説欲整理航運、防
　　　範水災、不可不先研究及也。(16)」

図3 安徽省境内長江主要沙洲図

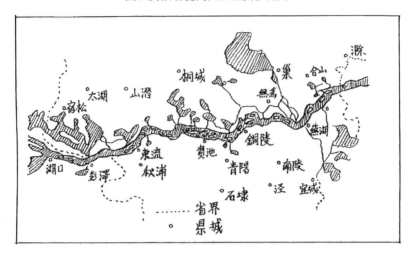

資料来源： 『支那省別全誌』安徽省附録図

　このような洲沙郡の発達は、長江の流速を安徽省境内で急速に落さ
せ、暴雨等の有事時には本来持っていた排水容量の水準を超えて氾濫を
起したのである。このような現象は各地域の水位の高度でも知られる。
　図4に見えるように、長江上流地域の水位の高さは、中下流地域の河床
が高いために現れた現象であるが、これは沙洲と淤地の発達によるものであ
る。従って豪雨時には上流からの水圧によって堤垸が崩潰し、大水患をもた
らして「死屍如鳬鴨、膨張腐爛」という様相を来したのである(17)。特に安
徽省境内から水位が低くなるため、それだけ安徽の災荒の危険性を増大さ
せた。
　一方、淮河は含沙量が、0.25kg/㎥であり、黄河の37.05kg/㎥と比較す
ると、ほとんど無きに等しかったといえるが、問題は黄河が氾濫して淮河流入
したことであった。このような時は大量の淤泥を淮河の河床に沈殿させたので
であるが、これは長期間繰り返されるうちに、淮河も本来の排水能力を喪失
するようになったのである。下記の資料はこのような現象を示すものである。

図4 長江水位測定所最高水位比較表

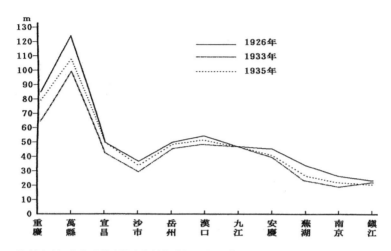

資料来源: 北支那発達株式会社業務部調査課『支那の水利問題』下巻 P.102

表4　安徽境内長江の沙洲の長さと高度表

沙 洲 の 地 点	調 査 年 月	沙洲の長さ m	沙洲の高度 m
崇　文　洲	民國17年 1月	1,500	1.2
太　子　磯	民國17年 2月	3,500	1.6
姚　家　洲	民國14年 7月	5,800	2.3
馬　　　當	民國17年 1月	1,100	0.6

資料来源:『支那水利問題』下巻 PP. 112～113から作成

　　「淮所以為災者、入海断、入江路淤、水一大至、漫溢四
　　出。 (18)」

　これ以外にも海潮による水位の漲落も排水調節に大きな影響を与えた。
即ち、「蕪湖下流は海潮が毎日溯って、水位漲落の差も海潮の関係で
一定していない。 (19)」とある。

表5　宜昌から海口までの長江の沙洲一覧表

地　　　段	沙 洲 數 量	中水位時の面積 （km²）	低水位時の面積 （km²）
海口 ⇔ 鎮江	２３	６５．８	２５３．７
鎮江 ⇔ 南京	６	１３．２	９９．５
南京 ⇔ 蕪湖	１０	４３．９	１４１．０
蕪湖 ⇔ 安慶	２２	１６０．４	３１０．１
安慶 ⇔ 九江	１９	９５．２	２５０．８
九江 ⇔ 漢口	１５	２６．３	１５８．０
漢口 ⇔ 岳州	４	１７．４	２６．９
岳州 ⇔ 宜昌	６	１１．９	３０．６
總　　　計	１０５	４３４．１	１，２７０．６

資料来源: 鍾歆『揚子江水利考』PP.11～18

　これらの要因によって現れる水旱災は、長江の中下流が安徽省中南部
の発達した地域を通過し、淮河の全支流の中心が皖北全体をぐるぐると巡っ
て流れるので、表5に見られるように、同一時期の災害の中では、他者より
その被害がより深刻であった。

2) 人為的要因

　1920年代米国赤十字社が派遣した中国災害視察団の調査報告書を見
れば、中国の災荒は慢性的騒乱情勢がもたらした結果であると論断し、軍
閥の苛欽誅求、盗匪の掠奪、苛損、雑税の搾取、鉄道交通機関等の
破壊が、天災の程度を一層心だしくしたと認定していた。このような判断は
「人禍往往会帯来天災」という当時の人の見方と相い通じており[21]、当
時軍閥間の内戦が水利政策等荒政に大きな影響を与えたのが知られる。
即ち、

　　　「因国内政治混乱、内争迭起、対於天災之予防及救補、絶
　　　　不注意、故水、旱、風災、亦成為農民最大之痛苦。[22]」

　しかし、このような予防と補修問題よりもっと深刻であったのは、軍事的な

目的により既存の堤垸を破壊する行為であった。例えば、1926年7月21日
蕪湖の堤垸を破壊して周邊一帯の耕作地や人命にまで大きな被害を与えた
ことと(23)、1938年6月6日の鄭州の花園口大堤破壊による淮東全地域の氾
濫は、皖北の18県を浸水させ、復旧に9年も要したという事実等に(24)、
「大兵之後、必有凶年」といわれるほど(25)、安徽省の社会経済に大きな
被害を与えたのである。

　このような渦中で、また別の社会的混乱を引き起こした勢力は、主に安徽
省内陸及び皖北省境等地域に潜伏しながら郷村を荒した土匪であった。こ
れらの規模は1群れが3,000名から10,000名にも至った。彼らの主要な活動
舞台と、巣湖周邊地域、淮北、泗県、天長県地域であった。下の記述
はこのような状況をよく窺わせている。

　　　「巣湖一帯就有三股土匪、近三千人槍、経常欄劫西人、
　　　　打家却金。有些匪服多達万八、明目張胆地打家却金、
　　　　殺害人民。(26)」

　これら軍閥と土匪の乱行は、安徽省のすべての行政秩序を破壊するとと
もに、省民の社会秩序さえも乱れさせ、政治的空白を生じさせたといえる。
このような秩序破壊は、水利行政及び習慣にも悪影響を与え、自然災害
が人為的に引き起こされるという逆作用まで見られた。

　例えば、水土保全に対する国民の関心がなくなったとか、災害復旧過程
での共同性がなくなったという事実である。即ち、

　　　「毎遇大水時、郷民不知集中力量共同護衛官堤一大堤
　　　　一、只顧私利、分集各小圩、自行保守、迨官堤一
　　　　決、江北如潮、向内直潅、而各自単薄之圩堤亦無一
　　　　倖免。(27)」

とある.

　このような個人的利益の為の一時的な補修は、再び大きな災害を引き
起こす矛盾はらんでいたのである。

一方、測量及び災害の復旧事業等に最も重要であった沿江水平標準点標誌も破壊されたのである(28)。これは水利建設のための測量が賦税をより多く徴収するために行われると誤解した住民が紛糾を引き起こす過程で破壊したもので、このような状況も社会認識の矛盾から現れたといえる。即ち、

　　　「安徽和県、当地土地原係大弓量、民衆恐土地清文。即
　　　将加賦、故反対陳報。郷民千余人、当敢死隊、且有少数
　　　槍枝、到県城請願、請収回成命。(29)」とある

　このような社会的認識の不足は、山林の破壊の直接的な原因にもなった。山林の破壊は無計画な伐木、火田等開墾地の拡大にあった。皖北と西南の西境地域がその代表的な場合である。即ち、

　　　「開墾山坡地、多用以種種植糧食作物及経済作物……而
　　　山坡地的過度開、発輒造成水土保持的破壊、因此土随山
　　　落、造成河淤。(30)」

とある
　開墾というのは人口圧力下で切実な経済的な解決策であったが、技術的な面と行政指導面が伴われなければ、そのために得られるのよりさらに多くの被害を見るというのは、経済概念上からみて論ずるまでもないことである。故に、政府の支援と指導が絶対必要であったといえる。そこで表6を見ると、当時の省政府の農林政策に対する考え方を窺うことができる。この表の統計は1940年代のものであるが、国民政府の10年建設計画が終わった時期での統計であるので、十分にそれ以前の状況を理解することが可能である。このような予算は特に法幣価値が継続的に下落していた当時の状況を勘案した時、各地域の担当部署の日常維持費用さえも不足したのであった。
　以上のような人為的要因は、むしろ自然的要因よりさらに大きな問題を誘発させる原動力になったのが分かり、これを統制、防止すべき政府機関の政策の疎忽さは、天災に対する民心の属性と相俟って、当時省民の心理的葛藤を引し起こすのに十分な契機になったのを感知することが出来る。

表6　安徽省政府の歴年予算と農林支出（1940〜1944）

年　度	費　　　　別		總予算に對する農林支出の比率
	總予算(元)	農林支出(元)	
1940	16,864,234	47,464	0.28 %
1941	23,007,540	68,010	0.27 %
1942	41,411,102	190,452	0.46 %
1943	133,684,024	275,056	0.21 %
1944	167,570,570	569,344	0.34 %

資料来源:『安徽概況』（1944）P.167

3. 災荒の実情と衝撃

　前章で考察したように安徽省の地理的・政治的・社会的特性による災荒の被害は、同一環境の長江流域、淮河流域の諸省よりさらに大きい被害を受けたことは、次の表7・8・9からよく窺える。これらの表は1931年の大水災時の被害統計であるが、同一地域、同一状況で安徽省が受けた被害程度の大きさを別の省と比較することができるよい例証といえる。特に、皖北の平野地帯と長江沿岸平野地域での被害が、安徽省農民に与える影響は、その地域の経済のみならず省全体の経済にも大きな影響を与えたのである。

　このような災荒は水災だけではなく、時にはもっと大きな被害をもたらした旱災、そして毎年繰り返された虫蝗、冰雹、風霜等も資料上の不備のため確実な状況を知ることができないが、大きい被害を与えたことを表10から知ることができる。

表7　1931年代水災時の五省被害状況

省　別	(1)省面積 km²	(2)被害面積 km²	(2)/(1) %	(3) 各省縣數	(4) 被害縣數	(4)/(3) %	被害状況が 嚴重な縣數
江　蘇	86,500	37,304	43	61	36	59	24
江　西	150,850	9,394	6	81	18	22	12
湖　北	153,000	44,015	29	69	48	70	30
安　徽	158,000	58,641	37	60	44	73	27
湖　南	203,654	50,000	25	75	66	88	16
總　計	752,004	199,354	27	346	212	61	109

資料来源: 中行月刊調査室編、「二十年份水災調査」(『中行月刊』、巻3期2、民国20年8月)　P.16、『上海申報年鑑』(民国2年)、「社会」、「災害」PP.70～71より作成。

表8　1931年長江大水災時の五省の田地被害状況 (畝)

省別	(1) 全省田地總畝數	(2) 被害田地面積	(2)/(3) ％
安徽	48,800,000	31,140,307	63.8
湖北	61,000,000	23,595,435	38.7
江蘇	91,700,000	26,939,700	29.4
湖南	47,600,000	7,589,300	15.9
江西	41,600,000	4,631,500	11.1
合計	290,700,000	93,896,242	32.3

資料来源:『申報年鑑』(1933年)、「社会」「災害」P.70

表9　1931年各省災害人口と農戸数表

省　別	人　口 (1)	災害人口 (2)	(2)/(1) ％	農　戸 (3)	災害農戸 (4)	(4)/(3) ％
安　徽	21,715,396	9,632,070	44.4	2,682,000	1,397,000	52
江　蘇	32,128,236	6,902,710	21.5	5,057,000	2,136,000	42
湖　北	26,177,787	8,263,577	31.6	3,960,000	1,154,000	29
江　西	12,646,987	2,019,000	16.0	3,292,000	683,000	21
湖　南	21,494,834	6,368,934	29.6	3,900,000	873,000	22

資料来源: (1)『中華民国統計提要』(民国24年) P.446
　　　　　(2)『申報年鑑』(民国22年)、「社会」「災害」P.70
　　　　　(3)『統計月報』P.18 から作成

表10　民国以後安徽省の歴年災害状況表 (1911～1936)

年別	被害種類	被害状況	資料來源
1911	淮河氾濫	田地: 10,470方哩	陳振鷺『中國農村社會経済問題』PP.212～213
1913	大旱	未詳	章有義『中國近代農業史資料』2輯 P.618
1914	虫害	蘇皖: 660万畝	同上
1915	大水	未詳	同上
1916	大水	皖北、羅災民: 1,373,781人 田　畝: 9,872,246畝 損害計:38,943,581畝	北支那開發株式會社業務部調査課『支那の水利問題』下巻、生活社 PP.32～33
1917	地震	未詳	章有義　同上
1918	水災	8縣	『中國人口安徽分冊』P.50
1920	春荒大旱	東吉村: 全体戸 330戸、人口1,500人、中 病死 213人(14.2%)、出賣兒女 26戸 131人(8.7%)、離農 10戸 38人(2.53%)破産者 16戸 149人(10%)	『安徽党資料通訊』(1982年)第8期
1921	大水 <淮河最高嚴重>	羅災民數: 2,494,433人 田　畝: 16,306,096畝 4損害合計: 81,926,408元	『支那の水利問題』下巻 同上
1922	淮河、長江氾濫	羅災民數: 600万人	『滿鐵調査月報』16-7 1922.9「中國の水災と其の農民」
1923	水旱	未詳	章有義　同上　P.619
1926	大水	沖破田盧: 10万畝 羅 災 民: 868,280人 田　畝: 6,458,601畝 損害合計: 28,705,595元	『支那の水利問題』下巻 PP.32～33
1927	大水	未詳	鄧雲特『中國災荒史』1937 PP.40～44
1928	大水	米作: 400余万元損	同上 PP.44～48
1929	大旱、虫蝗	千年間なかった大きな被害	『安徽建設』第3・4期合刊 1924.4 P.70
1930	大水	災害人口: 745,749 全人口の3.47%	『中國天災問題』P.44

1931	大水 (40年大洪水)	農戸: 全省の52% 災民: 9,632,070人 田畝: 31,140,307畝 損害: 300,700,000元 數カ月間農地が沈水され、麥收 穫30%、秋收穫は皆舞 溺死者: 22,862人 48縣の沈水	程必定『安徽近代經濟史建設』198 9 P.242 『支那の水利問題』下巻 同上 PP.32〜33 「中國の水災と其の災民」同上 PP.121〜122
1932	大旱、大水、 虫災	皖北、皖東の旱災の極甚	程必定 同上 P.242
1933	水災、蝗災	災民戸數: 607,700戸 災民數: 2,696,900人 10余縣沈水	『安徽省田賦研究』下 P.24531
1934	水災:10縣 雹災:11縣 旱災: 8縣 蝗災:20余縣	水災:淮河谷河一帶麥苗被水淹 　　沒者計洪數沿岸16万余畝、 　　谷河45万頃、 　　淮河20余万畝 旱災:「自四月以來、旱魃肆虐、 　　四鄉之田盡皆龜金圻農民 　　田秋收絶望。甚有全家自 　　殺者」	黃澤蒼著、『中國天災問題』 (上海、商務印書館、民國24年) PP.50〜51
1935	大水 虫災 冰雹 風霜	被害縣數:14縣 　　人口:454,564人 　　損失:8,934,000元 宣城:屯溪卡澤口になった。	民國25年『申報年鑑』P.1102 『安徽大事記資料』下冊 P.21、25、43、61、62參照
1936	大旱災	未詳	程必定、同上、P.242

　表10を見ると1911年から1936年までの間に、4年間だけ特別な災害がなかったが、その他の毎年災荒があったのが分かる。これは民国以後の統計であるが、それ以前の1894年から1910年までの17年間の災荒統計でも、ほぼ14年間毎年大災害があった事実を見ると(32)、近代以来安徽省の災害は近代中国での主要事件とともに、安徽省の現代化に大きな障害要因になったのが分かる。

　これら災害が安徽省に与えた衝撃的な状況をもっと具体的に考察すると、

まず人口及び社会構造に大きな変化を与えたのである。

　人口の変化の主要原因は災荒のための死亡と経済的理由による移動によって現れたが、毎災荒時の死亡者数は統計資料の不足のため知られないが、もし1931年大水災時の死亡者数は22,862名にも達したこととか[33]、1938年皖北水災時の災害地域の人口の中、10分の8ないし10分の9が餓死、あるいは逃亡した事実、また水災時の「災民連日餓死者又数百人[34]」という記事等見ると、淹没及び餓死による死亡率が相当に高かったのが分かるし、これが毎年災害時に繰り返された事実を考えると、人口減少の状況を充分に量ることができると思う。

　一方、人口変化の別の主要な原因は人口の移動現象である。人口移動の原因にはいろいろな要素があるが、表11から分かるように別の社会経済的要素より、天人災等災荒による移動が65.6%と最も多かったのである。このような移動は都市地域でよりは、農村地域で一層多かった。その原因には、まず災荒時農村地域での被害が大きかったのであろう。表12で見ると、農村地域での被害状況は全体戸数の89%、人口の93%が被害を受けたのがわかる。これは全農戸のほとんどが災害の影響を受けたことを示すもので、移動人口の中心は当然、農村農民を中心にしか見ることができない。1931年大水災時皖南の農民離村率は61%に達したし、皖北では19%に達した[35]。水災の程度が少なかった1933年の場合は全農戸中農家全部の離村率が7%に達した[36]。このような離村率の高さは自然に農村人口の減少をもたらし、特に大多数の青壮年層の離村は農業労働力の欠損をもたらして農村の生産力を落し、また農村救済に必要な水利提垸の改築、農村建設の原動力等中枢的機能の活力源が欠乏する結果をもたらしたのである。例えば、1931年水災時、離村民中男子が占めた比率が皖南では61%、皖北では73%にもなり[37]、1933年青年男女　（16歳以上40歳以下）の離村農家は219,424戸と全農戸の10.6%を占めたことからも[38]、このような事実を理解することができると思う。

一方、これら離村者の離村後の去就を見ると表13のようである。この表によると離村者の約3分の2が都市地域で職を得ようとする目的を持っているのが分かる。このような状況下の資料にも見える。

表11 安徽農民の離村原因（1935年調査）

%

農村社會 経濟破産	農地面積 過小	郷村人口 過密	農村金融 困弊	水災	旱災	匪災	其他災患	生計困難
3.2	0.4	1.4	4.3	17.6	28.7	14.7	4.6	13.3
損税苛重	佃租率 過高	農産収入 過小	農 産 物 賣格低廉	副業衰落	求學	移職	其他	不明
2.5	0.4	1.4	2.1	0.4	1.4	0.7	2.9	－

資料来源:『農政報告』4巻7期 1936年7月 P.179
　　　　章有義『中国近代農業史資料』3輯 P.892

表12　1931年水災時蕪湖県の被害戸口数比較表

	戸 口 數 (1)		災 害 戸 口 數 (2)		(2)/(1)%	
	戸	口	戸	口	戸	口
都市地域	39,212	166,059	21,566	107,832	55	65
農村地域	66,861	335,940	59,596	311,144	89	93

資料来源:『申報』民国20年9月17日

表13　安徽省離村人口の離村後去就状況（1935）

區　　分		都　市　地　域				農　村　地　域				其他
離村 全人口	種類	避難	工作	謀生	居住	避難	農事	居住	開墾	
	比率	19.2	18.0	14.6	9.3	13.6	13.8	6.3	2.2	3.0
	平均	61.1				35.9				3.0
青年男 女離村 人口	種類	工作	謀事	求學		雇農	開墾			其他
	比率	28.1	19.2	15.1		62.2	3.9			7.5
	平均	62.4				30.1				7.5

資料来源: 章有義『中国近代農業史資料』第3輯 P.893～894

「当塗鄰近郷民便紛紛遷進城内、耕牛亦送入城裡。(39)」
「八月上旬、蕪湖各鄰郷村災民連日至蕪湖、荒者不下万
　　人。(40)」

　この原因には、概して都市が農村よりは、災害からの安全性が強く、経
済的面での発達の為、職を得る余地が比較的多かったからであろう。
　これら離村者の離村傾向は、永久離村の性格を大部分持っていた。例え
ば、宿県の場合1931年当時の永久的離村者は89.2％で、一時離村者の
2.7％とは比較にならないほど、大部分が永久的離村の性格を持っていた(41)。
故に、都市人口は、年々継続的に増加する傾向があった。表14はこのような
傾向をよく表しているが、安徽省主要都市人口が急成長していたのが分か
り、また相対的に農村の人口密度は都市と格段の差があったのが分かる。
　しかし、前にも言及したように、もっと大きな問題は農村農業労働の主体
である若い男女人口の不均衡及び減少趨勢であった。このような状況は図
5で容易に分かろう。即ち、このような農業盧動力の減少は田地の荒廃化と
共に地価の下落をもたらし、この機会に乗じた地主・商人・官僚等階層の
土地集中化現象を招来したのである。

表14　安徽省各都市への人口集中現象（人口密度は1km²当りの指数）

縣名	縣城市名	1 9 2 8			1 9 3 4		
		城市人口	城市人口密度	全縣人口密度	城市人口	城市人口密度	全縣人口密度
懷寧	安慶市	11萬 多	17,000 多人	300 多人	12萬 多	42,000 多人	300 多人
蕪湖	蕪湖市	8萬 多	21,000 多人	400 多人	17萬 多	50,000 多人	700 多人
鳳陽	蚌埠市	7萬 多	23,000 多人	100 多人	10萬 多	28,000 多人	100 多人

資料来源: 鄭玉林、高本華主編『中国人口安徽分冊』（北京、新華書店 1987.12)
　　　　　PP.62～63

図5 懐寧等46県の1934年人口年齢図　　図6　蕪湖等市鎮の1934年人口年齢図

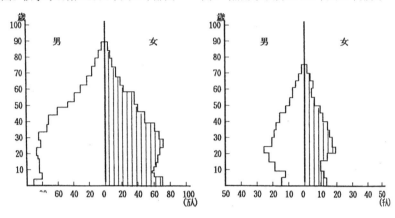

資料来源: 鄭玉林、高本華編『中国人口安徽分冊』(北京、新華書店 1987) P.59

下の資料はこのような状況を窺わせる。

> 「地主、富農、商人及官使等、在災荒期内銭価収買田
> 地、成為災区普遍的現象、大此的土地脱離農民的手
> 里、而銅元到　富有的階層的掌握中去、地価的跌落到
> 驚人的程度。(42)」

表15　上海市民構成の歴年変化表

省　別	1930		1931		1932	
	人　口	比　率	人　口	比　率	人　口	比　率
安　徽	60,013	3.55	64,883	3.56	65,324	4.16
湖　北	24,270	1.43	27,291	1.50	26,798	1.17
湖　南	8,200	0.48	9,414	0.52	9,256	0.59
江　西	6,946	0.41	8,407	0.46	6,810	0.43

資料来源: 上海市地方協会編『上海市統計』(上海商務印書館 1933年)「人口」P.4

表16　安徽省離村者中、長距離移動者状況表

出發地	人　數	中　途　站	目　的　地	資　料　來　源
皖　北	1,000余人	蚌埠、徐州	北方原籍	『申報』1931.7.17
臨淮關	600余人		蘇、浦口	『時事新報』1931.8.21
皖　北	6・700 人	徐州	魯、豫原籍	『大公報』1931.8.23
渦　陽	320 人	天津	東北	『大公報』1931.8.30
皖　北	240 人	吉林	哈爾濱	『時事新報』1931.9.5
鳳　陽	60余人	南京	上海	『時事新報』1931.9.5

　一方、これら離村者はその移動時の地域が同一省内地域だけに局限されたのではなく、近隣省の発達した都市部とか、当時開墾が活発に進展していた北方地域に向かう移住者も多かった。近い近隣の省に移住する者も、長距離地域に移住する者も長江地域の四省中で安徽省人が一番多かったのは、表15と16で見られる。特に隣省への移動者は多い方であった。1892年の人口24,776,819名が清末の混乱のため、1912年には16,229,052名に急減したが(43)、1930年代までは若干の成長を維持し、1930年以後は1940年代末まで成長が止まるか、あるいは下落する傾向を見せている(44)。これは災荒と深関係があったと思われる。このような傾向は当時の新記事から窺える。即ち、

　　「九月中旬、避難至漢口之外県災民約有十万余人。(45)」
　　「外県至九江的難民約二十万。(46)」
　　「皖北宿県、至九月底該県逃往地方謀生者、据估計約万余人。(47)」

　これら新聞記事を見ると災害による人口移動が、大きな単位で行われ、その中で安徽省の被災民が一番多かったのを考える時、安徽省農村の社会経済的状況を充分に量ることができよう。
　災荒の連続はまた田地を荒廃化させる重要な原因になった。前章で考察したように安徽省は雨大河の氾濫と地形的・気候的原因により荒地化の傾向が他省より、顕著であった。即ち、それは他省の場合は帝国主義的侵略、租佃制度の矛盾等経済的原因と兵災・苛損雑税等の政治的原因、さもなければ、農村救済の軽視風潮とか墾殖に対する知識不足等

が、その主要原因であったのに対して、安徽省は絶対的な災害による影響が大きかったのである。

　表17を見ると、沢地は勿論平地でさえも災荒による荒地化現象が多かったことが知られ、耕作可能の荒地面積　（造林可能地域を除外した純粋耕作可能面積だけをいう）　688,259畝の中、沙・洲・淤荒及び荒堤等災害による荒地率が53％にも至ったのは、安徽省農村社会経済に対する災害の影響が相当に大きかったことを窺わせる。

　次の資料はこのような事実をよく表している。

> 「皖省於江淮下游、災情尤為厳重、………皖省近年経数
> 　次災害、民力喪尽、耕地荒廃、農民雖厲謀復興、但因
> 　創痛深、積重難反、決非最短期間所能恢復也。(48)」
> 「皖省荒地由江淮淤積而成者、為数頗多、因江淮沿岸童
> 　濯濯、雨水沖刷之泥沙、悉入河床、及至下游水緩沙
> 　停、遂積成荒灘（或沙洲）、　此項淤荒以皖北、淮河下
> 　游及洪沢湖四周為最多、長江沿岸亦復不少。(43)」

　以上に見たように、災害による耕地の荒廃化、面積の縮小、人口の移動による農業労働力の不足等は、社会階層の構造を変化させた。その過程で重要な役割を果たしたのが、地主・商人・軍政階層による高利貸であった。

　災害時最大の損失者はいつも佃農・小手工業者等の経済的弱者であった。蕪湖県の圩農民44戸の調査によると地主階層の損失は10％に過ぎなかったのに比して、佃農階層は75％にも至った(50)。これら佃農・小手工業者は、このような時にはただ生計の手段として自身の田地を担保にして高利貸から金を借りたのであるが、これが年々悪循環となる災荒下で、下記の資料のように土地の喪失をもたらした根本原因だったのである。

> 「安徽年来水旱頻仍、富紳趁所農求生不得之際、以低価
> 　広事収媒田産。故水災一過、富紳之田産、必随以大
> 　増、而且耕之小農、咸一変而為佃農。(51)」

大水災があった1931年の高利貸状況を見ると、小麦、玉蜀黍等は毎石6.7元に過ぎなかったが、次の年の収穫の時は、10元均一に償還すべきであり(52)、現金借款の時は毎元当り3角から5角等地方によって異なる高い利息を払わなければならなかった(53)。このように地方によって高利貸を利用した横暴が甚だしくなったので、

表17　1930年代安徽の省荒地概況（耕作可能荒地）

畝

縣　別	平　　地	澤　　　　地			平　　地
	沙　荒	洲　荒	淤　荒	荒　堤	荒　原
懷　寧		25,000	19,000		12,900
太　湖					27,817
宿　松					27,068
霍　山					50,000
蕪　湖		1,820	13,358		26,200
當　塗			10,000		0
郎　溪		19,100	2,000		0
祁　門					1
宣　城			1,000		0
涇　縣					19
秋　浦			1,000		
東　流					16,880
貴　地					0
定　遠					11,000
風　台			38,000		245
靈　壁			6,000		0
懷　遠					33,000
壽　縣		12,000	37,000		2,000
五　河			33,258		0
宿　縣					376
來　安					6,568
合　肥					40,000
蕪　爲			5,000		10,000
含　山	1,000		4,000		10,000
銅　陵					25,000
和　縣					0
望　江	2,000	15,000			15,000

			30,000		7,000
泗　縣			30,000		7,000
寧　國					3,000
嘉　山					0
盱　眙	15,000				0
繁　昌					0
石　埭				129	0
歙　縣		300			0
計	18,000	73,220	272,836	129	324,073

資料来源: 長光洙『安徽墾殖問題』(蕭錚主編『中国地政研究所叢刊』民国20年代中
　　　　　国大陸土地問題資料、成文出版社、美国中文資料中心印行、民国24年冬)
　　　　　PP.24462〜24464

　宿県等の県政府では3分に利子率を法的に規定することもあったが(54)、この
ように高い利自率にもかかわらず、富戸等の信頼がなければ借りることも難し
かったので(55)これらの規定はあまり守られなかった。むしろ現金借貸の場合
は平均年利が50％以上になり、滁県のような場合は200％にもなった(56)。そ
れからこれら高利貸の名称も「九出十三帰」、「複利債」、「借青苗
穀」、「三道峯」、「聴長　　不聴短」、「十元五斗」、「借十還
九」、「乾利温利」と様々だが、その名称からも高利貸の横暴さを知るこ
とができる(57)。このようにして富戸階層の土地集中等財産増殖現象は、下
記の資料でも見られるように顕著になっていった。

　　　「土地低押借貸為最通行之借貸方法……如到期借款未能
　　　清償、即作売絶……使土地集中於高利貸者之手。(58)」

　一方、このような地主階層の高利貸による資金は、すべてが都市地域に
投資された。なぜなら、軍閥内戦等当時の治安不在状況下で、地主階
層のほとんどは治安が比較的安定していた都市地域に移住して生活し、ま
た、ある程度の商品経済が進んでいた都市地域への投資が、農業に対す
る投資より収入が良かったからであった(59)。故に、このような現象は、農村
の経済発展に必要な資金の枯渇減少を起したので、農村の貧困は、下記
の資料で見られるように一層の悪循環に陥っていったのである。

> 「農村中原有之地主富貧擁有相当資金、在常年本可放款
> 　農人、籍以流通農村金融、今者因治安不保、捲款居於
> 　都市、農村資金遂愈形枯渴。(60)」

　この中で自作農は小作農化されていき、小作農は雇農あるいは離農者に
なり、盗匪、あるいは都市地域で生活の道を求めるようになったのである。
即ち、

> 「泗陽県近三年来感覚農工太多。其原因大多由于前年大
> 　水為災、農村社会経済瀕于破産。一般平民為維持生活
> 　計、不是売地、郎是借債、以致多数自耕農及佃戸変而
> 　為農工、以謀生活。(61)」

とある
　災害時、所有田地面積による離村者を見れば、これらの状況をもっとよく
理解することができると思う。表18によると15畝以下の所有者が全省の
78.8%であり、特に10畝以下の者が65.5%を占め、大部分が小規模自
作・半自作農であったのがわかる。このような現象は社会階層構造の変化
にも影響を与え、表19のように自作農が1910年より1930年代には著しく少なく
なり、半小作農・小作農が少しずつ増加したのが分かる。
　しかし、このように全省的な統計より、水災等主要災害地域別に考察する
とこのような現象はもっとはっきりする。表20を見れば、長江流域の主要災害県
では、自作農が減少し小作農が増加した事実が如実に見られる。反対に災
荒の被害が少なかった山岳地帯では、ほとんど社会階層別変化がなかった
のが分かる。このような変化は長江流域諸省中、小作農雇工戸が3,938
戸、雇用長工人数が55,735人と一番多かった事実にも反映している(62)。
　しかし、災荒時の一番直接的な問題は、食糧問題であった。なぜな
ら、これは災民に直接的な反響を引き起こす根本原因であったからである。
　まず、災害時の農産物の生産状況を見ると表21のようである。この中で農
家経済と一番密接な関係をもつ米の作況を見れば、平年より約半分ぐらい生
産が減少した。これはただ皖南だけでの統計であるが、近隣各省の生産率

表18　安徽省での所有耕作地による離村率（1935）

畝

所有畝數	5畝以下	10畝以下	15畝以下	20畝以下	25畝以下	30畝以下	35畝以下
比　率	30.1	35.4	13.3	2.6	0.9	4.4	1.8

所有畝數	40畝以下	45畝以下	50畝以下	75畝以下	100畝以下	100畝以下	計
比　率	1.8	0.9	2.6	0.9	3.5	1.8	100 ％

資料來源: 章有義『中国近代農業史資料』第3輯　P.887

表19　安徽省歴年社会構成階層の変化表（%）

年別	自作農	半自作農	小作農	資　　料　　來　　源
1912	38.00	19.00	43.00	『中國経濟年鑑續編』P.(E)5
1913	26.00	23.00	51.00	『豫鄂皖贛四省之租田制度』P.11
1917	46.20	19.20	34.50	農商部統計　民國6年
1918	46.00	21.00	33.00	『中國勞働年鑑』P.407
1919	46.20	19.20	51.00	鄭震雨「中國之佃耕制每佃農保障」（『地政月刊』1巻3期　P.295）
1923	23.00	22.00	55.00	天野元之助『中國農業経濟論』卷1　P.282
1930	35.00	12.50	52.00	同　　上　1913年頃
1931	34.00	21.00	45.00	同　　上　1912年頃
1932	35.00	19.00	46.00	同　　上　1912年頃
1933	36.00	19.00	45.00	同　　上　1912年頃
1934	32.00	27.00	41.00	民國25年『申報年鑑』P.1219
1935	36.72	20.63	42.65	同　　上　1930年頃
1936	35.00	23.00	42.00	嚴中平『中國近代経濟史統計資料編輯』P.262
1937	40.00	23.00	37.00	『中國租田制度統計分析』P.6〜7
1946	36.00	25.00	39.00	鄭玉林、高本華編『中國人口安徽分冊』P.65

表20　安徽省農民階層の変化表

		長江流域平野地区（水災頻繁區）					安徽省山岳地区（非水災區）					
		滁縣	蕪湖	青陽	貴池	宣城	潛山	休寧	太平	歙縣	寧國	太湖
自作農	1913	5	26	9	15	40	30	5	30	3	19	50
	1923	8	22	9	12	25	30	5	30	3	15	50
	1934	6	18	7	10	15	20	5	20	3	15	50
半農自作	1913	60	22	16	28	10	40	15	10	32	30	30
	1923	50	19	19	23	23	40	15	10	32	30	30
	1934	39	18	16	23	30	50	15	10	32	30	30
小作農	1913	35	52	75	57	50	30	80	60	65	51	20
	1923	42	59	72	65	52	30	80	60	65	55	20
	1934	55	64	77	67	55	30	80	70	65	55	20

資料来源: 金陵大学農学院農業経済系編『河南、湖北、安徽、江西四省小作制度』
（支那経済資料17、東京、生活社）P.16より作成

より非常に少なかったのである。また、当時皖南の全体被害額314,500,000
元と比べると、米だけの被害額は187,600,000元と全体被害額60％にもなっ
たのである。また、1934年水災時にも米の収成率は平年の62％に過ぎな
かったのを見ると、災害時の米不足状況を理解することができる(65)。

　このような状況は食糧の絶対的不足をもたらし、当時蕪湖市の食糧事情
を見ると、2カ月後の食糧対策さえ立っていなかったのを新聞は報道してい
た。即ち、

　　　「蕪湖市米商登記処在九月調査、全市存米僅是供兩個月
　　　　食用。(66)」

とある。

表21　安徽省の災害時の農作物の被害状況（1931年）

作　物　名	米	棉　花	高梁の小米
毎年平均生産量	3,813(百万斤)	50(百万斤)	438(百万斤)
1931年災害時の生産量	2,176(百万斤)	41(百万斤)	318(百万斤)
損　　失　　量	1.637(百万斤)	9(百万斤)	120(百万斤)
損　　失　　量	43　％	18　％	27　％

資料来源: 国民政府主計処統計局『統計月報』1931年10月 PP.8〜9 第4及び5表より作成。

　このような状況の中で、米商、軍政階層の弊害は継続的に増加、米価の高騰及び米不足の状況を一層悪化させた。下記の新聞報道及び表22はこのような状況をよく示している。

　　　　「蕪湖、籍軍米之名偸運。(67)」
　　　　「当塗、米商囤積、販米出境。(68)」

表22　水旱災害時、安徽省農産物価格変動表

種　類	縣　別	原価格	上昇価格	被害區別	上昇率	資　　料　　來　　源
米	蕪　湖	5〜6元	13〜14元	旱	230〜260 %	『大晩報』1934.5.24
米	祁　門	5〜6元	20元	旱	333〜400 %	希超「災荒下掙扎的農民」『中國經濟論文集』P.126
米	蚌　埠	5〜6元	13〜14元	旱	230〜260 %	『大晩報』1934.5.24
大米	蕪　湖	8元	13元	水	63 %	『時事月報』1931.9.9
脈	蕪　湖	5元	10元	水	100 %	『時事月報』1931.9.9
好米	全　省	8元	12〜13元	水	33〜43 %	『申報』1931.8.8

　これに対して政府側は、米の輸出を禁止する命令を下して米の流出を押さえ、次の記事のように醸酒等の禁止令も発令する等、民食確保に努める

政策を実施した。

「安徽省政府於十月中旬令飭各県厳禁醸酒以維民食。(69)」

　しかし、軍・商人階級は互いの利益を企図したため、相互連繋下に米禁時にも依然私運を行って、もっとも民食恐慌を引き起こした。即ち、

「安徽省政府決議、禁米出省、但因仍有米商私運。(70)」

とある
　このような食米状況の深刻性は、災民においての民食問題に最も大きな衝撃であった。故に、彼らは代替飲食物で食糧問題を解決しなければならなかった。この代替性食物の内容は表23のようである。

表23　災害時、安徽省災民の代替飲植物状況表

地域	代替飲植物内容	資料來源
貴池	樹皮、草根	『申報』1931.9.10
皖北	樹皮、青草、撥青麥皮	『申報』1932.6.16
阜陽	草根、田螺	『大公報』1932.5.28
皖北	麥苗、樹皮磨粉、摻人水藻、草根、水藻(1斤に200多文まで上がった。)	『大公報』1932.4.10 　　　　　1932.4.17
蕪湖	鶏冠草、草根	『大公報』1932.4.25
皖北	樹皮、粗粉、水藻、草根、樹葉	『上海申報』1931.4.7
太和	「用以飼畜者、至足災民均爭而食之、食後而顔多現黄腫。」	

　しかし、このよう飲食物の摂取は、災害時の環境汚染と供に災民の健に康きな大脅威を与えた

表23　災害時、安徽省災民の疾病状況表

地　域	病　　名	病 人 數	死亡者數	資　料　來　源
蔓延市	霍　亂	3,349 人	1,219 人	『救災會報告書』附件 7の8
蕪　　湖	腹　　瀉 面黄肉瘦 眼目失光	災民の90%	未詳	『時報』1931.9.18 『時事月報』1931.9.22
皖　　北	發　　熱 下　　痢 そ　の　他	90 人 74 人 87 人	未詳	『救災會報告書』附件 7の1 「原資料係調査87縣抽擇245區計 　農民家庭11791戶而得。」から
皖　　南	發　　熱 下　　痢 そ　の　他	30 人 39 人 37 人	未詳	作成

この状況は表24のようである。表24で見られるように災民疾病に対する統計
資料の不足のため、その状況を正確には知りえないが、代表例として蔓延
市での疾病状態の見ると、感染者数の多さと36.2%という死亡率の高さか
ら、災民の悲惨は生活を見ることができる。

　以上のような災荒が社会に及ぼした影響と衝撃は、当時の政治体制に
対する国民の心理を刺激する充分であったことが理解されると思う。

4. 荒政の検討

　中国史の社会経済的発展過程の中で現られいろいろな問題点に対する
見解は、大略技術的な面の停滞性を見る観点と、制度史的矛盾から発生
したと見る二つの観点に絞ることができる[71]。勿論、二つの要素が一緒に
作用する中で、具体的な歴史過程が存在したことはまちがいないが近代中
国の歴史的展開過程を見ると、技術史的側面よりは制度史的要因が最も
大きく作用したのではないかと思われる。それは18世紀以後の人口爆発であ
るが[72]、災荒の頻度が高く現れたこと等からも[73]、歴代によく維持されてき
た制度的装置が、社会的変動と共に崩壊しながら、急激な社会的変化
（人口、災荒、階層変化等）が現れた状況を見ると、ある程度は共感でき

るのではないかと思う。このような観点から清末以後荒政の問題も検討され
なければならないであろう。最近の水利荒政に関する論文を見ると(74)、行
政、改修、建設上の内面的矛盾よりは、外面的な成果だけに焦点を置い
ている感がある。即ち、方法と過程等を無視し、結果だけを注視したこと、
当時の時代的状況を理解せず、また、その時代の転換者の主体である農
民等一般人の心理的葛藤を理解しなかったことが指摘される。

　故に、本章では荒政の実施とそれに伴う行政的機能とそれに対する農村
での社会経済的逆機能を比較し、荒政が当時の社会でどのように映じたか
を分析しようとする。

　安徽省の水利行政は中央政府の政策機構の変化によって変動したの
で、持続的な水利行政が実施されてはいなかった。即ち、清代には中央
の工部の都水部で水利行政を主管したので、1906年農工商部の農務司
がこれを代行する時まで安徽省では専門の水利行政機関がなかった(75)。
その後、民国期に入って内務部・農商部・全国水利局で水利行政を主
管したが、これらも結局は形式的行政に過ぎなかった。故に、安徽省でも
1914年全局水利局の分局として、安徽分局が設置されたが、まもなく安徽
水利局に改称された。しかし、これも1915年皖北の河工と測量のため蚌埠
に設置された水利測量局と供に、北洋軍閥政府の装飾機構でしかなかった
(76)。比較的行政機関としての外貌を整えた機構は、民国政府時期を待た
ぬばならなかった。

　しかし、国民政府時期の水利行政機関は、むしろたいへん多くなって行
政の不統一等問題点を一層多く現した。国民政府時期初期までには、安
徽水利局が継続して維持されてきたが、1928年に一時停止され、再び次
の年に設立たが、次の年に経費捻出の問題のため停止、結局は建設庁
が業務を担当するようになった。しかし、これも経費問題のため、建設庁は
水利行政だけを、水利工程は水利工程所に業務が分割された(77)。中央
では1929年導淮委員会が設立され、1931年大洪水以後水災救済委員会
が設立され、淮河区域4か所に工賑局を設置して工程を実施したが、1932
年には皖淮工程局に改組して、1935年全国経済委員会に所属するように
なった(78)。

　一方、長江流域でも、ほぼ内容の等しい行政が行われた。即ち、揚子

江水利委員会が1931年の大水災を機会に設立した水災救済委員会によって長江流域の10か所に公賑局が設置されたことである。しかし、次の年び再江漢工程局に統合され、長江幹堤の維持水利を担当するが、次の年の1934年に経済委員会に統合された(79)。

　このような中央水利行政の一貫性のない行政は、清代から継続されて来たものとして、従来から水利行政の不在と成功的力量発揮の限界は予見されたのであった(80)。例えば、もしこれらの行政機関が行政上の補助をよく合わせて1930年、1931年の水利行政予算をうまく運用したなら、1931年の大水災状況まではいかなかったといわれるのである(81)。

　以前の事は別にして、水利行政に比較的一貫性があった国民政府時代の水利予算及びその使用内容を見ると、表25のようである。まず安徽省水利機関経費が、省政府の年歳出額と比較する時、相当に少なかったのが知られる。即ち、表25の平均値といえる1932年の場合、総歳出額は9,839,139元であったが、当時の政務費が5,716,225で58.09%も占めたにもかかわらず(82)、水利経費はわずか1.4%である138,084元であったのを見ると、当時の中央及び省政府の水利行政に対する意欲が窺える。さらに1931年度は100年来の大水災であったにもかかわらず、このように少ない予算の策定は理解することができないのである。特に毎年の予算額が全額支出されたのではなく、大体多ければ67%、少なければ0.03%という千差万別の使用経費、それに実際の支出面においても事業費と行政費がほど大差ないという事実は、結果的に水利行政ではなかったと言っても過言ではないであろう。

　それも、このような中で、行われた水利事業は、全くが工賑、農賑、急賑等災荒以後修改築のためと同時に、救済活動の名目で行われたのであるか、あるいは徴工によることとして、これはすべてが民力を枯渇させた代価によるものであった。即ち、すべての安徽省の水利事業は、予算執行による計画的事業ではなく、災荒時救済の形式で行われたのである。表26はこのような事実をよく示している。勿論、1935年以後には、事業経費による水利工程を実施したこともあるが、結局は経費不足と時局の不安定等の問題のため、完成されたものが一つもなかったのは、救済形式の一環として実施された1935年以前と異なる所がなかったといえるだろう。

表25　安徽省水利機関の経費支出及び使用概況（1927〜1932）

元

年　代	予　算　額	實　際　支　出　額	實際支出額使用內譯	
			行　政　費	事　業　費
1927	66,608	43,600	18,600	25,000
1928	79,528	6,200	5,200	1,000
1929	194,116	19,200	13,200	6,000
1930	153,532	5,200	2,200	3,000
1931	38,014	17,500	2,200	15,300
1932	138,084	59,700	31,800	27,900

資料来源:『一年来之安徽建設』第1編　PP.49〜50
説　　　明: 実際支出額使用数は大略の数値を取った。

　このような状況は地方の県政府も同じであった。例えば、宜城県の予算を見ると、建設費は全体の5.36％であり、救済費は0.72％に過ぎなかった。また、石埭県では5.59％と1.04％であった(83)。地方の予算は現地民の実情と直結していた点を勘案すると、地方も中央も事態は同じであったといえる。これは毎年の災荒を引き起こす要因となった。

　以上のように、経費・政局等の問題のため水利事業を充分に遂行することができなったとすれば、災荒後の政府の救済政策は、どのように進められたのか、これも荒政の重要な一面として検討されねばならない。

　まず、中央と省政府の救済政策の性格は、農賑・工賑・急賑及び徴工による災民の救済及び水利事業の進行を目標とする思想的方法であった。しかし、結局方法がいくらよくても、それを支える経費と人力が十分に供結されなければ、無意味であったが、当時の救済体制は相も変わらずであった。例えば、1931年国民政府経済水災委員会は、米麦を借用し工賑を実施したが、1932年8月になり、経費不足のため工賑期間が終わると、省政府に命令して工程を継続実施することを指示したが、省政府も経費不足のため継続実施することができなくなって、水利統括機構である全国経済委員会に託そうとすると、彼らはむしろ「自行籌修、以免延誤」と命令し、省政府に圧力をかけた(84)。そのため安徽省政府は各沿淮、沿江の現場に「勉以人力」で幹堤工程を完成するように指示した。これに各現場では

表26　安徽省の水利工程一覧表（1915～1937）

名　　称	地　点	工 程 期 間	経　　費	主 辦 機 關
疏導淮河工程		1915～		安徽省水利測量局
培修淮河中上游幹支堤垸及俊河修建涵洞等工程		1931.秋～1932.秋～	工賑興征工	救濟水災委員會、全國經濟委員會、安徽省政府
淮堤培修工程		1934.2～8	征工	安徽省政府
引淠灌漑工程	安豊塘	1935.3～	工賑	建設廳
霍邱城西湖防洪建築涵閘工程	霍邱	1935.5～	銀行借貸	〃
安豊塘灌漑工程	壽縣	1936.1～	現金支出	導淮委員會
三河活道具工程	盱眙三河	1935.6～	〃	〃
添建皖淮區域涵洞工程		1937.5～	〃	〃
疏浚皖淮淺段工程	正陽關	1937.9～	〃	〃

資料来源: 黄麗生　『淮河流域的水利事業(1912～1937)-従公共工程看民初社会変遷之個案研究』（台北、台湾師範大出版　1986年）P.306

「所有工程悉由徴工辦理、不給工食。(85)」という当時の説明のように、民力を動員する封建時代の前例がそのまま用いられたのである。このようにして上げた成果はある程度はあったといえるが(86)、工事の結果が決して満足できるものではなかったことは、下記の資料の通りである。

　　　「蕪湖南岸下游西江圩堤完工数月後、揚子江水利委員会
　　　　曾派員前往査勘、新堤頂寛約四公尺、堤面己呈凹凸不
　　　　平之象、有数処且裂土成一巨穴、該会認為此係工程草
　　　　率所致。(87)」

　また、このように工賑によって施工された区間別工程は表27のようである。しかし、これらの完工程度は安徽省単一の統計がないので知られないが、長江各沿岸の総工程中44%が完工され、皖淮は24%が完工されたという記録を見ると(88)、これら工賑による施工が非常に無理であったのが分かる。

表27　安徽省工賑による区間別の施工内訳（1934年）

地　点	河　系	災 工 人 數	工程の長さ　（km）	
			築　堤	浚　河
蕪　湖	長　江	113,730　人	330.4	
安　慶	長　江	40,125　人	282.9	
正陽關	皖　淮	50,516　人	469.3	
蚌　埠	皖　淮	98,350　人	318.9	25.8
五　河	皖　淮	29,563　人	157.5	

資料来源：『救済水災委員会報告書』附件 6の3、6の4(1)

　一方、工賑の虚実を見ると、このような状況はさらによく理解することができる。皖江の馬華堤建築時の建設庁長は、省庫の支出額が不足して、工賑を継続することができなくなったので下のような報告をした。

　　　「祇有侭用民力担任一部份工程、以代攤款、金此別無他
　　　　方法。(89)」

　これは工賑の性格を拠棄したことを示すものであり、民力を搾取しているとしか考えられないものである。また、工賑の虚実を見れば下記のようである。

　　　「毎工毎日傚土方、以三個月計、其所能容納之災民、安
　　　　徽省一万三千人。(90)」

　これは、当時（1934年）馬華堤を築堤する時、宿松県民だけで「挑修江堤、趕築民圩、二十万居民、幾畝暇暑。(91)」とあるように20万であり、その外別の県民も徴工に呼ばれたのを考えると、工賑計画は経費が少ない中で、初めから"縮小計画"の形で実施しようとしたのが分かろう(92)。即ち、このような政策は、政府側から見ると「以工代賑」という一挙両得の征工政策であったといえるかも知れないが(93)、民工側から見るとこの時の工資は、一種の搾取であったのである。全国経済委員会規定を根拠として導淮

の民工の工資の状況を見ると下記のようである。

> 「被徴民工、如需住棚及炊具、得由本会先行撥結惟仍須
> 於領工資内扣還。(94)」

　さらに、このようにして残った工資さえ、当時工程責任者である郷進・村長等は、省政府から徴工・派款等の責任まで任されたので、これを解決することができなかった当時の状況であったから、それまでよりも一層安くなったり、支払いが全く中止された例が下記の資料にも見えるように多かった。

> 「徴工導淮、原定不給工資、工夫毎挑土一公方、津貼伙
> 食八分。(96)」
> 「導淮工程処給工資、毎公方八分、毎人毎日挑土約一公
> 方有零。(97)」

　さらに民工の工具不足に乗じた工程監督者は、工程処の工具を貸与し、収入を上げたという記録等を見ると、災民を堤垸の修改築に従事させてその生活を保障するという工賑本来の目的とは反対に、救済というには苛酷な待遇であり、宿所は「監獄の部屋(99)」という有様であった。
　それから結局は雇工が離村する等して徴工の人員が不足したので、下記の資料のように工程に大きな影響が出た。
> 「災区工作組主任宋慶瀾謂、苦災工現多拉夫、影響大
> 鉅。(100)」

　このように各県は分担して公印を募集したが、これも県政府の負担が大きくなったので自然に遅れたり、軽視されたりして、工程が最後まで完成されたのはほとんどなかったのである(101)。
　農賑は貧農の救済のため、災民に借貸するのであった。借貸方法には現金と籽種の二つがあったが、これは後に合作社の源流になった。華洋義賑会が主管した安徽省での農賑状況は表28のようである。しかし、同一時期の江北農民が次の年の春に、毎月20%にもなる高利貸に是非もなく依存

すべきであったとか、種子の貸与も江蘇省予算が少なかったので、できなかった事実等を考えて見ると[102]、当時予算等全般的な面で具合がよかった江蘇省と比べながら工賑の状況を供に考えると、また実施後にもその結果に対してどのような資料もなかったのは、農賑の結果に対しても相当に懐疑的であるといえよう。

表28　華洋義賑会による皖農賑貸に対する放款数の統計表(1932)

農賑區域	貸放款數(元)	互助社數	毎社占平均額(元)	人　數	毎人占平均數(元)
安　慶　區	268,404.10	831	322.00	44,243	6.00
蕪　湖　區	275,490.82	977	282.00	68,321	4.00
蚌　埠　區	285,574.00	772	370.00	38,881	7.00

資料来源: 中国華洋義賑会救済総会『民国21年度賑務報告書』P.47

　急賑は老弱婦児及び生活不可能等に、銭、薬、食、衣等を貸与して保護する社会保障制度であった。しかし、これは当時の状況を考えてみるともっとも効果的ではなかったのが理解できる。

　以上のような救済及び水利行政の根本問題は、まず時局の葛藤から来る政治、軍事的問題のため、政府が予算執行時、道路・航空路等軍事的必要があるものに優先権を与え、水利等は第二次的であると看做され、決定された予算さえも容赦なく削減した状況に現れているといえる[103]。

　その次には九・一八事変以後、国家と国民の関心が抗日等に集まり、水利等の社会問題から関心が遠のいたという状況からも見出すことができると思う。即ち、

　　　　「迩東国人視聴完全集中於抗日運動、対於救済水災、未
　　　　　免有冷淡之象。[104]」とある。

　第三番目は、中央政府と省政府、または省政府と県政府等組織間の非協助、及び行政の一貫性不在等が原因になった[105]。このような状況で現

れる管理責任者の不正も行政不在の一面を示すとえる。（参考表29）

表29　安徽省救済責任者の不正事件表

姓　名	職　　務	事　件　内　容	處　理	資　料　來　源
蔣　詩　孫	五河縣長	籍賑勒派、那移急賑款二千元捲款潛逃	停職	『安徽省政府公報』第368期(1932年3月5日) 本省命令 P.18
李　思　義	蕪湖糧站辦事處主任	盜賣振麥490余石	爲法院拘押、並提起公訴	『申報』1932年6月7日
王　繼　猛	貴池縣長	運送振麥損失24,000斤	記過處分	『安徽省政府公報』第384期 1932年6月25日(本省命令) P.28
金　紹　武 德　瑞　芝 楊　樹　誠 查　良　劍 辛普生(英)	皖北振務專院 皖北運信者處主任 運輸專員 急振處處長 救濟會副委員長	変賣振麥、短秤、貽誤振務	辛、德不究、楊記過二次、查記過一次、全書面申誡	『申報』1932年9月13日 1934年2月20日

　最後に、災民を包含する郷・県・省等の各単位の水準別の救済活動が不充分であったのである。表30を見ると毎年の災害の状況が最も代きかったといえる安徽省の場合、1931年の大水災時省民自身による募金額は救済水災委員会募金額のわずか0.001％に過ぎなかったのは、被害が最も大きかった省份としては理解できない額数であろう。これは、結局安徽省民の団結力、災害復旧意志力等が稀薄であったからとしか理解できないであろう。勿論、災害救済団体等も表31のように省内各所に組織され、滬・北平・天津・蘇・杭等各地の同郷会での募金活動もあったが(106)、彼らの活動状況に関する記録は全然なく、各同郷会の募金額も形式に過ぎなかった点から見ると、各行政単位別、各社会団体別の救済活動は非常に不備であったことが分かると思う。

　このような荒政下で、災民ぎ生きるためには、現実的に食糧確保等のため搶米事件を起こすことしかなかったし、もう一つの方法は盗匪化することであった。

表30　救済会の国内捐款来源分布表(1931年)

地　　域	額　　數　　元	百分率%
江　　蘇	2,438,458.84	73.1
河北(北平)	235,166.23	7.1
河北(天津)	220,440.37	6.6
東　三　省	147,694.51	4.4
山　　東	105,194.70	3.2
廣　　東	54,508.52	1.6
福　　建	49,961.04	1.5
河　　南	41,122.50	1.2
浙　　江	18,289.17	0.5
陝　　西	16,700.00	0.5
山　　西	3,000.00	0.09
湖　　北	1,327.18	0.04
安　　徽	461.00	0.01
江　　西	165.00	0.005
計	3,332,489.06	99.8

資料来源:『申報』民国20年11月19日

　　搶米には二つの形態があった。即ち、「吃大戸」と「搶米」であった。「吃大戸」は災民が集まって大家を襲撃し、その倉庫を開けて食物を取り出すことであった。普段はこれが多かった。搶米は米屋・米船を襲撃して略奪するのであった(107)。大略これらの人数は数百から数千名になったが、あくまでも限界があった。1931年と1934年の水災以後、安徽省で発生した搶米騒動は表32のようである。

表31　水災時成立した安徽省の救済団体

名　　　称	成立時間	地点	成　　員	主要活動	資料來源
廣濟圩水災臨時救濟委員會	1931.7. 7	蕪湖			『申報』7.29
安徽省賑務會	1931.7.13	懷寧	安徽省府常會決設		『申報』8.3
大通地方水災救濟會	1931.9. 9	大通鎮	皖銅陵西南		『大公報』9.23
皖北甘一縣水災善後委員會	1931.9. 9	蚌埠	商會發起		『申報』9.13
安徽省全國水災協濟會	1931.9.27	懷寧	安徽省各縣振務人員及水災代表等		『申報』10.17
蚌埠臨時水災急賑會		蚌埠	公安局召各界會議決		『大公報』7.15
銅山縣水災救濟委員會		銅山			『申報』8.11『大公報』8.12
蓮漕水災會			皖南		『新聞報』10.28
泗縣水災籌賑會		泗縣	商會勃起		『新聞報』10.28
旅蕪各縣人士組蕪湖宣、南陵、繁昌、泗縣義賑協會		蕪湖			『申報』8.8

　このように難民、災民による搶米騒動により深刻な社会的衝撃は、盗匪による蛮行であった。これら盗匪は大体大きな災害があった後に、その勢力が下の記事のように拡大した。

　　　「因部分災民生存不易、附合匪徒而増加盗匪的勢力、倒
　　　　如安徽巣湖一帯、無食難民及游兵散勇嘯聚、蔚成大
　　　　服、衆約千数百人。(108)」

　このような盗匪の増加趨勢は民国時代に入ってから普遍化する傾向にあった。このように勢力が大きくなった彼らは、搶米・小輪の拿捕等社会不

表32　1911、1934年水災後、各地での搶米騒動事態表

日　時	地　　点	人　　物	人　數	事　　態	資料來源
1931.7.26	南　　陵	災　　民		搶米船米千余石	『大公報』 1931.7.29
1931.7.26	蕪　　湖	難　　民	4・5百人	分乗小劃船、4・50 隻搶米船、米造米 1,100余石	『申報』 1931.7.31
1931.7.27	蕪　　湖	難　　民	數百人	搶麥船、毆傷船夥 事主6人	『申報』 1931.7.31
1931.8.13	蕪　　湖	難　　民		劫米船米140石	『大公報』 1931.8.13
1931.8.13	蕪　　湖	人力車夫		毀劃小船多隻	『大公報』 1931.8.16
1931.8.13	蕪　　湖	人力車夫	5・6百人	持長斧大棍毀 盆劃船	『大公報』 1931.8.21
1934.7.24	歙　　縣		未　　詳		希超、「災荒下 掙扎的農民」
1934.8.8	安慶高河埠		千余人		『中國経濟論文 集』第1集
1934.8	合　　肥		未　　詳		PP. 129～130
1934.8.13	桐城太平橋		未　　詳		

安を惹起した。

　即ち、

> 「蕪湖一帯潜水跡隣邑之匪徒、乗官勢力救圩、無暇防範
> 之際、紛紛掲竿而起、擾害地方、初僅有刧米之風、後
> 則打家刧舍、掠鎮架票。(109)」

　この他、水災による田賦収入に影響があったので、各機関の維持費等
は削減され、月給支給の切り下げから各級学校教職員のストライキが頻発
し(110)、食糧不足から子供の人身売買さえ行うという極端的な状況が蔓延し
た。このように災荒の衝撃は大きかった(111)。

　故に、これらの災荒を統制する荒政の定立と、災荒に対する全省民的、
全国民的認識はこの時期において、最優先の急務であったといえよう。

5. 小結

国民政府設立以後、中共及び日本帝国主義に対抗するため実施した一連の社会経済的建設事業に対して、最近の台湾の学者は現代化という概念を基準として、研究に全力を傾けてきた。

勿論、このような活動は封建時代と共和制時代の境目を明確にしており、民国初期の北洋政府による統治の結果と国民政府によるそれとを比較し、社会経済の発展度を基準とする現代化の継続的な推進、これによって現在の政治的立場の設定と将来の発展方向を提示しようとする面から見ると、非常に重要な意味を含んでいたといえよう。

ところが、現代化の概念から考えると、一定の統計による結果論的な現代化というのは、あくまでも現代化の虚像を提示するだけで、その一つ一つの段階過程に対する当時の評価が、国民によってどのように認識されたかが、実質的な変化の姿を量る最も重要な尺度ではないかと思う。

従って、このような問題を研究する学者とは観点が違うともいえるが、20世紀以来の中国の歴史発展過程及び現在の中国事情を見ると、最近の一連の学者による国民政府時代を中心とする社会経済的建設に対する肯定的評価は、非常に懐疑的である。

本文で考察したように、社会経済事業の中で古代中国から最も重要視されてきた水利経済の建設と荒政の状況だけをみても、形式的結果と実際とは大きくかけ離れていた。

極端な例を上げると、国民以後安徽省政府の水利建設経費予算は、最も多かった1929年の場合、194,116元に過ぎなかった(112)。しかし、当時淮河の幹・支流に対する整地事業費は、日本人によって約1億元と推定された。もしこれが完工されれば、二千万畝の耕作地が造成され、5元で1畝の田地を得るという効果をもたらすと予想していた(113)。このような水利事業費の策定は、根本的水利行政の実施のためではなく、行政の形式のためであったといえ、また計画事業でもなかったことが上の間断な例からも分かる。

このような状況下で、災害は毎年起こるものであり、これに従って、実施された救済政策も、結局は最小限の形式的救済に止まったということが本文から窺われると思う。結局このような状況下で、ある程度の発展が現われた

結果により、現代化する過程にあったというより、旧時代の秩序体制が依然存続されていたというのが正しいであろう。

このような社会経済の時代的状況に対して、政治思想面では辛亥革命、新文化運動、五四運動等を経験しながら得た国民の時代的覚醒は、既存の統治体制に対する心理的転変のもたらすのに充分であった。

このような時、適切な対応策を掲示する方に、民心が傾くのは当然なことであるといえる。故に、20世紀中国におけるすべての分野の変化は、どのような人物、理論、党綱等の卓越性よりは、以上で考察したように中国国民の変化を要求するほどの社会経済的諸背景を注目しながら分析すべきであると考えられる。

【註釈】

(1) 程必定主編『安徽近代経済史』(合肥、黄山書社、1989) P.37。

(2) 同前、PP.37〜38。

(3) 胡煥庸『兩淮水利』(上海、正中書局、民国36年) PP.9〜10。

(4) 須愷「導淮問題」P.267。(李書田等編、『中国水利問題』上海、商務印書館、民国26年) P.263。

(5) 陳正祥『長江興黄河-附淮河興海河』(香港、1978年) P.59。

(6) 任美鍔、楊丑章、包浩生編著『中国自然地理綱要』(北京、商務印書館、1979年) P.35。
北支那開発株式会社業務部調査課『支那の水利問題』下巻 (東京、生活社、1939年) P.34。

(7) 中国科学院地理研究所経済地理研究室『中国地理総論』(北京、科学出版社、1981年) P.22。

(8)「中国自然地理-地表水」P.32 (同註(6)) P.88。

(9) 宋希尚「揚子江水利問題」P.315 (李書田等編『中国水利問題』同註(4)) P.313。

(10) 彭文和「湖南湖田問題」民国20年代中国大陸土地問題資料(75) P.39325。

(11) 全国経済委員会水利処編『江河修防紀要 (民国24年)』民国史料叢刊第1輯、(第20種) (台北、伝記文学社、民国60年) P.187。

(12) 同註(10) P.39427。

(13) 張慰西、「近50年来中国之水利」(上海申報社編、『近50年之中国 (1872〜1921)』香港、龍門書店、1968年 P.278。

(14) F. H. King, Farmers of Forty Centuries, 1911. P.101 (『満鉄調査月報』巻22号 8、P.20)。

(15) 須愷「導淮問題」(同註(4)) P.263。

(16) 査得利著、劉齢孫訳「揚子江中之挾沙問題」(『揚子江月刊』巻1期3) P.4〜5。

(17)『時報』民国20年7月28日。『申報』民国20年9月5日、7月29日。

(18) 張謇、「請速治淮議」、光緒30年 (『張季子九録(2)』巻11 (台北、文海出版社、民国54年) PP.523〜524。

(19) 北支那開発株式会社業務部調査課『支那の水利問題下巻』(東京、生活社、昭和14年8月) P.100。

(20)「中国の水災と其の災民」(『満鉄調査月報』第16集第7号、1922年7月)。

(21) 章有義『中国近代農業史資料』第2輯（北京、三聯書店、1957年）P.617。

(22) 同前、P.617。

(23) 『嚮導周報』164期（東京、大安社影印、1926年7月21日）P.1627。

(24) 同註(1)、P.37、P.312。

(25) 同註(23)。

(26) 同註(24) P.38。『大公報』1931年1月3日、1932年7月5日。

(27) 洪迥『安徽省水災査勘報告書』（出版地、出版社未詳、民国20年）P.9。

(28) 揚子江技術委員会編印『揚子江技術委員会第三次報告書』民国13年、「公売摘要」P.13。

(29) 周文彬「本年幾種農民糾紛的研究」（『中国経済論文集』第3輯、上海生活書店 1936年）P.194。

(30) Ho, Ping-ti, Studies on the Population of China. Cambridge, Ma., Harvard University Press. 1959. PP.143〜153。

　　汪湖楨「皖北災海応有文覚悟」（蔡作翔等著『皖淮工賑雑録』国民政府救済水災委員会工賑処第 12区工賑局刊行、民国21年8月）P.12。

(31) 鄭玉林、高本華主編『中国人口安徽分冊』（北京、新華書店、1987年）参照。

(32) 同註(1)、P.210。

(33) 黄沢蒼『中国天災問題』（上海、商務印書館、民国24年8月）P.45。

(34) 『申報』1931年9月15日。

(35) 同註(21) 第3輯 P.889。

(36) 『農情報書』第4巻第7期、1936年7月 P.173。

(37) 同註(21) P.886。

(38) 同前。

(39) 『大公報』1931年9月10日。

(40) 『申報』1931年8月4日。

(41) 『第二次労働年鑑』P.177。

(42) 同註(21)、第3輯 P.724。

(43) Decennial Report 1882〜91 P.264、（『中国経済年鑑』民国22年、実業部編）P.C.4。

(44) 謝国興、「農業経済的困局-近代安徽的土地問題」（『近代中国農業農村社会経済史検討会論文集』民国78年8月、台北、中央研究院近代史研究所）P.12〜13 参考。

(45) 『申報』1931年9月10日。

(46) 『大公報』1931年9月16日。

(47) 『申報』1931年10月1日。

(48) 張光洙『安徽墾殖問題』（中国地政研究所叢刊、民国20年代中国大陸土地問題資料、成文出版社、美国中文資料中心印行、民国24年冬）PP.24525〜24533。

(49) 同前、PP.24533〜24534。

(50) 同註(24)。

(51) 『示唆新報』1933年2月13日。

(52) 『大公報』1931年11月3日。

(53) 『大公報』1931年11月3日。

(54) 『大公報』1932年6月15日。

(55) 『大公報』1931年11月3日。

(56) 同註(48) P.24501。

(57) 同前 P.24500。

(58) 同前 P.24503。

(59) 安徽省の地主中、都市居住者と郷村居住者の比率は38対62と、郷村居住者が多かったが、実際　の

所有耕地面積は6,646市畝対2,366市畝と、都市居住者が3倍程度も多く持っていた。さらに彼らの身分は官・商階層が多かったので、実際的資金はほとんど彼らにより、左右されたのである。

予鄂皖贛四省農村社会経済調査報告、第5号『予鄂皖贛四省之租田制度』（南京、金陵大学農業経済系印行、民国25年6月）PP.71〜79。

(60) 同註(48) P.24506。

(61) 同註(21) 第3輯、P.686。

(62) 同註(21) 第3輯、P.818。

(63) 1931年 長江流域各省の米生産率と平年生産率の減少率: 江蘇28%、湖北36%、湖南38%、江西51%。国民政府主計処統計局『統計月報』1931年10月、PP.8〜9

(64) 1931年災害時 皖南の農村被害額（災害農戸: 24.3%）

家	牛	家具	食糧	燃料	衣服	家具	飼料	米	家畜	計
395	138	204	79	98	99	79	23	1,876	56	3,145

単位: 10万元

抗戦前国家建設史料-水利建設(3)、『革命文献』第83輯、PP.70〜71。

(65) 陳振鷺、陳邦政『中国農村社会経済問題』（上海大学書店、1935年）。

(66) 『大公報』1931年9月9日。

(67) 『申報』1931年8月29日。

(68) 『大公報』1931年8月1日。

(69) 『安徽省政府公報』第350期、1931年10月31日。「本省命令」P.430。

(70) 『申報』1931年7月31日。

(71) Ramon Myers. The Peasant Economy, Agricultural Development in Hopei and Shantung, 1890〜1949, Harvard University Press, 1970. PP.14〜24

(72) Adopted from Durand, John D., Historical Estimates of World Population: An Evaluation, University of Pennsylvania, 1974.

(73) 本書の図1を参考。

(74) 黄麗生『淮河流域的水利事業（1912〜1937)-従公共工程看民初社会返遷之個案研究-』（国立台湾師範大学歴史所専刊(15)、台北 1986年、李儀祉「十年来的中国水利建設」（『十年来的中国』）、沈雲龍編『抗戦十年前之中国（1927〜1936)』、近代中国史料叢刊続編第9輯（台北、文海出版社）、張玉法『中国現代史（下）』（台北、東華書局）

(75) 陳忠仁『清末初農工商機構的設立-政府経済現代化関係之検討(1903〜1916)』（台北、国立台湾師範大学歴史研究所、民国77年12月）P.52

(76) 同註(74)、黄麗生 P.107。

1922年、揚子江水利委員会が設立され、1928年には附属機関である技術委員会が主導して測量を実施するが、揚子江水道整理委員会になったり、また揚子江水利委員会になったり等、その活動状況は非常に不振であった。『中国経済年鑑』1934年度、P.A29。

(77) 『一年来之安徽建設』第1編 P.52。

(78) 同註(19)。

(79) 同前 P.270。李儀祉「十年来的中国建設」同註(74) P.317〜8。

(80) 同註(20) P.115。

(81) 同前;『鉄村大二、支那の水利問題』（東京、生活社、昭和14年8月）参照。

(82) 『申報年鑑』民国24年、P.G 48、民国25年 P.G31。

(83) 『地政月刊』4巻、2・3期合刊 P.227。

(84) 『全国経済委員会档案』26-00-12、4-(4)。

(85) 同前。

(86) 『申報』1934年12月12日。

(87) 『申報』1932年12月3日。

(88) 『救済水災委員会報告書』附件6の3、6の4(1)。

(89) 『皖北日報』1934年2月10日。

(90) 羅瓊「微工和工賑」(『中国経済論文集』第2集、王海) P.169。

(91) 同註(84) 26-46C・3-(3)。

(92) 同註(90) P.173。

(93) 同前 P.169。

(94) 『西北日報』1934年12月3日。

(95) 同註(90) P.172。

(96) 『申報』1934年12月11日。

(97) 『申報』1934年12月9日。

(98) 同註(90) P.171。

(99) 同註(80) P.128〜129。

(100) 『申報』1932年2月17日。

(101) 『申報』1932年12月5日、『安徽省政府公報』第366期、P.46、第369期 P.44、第370期 P.43。

(102) 『大公報』1932年3月20日。

(103) 同註(80) P.133。

(104) 『申報』1932年9月22日。

(105) 『大公報』1932年1月1日。『安徽省政府公報』第344期「叢録」PP.63〜64。

(106) 皖省各処同郷会の募金額 (1931年)
　　　大洋: 139,062.2元、小洋: 362角、銅元: 12,900元。
　　　『新聞報』1932年4月16日。

(107) 同註(80) PP.129〜130。

(108) 『大公報』1931年11月7日。

(109) 『大公報』1931年8月16日。

(110) 『大公報』1932年5月9日 。『申報』1931年7月30日。

(111) 『大公報』1931年8月16日。

(112) 『一年来之安徽建設』第1編 PP.49〜50。

(113) 同註(19) PP.41〜42。

－ 技術史的展開
－ 中国国民の歴史創造

　1949年中共の革命は政治、思想史的な面でそれ自身の意義を持っていた。それはまだソ連と東ヨーロッパ地域だけで進められていた社会主義国家建設が、アジア地域ではより能動的であり、自発的な形態で社会主義が定着したことを意味しており、これによってアジア地域での共産主義運動が拡大していったこと等、戦後資本主義と共産主義の両体制への冷戦局面を定立させる歴史的大転換をもたらしたからである。

　それ以降、両陣営は自家発展式の浮沈を進めながら大略半世紀が過ぎた現在、その明暗は確実に現実的に現われている。即ち、社会主義革命の先頭グループであったソ連、東ヨーロッパ国家はその間の体制内の矛盾を乗り越えれず、資本主義体制への転向を企図しているが、その前途が非常に不透明な状態で、混乱と陣痛をかさねている。これに反してまだそのイデオロギー的な変身は企図してはいないが、自分なりの桎梏を脱出しようとするアジア的共産国家は依然として残っている。その代表的な国家である中

華人民共和国が最近の高い成長指表を見せながらも、自らの内で社会主義体制の限界性を指摘しながら、新たな資本主義的経済原理の導入を検討することはどのような理由からであるか(1)。

　それは、共産主義自体が持っている閉鎖性、受動性、安逸性、利己性等によって自発的な創意性が欠乏したので、国家政策運用に限界が見られたからであろう。これはまた今まで社会主義体制に反目する別のイデオロギーの言及を禁忌とした中国での慣例から見る時、もう社会主義体制内での経済的発展の限界を暗示することともいえよう。

　しかし、このような改革が1970年代末以降何回も実施されたが、その結果はいつも形式的な成果に満足すべきであった。また、そのような改革のために現われた派閥間の対立は、政治的、社会的不安定をもたらして、一連の浄化時間が必要であり、対外的な不信感を招いていつも国際社会で孤立することになった。このような状況の繰り返しは結局中国の前途にまったく不必要なことであり、世界的な地域別再編構図という現在の政治的、経済的局面で、アジア地域に及ぼすマイナス的な影響も大きいであろう。さらに、イデオロギー的限界状況のために隣国間の非協力体制は、結局彼らが各方面で被害を共に受けるしかないだろう。

　このような状況で中国が当面の課題を克服できる道は何であろうかという問題の解決とその方法の提示は、国際的利益次元でも重要な意義を持つことであろう。

　本書で指摘したように、今日の中国問題は封建王朝時代から民主共和政時代にかけての過渡期の状況をよく処理することができず、その状況で帝国主義勢力の侵略を受けるしかなかったという歴史的な宿命論にも起因するが、何よりも伝統的な中国経済の命脈を保つことができず、またその命脈を継承できなかったことが最も重要な原因ではないかと思う。即ち、それはELVIN 教授が主張した伝統農工技術の開発と(2)、川勝守教授の主張である農業生産力の増加のための品種及び栽培方法の改良等(3)中国経済の源泉であった農村社会経済の技術的発展に対する対処が全然なかったし、人口、土地、税金、救済、流通、金融等諸方面に対する国家制度上の施行が清末以来効果を上げなかったことである。

　このような論調は世界史的進行過程から見る時、アジア的環境では遅く

とも20世紀初頭から始まるべきであった現代化(Modernization)が進まなかったという理論とも一致する(4)。従って、現代化の推進のためにはどのような環境が必要であり、それと中国の現実状況とはどのような差があったかを究明対照することも、近代以来の中国の諸問題を理解するための重要な鍵であろう。

現代化に対する各界の概念は異なっている。

即ち、政治学者である Huntinton は「制度化の強化」を通じて現代化が完成されるといわれる(5)。それは参与とか、政治的機能とかという一つ一つの政治行為自体を意味するものではなく、これらの機能と役割が作用できる安定化した環境の構築のために、制度化の強化による組織力等が活性化されるべきであるという意味である。社会学者たるLevyの場合、「人が使用する工具が継続改良されていくこと」と現代化を表現しており(6)、Weber の場合は「制度化、価値観、規範等を効率的に高めること、知識、技術等の進歩と専門化、伝統に対する批判的態度の堅持、心理の標準の建立」等を現代化の条件として提示した(7)。経済学者であるHiggins は現代化を「工業化（Industrialization）」(8)による経済成長を通じて生活水準を高めることであると断定した。歴史学者である Black は「人間の知識と技術を継続して成長させ、その周囲の環境を征服支配すること。」が現代化であると指摘している(9)。

これら各学者の現代化に対する見解の重点は、すべてが制度的装置による社会経済的な安定化と技術開発による経済の活性化及び生活水準の増大にあったといえる。

このような共通の見解から清末民初以来進行して来た中国経済状況を分析して見ると、社会経済の運用のための制度的な装置はあったといても、本書で考察したようにその制度的装置が効果的に運用されたとはいえず、さらに農工方面での技術の発達はどこにも見られなかった。ただ、外形的な面で帝国主義経済の衝撃によって消費需要が増大し、かれら中国側の資源利用のために持って来た技術的引進が、ある程度中国の技術発展に影響を及ぼしたかも知られないが、結局このような需要だけの増加と内在的な技術開発の不在という側面から見る時、中国での現代化は全然進まなかったともいえよう。故に、農村社会経済は総体的に没落していき、この中で政権

争奪に血眼になった軍閥各派の反目と国共の対決は帝国主義の侵略を一層強化させる原因になり、このような状況で農民の選択は自分たちに新たなビジョンを提示してくれる対象のみに限定されることは当然なことであろう。

　こうして選ばれた中共政権の今日の状況は現代化のための技術発展と制度的な安定装置等がないとはいえないが、その実際の様相は中共革命以前の状況とあまり変わらないともいえよう。故に、中国政府が今後イデオロギーという形式から抜け出したとしでも、本質的な現代化を追求することが現時点で要請される時代的要求であろう。

　今日、中国が持っている現実的な問題には、市民意識の未成熟、法制の未成熟、中国の伝統的な知識階層の消滅、国家の私物化による前衛の不在等非民主的要素と、物価、食糧、建設等の経済問題、また、マスコミ、人口、教育、社会治安等の社会問題が山積している。しかし、これらの問題を解決することはそれほど簡単ではない複雑な問題である。

　このような問題を解決するためには中国内部に内在されている根本的な歴史発展の推進力、即ち、中国人が数千年間維持してきた文化、経済、制度等を原動力に国民的創意を発揮しなければならないと思う。このような歴史的な中国人の運動力に対して、各国の歴史学者の意見は前述したように技術的な側面と制度的な側面等両方向に集中している。その中でも欧米の学者が技術史的側面を、日中学者は制度史的側面を強調してきたと歴史学界は区分しているが(10)、最近の動向は東西洋の地域区分なく、互いの影響の下で比較的合理的な理論を発表している。これは一つ、或は二つぐらいの要因を取って歴史的進行過程を分析しようとした歴史的観点から、今は多様な角度から再証明しながら、より総合的な検討の上で理論的な見解を抽出しようとする最近の史学界の要求かもしれない。

　本書もこのような研究の風潮の下で、20世紀初頭の中国農村社会経済の構造的な内的矛盾を全面的な総合的評価を通じて、中国現代化の限界状況の根本原因を究明したものである。

　本書の主な視角は各章別の小結ですでに述べたので、各章別の具体的な観点の叙述は省略し、全般的な視角を簡略に説明しながら現在中国国民が歩むべき方向を提示しようとする。

　唐宋以来の長期の技術発展の空白は、16世紀から18世紀までの一時

的な農業発展以外には、20世紀まで継続され、技術による生産性向上も限界に至り、耕地拡大による拡大生産も不可能な状況に至っていた。このような状況を乗り越えるためには、ただ制度的改善と行政力による改革だけが必要であったにもかかわらず、むしろ自分の生存権だけの維持が最優先であった当時の指導階層は、時代的使命感を失って、国家施策はその軌道を離れてしまった。更に、軍閥の横行、盗匪の蛮行、買辦資本の不道徳性、紳士地主階層の掠奪式経済行為等は社会経済的混乱を最も加重させた。このような状況下で農民の反応は北伐過程で見られたように、積極的な政府軍の作戦参与で短時間内に北伐完成を成功させた。これは現実的な困境を克服しようとした農民の渇望から現われた政府側に対する期待感の表現であった。しかし、継続的な政府政策の形式性のため、徐々に中共路線に巻き込まれていったのである。

このように制度化されないままの形式的であり、場当たり的な政策の実施と制度化されても現実から離脱した政策は、結局その効果がなくなるという事実を経験した中国国民は、二度と時代的錯誤を傍観しないと考えられる。故に、現在の中国政府も当面している諸方面の問題を解決するため、現在の制度的限界状況を撤回し、より実用性がある政策次元の制度化が必要であろう。

一方、中国人の技術的な創造性は歴史的根源が深いから、中世以来の技術的発展の足踏み状態は長い歴史的な休息の状態と感じられる。しかし、現在からでも諸方面での大単位投資による技術開発が行われたら、その発展速度は無限であると考えられる。勿論、そのためには今までよりもずっと大きな規模で開放の扉を開くべきであり、それには国際社会に早く編入されることが前提となることは当然である。

それにもかかわらず、現中国体制に対する不安感は、やはりその体制の硬直性のためであろう。このような硬直性は経済的開放等一連の改革が施行されたとしても、天安門事件に見られたようにその内部は一向に変わらないからである。このような現社会主義体制内では、中国国民の伝統的な創造力、自主性に基づく歴史創造意識が創出できず、今までの形式的な改革だけが繰り返すのみであろう。

中国人自身の問題は中国人自身が解決すべきであるという論理からいえ

ば、今後の中国の全体的な問題解決に明るい展望を与えるためには、新次元の政治秩序、社会の安定化、経済開発と新技術の創案等を含む新たな秩序を作り出さなければならない。従って、今後中国の方向は中国国民の意志に掛かっているといえる。それは要するに、歴史的に、もう一度ぶつかるべき一連の試錬をどのように乗り越えるかが将来中国国民が立ち向かうべき最大の課題であろう。

【註釈】

(1) 「対外開放与資本主義的利用」(『人民日報』1992年2月23日)。

(2) Mark Elvin, The Pattern of the Chinese Past, Eyre Methuen, Lond. (Stanford Univ. Press, 1973)。

(3) 川勝守「明末清楚長江沿岸地区之「春花」裁種」(『近代中国農村社会経済史研討会論文集』台北、中央研究院近代史研究所、民国78年)

(4) 最近台湾史学界での「中国現代化」に対する研究は量的拡大面を重視することではないかと考えられる。また、その拡大の主体が帝国主義経済体制にあっても全般的な交易と新商品の増加を現代化の概念として把握しているのではないかとも思われる。

(5) Samuel Huntinton,「Political Order in Changing Society」(『New Haven』Yale University Press, 1968)

(6) Marion Levy, Jr.『Modernization and Structure of Societies』(Princeton, Preinceton University Press, 1966) P.11。

(7) Mark Weber,『The Theory of Social and Economic Organization』(N.Y. The Free Press, 1966) PP.139。

(8) Benjamin Higgins,『Economic Development: Principles, Problems and Policies』(New York, Norton, 1968)

(9) Cyril E. Black『The Dynamics of Modernization』(New York, Harper&Row, 1966) P.7。

(10) Eugene Lubot,「The Revisionist Perspective on Modern Chinese History」(『The Journal of Asian Studies』vol. ⅩⅩⅫ, No1 (Nov. 1973), PP.63〜97。

図表一覧

参考文献

一，中文部分

1）档案

『全国経済委員会档案』（台湾中央研究院近代史研究所档案館）

『農林部档案』（台湾中央研究院近代史研究所档案館）

『農商部档案』（台湾中央研究院近代史研究所档案館）

『経済部档案(1)』（台湾中央研究院近代史研究所档案館）

2）地方志

『上高県志』（民国25年鉛印本，台湾，成文出版社影印）

『太和県志』（民国14年間，台湾，成文出版社影印）

『中国通郵地方物産志』安徽省(出版地点，出版年代未詳)

『全椒県志』（民国9年刊本，台湾，成文出版社影印）

『汝城県志』（民国21年刊本，陳必閎修，台湾，成文出版社影印）

『洞庭湖志』（光緒11年刊本，台湾，成文出版社影印）

『安郷県志』（民国25年刊本，軍精武等修，譚瀛王燡等纂，台湾，成文出版社影印）

『善化県志』（光緒3年刊本，呉兆熙等修，呉恭亨等纂，台湾，成文出版社影印）

『慈利県志』（民国12年鉛印本，田興奎等修，呉恭亨等纂，台湾，成文出版社影印）

『鄱陽県志』（道光4年，民国25年鉛印本，台湾，成文出版社影印）

『蕪湖県志』（民国8年刊本，台湾，成文出版社影印）

『南昌県志』（民国24年重刊本，魏元曠纂修，台湾，成文出版社影印）

3）年鑑

『中国経済年鑑』（上海，商務印書館，民国24年）

『中国経済年鑑続編』（上海，商務印書館，民国24年）

『中国年鑑』民国5年・民国6年・民国8年・民国15年(東京，東亜同文会調査編纂部，台北，天一出版社影印，民国64年)

『申報年鑑』民国22年・民国23年・民国24年・民国25年(上海，申報館)

『江西年鑑』(江西省政府編，南昌，編者印，民国25年)

『第1次中国労動年鑑』王清彬等編(北平，社会調査部，民国17年12月)

『第1回支那年鑑』(東京，東亜同文会，大正元年再版)

『鉄道年鑑』第3巻(上海，商務印書館，民国25年)

『湖南年鑑』(民国22年，上海，商務印書館，民国24年，長沙，洞庭印書館，湖南省政府秘書処)

4）調査報告及び資料集

『一年来之安徽建設』（第1集，安徽省建設庁編，民国22年）

『十年来的中国経済建設』上篇（中央党部国民経済計劃委員会編，南京扶輪日報社，民国26年）

『蕪湖百零二個田家之経済及社会調査』（卜凱，1924年）

『大清徳宗景(光緒)皇帝実録』（台北，華聯書局，民国50年，影印本）

『中華民国統計提要』（南京，国民政府主計局，民国36年）

『中華実業志』（実業部国際貿易局編，上海，該局印行，民国23年，台北，宗清図書公司影印）

『中国農村社会経済資料』上・下（馮和法編，中国経済資料叢書，第1輯，第2種，台北，華世出版社，民国67年）

『中国農村社会経済資料統編』上・下（馮和法編，中国経済史料叢書，第1輯，第3種，同前）

『中国土地人口租田制度之統計分析』（馮和法編，中国経済史料叢書，第1輯，第1種，同前）

『中国農業資源』（二）（沈宗瀚，台北，中華文化出版事業委員会，民国44年）

『中国近代農業史資料』（李文治・章有義，第1輯・第2輯・第3輯，北京，三聯書店，1957年）

『中国鉄道沿線経済調査資料兩種』（学海出版社影印，民国23年）

『中国近代経済史統計資料選輯』（厳中平等編，北京，科学出版社，1955年）

『戊戌変法文献彙編』（5）（台北，鼎文書局，民国62年，影印本）

『全国土地調査報告強要』（南京編者出版，民国26年）

『江西水利局報告書』（江西水利局編，民国19年）

『江西農村社会調査』（江西農村服務区管理処，民国27年5月）

『江西建設3年計劃』（江西省政府建設庁編印，民国21年）

『江西省農業院工作報告』（江問漁・梁漱溟，郷村建設実験，第3集，上海，民国26年2月）

『江河修防紀要』＜民国24年＞（全国経済委員会水利処，民国史料叢刊，第1輯，第20種，台北，伝記文学社，民国60年）

『屯渓緑茶之生産製造及運銷』（予鄂皖贛四省農村社会経済調査報告，第12号，南京，金陵大学農業経済系印行，民国25年）

『安徽省水災査勘報告書』（洪廼，出版地，出版社未詳，民国20年）

『安徽省田賦研究』＜上＞（傳広沢，民国20年代中国大陸土地問題資料，台北，成文出版社，美国，中文資料中心印行，民国24年）

『安徽墾殖問題』（張光洙，民国20年代中国大陸土地問題資料，同前）

『光緒朝東華録』（朱寿朋編，台北，文海出版社，民国25年，影印本）

『抗戦十年前之中国(1927〜1936)』（沈雲龍編，近代中国史料叢刊続編，第9輯，台北，文海出版社）

『革命文献』第83輯・第84輯・第86輯　（中国国民党中央委員会党史史料調査委員会，台北，民国46年）

『呉佩孚先生集』（呉佩孚，出版지，出版社未詳，1960年）

『海関華洋貿易総冊』＜1902〜1936＞（上海海関総税務司署造冊処訳印，1903〜1938）

『揚子江技術委員㑹第三次報告書』（揚子江技術委員会編印，民国13年）

『揚子江水道整理委員会年報』＜第10期・第11期＞（揚子江水道整理委員会編印，民国20年・民国21年）

『湖南省水災勘報告書』（周一夔，編者印行，民国20年）

『湖南湖田問題』（彭文和，民国20年代中国大陸土地問題資料，同上）

『湖南近百年大事記述』（湖南省志，第1巻，湖南省志編纂委員会編，長沙，湖南人民出版社，1980年修訂版）

『湖南歴史資料』（1958・1959・1960・1980・1981年季刊各輯，　湖南歴史資料編輯委員会編，

長沙, 湖南人民出版社)

『湖北之農業金融与地権移動之関係』(鄭理唱, 民国20年代中国大陸土地問題資料, 同上)

『張文襄公全集』(張之洞, 台北, 文海出版社, 民国59年, 影印本)

『張季子九録』(張怡祖編, 台北, 文海出版社, 民国54年)

『近代中国史事日誌』郭廷以編(第1冊〜第3冊), 台北, 中央研究院近代史研究所, 民国68年・民国73年)

『救済水災委員会報告書』(国民政府救済水災委員会, 民国23年)

『農工商統計表』(農工商部統計処編, 北京, 編者印行, 宣統2年)

『予鄂皖贛四省之典当業』(予鄂皖贛四省農村社会経済報告, 第4号, 南京, 金陵大学農業経済系印行, 民国23年6月)

『予鄂皖贛四省租佃制度』(予鄂皖贛四省農村社会経済調査報告, 第5号, 同前)

『祁門紅茶之生産製造及運銷』(予鄂皖贛四省農村社会経済報告, 第10号, 同前)

5) 新聞及び定期刊行物

『大公報』1931〜1937年

『上海申報』1934年

『天津益世報』1936年

『天津大公報』1925年

『中央日報』1934年

『中華日報』1934年

『申報』1915〜1936年

『安徽省政府公報』第344期〜370期

『京津泰晤市報』1925年

『武漢日報』1935年

『東方雑誌』1908〜1937年

『東方概況』第14巻 第5号

『人民日報』1992年

『中山文化教育館季刊』創刊号, 1934年

『中外経済月刊』第110号, 1925年

『中国農村』第2巻〜第3巻, 1936年〜1937年

『中国農民月刊』第4期, 1926年

『申報月刊』第2巻, 1933年

『史学工作通訊』第1期, 1957年

『史学年報』第4期

『地政月刊』第1巻〜第4巻, 1933年〜1936年

『上海総商会月報』1巻〜7巻

『中国経済』第1巻, 1933年

『江西農業』第3巻

『江西農訊』第1巻〜第2巻, 1935年〜1936年

『安徽金融研究』第1期, 1987年

『努力週報』1923年

『政府公報』1912年〜1914年

『政治経済学報』第3巻, 1935年

『商務官報』第5期

『長沙大公報』1917年

『建設』第1巻, 1930年

『南京中央日報』1933年

『経済評論』第1巻, 1934年

『経済訊刊』第3巻〜第7巻

『新中華』第2巻〜第5巻, 1934年〜1937年

『新聞報』1932年

『時報』1931年

『示唆新報』1933年

『皖北日報』1934年

『政治官報』光緒33年

『順天時報』1924年

『湖南全省第一工農代表大会月刊』1979年

『統計月報』1931年

『農林新報』1924年

『農民叢刊』1927年

『農商公報』第120期〜第131期, 1924年〜1925年

『農政報告』第1巻〜第5巻, 1937年〜1936年

『農村復興委員会会報』1933年

『農学報』光緒年間

『銀行週報』1921年〜1933年

『晨鍾報』1916年〜1917年

『晨報附刊』1923年

『嚮導』第181期, 1928年

『嚮導周報』第164期〜第181期, 1926年〜1928年

『歴史研究』第3期, 1962年

6)著書

『十二朝東華録』蒋良騏原纂・王先謙纂修（台北, 文海出版社影印, 民国52年）

『中国現代化的区域研究−湖北省<1860〜1916>』蘇雲峰(台北, 中央研究院近代史研究所, 民国76年)

『中国現代化的区域研究−安徽省<1860〜1936>』謝国興(同前, 民国80年)

『中国現代化的区域研究−湖南省<1860〜1916>』張朋園(同前, 民国72年)

『中国農村社会経済問題』古謀(上海, 中和書局, 1930年)

『中国土地問題』王雲五編(上海, 1935年)

『中国農業金融概要』中央銀行経済研究所編(上海, 商務印書館, 民国25年)

『中国近代国民経済史』中国近代経済史研究会編(下巻, 雄輝出版社, 1972年)

『中国地理総論』中国科学院地理研究所経済地理研究室(北京, 科出版社, 1981年)

『中国近代貨幣与銀行的演進』王業鍵(台北, 中央研究院経済研究所, 民国71年)

『中国自然地理概要』任美鍔・楊丑章(北京商務印書館, 1979年)

『中国早期的輪船経営』呂実強(台北, 中央研究院近代史研究所, 民国65年)

『中国農業史』沈宗瀚・趙雅書等編著(台北, 商務印書館, 民国68年)

『中国農村社会経済問題』陳振鷺・陳邦政(上海, 大学書店, 1935年)

『中国田賦史』陳登原(台北, 商務印書館, 民国70年)

『中国農業科技史』郭之韜・曹隆恭(北京, 中国農業科技出版社, 1989年)

『中国金融論』楊蔭溥(上海, 黎明書局, 1931年)

『中国資本主義発展史』許滌新・呉承明主編(第1巻, 北京, 人民出版社, 1985年)

『中国近代典当業之研究』潘敏徳(台北, 国民台湾師範大学歴史研究所専刊之十三, 民国74年)

『中国天災問題』黄沢蒼(上海, 商務印書館, 民国24年)

『中国農村信用合作運動』張鏡子(上海, 民国19年)

『中国現代史』張玉法(台北, 東華書局, 民国71年)

『中国土地制度史』趙岡・陳鐘毅(台北, 聯経出版社, 民国71年)

『中国近代農業経済史』鄭慶平・岳琛(北京, 中国人民大学出版社, 1987年)

『中国人口安徽分冊』鄭玉林・高本華主編(北京, 新華書店, 1987年)

『中国田賦問題一冊』劉世仁(上海, 中華学芸社, 民国26年)

『古今図書集成』(第1249巻, 台北, 文海出版社)

『民国以来田賦附加税之研究<1912～1937>』荘樹華(台湾国立政治大学歴史研究所碩士論文, 民国74年)

『民国財政史』賈士毅(上海, 商務印書館, 民国22年)

『民国続財政史』賈士毅(上海, 商務印書館, 1966年)

『立憲派与辛亥革命』張朋園(台北, 中央研究院近代史研究所, 民国72年)

『江西経済問題』江西省政府経済委員会(中国史学叢書続篇, 台湾, 学生書局, 民国60年)

『江西公路史』江西省交通庁公路管理局編, 中国公路交通史叢, 北京, 人民交通出版社, 1989年)

『江西吉安県記事』李土梅纂修(台北, 成文出版社, 民国10年刊本)

『北洋軍閥統治時期史話』陶菊隠(北京, 三聯書店, 1957年)

『収復匪区之土地問題』汪浩(台北, 正中書店, 1935年)

『安徽近代経済史』程必定主編(合肥, 黄山書社, 1989年)

『我国典当業資料両種』楊肇遇(台北, 民国61年影印)

『我国佃農経済状況』劉大鈞(太平洋書店, 民国18年)

『長江与黄河-附淮河与海河』陳正祥(香港, 1978年)

『抗戦前十年中国民営航運業』施志汶(台湾事犯大学歴史研究所碩士論文, 民国77年)

『近代中国茶葉的発展与世界市場』陳慈玉(台北, 中央研究院経済研究所, 民国71年)

『省県財政及省県税』張鳳藻(大東書局, 民国38年)

『両淮水利』胡煥庸(上海, 正中書局, 1978年)

『軍紳政権-近代中国之軍閥時期』陳志譲(台北, 谷風出版社, 1986年)

『皇朝蓄艾之偏』于驤荘(台北, 古旧書店出版, 華東工学院編輯影印, 1990年)

『明清経済史研究』全漢昇(台北, 聯経出版社, 民国76年)

『清末民初農工商機構的設立-政府与経済現代化関係之検討-<1903～1916>』阮忠仁(台北, 国立台湾師範大学歴史研究所専刊(19), 民国77年)

『晩清五十年経済思想史』趙豊田(台北, 華世出版社, 民国64年)

『順治康熙年間的財政平衡問題』劉翠溶(嘉新水泥公司, 文化基金会研究論文)

『淮河流域的水利事業<1912～1937>-従公共工程看民初社会変遷之個案研究』黄麗生(国立台湾師範大学歴史研究所専刊(15), 台北, 1986年)

『湖南公路史湖南省交通庁編』(北京, 人民交通出版社, 1988年)

『湖北之農業金融与地権移動之関係』程理鋙(台北, 成文出版社, 美国, 中文資料中心, 民国66年)

『県地方財政』彭雨新(上海, 商務印書館, 民国27年)

7) 論文

「1932年中国農業恐慌底新姿態-農収成災-」(『東方雑誌』第29巻第7号, 民国21年12月1日)

「1930年代的中国農家副業-以蚕糸業和織布業為-」(陳慈玉, 『近代中国農村社会経済史研討会論文集』台北, 中央研究院近代史研究所, 民国78年)

「二十世紀初期米糧交易対農村社会経済的影響-湖南成個案研究-」(蔡志祥, 香港, 科技大)

「十年贛政之回顧与展望」胡家鳳(『贛政十年』熊主席治贛十周年記念特刊, 民国30年)「十八世紀中国糧食供需的考察」(王業鍵・黄国枢『近代中国農村社会経済史研討会論文集』同前)

「土地与農民」守常(王仲鳴編『中国農村問題与農民運動』上海, 1929年)

「口岸貿易与近代中国-台湾最近有関研究之回顧-」林満紅(中央研究院近代史研究所便編『近代中国区域史研討会論文集』台北, 1986年)

「中国工商業失敗的原因及補救方法」(『上海総商会月報』第3巻 第6号)

「中国交通工程概況」(『東方概況』第14巻 第5号)

「中国米的生産及消費(1)」(『建設』第1巻 第1号, 商務印書館香港分館海外発行, 1980年影印本)

「中国田賦問題」左律(『中央日報』民国20年1月27日)

「中国農村社会経済的根本問題」任哲明(『新中華』第1巻 第14号, 1933年7月)

「中国田賦之沿革」任樹椿(『東方雑誌』第31巻 第14号)

「中国合作運動之批判」李紫翔(千価駒・李紫翔編『中国郷村建設批判』新和書店, 1936年)

「中国農民的貧窮程度」李樹青(『東方雑誌』第32巻 第9期, 民国24年10月1日)

「中国都市与農村地価漲落之動向」張森(『地政月刊』第2巻 第2期・第3期合刊, 南京, 民国25年3月)

「中国農民経済的困難和補救」張鏡子(『東方雑誌』第26巻 第9号 民国18年9月)

「中国糧食対外貿易」巫宝三(鄧雲特『中国救荒史』台北, 商務印書館, 民国60年7月)

「中国各地的農民借貸」呉承禧(千家駒『中国農村社会経済論文集』上海, 中和書局, 民国25年)

「田賦芻議」晏力傑(『地政月刊』第3巻 第12期, 民国24年12月)

「中国農産商品化的性質及其前途」孫暁村(『中山文化教育館季刊』創刊号, 1934年8月)

「中華農学会年会及其他」馮和法(『中国農村』第3巻 第8期, 1937年8月)

「中国農業恐慌之解剖」孫懐仁(『申報月刊』第2巻 第7号(下), 1933年7月)

「中国今日茶業之復興問題」(『東方雑誌』第34巻 第4期, 1937年2月16日)

「中国田賦附加税之種類」鄒枋(『東方雑誌』第30巻 第14期 1934年8月)

「中国手工業在外国資本主義侵入後的遭遇和命運」(『歴史研究』第3期, 1962年)

「中国内地移民史-湖南篇」譚基驤(『史学年報』第1巻 第4期 民国22年8月)

「中国農村合作運動的自主路線」羅王網(『新中和』第5巻 第13期, 1937年7月10日)

「本院工作報告」(『江西農訊』第1巻 第11期, 民国24年6月1日)

「本年幾種農民糾紛的研究」周文彬(『中国経済論文集』第3輯, 上海, 生活書店, 1936年)

「民国以来我国田賦之改革」姚樹声(『東方雑誌』第33巻 第17期, 1936年9月)

「民怨来我国之銀行業」朱斯煌(同者編『民国経済史』上, 台北, 文海出版社)

「田賦附加税之繁重」朱偰(『東方雑誌』第30巻 第20号, 1934年10月)

「本院籌辦経過及両年来工作進展状況」董時進(『江西農訊』第2巻 第11期, 民国25年6月1日)

「米貴之根本原因及根本救済적방法」鄒秉文(『東方雑誌』第17巻 第17号, 民国9年8号)

「米貴之原因及補救法」穆藕初(『東方雑誌』第17巻 第5号, 民国9年8月)

「江西省農業施政状況」蕭純綿(『江西農業』第3巻 第1期)

「江西農村服務事業」張力<1934～1945>(『抗戦建国史討論集』台北, 中央研究院近代史研究所, 民国70年)

「各省農工雇傭習慣之調査研究」陳正謨(『中山文化教育館季刊』第1巻 第2期)

「安徽天長県の南郷」妻家棋(『新中華雑誌』第2巻 17期, 民国23年)

「安徽省典荘業的興衰概述」郭嘉一(『安徽金融研究』増刊, 第1期, 1987年)

「安徽巡撫奏籌辦墾牧樹芸情形並請准奏奨片」(『商務官報』第5期, 光緒34年3月5日)

「近代中国農業的成長及其危機」王業鍵(『中央研究院近代史論文集刊』第7期, 台北, 民国67年6月)

「近百年我国食米之概況」梁楊庭(『東方雑誌』第20巻 第20号, 民国12年10月)

「近五十年来中国之水利」張慰西(上海申報社編『近五十年之中国<1872～1921>』香港, 龍門書店, 1968年)

「近年来江西之経済建設」龔学遂(『経済新刊』第7巻 第17期)

「近十年全局財政観」諸青来(『東方雑誌』第25巻 第23号, 民国17年12月)

「旱災与民食問題」馮柳堂(『東方雑誌』第31巻 第18号, 民国23年9月)

「抗戦前中国民営航運業的個案研究-四川民生公司的発展」施志汶(『国立台湾師範大学歴史学報』第18期, 民国79年4月)

「明末清楚長江沿岸地域之<春花>裁種」川勝守(『近代中国農村社会経済史研討会論文集』台北, 中央研究院近代史研究所, 민국78年)

「洋米征税之先決問題」金国宝(『銀行週報』第17巻 第41期, 1933年10月24日)

「洋米麦征税之研究」(『銀行週報』同上)

「南陵農民状況調査」劉家銘(『東方雑誌』第20巻 第16期, 民国16年8月)

「宣誓就職答詞」(『贛政十年』南昌, 民国30年10月)

「洛夫, 沈宗瀚与中国作物育改良計劃種」(沈君山・黄俊傑『鍥而不捨』台北, 時報文化出版事業, 民国70年)

「美洲発現対於中国農業的影響」全漢昇(『中国経済史研究』(下)香港, 新亜研究所, 1976年)

「苛捐雑税報告」孫暁村編(『農村復興委員会会報』第12号, 1934年5月)

「苛捐雑税問題」許達生(『中国経済』第1巻 第4・5合期, 1933年8月)

「挟攻状態下的江西農村」王秉耀(『中国経済』第1巻 第4・5期合刊, 1933年8月)

「揚子江水利問題」宋希尚(李書田等編『中国水利問題』上海, 商務印書館, 民国26年)

「皖北在後応有文覚悟」汪湖楨(蔡作翔『皖淮工賑雑録』国民政府救済水災委員会工賑処第12区公賑局刊行, 民国21年8月)

「揚子江中之挟沙問題」査得利・劉齢孫(『揚子江月刊』第1巻 第3期)

「国聯専家視察江西建議書提要」(『経済旬刊』第3巻 第2・3期合刊)

「湖北的農民運動」(『中国農民月刊』第4期, 1926年4月)

「湘省田賦附加繁多」(『銀行周報』第18巻 第22期, 民国23年7月)

「湘省田賦附加之調査」(『銀行周報』第17巻 16期, 民国22年4月)

「復興農村之路」万国鼎(『地政月刊』第1巻 第12期, 民国23年12月25日)

「最近長江流域之経済状況」(『経済評論』第1巻 第5号, 1934年7月)

「湖南再政庁報告已減軽田賦附加」李如漢(『地政月刊』第2巻 第1期, 1936年1月)

「裁厘与関税自主」峙氷(『上海総商会月報』第7巻 第7号, 1927年7月)

「最近中国農村社会経済諸実相之暴露」馬乗風(『中国経済』第1巻 第1期, 1933年4月)

「減軽田賦附加之両途」(『地政月刊』第2巻 第6期 民国23年6月)

「農業院成立二周年記念胡理事先生演詞」(『江西通訊』第2巻 第12期, 民国25年5月1日)

「視察江西報告」(『経済旬刊』第3巻 第7・8・9期)

「廃除苛捐雑税問題」陳明遠(『東方雑誌』第31巻 第14期, 民国23年7月13日)
「最近長江流域之経済状況」(『経済評論』第1巻 第1号, 1934年7月)
「湘中農民状況調査」陳仲明(『東方雑誌』第24巻 第16号, 民国16年8月)
「湖北省之煙草」,(『中外経済月刊』第11号, 1925年5月2日) 上(『近代中国農村社会経済研
　討会論文集』台北, 中央研究院近代史研究所, 민국78年)
「予鄂皖三省農村社会経済救済概況」(『銀行週報』第833号 民国23年1月)
「県地方行政之財政基礎」馮徳華(『政治経済学報』第3巻 第4期, 民国24年7月)
「関於李鴻章官僚資本的一些資料」劉海峰(『史学工作通訊』第1期, 1957年)
「護法運動期間南北軍閥在湖南造成禍害」(『湖南歴史資料』第3冊, 1959年)

二，日文部分

　1）資料及び著書
　　　『九江経済調査』江西省政府経済委員会編(支那経済資料六 東京, 生活社, 民国23年7月)
　　　『中国の近代』市古宙三(東京河出書房新書, 1977年)
　　　『中国近代軍閥の研究』波多野善大(東京, 河出書房, 1933年)
　　　『中支の資源と貿易』馬場鍵太郎(東京実業之日本社, 昭和13年)
　　　『中国農業史研究天野元之助』(東京, 御茶の水書房, 1979年)
　　　『中国の農民社会』今永清二(東京, 弘文堂, 昭和43年6月)
　　　『中国革命の階級対立』鈴江言一(第1巻 東洋文庫272, 平凡社, 1975年)
　　　『中支の民船業−蘇州民船実態調査報告−』満鉄調査部編(博文館, 소화16年)
　　　『中国革命史論』橘樸(東京, 勁草書方, 1966年)
　　　『支那農業運動』長野郎(東京, 1933年)
　　　『支那農業経済論』天野元之助(東京, 改造社, 1940年)
　　　『支那の水利問題』北支那開発株式会業務部調査課社(東京, 生活社, 1939年)
　　　『支那』(東亜同文会編, 第11巻 第2号, 1920年)
　　　『支那示唆』(東方通信社, 大正12年5月17日)
　　　『支那経済年報』東亜同文会調査編纂部(東京, 昭和11年)
　　　『支那省別全志−湖北省・湖南省・江西省・安徽省−』東亜同文会編纂委員会(東京,　東亜同
　　　　文会, 大 正7年)
　　　『支那の水利問題』鉄村大二(東京, 生活社, 昭和14年8月)
　　　『日本及支那』(第4号, 東京, 大正7年7月)
　　　『江西米穀運銷調査』江西省農業院経済科編(支那経済資料八, 東京, 生活社, 民国15年8月)
　　　『江西糧食調査』社会経済調査所編(支那経済資料七, 東京, 生活社, 民国15年8月)
　　　『長沙経済調査』平漢鉄路管理局経済調査班編(支那経済資料一, 東京, 生活社, 民国25年12月)
　　　『東京朝日新聞』1919年
　　　『近代支那農村の崩壊と農民闘争』田中忠夫(東京, 1936年)
　　　『近代中国における民衆運動とその思想』里井彦七郎(東京大学出版会, 1972年)
　　　『河南・湖北・安徽・江西四省土地分類研究』金陵大学農学院農業経済系編(支那経済資料
　　　　18・19, 東京, 生活社, 民国23年)
　　　『下南・湖北・安徽・江西四省小作制度』金陵大学農学院経済系編(支那経済資料17,　東京,
　　　　生活社, 民国24年)
　　　『湖南の米穀』張人価編(支那経済資料十四, 東京, 生活社, 民国24年10月)
　　　『湖南省探険旅行記』モルテマ、オーソリクン(白岩龍平校閲・安井正太郎編『湖南』博文館, 明

治38年8月)

『経済観的長江一帯』大谷是空(東京, 東方施論社, 大正6年)

2) 論文

「16・17世紀中国における稲の種類・品種の特性とその地域性」川勝守(『東洋史論集』第19号 九州大学文学部東洋史研究会, 1991年1月)

「"アジア的"支那における商業資本及び利子付資本の経済的機能」(『満鉄調査月報』第13巻 第6号, 昭和8年6月)

「1930年代華北棉作地帯における農民層分解」石田浩(『中国農村社会経済構造の研究』京都, 晃洋書店, 1986年)

「二十世紀中国の一棉作農村における農民層分解について」吉田浤一(『東洋史研究』第34巻3 期, 1975年12月)

「二十世紀初頭, 江西省の米穀流通と農村社会経済」金勝一(『東洋史論集』九州大学文学部 돋양史연구회, 1990年1月)

「大豆粕流通と清代の商業的農業」足立啓二(『東洋史研究』第37巻 第3号, 京都大学, 1978 年10月)

「支那における田賦の一考察-支那農業経済と其の崩壊過程の一節-」天野元之助(『満鉄調査月 報』第14巻 第2号, 昭和9年2月)

「支那米輸出解禁問題の将来」栢田忠一(東亜経済研究所編『東亜経済研究』大正9年)

「支那における農業金融の現態」孫暁村(『満鉄調査月報』第18巻 第8号, 昭和13年8月)

「支那航運業の現勢」下田有文(『上海満鉄季刊』第1巻 第1号, 昭和12年7月)

「支那経済恐慌論」木村増太郎(田邊勝正『支那の農業経済』日本評論社, 昭和17年11月)

「中支農業金融について」天野元之助(『満鉄調査月報』第14巻 第8号, 昭和14年8月)

「中国の水災と其の災民」天野元之助(『満鉄調査月報』第16巻7号, 1922年7月)

「中国における初期労働者運動の性格-五・四運動期の湖南省を中心に-」古厩忠夫(『歴史評 論』276, 1973年5月)

「中国の現象と共産党の任務についての決議」(日本国際問題研究所中国部会編『中国共産党史 資料選集(3)』東京, 勁草書房, 1971年)

「中支鉄道の特殊性とその運営」鷲野決(『満鉄調査月報』第18巻 第9号, 昭和13年9月)

「五・四運動の継承形態-湖南の駆張運動を中心に-」嶋本信子(『歴史学研究』355, 1969年12月)

「北伐時期の湖南省における農民運動-中国人民の基盤に対する一考察-」井貫軍二(『歴史教 育』9-2, 1961年2月)

「地方財政の農村社会経済に対する影響」孫暁村(『中国農村』第2巻 第9期)

「防穀令の撤廃」(下)(『支那』第9巻 第17号, 大正7年9月)

「抗日戦争時期の中国農業合作社運動」菊池一隆(『歴史学研究』485号, 1980年10月)

「長江航運史」米里紋吉(『上海満鉄月刊』第1巻 第1号 昭和12年7月)

「清末四川の大佃戸-中国寄生地主制度の一面」(『東洋史学論集』第8期, 1967年)

「南京国民政府の合作社政策-農業政策の一環として-」弁納才(『東洋学報』第71巻 第1・2号, 1989年12月)

「湖南農民運動における闘争形態と指導についで-岳北農工会設立から馬日事変まで-」成田保広 (『名古屋大学東洋史研究報告』(5) 1978年)

「湖南米の近況」(『支那』第10巻 第3号, 大正8年3月)

「湖南省に於ける米生産学及び価格」(外務省通商局編『通商公報』第577号, 大正7年12月)

「湖南米移出規定」(『支那』第11巻　第1号，大正9年1月)

「湖南通信」(『支那』第6巻　第6号，昭和4年6月)

「農本局の成立とその役割」菊池一隆(『大分県立芸術短期大学研究紀要』第21巻　1983年)

「新安商人の研究」藤井宏(1)(2)(3)（『東洋学報』第36輯，第1～4号，1953～4年)

「解放前の中国農業とその生産関係-華中-」天野元之助(『アジア経済』第18巻第4・5期，1967年)

「解放前の中華民国の農村社会経済」天野元之助(『立命館文学』253)

「戦後田賦整理の建議」沈達圻(『満鉄調査月報』第19巻　第10号，昭和14年10月)

「前後田賦整理の建議」(『満鉄調査月報』第19巻　第10号，昭和14年10月)

三，韓文部門

　1）論文

「中国荒政의　地域史的　一考察　-　安徽省을　中心으로-<1912～1937>」金勝一(『史学研究』第43号，1991年)

「中国事縁구에　있어서　地方사　研究」閔斗基(『大丘史学』第20輯，1986年11月)

「中国公算革命의　政治経済学」張達重(『東亜研究』第2輯，1982年6月)

「明代　揚子江中流　三省地域의　社会変化와　紳士」呉全成(『大丘史学』第30集，1986年11月)

四，英文部門

　1）定期刊行物、報告書及び資料集

China, Imperial Maritime Customs: Decennial Report on Trade, Navigation, Industries, etc. of the Ports Open to Foreign Commerce and on the Condition and Development of Treaty Port Province, 1882-189: Shanghai. The Inspecto General of Customs, 1893-1933, Microfilms.

『China Weekly Review』, Vol. 32 No. 11.(1925)

『Journal of China Branch of Royal Asiatic Society』Vol. 23.

『The Communist International』Vol. 3. No. 6. (Dec. 30, 1926).

『The China Year Book』(1915-1937)

『The Journal of Asians Studies』(The Association for Asian Studies, INC. University of California Press.)

『U.S. Department of State, Records Relating to Internal Affairs of China, 1910-192 9』(Washington, D.C., Government of Printing Office, Microfilms, 893.00.5394.6, Marach, 1924).

　2）論文及び著書

Angus W. McDonald, Jr.

『The Urban Origins of Rural Revolution-Elites and The Masses in Hunan Province, China, 1911-1927』(University of California Press Berkeley LosAngeles, Londen.)

Albert Feurwerker,

『The China's Economy, 1912-1949』(Michigan Papers in Chinese Studies, No. 1, 1968)

Barrington Moore, Jr.,

『Social Origins of Dictatorship and Democracy』(Boston, 1966)

「Mechanical Theories of Revolutionary Causation」(『Political Science Quarterl y』 March, 1973).

Benjamin Higgins,

『Economic Development : Principles, Problems and Policies』(New York, Norton, 1968)

Carl Riskim

「Weft : The Technical Sancetuary of Chinese Handspun Yarn」(『Ch'ing-Shin Wen-t'i』 3:2, December, 1974)

Chang chung-Li,

『The Chinese Gentry : Studies on Their Role in Nineteenth-Century Chinese Society』(台北: 新月図書公司, 民国60年, 影印本)

Chang Fu-liang,

『New Life Centers in Rural Kiangsi』(Nanchang ; Head Office of   Kiangsi Rural Welfare Centers, 1936)

Chalmers Johnson

「Peasant Nationalism Revisited : The Biography of a Book」(『The China Quarterly』 December, 1977)

Chang Fu-liang,

『New Life Centers in Rural Kiangsi』(Nanchang, Head Office of Kiangsi)

Chao Kang

『Man and Land in Chinese History : An Economic Analysis』(Standford :Stanford University Press, 1986)

「New Data on Land Ownership Patterns in Ming-Ch'ing China-A Research Note」(『Journal of Asian Studies』 40:4 August, 1981)

Chi-Ch'ao-Ting,

『Key Economic Areas in Chinese History』(New York : Augustus M. Kelley Publishers, 1970)

Chou Yung-teh

『Social Mobility in China』(N.Y. Atherton Press, 1966)

Clifford Geerrtz

『Agricultural Involution : The Process of Ecological Chang in Indonesia』 (Berkeley and Los Angeles : University of California Press, 1963)

Cyril E. Black

『The Dynamics of Modernization』(New York, Harper & Row, 1966)

Donald Gillin,

「"Peasant Nationalism" in the History of Chinese Communism」(『Journal of Asian Studies』 1964. 2)

Durand, John D.,

『Historical Estimates of World Population : An Evaluation』(University of Pennsylvania, 1974)

Dwight, Perkins
　　『Agricultural Development in China, 1368-1966』(Chicago, Aldine Publishing Co., 1969)

E.N.Anderson
　　『The Food of China, New Haven and London』(Yale University Press, 1988)

Ester, Boserup
　　『The Condition of Agricultural Growth』(Chicago, Aldine, 1965)

Eugene Lubot
　　「The Revisionist Perspective on Modern Chinese History」(『The Journal of Asian Studies』Vol. XX XII, No. 1 (Nov. 1973)

Feuerwerker, Albert
　　「Economic Trends in the Late Ch'ing Empire, 1870-1911」(John K. Fairbank and Kwang-Ching Liu, eds. 『The Cambridge History of China』Vol. 11, Late Ch'ing, 1900-1911, pt. 2, 1980)
　　『The Chinese Economy, 1911-1949』(Michigan, Michigan University Press, 1968).

Francesca, Bray
　　「Science and Civilzation in China」(『Vol. 6, Pt. 2 : Agriculture』 Cambridge, Cambridge University Press, 1980)

Frank A. Lojewski
　　「The Sooshow Bursaries ; Rent Manigement During the Late Ch'ing」(『Ch'ing-shing went'i』4:3, June, 1980)

Han-Sheng Chuan and Richard A. Kraus,
　　『Mid-Ch'ing Rice Markets and Trade』
　　(Cambridge, East Asian Research Center, Harvard University, 1975)

Hayami, Yujiro and Vernon Ruttan
　　『Agricultural Development』(Baltimore : Johns Hopkins University Press, 1971)

Hisao Kung-Chuan,
　　Compromise in Imperial China (Seattle : Washington University Press, 1979)

Ho, Ping-ti,
　　『Studies on the Population of China』(Cambridge, Ma., Harvard University Press. 1959)
　　「Studies on the Population of China」(孫敬之『中華地区経済地理』1958)

Hou Chi-ming
　　『Foreign Investment and Economic Development in China, 1840-1937』(Harvard University Press, 1965)

J.J. Johnson
　　『The Role of Military in Undererliped Countries』(Princeton, 1962)

John Lossing Buck,
　　『Chinese Farm Economy, A Study of 2866 Farms in Seventeen Localities and Seven Proxices in China』(The Univ. of Nanking and the Council of　the

Institude of Pacific Relations, Pub. by the Univ. of Chicago Press, 1930).

John R. Shephers

　「Rethinking Tenancy : Spatial and Temporal Variation in Land Ownership Concentration in Late Imperial and Republican China」(「Comparative Studies in Society and History」30:3, 1988

Lloyd E. Eastman

　「Family, Fields, and Ancestors : Constancy and Change in China's Social and Economy History, 1550-1949」(New York and London : Oxford Univ.　Press 1988)

Loren Brandt

　「Farm Household Behavior, Factor Markets, and the Distributive　Consequences of Commercialization in Early Twentieth-Century China」(「Journal of Economic History 47」September, 1987)

L. Sharman,

　「San Yat-Sen」(Stanford, 1968)

Lucien Bianco,

　「Origins of the Chinese Revolution ; 1915-1949」(Stanford : Stanford University Press, 1967)

Marias Jansen,

　「The Japanese and Sun Yat-sen」(Stanford, 1954).

Marion Levy, Jr.

　「Modernization and Structure of Societies」(Princeton, Princeton　University Press, 1966)

Mark Elvin

　「The High-Level Equilibrium Trap : The Causes of the Decline of Invention in the Traditional Chinese Textile Industries」(W.E.Willmott, ed.　「Economic Organization in Chinese Society」Stanford, Stanford University Press, 1972)

　「The Pattern of the Chinese Past-A Social and Economic Interpretation」(Stanford University Press, Stanford, California : 1973)

Mark, Robert B.

　「Peasant Society and Peasant Uprisings in South China : Social　Change in Haifeng Country, 1630-1930」(University of Washington, Ph.D. dissertation,　1978)

Mark Weber,

　「The Theory of Social and Economic Organization」(N.Y. The Free　Press, 1966)

Moulder, Frances

　「Japan, China and the Modern World Economy」(Cambridge ; Cambridge University Prss, 1977)

Muramatsu Yuji

　「A Documentary Study of Chinese Landlordism in the Late Ch'ing and Early Republican Kiangnan」(「Bulletin of the School of Oriental and African Studies』 29:3, 1966)

O. Lattimore

　『China ; a Short History』 (1947).

Perez Zagorin

　『Theories of Revolution in Contemporary Historigraphy』 (『Political　Science Quarterly』 March, 1973)

Perry, Elizabeth J.,

　Rebels and Revolutionaries in North China, 1845-1945 (California, Stanford University Press, 1980)

Philip C. Huang

　『The Peasant Economy and Social Change in North China』 (Stanford, Stanford University Press, 1985)

Potter, Jack M.

　『Capitalism and the Chinese Peasant : Social and Economic Change in a Hong Kong Village』 (Berkeley & Los Angeles : California University Press, 1968)

Ramon H. Myers

　『The Agrarian System』 (John K. Fairbank, 『The Cambridge History of China』 Vol, 13, Pt. 2, Cambridge : Cambridge University Press, 1986)

　『Land Property Rights and Agricultural Development in Modern China』 (Randolph Barker and Radha Sinha, ed, 『The Chinese Agricultural Economic』 1982).

　『The Chinese peasant Economy : Agricultural Development in Hopei and shantung , 1890-1949』 (Cambridge Mass., Harvard University Press, 1970).

　『The Commercialization of Agricultur in Modern China』 (Edited by W. E. Willmott, 『Economic Organization in Chinese Society』 Stanford University Prss, Stanford, California, 1972)

Richard Henry Tawney

　『Land and Labor in China』 (Boston, 1966)

　『Chou Tse-tsung May Fourth Movement』 (Stanford ; Stanford University Press, 1960)

Robert F. Dernberger

　『The Rale of the Foreigner in China's Economic Development』 (Dwight H. Perkins, ed., 『China's Modern Economy in Historical Perspective』 , Stanford, California : Stanford University Press, 1975)

Roll, Charles R.

　『The Distribution of Rural Incomes in China : A comparison of the　1930's and 1950's』 (New York : Garland, 1980)

Roy Hofheinz, Jr.,

　The Ecology of Chinese Communist Success (Doak Barnett, 『Chineses Communist Political in Action』 Seattle, 1969)

Samuel Huntinton,

　『Political Order in Changanging Society』 (『New Haven』 Yale University Press,

1968)

S. N. Eisenstadt,

「Tradition, change, and Modernity ; Reflections of the Chinese Experience」
(P.T.Ho and Tang Tsou, 「China in Crisis」 Book Two, Chicago, 1968)

Susan Naquin and Evelyns, Rawski,

「Chinese Society in Eighteenth Century」 (Yale University Press, New Haven
and London, 1987).

Tang Tson

「Western Concepts and China's Historical Experience」 (「World Politics」 Jury,
1969)

Ta-Chung Liu and Yeh Kung-chia,

「The Economy of the Chinese Mainland; National Income and Economic
Development, 1933-1959」 (Princeton, Princeton University Press, 1965)

Thomas Rawski,

「China's Republican Economy : An Introduction」 (Toront Centure of Modern
East Asia, Univ. of Toront-York, Discussion Paper 1)

「Economic Growth in China Before World War Ⅱ」 (「Paper   Presented to tue
Second Conference on Modern Chinese Economic History」 Taipei, January 5-7,
1989).

Victor D. Lippit

「The Development of Underdevelopment in China」 (「Symposium on China's
Economic History, Modern China」 4:3, July, 1978)

Wang Yeh-Chien,

「Agricultural Development and Peasant Economy in Human during the Ch'ing
Period, 1644-1911」 (Evelyn Rawski, 「Agricultural Change Intellectuals and the
West : 1872-1949」 Chapel Hill, 1966)

「An Estimate of the Land-Tax Collection in China, 1753 and 1908」
(Cambridge, Mass : Harvard East Asian, Monographs, 1973).

「The Land Taxation in Imperial China」 (Cambridge, Massachusette : Harvard
University Press, 1977)

W.H.Mallory,

「China, Land of Famine」 (N.Y.1926).

あとがき

　著者が博士の学位を取得してから、いつのまにか25年が過ぎた。博士号を取得した瞬間、いつか必ず出版しようと決心したのであるが、あれから4半世紀が過ぎたわけである。この間は著者にとってまことに多事多難な時代であり、数え切れないほどの苦難に直面したが、「博士論文を出版しなければ….」という思いが、脳裏から消えることはなかった。この論文は、読み返すたびに勇気と自信を与えてくれるものでもあり、自らの愚鈍さのために弱気になっていた著者を蘇生させてくれるタイム・マシンのようなものでもあった。当時、自分が持ちあわせていた力量を全て注ぎ込んで、博士論文を完成させたのであるが、学術的な開眼を導いてくださった九州大学の博士課程における指導教授である川勝守先生、及び学業面はもとより様々な面で激励してくださった台湾政治大学の修士課程における指導教授である林能士先生の御指導と御支援なしには、論文の作成は不可能であったであろう。二人の恩師に、遠く韓国から感謝の念をお伝えしたく思う。

　博士論文執筆を通じて得られた経験は、その後の筆者の人生を豊かにしてくれた。帰国後、すぐに大学に職を得ることができず、何回も挫折の苦しみを味わったが、それでも学問の世界を離れなかったのは、博士論文のおかげであった。また、論文を発表したり、著書を刊行したりするたびに好評をいただくことができたのも、この論文があってこそであった。ここまで来るのに人知れぬ苦労があったが、そういった苦労を乗り越えて得られた果実は、実に甘味あふれるものであり、これが現在の著者を支えているといえる。

　今日に至るまで、既に物故した父親の信頼と、身体が不自由であるにもかかわらず著者のために御仏に祈り続けている母親の思いが、著者にとってなによりの心の支えになったのはいうまでもない。また、著者を信じて限りない援助を与えてくれた妻も忘れてはならない不可欠の存在である。朝早く出勤しながらも、舅たちの世話をしたり、楽ではない生活環境の中で息子と娘を大学卒業まで育て上げたりしてくれた妻に対して、今から少しずつでもその恩に報いねばと思っている。この場を借りて妻に感謝の念を伝えたく思う。

著者の年齢もいつのまに還暦をこえたが、今後もやるべきことが多くあり、今日も自身に鞭打ちながら最善を尽くすことで自分の心を落ち着かせている。このたび、本書を発刊しようとしたのも、そういった自分の信念をより堅固にしようと考えたからである。出版に備えて博士論文を修正しながら、この論文をどのように書いていくべきか悩んでいた留学時代を回想したり、帰国後、苦難に立ち向かい、これを克服していった歳月を振り返ったりするにするにつけ、まさに今から本当の意味での人生が始まるのではないかという希望を見出している。

　著者がたゆまぬ努力を続けていけるように、今まで有形無形の援助をいただいた全ての恩人に深い感謝の念を伝えたい。とりわけ本書を刊行するよう勧めてくださった中国人民大学出版社国際合作部の劉葉華主任と日本留学時代に物心両面で支援を与えてくださった尹甲淑女史に深甚な感謝を捧げる次第である。

2017年12月大晦日

九苞斎にて

中國革命の起源

初版1刷 印刷 2018年 3月 14日

初版1刷 發行 2018年 3月 16日

著 者 金 勝 一

發行者 金 勝 一

デザイン 趙景美

發行所 耕智出版社

    大韓民國首爾市道峯區雙門3洞88-94

    電話 02-992-7472

供給處 圖書出版 zinggumdari

    大韓民國京畿道坡州市山南路85-8番地

    電話: 031-957-3890 FAX: 031-957-3889

    E-mail: zinggumdari@hanmail.net

ISBN 979-11-88783-07-6